红墙内外

万伯翱 —— 著

中国出版集团 东方出版中心

目　录

毛主席送鱼记

　　一代伟人和诗人毛泽东从小亲山近水,善运动身强体健。尤其是游水赏鱼,更使他其乐无穷。毛泽东留世的诗词中多有鱼水情深处:20世纪40年代末以七律答和友人柳亚子"莫道昆明池水浅,观鱼胜过富春江";1964年所填词《浪淘沙》,其中"秦皇岛外打渔船。一片汪洋都不见,知向谁边?"这是关心渔家的名句;也有让武汉人谈起来就引以为自豪的,1956年在武汉畅游长江后即兴佳作,起句为"才饮长江水,又食武昌鱼。万里长江横渡,极目楚天舒。不管风吹浪打,胜似闲庭信步"。充满了一代领袖和诗人对鱼水的豪情逸致。

　　可以说,毛泽东主席一生都和鱼水有不解之缘。

　　在大规模的三大战役硝烟散去,五大书记"毛刘周朱任"刚刚入京的1949年春天,1920年就投身共产主义运动的中共领导人任弼时,因残酷的战争环境和忘我的工作,使他患上了重病。北平和平解放之初,共和国开国的各项准备工作千头万绪,全国的枪炮声还未最后平息,而任弼时总不听医生和中央劝阻,还在拼命地工作。到了京城绿草红花的五月,任弼时在会议中,看到了新中国即将诞生,精神上过于兴奋,竟长夜难眠,眼底开始出血,出现了昏迷状态。这时毛泽东和中央各位领导人都十分惦记这位忠实的从战火中走过来的战友。毛主席在听了周恩来和医生的报告后,特别指示要加强护理。

　　主席居住办公的双清别墅中,摆放着一盆友人送来的七八尾火红的北京金鱼,有的鱼上还带着微微浮动的红绣球呢!它们在绿色的水草中上下左右自由自在地翔游着。毛主席批阅文件或读书疲惫时,就走到近前观赏,有时还拿点鱼虫喂喂他们。每当主席一靠近,它们便争

1

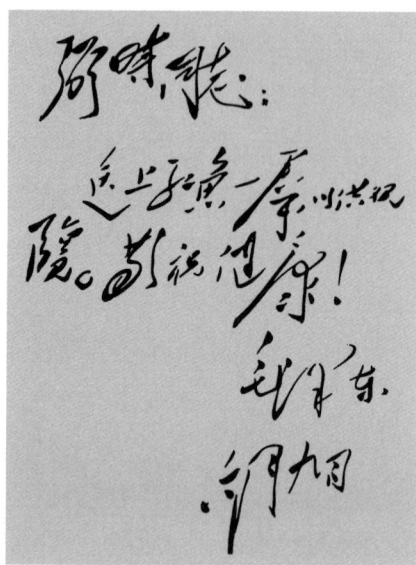

毛主席致信任弼时

先恐后围拢来抢鱼食,主席也很开心地对旁人说:"鱼都和我熟了,认识我呢!"此刻毛主席想到任弼时病重在床,这个工作狂此时此刻躺在病床上,一定倍感寂寞了。他立即割爱,让警卫人员用专车把这一缸鱼送到松竹梅环绕的山泉幽静之地西郊玉泉山七层塔下的别墅里,任弼时从医院出来正在那儿疗养。

当战士们手捧鱼缸和毛主席的书信放到任弼时卧室的桌上,任弼时内心热乎乎燃烧起来,又读到毛主席龙飞凤舞的毛笔字:"弼时同志:送上红鱼一群,以供观览。敬祝健康! 毛泽东 六月九日",不住地再三点头致谢,对送鱼的战士们说:"主席这么忙,还这样挂念我,谢谢毛主席,向他致敬!"这是毛主席在一生中第一次以一群水中红鱼为礼,送给他亲密的战友并附上书信一封。

刚刚进京,弼时同志久病不愈,他自己又着急工作,经毛主席批准,1950年春到苏联去治病,那里的医疗条件和医生水平当然比刚刚成立的新中国要强得多,在苏联著名的休养胜地黑海边治病边疗养。那里大海滔滔,碧波连天一望无垠,岸上绿树成荫,繁花似锦,气候湿润宜人。让饱经战争苦难的中国同志感到惬意和怡然。那里著名的面包黄油加鱼子酱和各种水果也颇对他的胃口,他在医生指导下,做做健身体操,时而散散步,时而也面临大海或湖泊垂钓一番,他爱好的打猎是打不了了! 他能读俄文的《真理报》和列宁斯大林的著作,国内的报纸文件来得太慢太少了,身体看来是大有恢复。初夏的5月红莓花儿开了时,空旷的莫斯科郊外高大的桦树和黑桦树林一片新绿绽放,在明亮的阳光下闪闪发光,青翠欲滴,空气格外清新。

返回莫斯科,再一检查血压果然已从 220 降到了接近正常人的 160,这时他心情不错,欣喜这次苏联之行效果良好!立即致电中央要求回国,以便减少费用,心里却默念:要参加浩繁的新中国建国工作了!5 月中下旬,就着急启程了,28 日在北京前门老火车站旁,他见到了接站的两位老战友朱德、聂荣臻和欢喜若狂的孩子们及夫人。毛主席亲自批示:"同意弼时意见,试做工作。每日不超过四小时,主管组织部和青委。"

就在他归来刚刚开始工作也就不到一个月的时间,老天不假寿于这位开国的功勋,这位中央书记的血压突然又升到 230,再次出现昏迷、失语、半身不遂。虽然中央及时命令名医傅连暲和苏联两位专家加上有经验的医护人员全力抢救了几天几夜,却无力回天。1950 年 10 月 27 日,这位最吃苦耐劳的"骆驼",中国共产党最优秀的党员,最富有自我牺牲精神的革命家"骆驼"任弼时,溘然与世长辞了,正值他英年 46 岁,全国一片惋惜悲悼声。

中共四大书记全部挥毫题词致悼,毛主席的题词为:"任弼时同志的革命精神永垂不朽!"

在任弼时夫人和工作人员的精心喂养下,毛主席所送的一缸红鱼仍安祥地畅游着,但却永远等不到主人再来照看它们了……

■ 刘少奇主席垂纶中南海

在纪念刘少奇主席百年诞辰展览上,我见到了共和国主席的夫人王光美和她的儿子刘源。都是老熟人了,近年却又不常见面,在这里相聚,所以十分亲切。这位被"四人帮"和林彪反革命集团残酷迫害,欲置死地而后快的共和国主席夫人,死里逃生终于见到了光明和正义。作为全党全国各族人民爱戴的、久经考验的、卓越的党和国家领导人,少奇同志已永远在中国人民心中树立起丰碑。

光美阿姨告诉我说,少奇同志的照片由于底版在"文革"中由新华社等单位负责保管在地库里,万幸没有受到什么破坏。内容丰富的200多幅照片(包括"文革"中受到残酷迫害的照片)和200多件文物引起人们多少酸楚而又崇敬的回忆啊!

刘少奇主席垂钓,中南海

有一幅照片引起了我特别的兴趣,我驻足良久。那是一张刘主席执竿垂纶的照片。我写过几篇关于共和国元帅和领导人在青山绿水中垂钓的散文,有的还拍成了电视艺术片。真没想到日理万机的共和国主席也钓过鱼呢!

刘源和光美阿姨告诉我,这是1963年少奇同志在中南海他的住所拍下的唯一的钓鱼照片,时间是五一前后,地点是中南海的南海。刘主席刚刚开完政治局的扩大会议。通过刘主席等党和国家领导人力挽国民经济"三面红旗"左倾路线的狂澜,在党中央"调整、巩固、充实、提高"正确务实的经济路线指导下,人民重新得以安居乐业,工农业和市场才得以恢复和开始走向初步的繁荣。刘主席紧锁的眉宇才得以舒展。跟随刘主席多年的秘书吴振英是个很会钓鱼的人,他见到刘主席每天除了工作就是工作,已是65岁的老人了,由于在白区工作食宿不宁落下了肠胃病,还常犯肩周炎,平时除了散散步,没有什么特别的运动,偶尔在光美阿姨再三动员下才去游一下泳。大家是多么希望国家主席能多休息一下劳累的身子啊!

说起刘主席的水性,那还是青少年时期在湖南老家宁乡县花明楼学会的。这家乡"炭子冲"也是一方富饶的鱼米之乡,家乡人擅烧好炭,以此为业,故得此名。家乡不缺河溪湖泊。刘氏庄子后面丘陵起伏绵延,翠竹绿杉野花青草,郁郁葱葱。居屋前面就是一个拥有两亩水面的大水塘,因而形成良好循环的小气候,真可谓地杰人灵的风水宝地。刘主席是家里最小的伢子,下了私塾,少年伙伴免不了到水里戏水和摸鱼抓虾。有时也砍上一枝绿竹,系上麻线,拴上细铁丝磨成的钓钩,看着鹅毛浮子,也能钓上几尾鱼来呢!

吴秘书拿来了四五米长的手竿,又上好了蚯蚓,刘主席并不感到陌生,一边抽着大前门烟一边说:"蚯蚓做钓饵好啊,在我们湖南什么鱼虾都咬这个食,叫做'万能钓饵'呢!"刘主席身穿背带裤,料子是灰色的"派力司",上装是四个大兜的中山装,中南海管理处给中央七大常委每人定做了一身,都从工资里扣了钱。会议室离钓鱼地很近,天气不凉,他只穿了白布衬衣就出来了。原来想散散步就回去，站在南海的水泥堤岸上，吴秘书和警卫人员早已把竿、桶拿来，刘主席只好把上好饵的钓钩甩到水里。刘主席望着中南海瀛台楼、阁、亭、树和飞檐琉瓦倒映水中，水成墨绿似乎深不可测。不远的"丰泽园"和仅一墙之隔的"含和堂"，左侧的"勤政殿"，历代帝王的雕梁画栋和雕栏玉砌的高大建筑，皆已归党中央、人民领袖所居住和作为开会及办公用房了，真是"天翻地覆慨而慷"啊！天灾人祸的三年总算度过了。

想到这里，刘主席又深深吸了口烟，眼下全国范围的"四清运动"还正在持续全面开展，眼望五月之风吹拂下杨柳万千条的中南海，也是洪波涌起浪不小呢！"漂在哪里？噢，坠入水中了！"刘主席忙挑竿，只见一条小鱼活蹦乱跳离开了银海碧波。警卫人员忙摘下鱼，高兴地说："这叫嘁嘴鲢，北京人叫小白条，北海公园里投下一点面包会游来一群呢！"60年代环境污染很小，水里的鱼比现在多。吴秘书又找来些陈年粗面粉用湖水掺进，用力揉和了一会儿，便抛进了刘主席下钩的地方。刘主席笑了一下："你还给我打窝子呢！我钓不了多长时间，不用你忙了。"鱼游拢来了，不一会儿又钓上来一条，两条小鱼惊慌失措地在水桶里团团胡转乱撞，早引来刘主席的小女儿潇潇摇着小手来看爸爸钓的鱼。她看这鱼儿并不咬人，就下小手去抓它们玩。这不足四岁的孩子真是高兴极了。刘主席扔掉烟蒂并把它踩灭，集中精力垂钓，频频起竿，中间也有咬不牢的，拉上岸时掉在水里，一股烟似的就钻入碧水深处去了。刘主席微笑："拉竿时机掌握不好，鱼儿没有咬住啊！"不过50分钟，刘主席已钓获七八条鱼了。他一直站着，不让警卫人员搬椅子："我站着钓一会儿就行了，我又不是姜太公'稳坐什么钓鱼台'呀！"刘主席又掏出一支烟，警卫人员忙用打火机点上，他吸了一口说："今天就到这里吧！回去还要看文件，这八条鱼带回去让郝师傅用面粉裹一下，炸一炸够一个菜了。请潇潇和妈妈吃我钓的鱼好不好？"潇潇穿着姐姐婷婷穿过显小又剪裁过的花格小背带裤，忙跑去拎桶："回家了，给妈妈送鱼！"她哪里拎得动，吴振英提起桶先奔向刘主席住处"福禄居"。刘主席拉上潇潇回家,潇潇说:"爸爸,下次我也要钓鱼!""那好啊,你要先学习怎么挂上鱼食,怎样甩出去钓钩,怎样盯着漂——才能钓着鱼呀!""爸爸,那鱼为什么不怕淹死呢?"刘主席看着自己最小的满脸稚气的可爱女儿,笑了。知道去年夏天在北戴河她被呛了几口水,故问此问题。刘主席抱起她,亲了一口小脸蛋答道:"鱼可以在水里自由呼吸氧气,人在水里不能吸氧,就像你在水里一吸就呛住了啊!""我要是一条鱼多好啊!"刘主席哈哈大笑,这笑声感染着周围的人们,人们看着辛勤忠贞为党为人民的领袖如此开怀,也感到由衷的愉快。

刘主席在中南海以如此垂纶方式休息有六七次。光美阿姨告诉我,外国元首所赠的高级钓竿和猎枪等,你刘伯伯都吩咐送给贺帅和聂帅他们了,说我不用这些,老帅们喜欢,快送给他们吧!有时钓上的鱼太少太小,就让放回湖里,偶尔钓上两尾鲤鱼和鲫鱼也就是不小的收获了。三年多后,刘主席这位"革命的老水手"也难防极"左"的险风恶浪。

共和国主席在身陷囹圄的三年多时间里,再也没有见过他任何家人,身处如地狱。那中南海垂纶时的欢声笑语永远成为宛如在天堂的回忆。

"九大"召开不久,刘主席在河南省开封市一间地下室里默默无语,含着党史国史上最大的奇冤,愤然辞世。

7

■ 朱德元帅的体育情怀

　　中外战史专家和作家早已为朱德元帅扬名立传,绝不是我这支小小秃笔此短篇所能写下的。今天我只能简略写一下总司令为什么能历经种种风险而屹立不倒。除了他坚忍不拔的革命意志和超人智慧外,这也和他常年坚持体育锻炼和健身强体密不可分。

　　早在上学时,朱德元帅就喜欢以习武、骑马、射箭、游泳等多种运动来强健体魄,以承当救民于水火之重责。20 世纪 20 年代,元帅曾赴德国留学,至今德国格丁根还保留着他 80 多年前求学时居住过的二层楼故居呢,求租者慕元帅大名而络绎不绝。在德国他尝试过各种体育运动以强壮身心。在延安,尽管条件十分简陋和处在战争状态,他仍有空就和官兵打打篮球、排球和拉拉自制的单杠,有时还担任球赛裁判。1949 年新中国成立后,他不在第一线直接指挥三军指战员了,而兢兢业业完成党和毛主席交给他建设新中国的工作任务。没有硝烟大战了,他的工作和生活越来越有规律了。他仍发扬井冈山和南泥湾的创业精神,在自己的空地小菜园内种菜种花参加体力劳动,这既能补给自己大家庭人口不少的厨房,又能美化中南海环境,还能陶冶性情。他种植的一株冬瓜上结出 40 多公斤的硕果,曾送交北京参加全国农展馆展出。如此管理出色的小菜园惹得中国人民的老朋友胡志明在 1962 年来访中南海时,也特地前来参观。胡主席赞叹朱总司令出色的小菜园,同时夸奖总司令练就了一副好身板。

　　宁静致远的性情是与人生态度和健康有密切关系的。朱老总能够长寿到 90 岁,这和他淡泊名利、自觉让权力让荣誉分不开。他决不在党内外争名夺利,只为民,只为国,这也就可以躲过不少野心家、阴谋家的明斗和暗算,他是一位不乏高明政治智慧的领袖。"不是我不多干工作,而是我应该怎样不干这些明摆着脱离了中国实际情况的工作。""文革"前,他经常到大江南北去视察,去搞调研,也去视察三军,深入到基层连队,踏上军舰,像大庆和哈军工都有他的足迹。1962 年他视察海南岛,觉得这是个宝岛,天然资源很丰富,建议中央拨款 3 亿元人民币开发,就得到了中央的赞同。

他的老警卫参谋徐建筑告诉我,朱老总还自编了一套健身操,每天上下午各一次,风雨无阻,长期不懈,受益终身。这套操只需二三十分钟,从头到脚的身体各部位均得到了活动和锻炼,要点是贵在持之以恒,后来被人誉为"朱德操"。这套操他从讲武堂时期就开始练习,一直坚持到 1976 年辞世前。警卫参谋老徐现在常被人请去作有关朱总司令的报告,他上周刚刚陪朱总司令唯一的儿媳妇赵力平走访外地回来,在接受我采访时说:朱总司令信奉,人也是动物,必须天天坚持运动——运动就是生命!

朱老总从小喜欢戏水,他常对战士们讲:我们红军八路军,不光会爬山越岭,也得会游渡江河啊,打仗时遇到江河游不过去,就会发生危险啊!他还对孩子们说:"大风大浪是锻炼意志的最好场所,风浪不可怕,怕的是畏缩不前呢!"有一次在北戴河,警卫人员虽再三劝阻,朱老总仍在大风浪中坚持游了 20 多分钟才上岸! 1975 年 8 月 25 日这是他的最后一次游泳的记录。朱老总像毛主席一样常年坚持到江河湖海中去游泳锻炼。

朱老总还喜欢爬山,祖国的名山大川,他几乎都爬过。在北京居住时,他坚持每周都要到香山去登高远眺一次,去锻炼身心,释放压力。

朱老总认为运动包括身、心两个方面,即四肢和头脑。因此他特别喜欢下中国象棋,以锻炼大脑。在战争年代的枪林弹雨和运筹帷幄的空闲中,他总喜欢下一盘棋来休息一下紧张的头脑。这个爱好到了新中国成立后更是得到发展,他和工作人员、孩子们下,也和来访的老战友周恩来总理对弈。不知是总理谦和礼让,还是老总杀法厉害,"好了,我赢不了朱老总,认输!"总理棋盘一推就甘拜下风了。有时旁边来观战的还有总书记邓小平呢!

著名作家苏叔阳在写给我的作品集序言里曾特别描写了朱老总垂钓时的打扮:"我见朱老总布衣布鞋携杖而来,跟我们遇见聊天,那样子完全像一位慈祥的农民老大爷……"

朱和平、朱援朝两位朱元帅的爱孙特别告诉我:"爷爷朱德在四川老家时,从小就喜欢游水。在四川仪陇老家屋前,就有一个很大的水塘,爷爷幼年的时候,时不时地在那水塘里钻来钻去,捕鱼捞虾什么的。"

2006年夏季在红军后代子女纪念长征胜利70周年集会上,朱和平、朱援朝特别向我讲述了他爷爷垂钓休闲健身的情况。

那是在上世纪50年代到"文革"前的时期,朱老总经常在玉泉山下垂钓。每年春秋时分天气不太炎热也不凉,朱老总在他居住的四号院下面不过二十几米的石阶下垂钓,那里地下泉眼常年不断地涌出的汩汩碧水形成了一个大池塘。我曾多次专门去朱帅这方故地拜谒采访。这座朱老总常年居住、办公过的院落是一排灰色平房。门前高大的青松根深叶茂,多年的牡丹、梅花仍然像主人在时一样准时开花展叶迎送着后人。原来朱老总用中国制的三节长竹钓竿。1957年苏联伏罗希洛夫访华时,为感谢元帅(当时的委员长)的陪同和表示对这位"红军之父"、中国第一元帅的敬仰,特别送来了一副苏联特制的手海两用钓竿,是当时罕见的硬塑钢制成,有轮,还有尼龙线;同时还送了苏制的小口径步枪,朱老总不打猎就赶紧送给其他善狩猎的元帅了。那时领导人之间没有什么大疏离,来往轻松且相互尊重,共同从战火中走过来,有过生死与共的经历。除了高、饶和庐山会议前后人际关系紧张过一段,总的来说,人与人之间还算是正常和轻松和睦。不像到了"文革"一反常态,人心惶惶,揪打紧张时朱老总说:"连鬼都不上门了!"都互不敢来往,高干之间不知谁哪天就被"揪出"和"打倒"了。但那时朱老总和董老仍来往较多,还相约过一同到外地视察和度假。他们在广东赋闲时还闷闷地钓过鱼,也是借此到清水绿岸消愁了。1975年,人的正常和睦关系和人性被破坏的第九个年头,听到董老与世长辞的消息,朱老总和聂帅还送去自己垂钓养在假山下水池中的几尾大鲩以慰问董老夫人和孩子们。

在玉泉山 7 层的砖塔下,朱德元帅的四号住宅离东南方向高处毛主席的住地仅有两三百米。不过毛主席除了开会很少到此处居住。"文革"前的朱老总长期在此办公和居住。朱老总垂钓活动主要就在这两岸翠竹和幽静柳树下一泓碧水中进行。这里泉水涟涟,水质好从未干涸。开始中央警卫局还设有一些部队官兵警戒。老帅认为这里很安全就不要浪费这么多警力,再三让其撤去。他只让中南海贴身警卫和公务员在旁陪伴。有时在假期,康夫人和孩子们不办公不上学了,也去陪同老总居住和钓钓鱼。垂钓时,朱老总总是足踏那双老式的牛皮凉鞋或布鞋,灰色的裤子,白色短上衣,头戴圆形细藤遮阳帽,帽檐中间一条较宽的古铜色的扎带显得雅致又漂亮。他通常是午睡后携藤杖缓缓步行而来。这里设有石栏,他常常不让警卫人员扶,右手扶着石栏,拾阶慢慢走下去,走到预先摆好的一板凳和大布伞下。卫士长老郭扶他端正地坐好,小牛参谋把上好蚯蚓的钩儿抛到丈余外碧水中,钓竿就交给老总了。老总双目紧盯着挺挺直立的漂儿,专等水中鱼儿咬钩了。

老总不仅在少年时代捕钓过鱼虾,在无比艰苦的长征路上,他比毛主席、周恩来等多走了一年路,也就是两年后才到达延安,钓鱼也曾经为他解决过口粮问题。这都是因为力阻西进分裂红四方面军的张国焘所致。终年冰封、空气稀薄的夹金山,气温时常降到零下 30 多摄氏度,还时常遇到突发的雷电和暴风雪。那时朱德年过半百可称年龄最大的红军部队中的司令官了。在国民党反动派几十万装备精良部队前堵后追的大大小小的战斗中,在口粮和弹药、药品严重匮乏时仍要浴血奋战!我们光知道酷爱钓鱼的贺老总在长征中曾不断钓鱼解决自己的口粮,朱老总的孙子告诉我,在长征中,朱老总一样把分给的一小块马肉等东西让给伤病员,自己和警卫员把别在文件上的大头针和缝衣钢针用手枪砸弯了,拴上缝衣服的线,伐来细竹,抓来草地上的飞蝗、蚂蚱,挖出湿地里的蚯蚓,挂上这些活饵,就在水坑、洼地上钓起野鱼来。朱老总凭着少年练就的童子功,往往比警卫和炊事人员钓得要多。不过几袋烟的工夫,这些大小不一、野生野长的鱼、虾、泥鳅被钓了上来。警卫把足有半洗脸盆的精灵活物呈现在老总面前,他大声说:"要得,难得让我在长征途中打打牙祭啊!再挖些野菜、野瓜,炊事员那里还藏的有点盐巴嘛,放上丁大点就好吃得很嘛!"这浓重、终生未改的川音在荒无人烟的草地上,让指战员感到无比亲切和振奋!篝火映红了张张蓬头垢面而又坚强不屈的脸庞,盛晚餐的洗脸盆里不断散发着多日不见的诱人芳香。

　　有时走了一天,到了宿营地,朱老总开会去了,战士们到沼泽中钓鱼,由于鱼虾小,技术又比老总差,钓了很久都钓不着几尾,朱老总回来后,看着坑里不时有泡泡泛起,一边抽着烟袋,一边指挥说:"有不少鱼啊,用我的破蚊帐当渔网,鱼不大就捕捞呀,你们这些娃娃要动脑子,灵活作战呀!"警卫排官兵们就迅速打开黄色油布包,取出老总的发黑的蚊帐,还说:"老总不下命令,谁敢乱用您的帐子去捞鱼啊!"两三个战士脱去衣裤,果然大小鱼虾不能说"一网打尽"也捕获不菲,这让整个警卫排都欢悦起来,又多少能沾上美味鱼腥了,至少喝上口鱼汤,解解馋呀。霎时行军作战都有劲头了!

　　朱元帅喜书法,爱诗词。去年我在黑龙江镜泊湖垂钓时,一位80后女导游竟在船上高声背诵了元帅上世纪60年代中期书写镜泊湖的七律:

> 镜泊湖中共泛舟,清风款款过船头。
> 山青树密有斑虎①,水绿波平无白鸥。
> 林局转输材木快,鱼场养殖鲤鲢优。
> 殷勤利用天然境,事业新兴万古留。

---

　　①　这里两岸青山密林中曾发现东北虎行踪。

■ 钓得大鱼挽天河*
——贺帅夜擒巨鲢

今年是贺龙元帅诞辰 100 周年。我有幸担任了国家体委纪念贺龙 100 周年诞辰筹委会委员,我这个后生晚辈曾经多次见过他老人家并聆听过他的教导。如今想起来,还恍如昨日,让我的心溢满豪情。

贺帅是一代开国元勋,也是新中国体育事业的奠基人。20 世纪 60 年代他身担重任,是党中央政治局委员、国务院副总理、军委副主席(当时主持军委工作),也是新中国第一任国家体委主任。浩繁工作之余,他最爱好的休闲活动就是垂钓。当时北京没有什么现代化的人工饲养鱼塘,更没有设备齐全的冬季大棚。贺老总和其他几位元帅的钓场大都在北海、颐和园、陶然亭、龙潭湖、青年湖等自然水域。

大概是 1963 年八九月份,批阅了一天文件的贺老总,摘下老花镜,点燃了一支古巴雪茄(这种烟很名贵、劲很大,不常抽这种烟的人猛一抽觉得直冲脑子。古巴的一个军事代表团送给他几盒,每支一个铝制的小套筒,十分精致,在当时很罕见),提上靠在桌边那支又轻又合手的藤拐杖,信步走到院内。阵雨后的天气格外清爽,西斜的阳光下花草树木苍翠葱茏,水珠在枝叶上闪烁着珍珠般的光彩。贺老总在低头细看假山下的鱼池,他钓回的鱼在这里畅游。这鱼儿似乎也认人,看着老总过来,都摇摆着大小尾巴和腹鳍,探头探脑地欢迎这位长者。他想起上次钓了一尾近六斤重的大草鱼,送给朱老总了。又想到周总理日理万机,国家大小事事必躬亲,身体过于劳累,也该送尾大鱼慰劳一下这位

---

* 本文原刊于《新民晚报》1996 年 3 月 24 日。

自己的老战友了。池里这几条太小了，送一次不易，总理要求严，除了我这贺胡子送尾自己钓的鱼能收下外，别人送去，不收还不算，还要批评你呢！想到这里，立即叫警卫参谋小侯准备渔具和车辆，他要出征钓鱼，提一尾大家伙回来送给总理。

贺老总的车飞快地到了西北方向的青年湖畔。这是卫戍区司令员傅崇碧再三推荐的好钓场，水深，鱼多，人也少。那时的青年湖可没有今天这气派，只是一湾清水而已。四周没有什么高楼大厦，只有麦地和菜畦，岸边有不少弯垂的柳树，犹如婀娜的少女，用发梢来回拂弄着轻波。

贺老总看了看地形说："就在这两棵柳树之间吧，芦苇少，离那些玩耍的娃儿远一点，又是下风，水也深些。"他开始用他自制的一副手竿钓。贺老总自备有一套做鱼竿、鱼漂的刀、锉、钳子什么的，大多数钓具都由他亲自制作。这是一副竹制的三节手竿，加上鹅毛浮子，他用得挺顺手。虽然已是下午5点多钟了，夏末秋初的骄阳仍晒得老总沁出细汗。他戴一顶草帽，上穿白布衬衣，下着绿军裤，脚蹬白色运动鞋，口里叼上了小侯送上来的大烟斗，微微挺起的肚子让他更加有一派从容潇洒的风度。警卫人员早放好了一把小木椅，他却不坐下，上好蚯蚓，熟练而又准确地把钓饵抛到了理想的钓点，安详地抽着大烟斗，墨镜下的双目紧紧盯着浮漂。这时的贺元帅没有了战场上的叱咤风云和挥舞菜刀闹革命的英武豪迈，倒像一位文质彬彬的老钓手。换了两次钓饵后，第三次开竿了，是条三两重的小鲫鱼。40分钟过去了，不过是两条船钉和鲫瓜。这时傅崇碧将军过来了，那时傅将军不过40多岁，正年富力强，腰板总是挺得直直的，1.80米的大个子，白衬衣卷到胳膊肘，穿着解放鞋，一副革命军人气派。今天他知道贺帅来钓鱼，一是来陪钓，二来也承担保卫工作。平时工作忙，他也很少来钓鱼，他向贺老总打过照面，就想走开去，他知道老总钓鱼总图安静，要全神贯注。有一次薛妈妈被他拉来钓鱼，还带来一本俄语书看，老总说："一心不可二用哟，还是把书收起来吧！"这件事传得很广，所以，贺帅钓鱼，别人总是走开，让他自己去好好享受这战斗的欢乐。谁知这次贺总偏不让傅司令员走开，他从嘴里拿下烟斗说："傅司令啊，你不是说这里钓过大家伙吗？怎么今天都是丁点大的呢？"傅将军笑了笑说："老总不能着急啊，大家伙在远处，上个礼拜叶帅还在这里钓了四斤多重的大青鱼呢！""好！小侯把陈先同志送我的手竿拿出来！"那时不像现在市场有这么多轻巧美观而又结实的碳素竿，这些日本、韩国和合资生产的渔具不但国内到处可买到，而且人们出国的机会比过去多得多，国外和香港、台湾的亲朋好友也尽可回来随便带个把高级渔具。那时作为乒乓球领队的陈先，是省吃俭用才从香港带回一副日本海竿送到帅府。贺老总平时舍不得用，看看天时已到下午6时，虽然离天黑还有两个小时，但钓鱼和打仗一样，不可轻心，想给总理钓尾大鱼就得拿出好武器来！鱼食当然也不像今天渔具店有什么塑料袋里装的品种齐全的各种鱼饵。贺老总习惯于自制，他让管理员弄来一些麸皮，加一点炒熟的芝麻，再加些黑面粉和醪糟之类，倒上几滴曲酒，他总是先闻闻，认为可以才用个旧铝饭盒装上带走。这时老总用串钩装好自制的鱼饵亲自甩到深水处然后稳稳地坐下，看着竿梢。太阳已经没有什么威力了，水面上银光荡漾，有些反光，贺老总把草帽压低一下。只听小侯喊："首长，有动静！"贺老总定睛一看："不要理它，是小鱼。"只见竿梢又着实点了一下，小侯迫不及待猛提竿子，飞快摇回轮子，可惜越摇越轻，出水了，露出四个黑钩。贺老总笑了一声："还不到时候，赶快装食。"装好后，贺老总像打枪一样又准确地甩到了原钓点。

太阳完全下山了，晚霞把西方染成一片彤色，天气也凉了下来。只见白色的竿尖又抖了一下，贺老总示意不要动，但自己的双手却已经轻轻地挨近了竿子，只见竿尖几乎拖着轮子栽下去，贺老总猛然一提，手上立刻有了一种颤巍巍的沉重感，他不慌不忙往回摇着轮子，直到摇不动了，凭经验，他判断："大家伙！"他45度握稳，鱼拼命逃窜要线时，竿如满月。警卫员上来准备帮一把，贺老总轻声命令："走开，老子来对付它！"心里充满了战斗的豪情。贺老总仍含着烟斗，只是早已放了线，

"突突突"就放出去十几米,然后拉回,又放线,斗了数个回合,这家伙还是"死不回头"。看看暮色苍茫视野迷蒙,站在旁边助战的傅崇碧建议把解放牌卡车开来,打开车灯,夜战!贺老总兴奋地说:"快去办!"不一会儿,卡车隆隆开来,大灯打开,雪亮的灯光照着湖面。只见湖里这尾大家伙时而下沉,如潜水艇;时而搅起一片浪花,真是在进行最后的决战!又搏斗了20多分钟,小侯才接过鱼竿,说:"差不多了,摇上来吧!""不成,你怎么能摇得动哟,千万不要扯断了线断了钩,和它再斗20分钟,我就不信拖不垮它!"元帅胸有成竹地指挥,时而放线,时而收线。贺老总抽足了烟又命令:"把鱼竿给我,它差不多了,能拖上来了,准备抄网!"果然"大家伙"只有招架之功,已无还手之力了。在贺帅收线时,它时而露出银色肚皮,时而不甘就擒地回摆一下头,挣扎几下。离岸边就剩十多米了,贺帅的摇轮也越来越慢,有时就卡住转不动,左右牵引,警卫人员个个欣喜若狂,有的卷裤腿、脱鞋子,有的忙着拿贺帅的抄子,贺帅说道:"我那个抄子怎么够用哟,太小了!"是啊,看着车灯下张着黑洞洞簸箕般大嘴喘着气的"大家伙",大家一时团团转起来。还是傅将军熟悉情况:"旁边小屋有个大抄网!"警卫员飞奔去拿回一个桑木把像小渔网似的大抄子,老总对站在水里的战士大喊:"对准鱼头,小侯搬尾巴!"三个人六只手,硬把"大家伙"拖抱上岸。元帅定睛一看,大脑壳,细身,阔尾,浅鳞,是条白花鲢。"送给总理,熬汤,下酒用!"元帅的大嗓门儿让四周的空气都快乐地颤动了。

　　早有傅将军借来一杆秤,铁钩穿透鱼嘴,两个士兵抬起一称,小侯高叫14斤8两。军士们抬鱼送进汽车后备厢。这真如苏东坡《后赤壁赋》里所描绘:"今者薄暮,举网得鱼,巨口细鳞,状如松江之鲈。顾安所得酒乎?"此时皎月东升,柳影婆娑,元帅挥手回府,军士们个个眉开眼笑,这场夜仗打得好安逸啊!

安得倚天抽宝剑

——徐向前元帅东湖擒巨鲤

　　我去柳荫街徐向前元帅府上采访。院落颇大，花木扶疏；元帅走了，偌大的庭院略显寂寥，高大的杨柳树上偶有雀鸟鸣叫几声，树叶随风飘落在当年备战时所修的拱形防空洞上，大土包上的青草因缺水而有些泛黄了。

　　随着元帅秘书和家人的引导，我进入帅府内室。一楼陈设如旧，会客室大小沙发都用了几十年。元帅生前根本不让更换任何新家具，粉刷、修缮也是严格禁止的。我进入元帅的不过20平方米的一间卧室，还是主人生前的老样子，只是大木床上盖着一个昼夜都不再揭开的白色床罩，床头柜上有一老式的绿色灯罩的台灯。除了几架马列全集、毛选、邓选及各种古代、近代军事和中外古典名著书籍外，没有任何奢华之物。倒是抬头可看到墙壁上高悬元帅手书"人民公仆"四个字格外醒目，我不由得肃然起敬——这就是元帅一生的自我追求和写照啊！

　　我上二楼，晋见元帅夫人黄杰，她忙起身让身旁小护士沏茶让座。老夫人近九秩高寿了，手拄藤杖，态度和蔼可亲，身着青衫布裤，足踏千层底布履，很是朴素。我无意拨弄了一下老人身旁轻巧的手杖，"这是你徐伯伯送给我的。"元帅夫人自豪而又深情地指着说，"是他亲手制作的，我已经用了三十多年了。"我忙拿过仔细观看：这是一根百年老藤，那深褐色凸显的起伏纹棱十分坚硬，杖尾镶有一橡皮套，是为了防滑，也是徐帅亲手安上的，杖头弯曲处是徐帅亲自用炉火烤制而成。尤其是把手弯曲之处细密地缠了一圈黄包藤皮，捆扎得严丝合缝，手感舒适，真可谓能工巧匠。如不亲眼所见，不亲耳聆听元帅夫人叙说，谁也不敢相信,这是出自指挥过百万大军的元帅之手啊!这也是元帅赠夫人的爱情之物,夫人时刻不离此杖。人们只知道元帅红军时代、抗日战争和解放战争时期是统领雄兵,善打硬仗、恶仗之我国著名将帅,也知道1936年秋他率红四方面军西渡黄河,浴血激战河西走廊四个多月,人困马乏,既无粮草,又无救兵,在西北的冬季,战士穿着单衣草鞋与兵强马壮的马匪激战,硬是拼死杀出一条血路,真是泣鬼神、惊天地的悲壮历程啊!元帅的功勋岂是我这一篇小文所能描绘得了的!后来我又见到徐帅的儿子,已是我军少将的徐晓岩。他告诉我:"爸爸生前无论战争与和平年代总有一个工具箱和针线包,东西坏了自己动手修理,他自己织毛衣、补衣服,勤俭极了。解放后几乎每次发军服都上交。我们衣服的扣子都是他亲手缝的,结实极了,扣子损坏了半个,那半个还牢固地附在原处呢!"

　　一提起钓鱼,元帅夫人和徐晓岩都显得很兴奋。因为徐帅战争年代身上多处挂彩负伤,解放以后,工作之余休闲锻炼的主要手段即是到青山绿水间去垂钓。他垂钓时从不要求当地军政干部陪伴,都是轻车简行,决不扰民,从不给地方增加额外的负担。他的钓具有几副,有贺龙元帅赠送的,也有购买的,但他最常用并用得很顺手的则是他自己加工制作的一副南方竹钓竿。元帅夫人和警卫人员专门拿出这副竿子让我观看:是一根完整的南国坚韧竹子。梢头至今弹力很好,柄部虽然经过整修和使用,磨得很光滑,但仍可看出密集的须根状。夫人和将军说,这副钓具除了鱼钩外,都是元帅亲手制作的,就连铅坠也是元帅找来牙膏皮,到厨房烧化,再浇灌到模子里铸成的。晚年元帅视力不好,为了看得清楚,他用乒乓球涂上红漆做成大浮漂。

　　那天我从元帅夫人楼上下来后,秘书和警卫人员还专门打开大院的后门,锁已经上锈了。元帅走后,夫人年迈,徐晓岩将军整天在机关忙碌,已很少有人再过此门。门外即是著名的什刹海后海。只见这北方少见的城中之水,碧波涌起涟漪无数,夕阳下水面金光闪烁。除了"文革"十年动乱时期,徐元帅时常约上住得不远的叶剑英元帅,两位老

红墙内外 ●

18

战友边垂钓,边议论着军队、国家大事,交换着意见。如今两位元帅已先后辞世,看着空荡荡的钓场,不由得让人更加思念两位伟人。

元帅夫人、徐将军和随从人员讲,记忆中徐元帅所钓最大的鱼是粉碎了祸国殃民的"四人帮"后,80年代初在武汉东湖钓到的一条特大鲤鱼,元帅心情格外畅快不已。

东湖位于武昌东部,难得闹市中有如此一汪清水碧波。这个自然湖泊,方圆竟有30多平方公里之大,又难得湖岸曲折,形态万状,最宽水面处有八公里之遥,全湖岬湾交错,湖岸线长达50余公里,实是鱼虾之乡,更是大鱼巨鳖出没之地,这在全国大城市中实属罕见。难怪毛泽东主席多次居住这东湖畔,数次在这荆楚大地横渡长江,并留下了他那神奇之笔下的千古绝唱:"才饮长江水,又食武昌鱼。万里长江横渡,极目楚天舒。"

徐帅那年钓大鱼时正是初春季节,那东湖著名的百亩梅园,梅花的雪海香涛已谢,但四周树木葱茏,这桃还红柳正绿,更有海棠迎客含笑,芍药正是雍容华贵,棕榈迎风招展,月季带露越发娇艳。总之,这东湖是姹紫嫣红,一派大好春光。徐帅用过早餐,迎着明媚春光来到梅园附近的湖边一排挺拔的杉树前观看,只见远处茫茫磨山如黛,水天连成一线。不远处成群白色鸥鸟、候鸟和野鸭或在空中翱翔,或在水面嬉戏,空气也十分清新。徐帅霎时感到心旷神怡,对夫人道:"怪不得唐人王勃写下千古绝句'落霞与孤鹜齐飞,秋水共长天一色'。知道吧,这就叫'水天一色'尽显风光呢!"他舒展了一下1.80米的高大身躯,下令道:"这里景致太美了,就在这里下竿。"早有警卫参谋拿来了徐帅亲自加工成的粗面粉,又加了些蒸熟的玉米面,喷了些曲酒,掺进了南方的芝麻渣子,反复揉和鱼食。徐帅又嗅了嗅,很有信心:"此等香饵不信大鱼不咬!"警卫员让徐帅先在他自制的小木椅上坐停当,就甩开膀子用徐帅自制的"海竿"把这紧裹单个大钩的香饵团带着涂有红漆的乒乓球浮漂抛出30多米,然后把竿交到徐帅手中,又忙给夫人黄杰也上好饵。甩出钓钩后,两位老人都安详地盯着浮漂。到9点多钟,夫人阵地上有动静,浮漂下沉,梢子点头。她忙扯起,只见梢子紧弯不起。徐帅微微一笑:"有了,倒叫夫人先开竿了!"果然不假,轮子摇起,中间略有来回,把鱼拖到岸边,警卫员用力抄起,将鱼丢在草地上。那鱼左蹦右跳,还在向水边拼命挣扎,迎着阳光银鳞闪耀。徐帅笑道:"是条小鳊鱼,毛主席喜欢吃的就是这种鱼,也就是武昌鱼,肉嫩味鲜,久负盛名啊!"老帅一边讲着这东湖鱼,一边目不转睛地盯着那红色的乒乓球,转眼40分钟又过去了,只见浮球好像在上下浮动,警卫员忙说:"首长您那儿有情况,拉一下吧!"徐帅不屑一顾,胸有成竹地说:"都是些小鱼在闹,不要管它!"又过了一袋烟的工夫,看乒乓球浮着纹丝不动,徐帅倒说:"没有食了!"自己摇起,须臾,赤裸的大黑钩带着水珠在眼前晃动,徐帅说:"这是叶帅送给我的日本钩,几十斤的鱼都钓得起!""是啊,首长亲自捆好的,万无一失。"这"万无一失"不由使我又想起,徐帅钉好的扣子也是从来不会掉下来的。警卫员忙帮着重新上好鱼食,正要抛出,"这一竿我自己来甩!"徐帅在战争中负过伤,开过刀,如今已是高龄,警卫员知道首长不太利索,忙扶住了徐帅。徐帅站定极目远眺,山光水色尽收眼底,青苍的磨山重叠起伏,东湖碧水波光粼粼,祖国山河如此多娇,怪不得朱老总称赞这东湖比起西湖更有一种雄厚健美的力量。作为革命军人,一辈子出入枪林弹雨,九死一生,也就越发热爱这美丽的祖国山河啊!警卫员看首长还在沉思着,便说:"首长快抛出吧!""是啊——是啊。"徐帅深深呼吸了一下这湿润甜美的空气,用力抛了出去,这"弹着点"和刚才打窝处不差半尺,真是一位掷弹高手呢!日头高照,湖水也暖和多了,元帅解开了风衣扣子。夫人也觉得热了,正在脱去外套时,只见浮子栽下,说时迟那时快,水下物已把竿子拖下水,竿子在水面上如离弦之箭,划破碧水驶向远处。徐帅哈哈一笑:"常备不懈啊,你稍有麻痹,'敌人'就会钻你的空子呢!"好在东湖管理处已有小舟在旁系下,战士和管理人员忙驾舟去取钓竿,徐帅摆手示意让他们靠左岸划,不要惊吓了他阵地中的猎物。

　　只见这边徐帅的红色乒乓球顶了一下又稳稳坠入水中,徐帅看得真切，忙前臂发力挑竿，几乎同时迅速向上抖动了手腕，立刻感到下面沉甸甸的，收线再拉，似钩挂了底一般，不能摇动半点。徐帅不敢怠慢，一边放线，一边左牵右引，那水中物早沉不住气了，急急忙忙向湖中远处奔逃。徐帅心中有数，知道"大家伙"到底是撞到"枪口"上了，决心再放长线与之周旋，警卫员早扔下手中的钓竿跑来助威。"首长我先顶一阵吧。""也好!"元帅知道，这小伙子跟了自己几年，钓技提高很快，眼明手快不会有闪失。元帅于是下令:"收线，往左拉!""放线，往右扯!"警卫员遵元帅令在湖面上练起"横8字"遛鱼法。当然，这莽撞之物在它世代生活的水中，平时畅游得意，浅翔跳跃多么自在欢快，殊不知今日中了元帅的埋伏，苦于钢钩穿鳃，难以挣脱。大约遛了40分钟，元帅下令:"收线!"并脱下风衣，接过"武器"，自己边遛边收，在距岸边十多米处，这家伙开始不由自主地时而露出青黑色脊背，时而翻滚露出白色鱼肚。离岸只有数米了，元帅吩咐拿抄网。好在元帅平时就喜钓大鱼，有自备的手指般粗细钢筋弯就的大抄网。这鱼天生最怕的是人和网，凡是见到这两样，就马上百倍警惕回头逃命，奔向深水安全之处。实际上鱼并不怕钩，因为这钩十之八九裹有各种香饵糖衣作伪装，加之各种钩儿从不喧声，静静等待鱼儿光临，所以此番这大鱼虽已精疲力竭，但是一见人声鼎沸、"杀声连天"，那夺命的网儿在元帅的左右摇来晃去，这条大家伙尽最后力量猛回首，妄图拼个鱼死网破，就是嘴烂鳃破，能落得个死里逃生也是万幸啊! 无奈元帅的钩也坚，线也紧，穷追不舍。最后元帅把鱼拖到岸边，抄网早已隐在水中，两力齐发，大鱼三分之二已进网中，成为元帅囊中之物了。这时大家才算看清，是尾带两须的巨大鲤鱼。俗话说，这鲤鱼能跳得过龙门，在鱼中具有神力。你看元帅的抄网还从未抄过这么大的鱼，那V字形的阔尾在网外来回扇动，下到水中的战士两三个人都按不住它滑溜无比的身子，只好向着岸边连拖带拉擒抱上岸。这大鲤鱼有一米多长，宽阔的背腹，虽然已被擒获，还是余威犹存，困兽犹斗，不过就是全身沾满了草叶，双鳃翕动，左滚右翻，怒视围上来的人群而已。元帅下令:"捆好，上秤。"早有战士扛来大秤，一称正好 32 斤。这时小舟也把夫人的鱼竿追回,且喜钩上还带着一尾 4 斤重的武昌鱼。此时已近正午,战士抬着大鱼,提上小鱼,高唱军歌,跟着双丰收的元帅夫妇收兵回营。

徐帅返回住宅仍兴奋不已,又到厨房观看厨师和助手砍杀还在垂死挣扎的巨鲤,忙吩咐:"黄杰钓的那两条小武昌鱼赶快送给刚到东湖休养的薄一波同志,这位山西老乡在'文化大革命'中受苦最多,让他补养补养身体;这条大鱼除了鱼头给我熬汤喝,其余全部送给咱们警卫排小伙子们,改善生活!"战士们齐声欢笑:"谢谢首长!"徐帅又拾起几片状如银元的大鱼鳞,拿回书屋,用放大镜仔细观察,更有一番战斗胜利后的喜悦之情溢满心间!

长征中耿飚用步枪钓大鱼

我写过近三十万字的《元戎百姓共垂竿》(人民体育出版社 2004 年出版后多次重印),记述元勋、名人乃至普通钓手的各种喜怒悲欢的钓鱼故事。苏叔阳和范曾两位大家热情地评说此书"开了钓鱼散文之先河",还为我的书做序和填词作诗呢!(当然,我只认为是鼓励后生努力奋发而已!)其中我写过朱德元帅,他在长征中为解决口粮,甚至用缝衣钢针钓起过大大小小的鱼,这远胜过沸水煮六七小时后难吃的皮带皮鞋了。朱元帅还用自己的蚊帐在湖泊、沼泽中捕获鱼虾解决口粮。去年在红二代聚会时任弼时的女儿任远征动情地对我说:"在长征路上是朱爹爹的鱼汤救活了我呀!"我也写过在敌人的飞弹中有位胡子伯伯(贺龙元帅)在长征途中却还能稳操鱼竿"几次垂钓上鱼",再从容撤退。

最近,我用心读了人民出版社出版的《耿飚回忆录》(上下卷)后,又采访了他的儿子耿志远,惊奇地发现了耿飚伯伯和战士们在饥寒交迫中的创举——用他们手中的步枪钓上大鱼的奇迹。

耿飚(1909~2000)是我所尊敬的伟大的无产阶级革命家、军事家,忠诚的共产主义战士,也是位出色的将军外交家。是中华人民共和国成立以来唯一一位没有授予解放军军衔的国防部长。毫无疑问,1955年他完全可以凭战功和资格获授开国上将军衔的,开国前他一直率领部队南征北战,战功卓著,多次挂彩负伤呢。解放战争中,无人不知勇冠天下的"杨罗耿兵团"(杨为开国上将杨得志,罗为开国大将罗瑞卿)。当 1950 年大规模战争硝烟刚熄,毛主席、周总理一声令下,耿飚即脱下戎装先后赴五个国家任大使,回国即被任命为外交部副部长,当了首批

23

将军外交家,后任中联部部长。粉碎"四人帮"后不久任国防部部长、军委秘书长、国务院副总理等党和国家重要领导职务。1995年左右,我邀请已任人大常委会副委员长的他老人家参观指导我们举办的展览,他满口答应并按时亲临展馆,十分亲切和蔼地会见我们。他躬身仔细观看每张照片实物,还签名留念,没有半点大官的架子!

耿飚在长征中用步枪钓大鱼的故事,我不妨引用他回忆录原文以飨广大鱼友和读者:

> 走到草地北边的边沿地带,水沟里有鱼。草地里的鱼也怪,见了人也不怕,照样在水边上"优哉游哉",于是我们便钓鱼充饥。用枪通条磨尖,变个钩,随便抓个蛤蟆虫子什么的做诱饵,便能把鱼钓上来。草地上大多是无鳞鱼,我们钓到的鲶鱼,大头阔嘴,嘴巴上有两条须,大的有七八斤呢。由于我们身体虚弱,把这么大的鱼拖上来真像牵牛一样。(《耿飚回忆录》)

耿飚伯伯当时任红一军团一师参谋长,年仅25岁;该师师长是开国上将李聚奎,政委则是开国大将谭政。耿伯伯富有史诗般的如椽大笔,在回忆录里还继续描写了长征官兵如何在少油无盐中捡拾野草枯枝,用钢盔洗脸盆烹煮了一盆盆散发着奇特香味的救命的鱼餐,吃下后他们"总算可以坚持下来了"。因为进入草地不久,部队即断粮了。他和战友们率领这支部队,快走出草地时,才见到了久违的飞禽走兽——这证明生存条件好起来了,当然准确的红军步枪子弹让它们也成了二万五千里长征中充饥的佳肴美味了。他们从此走出了要命的草地。在二万五千里长征中经历

耿飚最早的照片

1936年的照 (红军时代) 耿飚

了世界上罕有的这一望无际的沼泽草地,告别了这气候变幻莫测的暴风雨、雪粒、烈日、冰雹,还有夺命的毒瘴气,从泥潭中终于生还了! 一、二、四方面军先后都到达了红色革命圣都——延安,三个方面军凝成了新的革命钢铁洪流,最后经过三年解放战争到 1949 年夺取了全国革命最后的胜利。

霜重叶更红[*]
——陈慕华同志金秋垂钓速写

陈慕华同志可谓女中豪杰,60 年的革命历程使她成为巾帼不让须眉的我国党和国家第二代领导人之一。

2000 年"十一"七天长假过后的第一个星期日,北京秋高气爽,终于盼来了拨开秋雨见阳光的日子,只见碧空万里无云,艳阳高照。虽近深秋,青山和田野花草树木仍是郁郁葱葱,偶见红、黄、紫点缀在墨绿中,这正是"万类霜天竞自由","不是春光,胜似春光"的诗情画意的景色,真是难得的垂钓好时光。

陈慕华同志神清气爽,头发并不见花白,身着运动衣、布便裤,仍是英姿飒爽的样子。她边抛钩边告诉我,她身高 1.73 米,延安的小米哺育了她,身体一直很好。她还诙谐地说:"我没有什么体育特长,对你们体委来说是块废料呢!"她热情地和著名电影艺术家葛存壮、于洋等握手打招呼,又听说还有刚刚从悉尼夺得金牌荣归的中国体操健儿肖俊峰、邢傲伟也来垂钓,便高兴地和他们合影,当然更忘不了和小伙子们的恩师高健、钱奎及黄玉斌照个相。她神态安详、精神矍铄地坐在白色塑料椅子上,边和服务人员一起撒窝子边说起她的垂钓史:"是啊,我钓鱼也有七八年历史了,"她又忙加上一句,"嗨,我钓鱼的瘾头不算小,就是水平不够高。"短短两句话透出老干部总是实话实说的特点。我问道:"您钓过最大的鱼有多重?"她略回想,眉目中掠过一丝自豪:"有三四斤吧,是一条大草鱼,那是前两年在玉泉山下水中钓起的!""那您有

---

* 本文原刊于《人民日报》2000 年 11 月 24 日。

放空竿的时候吗?""怎么没有,有一次我整整坐等了两个小时,鱼影儿也没见到,对,就是你们体育杂志社组织的钓鱼比赛,可是大鱼把你们的竿子都拉断了呢……"

记起来了,我们一起回忆着:三年前的1997年,也是这样的深秋,在京郊的一个大鱼塘,挂着拐杖、头戴黄呢军帽的陈锡联上将,目不转睛地凭着战争中伤戎之手,用他用了多年的钓竿(是真正的两节黄色竹竿),钓着了一尾足有9斤重的大草鱼。那草鱼趁着秋风,拨动着水势大发神威,左摆右扯硬是把老将军的钓竿崩断。贴身的夏参谋眼明手快,一个箭步握住了断裂的前两节竿子,我赶紧扶正老将军的身躯和座椅,邻近渔友电影艺术家王铁成早有大网半空飞来,众人齐心合力,才把大鱼捞捕上岸,放在老将军面前。老将军满脸堆笑,用拐杖指指旁边的磅秤说:"过过秤,看看今天我是不是真正的冠军呀!"隔岸的陈慕华眼观耳听,羡慕不已:"老将军真有福气,能钓这么大的鱼,祝贺他。"

我们正回忆此激动画面,只见她高出水面四目的漂儿(她说,眼力差了,这样目标大,好看动静)一沉一送,我大叫:"有了!"话音未落,她已抖腕扬臂站了起来,一条红玻璃似的鲫鱼出水了。四岸皆喜:"真喜庆,开竿就是红鲫,今天您肯定拿名次了!"说来也巧,接连又是两条红鲫。体育报的小岚和体委老领导彩珍大喊:"是不是下面专门有人给您挂红鲫鱼啊!"满塘钓手皆喜笑颜开。

我们边钓边聊,她说自己身子骨好,虽然近年患有高血压等疾病,但不要紧,时常外出钓钓鱼,散散心。"对,有时还参加你们体委组织的女部长网球比赛。每当一上运动场活动,就觉得病轻多了","总之到户外呼吸新鲜空气散散步什么的,对身体健康很有好处"。在碧塘畔,她心情好,谈锋颇健。

我问她现在还有什么体育锻炼,她说:"主要是钓鱼运动了。平时也散散步,学学太极拳什么的。"正说着,她又拉上了一尾红鲫。她乐不可支:"第五条红鲫了吧?"到鸣哨收竿时,她还拉上了两条大鲫鱼。她笑呵呵地说:"还剩10分钟时,我就想着开始钓收竿鱼了,想不到又收了两尾呢!"她一边和身边小护士收渔具一边说:"我今天起码也是比上不足比下有余呢! 因为我发现左右两位'高邻'都没我多嘛! 他们都是老钓手呀!"左右钓手是于洋和老作家邓友梅,他们唱个喏承认:"我们今儿走了麦城没关系,权当陪您了。"我忙接道:"下次没准儿她还得陪你们两位呢,渔场上的角色时常在互换的嘛!"又引来一阵欢声笑语。

陈慕华一直等到中午12时大家都收拾好渔具,返回大厅给赞助的深圳企业家高女士发完奖杯,当然自己也领了个尾数第二名的大奖后胜利返航了。正如在下即兴小诗所写:

> 功勋为昨日,
> 显赫女钓翁。
> 五喜出水面,
> 霜重叶更红。

邓亚萍垂钓夺魁记

提起邓亚萍的芳名真可谓如雷贯耳,在中国的体育运动史上,她可称为 20 世纪一位伟大的乒乓球运动天才。究竟在她的乒乓球生涯中共夺过多少世界级、洲际和全国冠军,别说我说不准,就连她的主教练、恩师张燮林也得计算半天,一时半会儿也说不清呢!今天在这儿,我要说的是她在乒乓赛场之外夺取的另一块"金牌"。

朋友们看到她钓鱼的照片很是欣喜,建议我写写她执竿垂钓夺冠的经过,正好我做过她的"钓鱼教练",也乐意谈谈"高徒"的休闲生活。那是在香港即将回归祖国的 1997 年五六月份的北京初夏,已经钓过两次鱼的邓亚萍显然对这种悠哉闲哉的运动很感兴趣,尤其经过我和其他钓鱼高手手把手教她后,每场比赛下来小姑娘也能从碧水白浪中挑上两三条鱼儿,这使她大为开心,信心大增。她每每遇到我总是问:"万总,怎么还不搞钓鱼比赛?是不是忘了叫我们啦?"

那是个风和日丽的星期天,邓亚萍还有她的乒坛伙伴乔红、刘伟、乔云萍,加上我也分不清的孪生体操世界冠军李大双、李小双和他们的教练们,穿着五颜六色的休闲装,先后轻松愉快地来到北京南郊的亦庄,争先恐后地进入了钓点,摩拳擦掌拿起了钓竿。

小邓好强,处处不甘拜下风。我给乔红弄好了钓具,不敢怠慢,忙跑过去帮她,不想她已麻利地拉好了 5.4 米的手竿,正在认真地试漂呢!"万总,怎么没有蚯蚓和颗粒食呢?""已到夏天了,天热水暖,鱼儿觅食活跃多了,这东浚饵软,很好用,上鱼率比蚯蚓和硬食还快呢!""噢,别忘了加上本地的鱼食饲料和这本塘的水。"她很内行地提醒我。"对极了!"我点头称道。

小邓自己试准了浮漂,我很满意"高徒"悟性这么强,进步如此快。有人钓了两三年鱼,竟不会试浮漂呢。我忙给她上好了鱼食,她一边握住鱼食一边又说:"怎么这么一大团?怪浪费的。"我纠正道:"前两竿食应偏大,为的是目标大,好吸引鱼群;就是化落在水里也不浪费,正好打窝子呀!"小邓莞尔一笑:"到底是老师有经验啊。"说着她又把挂好食的钓钩扬竿抛到六七米处理想的钓点上。

　　我忙把鱼护也徐徐放入水中,看到小邓已稳坐到小凳上,"今天让她自力更生。"我正思忖着,她倒先开口了:"老师先帮助其他运动员吧,我没问题了。"左边的钓鱼老手、工程兵副司令员唐凯将军是位有二十多年钓龄的老钓手,一边把自己带来的蒸过、又经过酒泡的小米,用力抛洒到邓亚萍抛钩点上,边说:"我最佩服体育明星了,你们个个都是真正的英雄好汉。"右边的乔红见到了调皮地笑道:"老伯,不要偏心,还有我呢!"老将军忙由警卫员扶起,亲自走到乔红处:"好啊,不偏不倚,小乔红也是一大把。"还慈爱地轻抚了一下乔红的脑袋,幽默地说:"怎么两位今天都不双打,各自单打起来了!"欢声笑语荡漾在绿水微波上,柳枝上不知疲倦的蝉此时又快乐地鸣叫起来。

　　我还在教小双如何抛钩看漂,旁边大双的恩师黄玉斌也为第一次来钓鱼的爱徒上好了食,只听小邓那边高叫:"有了!"举目望去果然不假,她大甩鞭似的已把一条拼命上摇下摆的小鲫鱼硬甩上了岸,引起满堂喝彩:"世界冠军就是行,不到10分钟就来了个'开竿鱼'。"须臾,她又照样甩上来一尾。"严师出高徒",我忙过去小声说:"你反应快抖腕好,但钓鲫鱼不必如此大动作,这样一是太累,二是慢,影响上鱼频率。"这姑娘马上心领神会:"鲫鱼形小体轻,动作是应越小越好啊!""今天我们原来没准备钓鲫鱼,所以为你准备的竿子也较粗、较长,线也是0.5毫米的呢!钩也带了个倒刺!"我正答道,只见这位世界冠军反应非同一般,她眼疾手快,漂儿只轻轻一点,就以迅雷不及掩耳之势抖腕再挑上了一尾!此次动作很小,而且右手抖竿,左手很快拉住了摇摆不停的鱼线,且不管这鱼儿如何摇头摆尾挣扎不休,她还是准确无误把它拉到了护中。我真是乐在脸上,自豪在心间了。忙用毛巾一把握住这条鲫鱼,脱了钩,让鱼儿连滚带爬跌入护中。我说:"这虽是混合塘,今儿鲫鱼却这么多,换换竿、钩和线吧!"她答道:"算了吧,管它什么鱼,'拾到篮子里都是菜',论尾数我也得夺它个前三名!"望着她一副势在必得的样子,我不由想到她在世界乒乓球大赛中,举着小拳头,口中念念有词,那种咄咄逼人的虎气。"也好!"我安排了一个替她摘钩的鱼塘服务人员就走开了。

骄阳当空,金光四射,垂钓者开始脱去外衣纷纷躲入大伞下,以避免阳光直接烤灼。水温不断上升,四岸钓友也不断起竿上鱼了。小邓灵气足,运气好,不断有大鲫瓜、小鲤鱼入护,她眉眼都乐成了一条缝,也顾不上鱼儿溅洒水珠污染了她那漂亮的裙子。正高兴的当儿,一条大鱼悠然经过冠军埋伏的香饵阵,不由自主张开嘴且触动了一下暗藏杀机的面团,想看看世界冠军"葫芦里卖的什么药"。眼尖手灵的小邓见漂稍有反应,猛一个左抖又直上,正巧从外面刺穿了那鱼的上唇,凭经验这条大鱼知道"大事不好小事不妙",掉头就蹿向深水中。说时迟那时快,这竿也绷紧了,线也拉直了。小邓是头一回碰见大鱼,激战中,似乎顶不住这大鱼莽撞逃生之劲头,忘记了本师教导她钓到大鱼之原则:左右逢源 45 度执竿、顶腹等战术要领。只听她大喊:"万总,大鱼! 大鱼!"我在远处虽加速跑来,怎奈"远水不解近渴",大鱼已和小邓成"拔河"之胶着状态。

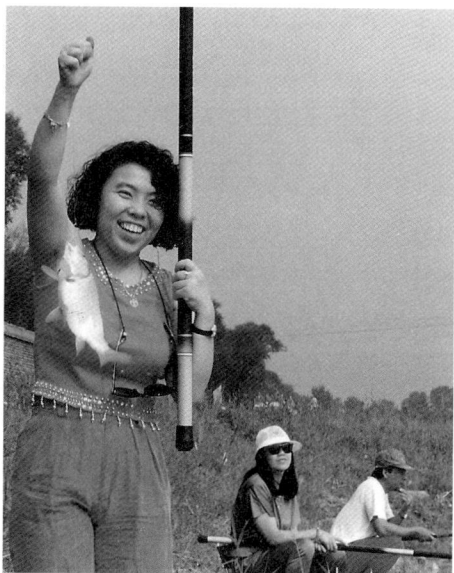

在万伯翱指导下,女子乒乓球世界冠军邓亚萍成为一个垂钓能手。

这竿、线被拼命逃窜的大鱼拉得眼看要竿裂线断，只听水中丝线"呜、呜"作响，正在"千钧一发"之际，只见左面唐老将军早已虎步龙行，人未到手先行，拉住小邓的竿往左，以四两之力，化解了鱼儿的千斤奔脱之劲。我也气喘吁吁赶到忙往右扯。这时人声鼎沸，摇旗呐喊者站立两厢，小邓在我们的帮助下与大鱼斗了十几个回合。大鱼已无摆脱之功，只有随线归顺之力了。唐老将军对贴身卫士下令："大抄网伺候！"卫士应着"是"声，大抄网早已埋入浅水之中。我和小邓已把大鱼引入岸边浅水埋伏处，这小卫士好身手，一个猛抄，又稳又猛，把鱼头正好一下抄入护圈中，水淋淋提起，生擒上岸，老将军笑颜大开："这条鲤鱼最少也有 4 斤重呢！"

右边小邓的老搭档乔红也快步赶到，笑嘻嘻地双手摁住摆动不止的鱼身，小双也箭步跨上，三下两下就把金钩拉出。此时，裁判员结束哨吹响，提秤验证，我的高徒邓亚萍此战硕果累累：尾数为 10，单尾最重的那一条鲤鱼为 4 斤 6 两，稳获双料冠军。只是总重量这一项被老钓手唐将军以 10 斤 9 两折桂。

这场人鱼之战真是：

白发红颜都夺冠，
难分双打与单干。

■ 共和国领袖们的国球之恋

　　见过开国领袖毛泽东主席三张打乒乓球照片的人,都有着深刻印象。

　　最早的一张应是 1947 年早春,陕北转战前夕,此后一年多我军就与蒋介石八百万美式现代化军队进行三大战役决战了。在延安革命根据地拍摄这幅主席运动照片的摄影者,是老文艺工作者程默。那时候日子过得多苦啊,又生产又打仗。作为军队最高统帅的毛主席,身上真是有千斤重担。尽管如此,他并未忘记锻炼身体,保持着高度的革命乐观主义精神。后勤部的木匠师傅动手找来了弹性较好的树木,自己织网又做支架,做成了又能打球又能开会的一对桌子。乒乓球是从缴获敌人的仓库中偶尔获得的几盒,另有从上海、北京等大城市来的学生和海外华侨带来了几个。那是个大雪过后的天气,虽然太阳被薄云遮住,但树上和墙的砖沿上都挂满了雪,四周白皑皑银光反射,光线还是不错。在王家坪毛主席开会的窑洞前,战士们清扫了院子里的积雪,支上了土球台,特别请毛主席出来打打球,吸吸新鲜空气,活动活动疲惫的脑子和筋骨。毛泽东头戴着棉帽,身着棉装,应声走出窑洞,和警卫战士打开了。球拍当然是自制"光板",照片上的毛主席是直板握法,而且中指和食指皆握在球拍前面,正在兴致勃勃地反手击球呢!第二张拍摄于上海住所,他正横握球拍笑呵呵地击球。最后一张是 1962 年,新华社著名摄影家吕厚民拍摄于武汉东湖主席居住过多次的住所。只见身着标准灰色中山服的毛主席,刚刚放下批阅的文件或书籍,路过走廊上摆放的墨绿色的红双喜球台旁,在服务人员的热情邀请下,又兴致盎然地拿起著名的红双喜双面海绵加正胶的球拍。这次毛主席又是横握

"大刀",他左推右挡击过来的球,当左边来球又低又快时,老人家还低下身子去侧身救球呢!球高了猛地抽杀一板,打上了,两边观众鼓掌欢呼;打不着,自己笑着摇摇头,仿佛是在遗憾因缺乏训练,球才会不断出界和下网的。

60年代初,帝国主义和反动派对我国经济实行封杀、三年自然灾害以及政策失误造成了严重的后果,在这样严峻的形势下,北京毅然决然举行了建国以来第一个世界级体育比赛——第26届世乒赛。这真如风雪中绽开一枝红梅,而且中国取得了从未有过的辉煌战果,夺取了三项世界冠军。毛主席虽然没有到现场观看比赛,但他在家里常看黑白电视转播,尤其是关注决赛,他为中国运动员的胜利何等高兴!暑期还特地请全体乒乓球健儿到北戴河海滨休息。那时粮票限制很紧,又缺油水,吃不饱,毛主席请运动员放开肚子吃,并在居住的别墅前兴致勃勃地观看男女选手的精彩表演。第28届世乒赛,中国队又再接再厉,一举夺回了五个冠军,凯旋回国后,毛主席在贺龙主任的陪同下仔细观看了五个奖杯。1964年毛主席看到了徐寅生的文章《如何打乒乓球》后,立即指出:"多年没有看过这样好的文章了,全文充满了辩证法,处处反对唯心主义……"全国因此掀起了学习马列主义、毛泽东思想的新高潮,强有力地推动了全国政治、经济、军事等各条战线的工作。70年代,在日本举行的第31届世乒赛后,毛主席用他那经纶山河的大手,把这小小银球"打"到大西洋彼岸的美国。他还特别邀请了美国等五国乒乓球运动员访华,从此打开了中美20多年冰冻的政治僵局,1972年初春,引来了"反共老手"美国总统尼克松,到中南海毛主席书房"朝拜"他的"共党老对手"!此举震惊了世界,留下了"小球拨动大球(地球)"的一段历史佳话。

也许很少有人知道,日理万机、首任共和国总理的周恩来居住办公的中南海西花厅,在走廊里也摆放着一张球台。他一天通常工作16个小时左右,忙得上洗手间也不停止办公,累得常常握着笔,点着灯就睡着了。所以在"文革"以前,秘书、警卫还有邓大姐,总是把他拉出来打一会儿乒乓球,好让他休息休息头脑,活动活动身躯。因为青年时代在南开上大学,那时乒乓球刚刚传入学校不久,他打过几次,有点基础。但他右臂在延安骑马时摔坏,伸屈不够自如。星期天,客人和孩子们到来时,中办警卫局副局长兼中央警卫团政委、主管总理警卫工作的杨得中和秘书班子,都示意让他们硬拉总理出来打一会儿球,哪怕运动10多分钟,让不分昼夜、坚守中南海岗位的一国总理能休息一下也好啊!总理还和女子世界冠军郑敏之过过招,还提醒她:"认真点,不要看不起我呀!"

第三代中共领导人江泽民,60年代在全国掀起的乒乓球高潮中也练过乒乓球。他很关心中国的体育事业。中国健儿在雅典奥运会上拿了32枚金牌,名列世界体坛第二名,总书记闻讯后,夜不能寐,特地打电话热情祝贺当时的中国奥运军团团长袁伟民,欣然接受并感谢赠送给他的由32名金牌冠军签名的珍贵纪念册。江总书记在1990年北京亚运会前夕,还特别视察了国家体委训练局乒乓球训练馆,他仔细观看了生龙活虎的国手们一流的精湛攻防技艺,连连为之鼓掌。当场,江总书记还兴致勃勃地拿起贴有世界一流"729"胶皮的直握球拍,抖擞精神,和世界女子乒乓球冠军乔红对打起来,能攻能守,引起了四周人群的欢呼喝彩。据亲临现场的记者对笔者说:"江总书记还赢得了这场比赛呢!"这当然是国手礼让领袖了。

胡锦涛总书记,在中学、大学时期也是位乒乓球业余爱好者,我还见过他的书法,毛笔字工整秀丽,很有功底。他很喜欢在浩繁的工作之余在办公室外或家里打打乒乓球,活动活动四肢。作为主要的锻炼身体的手段,他的另一体育爱好则是游泳。

据《羊城晚报》报道,2005年2月1日刚刚上任不久的共和国总理温家宝,大年除夕之夜没能像千万个家庭一样,享受含饴弄孙的天伦之乐,而是在"雨雪交加的天气里",千里迢迢来到了我国严重的艾滋病村、河南省上蔡县看望被艾滋病夺去了亲人的百姓们,并且和艾滋病遗孤握手和亲切拥抱,在娱乐室里,温总理观看孩子们打乒乓球,并欣然接受12岁的程文龙的邀请,拿起球拍对打起来。这小小的银球又一次承担了领袖和人民心连心的使命。

邹家华同志在第一、二代和第三代领导集体中都担任过重要的工作,也是一位我国当代党和国家领导人中的乒乓"球痴"。

他父亲邹韬奋祖籍江西,出生在福建永安,是近代历史上著名的爱国文人。他的父亲所主编的新闻刊物,在抗日时期能从几千份发行到十几万份,闻名遐迩;和著名美髯公、爱国者沈钧儒等 7 人被国民党反动政府逮捕,史称"七君子事件"。因工作和生活的劳累,韬奋先生在 1944 年夏病故于上海,留下"全国坚持团结抗战,早日实行真正的民主政治,建设独立自由幸福的新中国"的最后遗言。邹家华同志并未躺在先辈的功劳荣誉簿上,而是勇敢地迈出了家庭的闪亮光环。解放前他参加新四军,英勇无畏,在解放区任劳任怨做好基层工作。后到苏联努力学习,1955 年以后到"文革"前,从基层的工艺师、厂副总工程师、厂总工程师、代厂长、厂长,一步步脚踏实地,成长为一机部机床研究所所长兼党委书记。

1959 年容国团在第 25 届世乒赛上,单枪匹马连闯数关杀入决赛,以他超凡的头脑和娴熟的球技,为新中国夺下第一个世界冠军而名垂青史。第 26 届世乒赛后,全国各地掀起了打乒乓球的高潮。家华同志一样受到很大鼓舞而着迷于乒乓球锻炼,只是"文革"中不好经常打球了。到 1985 年担任兵器工业部部长,到后来升任国务院副总理兼国家计委主任,条件好了,他只要有空儿就打乒乓球。那时他还年轻,又有过去练球的基础,步伐移动快,抽杀有力,机关和家里都很少有他的对手呢!他的机关有乒乓球台,家里也有乒乓球台。尤其是担任了九届人大副委员长后,工作不像在政治局和国务院那样夜以继日地繁忙,到了 2002 年从一线岗位上退下来后,他的乒乓球运动更加"制度化",每个星期至少要打四五次,不打得满身大汗,也就是不到两个多小时,决不收兵。2004 年他老人家还被选为中国乒协名人乒乓球联谊会名誉主席(主席是徐寅生,笔者被选为副主席),并欣然提笔泼墨致贺,凡是体委举行的各种全国和首都的名人乒乓球赛他都力争参加。我有幸和他交手几次,每次都真刀实枪地大赛几盘,真是趣味无穷,令人难忘。

2002年夏天,在新建成的、世界一流的、架着百余张球台的国家乒乓球队训练大楼里,家华同志和前国手许绍发、郭仲恭组成联队,我和中央电视台主持人蔡猛、体育报业总社的老总刘猛组成新闻队,在争夺冠亚军的时候碰在一起了。蔡猛不但是著名的体育新闻主持人,也是一名前河北少年队的单打冠军,他敢于挑战老国手,以微弱的比分险胜许总教练后,又输给了全国亚军郭仲恭和邹副委员长。我因为已输给了许、郭两位,最后碰到了老首长。这时他虽已连赢数场,劲头还是勇不可当。但是我的路子正好能对付这位老英雄,他的球路多是防守性的,且较转而低,我正好善于提拉,速度虽不快,但老英雄更慢我一筹。一比一打平后我反倒更不慌了,老英雄连打了几场,体力总是有所下降。换场后,可能是为求稳扎稳打吧,他一拍也不攻了,我则更加大胆,一切顾虑都没有了,心理状态良好,正反手都拼命拉,还打他不够灵活的中路。赛前有人提醒我:"要让首长一点儿。"这话也忘到了九霄云外。加上连输两场,要是再输这一场我"万老大多丢人现眼","老英雄已赢多场,在下我就不客气,手重了,请首长见谅吧!"我终于猛攻后连续拿下了最后几分,高兴得跳了起来。能赢这位沙场老将真不容易呀!赛后我们热烈地握着手,他的大手还是那么有力,身躯高大,臂膀真粗壮呢!他高兴地和我合影留念。许绍发教练在场外指着我数落:"万老大犯错误,怎么能随便打败我们的首长领队呢!"我一时语塞,满脸通红,汗珠子乱溅,老英雄却挥手不让老许多说,忙正色道:"谁说不能赢我? 打球嘛,总会有胜负,正常现象啊!"

此话一出,便引起周围的领导、记者、球友们一阵会心的笑声和热烈的掌声,老英雄在乒坛谦和、平等有礼,这正是:

> 领袖闲暇喜国球,
> 健儿届届夺冠军。
> 拼搏精神传千里,
> 体坛东风又新春。

■ 元戎百姓共挥拍

　　20世纪60年代初期的北京城可以说色彩主调是灰色的。大多数的楼房是灰蒙蒙的,马路上也如此,没有什么明亮的灯光,没有亮丽的七彩广告灯箱。电力甚缺,家家户户的灯泡大多25瓦以下,而且都要"人走灯灭",拉闸停电、分区限电是常事。人们也习惯穿灰、蓝的制服。三年严重自然灾害的阴影仍笼罩着大地,不少人营养不良,人们的脸色也灰暗无光。但却有一件大事很明亮,使人振奋不已——

　　1961年的春天,国家决定在北京举办新中国成立后的第一个世界性的体育比赛——第26届世界乒乓球锦标赛。现在回顾如烟往事却也觉得恍如昨日,永远难忘。当时党的领袖和政府的威信是至高无上的,屹立在东方的中华民族,众志成城战胜了天灾人祸,新中国没有像西方世界盼望的那样垮下,而是上下一心在大灾荒之后,首次举办这样的世界级锦标赛。贺龙元帅作为国家体委的首任主任,指挥若定。贺老总挂帅样样就都好办,首先要建一个像样的国际标准的专门比赛场馆——北京工人体育馆,那里能就座3 000多人,当时是北京也是全国最大的室内球馆。我还记得当时《北京日报》宣传它是用先进无梁柱的拉索,悬梁工艺建筑,这样可以使观众在任何座位上都可无任何遮拦看清比赛。北京市委主要领导人彭真、刘仁、郑天翔、万里都给予高度重视和紧密配合,亲临工地视察指导。首任国家体委主任贺龙亲自报周总理审批并深入第一线解决各种问题,以保证工程质量和施工进度。那时什么都要凭票供应,但对这批建筑工人和技术人员,当然还有我国和即将来到的各国运动员、新闻记者等,都给予了特殊补贴,尤其是粮油及市场上少见的新鲜蔬菜和水果。

当时以容国团、庄则栋、徐寅生、李富荣、张燮林、王传跃等为核心的运动员，还有国家队的王家声、胡道本、苏国熙、周兰逊、王志良、郭仲恭、廖文挺、谭卓林等优秀选手，个个都是身手非凡的骁将。他们的名字经中央媒体宣传，早已家喻户晓，妇孺皆知了！从那时到"文革"前三届世界比赛，这些选手都是外国选手怕碰到的"红色拦路虎"（那时国家队统一服装，上身均为红色运动服）。专家分析指出这群灿烂的群星可以毫不夸张地组成"三个国家队"，而且每个队都能夺取团体冠军，单打亦可派出前三名，个个也都具备夺冠实力。到第28届世界乒乓球锦标赛，国家队乒乓球女队表现不凡，容国团教练出奇兵派出一对横板选手林慧卿、郑敏之削中带攻、以柔克刚，打败世界所有女选手，使中国首次获得女团冠军。那时真是"睡狮猛醒当惊世界殊"，是中国人民向世界开始展示他们真正力量和才干的划时代时刻呢！这也奠定了乒乓球从此成为中国国球的基础。

今天不谈当年在工人体育馆争夺男团、男单、女单等冠军那种激烈如潮涌、海啸般的惊心动魄的场面，我只想作为一个历史见证人，一位乒乓球爱好者，谈谈为什么中国国球乒乓球从60年代起半个多世纪不衰，一直保持着世界领先水平。这虽然是个不小的题目，是专家和体育总局早已总结过的事，可是作为当时的一位少年乒乓球业余选手，我还是要再谈谈自己所见的"乒乓天地"呢！《乒乓世界》和一些媒体已发表了我所写《共和国领袖们的国球之恋》，这就是说世界上从古到今没见过像中国三代党和国家领袖们都如此迷恋乒乓球的。26届世锦赛以后，不仅毛、刘、周、朱、陈、林、邓、彭8位领袖级人物，连几"老"，如：董老（必武）、谢老（觉哉）、郭老（沫若）等国家最年长的领导人和我军十大元帅、十大将及大多数上将，他们基本上家里或办公室都摆着乒乓球台，他们本人和孩子们、工作人员都要打，就是再往下，共和国各位首任部长家中也不少摆有各种木材制成的不太规范的乒乓球台，一时"洛阳纸贵"，好的乒乓球拍、球台等器材都脱销了。在育才小学读书的我，50年代末参观了在北京举办的日本展览会，那里第一次展售极为罕见的日本"蝴蝶牌"球拍,这些都成了大人孩子们的抢手货。供需矛盾直到"红双喜"乒乓器材成批出品,才得到缓解。

周恩来伯伯一直坚持打乒乓球。直到"文革"中生病前,乒乓球是他锻炼身心的主要运动。不过偶尔他也在走廊和院子里踢一会儿足球。我还保留了一张从纪念周恩来逝世一周年《人民画报》上剪下来的一张他打乒乓球的照片。26届女子单打世界冠军邱钟惠曾对我说,周总理生前,她曾见过23次,有三次是去总理家做客,周总理对乒乓球非常关心,当时的乒乓球运动员无论男女,他都很熟悉能叫出他(她)们的名字,还经常去观看国家队内外比赛。

我父亲万里当时任北京市委书记处书记和第一副市长,1961年打完26届决赛后的"红双喜"球台在向市委报喜和庆功后,有一张球台很荣幸被分配到万家小四合院里。我们家5个兄弟姐妹欣喜若狂,因为我们都喜爱乒乓球运动,正发愁自己家没有球台呢!我的同伴都记得,在育才小学我为了课间操15分钟和同学争夺球台,发生口角和拳打脚踢,"顺手"用坚硬的上海"顺风"牌球拍击破了同学的前额,而受到"记过"处分。当时我还有一块底板上面贴着日本友人西园寺公一所赠胶皮的球拍,曾被国手余长春从我手中抢去打了第28届比赛,这也是我割爱,用实际行动支持了国家队呢!这种热潮在小学、中学、大学普遍涌起,各种业余体校也"忽如一夜春风来,千树万树梨花开"。实际上,三届男单世界冠军庄则栋就是北京业余体校培养出来选送国家队的,他年仅17岁时就在欧洲勇夺了国际比赛的冠军呢!在课间10分钟,我们用黑板擦背面为球拍,老师的讲台上面放上鸡毛掸子当网,就兴致盎然地打起来。学生们甚至于在水泥地上画一白线也权做球台打起来,不少人还对着墙来回练着打。乒乓球打破了没钱买,就用胶布粘上继续打,踩扁了,用沸水一烫又圆了,接着打。农村公社大队的办公桌,不少是做成乒乓台两用的,学校的很多球台则因陋就简,用些废砖、土堆什么的再略施水泥面,支上固定网架,就在露天打起来。想想如此的"人民战争"层层选拔到国家队的人才,再加上国家队当时提倡的"三从一大"训练方法、大学解放军的作风和哲学辩证法,如此自发的全民健身,何愁中国乒乓球国手在世界乒坛上不能横扫天下英雄呢!

从下到上可以说"遍地开花,到处银球飞舞"。我上小学、初中到高中,乒乓球拍没有离开过我的书包,两三天不打就觉得手生、手痒,先农坛业余体校我去练过。我的启蒙教练就是当时大名鼎鼎的全国冠军王传跃的爱妻、北京乒乓球名手李燕玲,还有杨铁林等。各种技术我都学过一点,国手郭仲恭、廖文挺、徐寅生及后来的世界冠军李振恃等我都请教过,都是我的亲授师傅呢!在育才小学我被国家体委批准为三级裁判和三级运动员。26届世锦赛后不久,我已在外贸学院预科读高中,获得全校冠军。乘东风又上一层楼,一年之内,我击败过三名二级运动员,甚至击败过一名一级运动员,因此而获得国家体委颁发的"二级运动员"的称号,戴上这金光闪闪的证章,曾引来多少小伙伴羡慕的眼光(以上这些40多年前的证章、证书已被国家体育博物馆收藏)。贺帅的儿子、北京四中的乒乓选手贺鹏飞(后来成为中将、海军副司令员)曾说:"万老大,借我戴几天二级证章吧!"我怕他丢失如此"荣耀宝物"就婉拒了,他年少气盛地半开玩笑半认真地说:"你还没烧够呀,再烧几天后借给我戴啊!"1962年以后,我读了高中,下放到河南当知青,很快又遇到了十年浩劫,乒乓之路就此停止了。当然,到了农场农闲时,也偶尔到工会去打打球。

当年爸爸不仅鼓励我们打球,而且下班回来就站着观看我和弟弟、同学们打球。有时他星期日在家加班,疲惫了还挥拍打球作为放松和休息方式。我家那时住得很挤,根本没有专门的球室,爸爸就临时让警卫人员把球台抬进他的客厅兼办公室这间唯一大点的房子打起来。他和我对打,很认真,没有裁判,亲自记比分,5分一换发球,21分为一局,不能差一点。有时双方打得激烈忘了分,他停下来,不听我们的,自己算一遍,直到没争论,校正确了再继续打。他直握球拍,也是那种三四十年代在学校的老式手法:中指和无名指都在前面,他还猛发左右的转球和放小球以求胜利,但我在体校练就了基本功,都能从容对付他。

他常常败下阵来，却都不以为然："出汗了，锻炼了身体，我去洗把脸，还去看文件，你们再打一会儿吧！"

星期天和春节时，常有国家队男女选手到家做客和教我们打球，真是全家痴迷，老少挥拍呀！

这正可谓：

> 体育之花遍地开，
> 元戎百姓共挥拍。
> 银龙涌过金龙舞*，
> 不尽长江滚滚来。

---

* 指现在的领奖队服。

帅府里的欢声笑语

巍巍乎势倾华岳,赫赫乎声威丛道。飞霜万里星斗摇,乾坤四面狂风啸。叹元勋无端蒙难,忆沙场立马横刀……

——录旧作忆贺龙

晚秋京城的夜晚虽然使人感到丝丝的寒意,但北新桥贺龙元帅家的大院里树木花草仍然是郁郁葱葱,贺龙夫人薛明佩带一枚中国奥林匹克纪念章,虽年近八十,但依然精力旺盛,从清晨起来就忙着吩咐打扫庭院安排酒席,这架式是要欢迎最尊贵的客人。华灯初上,北屋客厅酒宴已准备就绪,元帅夫人和长子海军副司令中将贺鹏飞夫妇、女儿贺晓明夫妇欣然在座,盼望着这批贵客的光临。

这次家庭聚会是我受贺龙元帅夫人薛明之托组织的。第一辆车叫响,战士立即打开车门,只见进来一对笑容可掬的夫妇:男士个头不高,戴着眼镜,经常上电视,他就是国家体委主任伍绍祖;女士是他的夫人,也是一位老革命家曾三的女儿。夫妇双双走到元帅夫人面前恭恭敬敬地行了大礼。正在寒暄,喇叭又鸣,走出一鹤发童颜老翁,晓明高喊"荣高棠叔叔来了!"老夫人忙起立相迎,两位老人紧紧握手,大门不能关了,小车、面包车,鱼贯而入,欢声笑语在帅府中此起彼落。国家体委训练局副局长张健来了,体操队总教练高健也带着他的得意门生、刚刚在广岛亚运会上摘取四块金牌的莫慧兰进来了,这可乐坏了慈眉善目的薛奶奶,过去就抱上这个"小不点",亲她没个够。

上世纪六七十年代的世界乒乓球高手、现任国家体委一司副司长郭仲恭及高级教练廖文挺夫妇,还有当年被贺老总誉为好管家的张均汉，都喜气洋洋地来到了帅府。我那天是陪着围棋高手罗建文前往的，他是贺家的老朋友了，在"文革"期间，贺帅龙卧沙滩，被"四人帮"恶犬相欺。罗建文昼夜陪伴贺鹏飞、贺晓明、贺幼明下棋、打牌消磨时光，熬过最为凄惨的五更寒岁月。同时他也是我家的患难之交，当时我父亲亦被打成"反革命修正主义集团中的黑帮骨干分子"，我家五个孩子也成了当然的"小黑帮"，受尽凌辱。那时候父亲还被抓进监狱，家被抄，孩子们和白发苍苍的祖母被扫地出门搬到永外沙子口，而罗建文、郭仲恭、廖文挺依然时常来家中看望。患难真情令人无法忘怀。

大厅内灯火通明，伍绍祖向我发令："万老大主持，咱们还是民间聚会，该乐的就大乐，该吃就大吃，不受拘束啊！"我一查人头，坏了，少了乒乓球世界冠军邓亚萍和她的教练张燮林，糟糕的是她自己驾车而没有跟上车队，他们还从没来过帅府，如何寻得着？急得贺家的亲戚、国家体委保卫处贺处长直要派车去找。"先打电话给体委值班室说明这里的详细地址，邓亚萍、张燮林都机警过人，他们会和体委联系的！"果不出预料，正在大家焦灼之时，门卫又报"来了"，只见这位乒乓"小不点"风风火火地挽着张总教练跨进门来，不等进屋赶紧说：我们被红灯拦住了，只好原地打住，张教练看车，我就去给体委值班室打电话，我们就很快找到这里来了。荣老忙拉邓亚萍到薛明面前行礼，薛明阿姨高兴地说："我知道你是乒乓球世界冠军，在电视上常常看到你这只小老虎呢！"

小客厅早坐不下了，贺晓明扶着妈妈来到大客厅，这里今天兼做自助餐厅。绿色的菜、红色的虾、黄色的橙子等都格外鲜亮夺目，热气腾腾的饭汤散发着诱人的香味。

人都到齐了，仪式开始。我观看了一眼大厅里的贺龙伯伯半身青铜塑像，他还像生前那样威武豪迈而又慈祥。他看过我和他的孩子打乒乓球，他要求少年的我们："打球要像火车，不要像骆驼。"再看看前面，几乎占了半面墙的大幅国画，那是描写贺胡子伯伯高立在船头，手拿驳壳枪，在洪湖斗争时期深受军民欢迎的场面。我立即控制着追思面对满屋子体育战线上的新兵、老将,满怀激情讲述了这位新中国革命和新中国体育事业奠基人的光辉历程,他也许不会想到我父亲80年代曾当国务院常务副总理时,接了他的班像他当年一样主管国家的体育,还接受了萨翁的金质五环勋章,他也不会想到当年常到东交民巷八号帅府家和小龙一起打球的那个娃"万老大",今天也走进他的体委办公大楼当了体委的对外宣传的官员。但不管是我父亲,还是伍绍祖主任和这一屋子的世界冠军、教练员,都是党和他培养出来的,因为我们全都是按着他的思想和指示走过来的。

讲到这些,我两眼开始潮乎乎的,我忙请晓明代表主人讲话。她圆圆的脸,宽阔的额头,酷似她的父亲。她说:在我很小的时候就记得聂元帅见到爸爸就称他为"我们的'球头'来了","二十六届世乒赛期间,家里出出进进的不是荣高棠叔叔就是容国团、庄则栋和傅其芳、姜永宁等运动员、教练员。那是爸爸在运筹帷幄指挥夺取世界冠军呢!总而言之,爸爸生前像这样迎送体委的人在我们家是常有的事,请大家再像过去一样尽情的吃吧!喝吧!欢乐吧!你们是所有运动员、教练员和体育工作者的代表。"一时间大小杯盘碰响了,伍主任虽然不善饮,也要充当好汉。一会儿给薛妈妈碰杯,一会儿给小龙这位中将司令碰杯,一会儿还要给兰兰和小邓夹菜,真是忙得不亦乐乎。

"有酒必有歌兮",我们中国人就兴这个热闹,因此我宣布请两位耄耋之人来首歌助兴。荣高棠乃多才多艺之社会名流,他略和薛妈妈商量了一下,两位老人首先高歌《二月里来》,两位老人好像都年轻了几十岁,仿佛回到了延安时代,那精神头让大家不断地鼓掌叫好,接着伍绍祖、贺鹏飞两位将军在元帅像前高歌一曲《我是一个兵》,他们胸脯挺得高高的,嗓门放得大大的,颇有军人气质。我又请兰兰表演节目,这个15岁的小姑娘既聪明又手巧,不慌不忙地走到薛妈妈和荣老面前恭恭敬敬地一鞠躬:"我代表运动员向爷爷、奶奶、叔叔、阿姨问好!"接着她又拉邓亚萍一起唱《大海啊!故乡》,小龙的女儿、晓明的儿女也加入合唱的行列,我忙说:"邓亚萍是中国优秀运动员星光卡拉OK大赛第三名的唱歌高手呢!"

酒过数巡,夜色渐浓,聚会也达到高潮,我建议最后全体高唱《洪湖水浪打浪》。于是不分男女老少,同声高歌这支深受广大群众喜欢而久唱不衰的歌曲,看着墙上的"碧波洪湖",我们深感贺元帅两把菜刀打天下的年代之不易,同时也感到我们这三代人时逢小平的改革开放大好时代的幸福和自豪。

分手的时刻到了,摄影机和照相机的灯光闪个不停,贺家还特别准备了红绸布,请来宾一一签名留念。

这真是:

元帅英名垂千古,
儿郎抖擞振雄风。

父亲万里的健身之道*

　　我的父亲万里是一位健康老人,他年逾八旬,须发皆白,但精神矍铄,气色很好,真可谓鹤发童颜;走起路来从不用拐杖,也不用人搀扶,而且走得很快。有时外出参观访问,日程安排很紧,警卫秘书都觉得累,但父亲却少见倦态,他脑子清晰,许多事情都能过目不忘,读书看报看电视都不戴花镜。和别人谈话时,他总是能抓住事物本质,一语中的。虽不善妙语连珠,却也不乏幽默和风趣。

　　1993年父亲主动要求从党和国家领导人的职务上退下来,星转斗移已有数度春秋了。现在他除了兼着中国桥牌协会和中国网球协会两个名誉主席职务外,已要求不再担任其他任何名誉职务了。我看正是由于父亲这两个兼职协会的运动项目,保证了他老人家晚年生活的健康、怡然和欢乐。今年暑期在大连海滨休息时,父亲和比他年长一岁的陈锡联上将侃谈起来,他们回忆起重庆刚刚解放时共同战斗和建设山城的情景,那时他们都在小平同志领导下工作,陈老将军是首任重庆市市长,父亲是西南军政工业部部长,那时他们都很年轻,为重建被溃逃的国民党反动派破坏的山城作出了贡献。两位老人都对健康有自己的见解,陈老将军说,钓鱼是项好运动,父亲听了笑着指了指我和老将军,意思是说:你们是常在一起钓鱼啊!看法自然是一致的了。父亲说打桥牌锻炼脑子,可以避免老年性痴呆,打网球则活动了筋骨。父亲还顺口编了几句打油诗,"退休不发愁,还有桥牌、网球和众多朋友,国泰民又安,老年乐悠悠"……客厅里充满了两位耄耋老人开怀的笑声。

---

　　* 本文原刊于《新民晚报》1998年12月27日。

父亲退休后的生活很有规律。每周的活动可归纳为"三打、两看、一接见",即打桥牌、打网球、打高尔夫球,看文件、看书报,接见客人,这样一周下来活动安排得满满的,生活充实而有节奏,打桥牌时,父亲很投入,牌技高超。用世界桥牌皇后杨晓燕的话说,同中国领导人邓小平、胡耀邦和万里打桥牌时,总让人学到很多东西,他们的神机妙算,尤其是叫牌的胆略和高超总是出乎常人的预料……父亲有一次和荣乐地(荣高棠之子)搭档在梭罗门世界桥牌通讯比赛(在世界各地同时有十个赛场)打出了妙张而获得世界亚军的称号。他的叫牌之快也常使对手防不胜防。

父亲打网球的历史,可追溯到 20 世纪 30 年代初在山东曲阜师范学校时,那时的球拍都是木制的,弦是牛筋做的。从那时起,除了战争年代和"文革"时期,父亲打网球是从没间断过的。北京最早的网球馆:先农坛、北京体育馆和国际俱乐部的设计和建设都浸透着父亲和吕正操等老一辈的心血和智慧,也都是父亲和他们经常锻炼的地方,他还把球拍送给一些领导同志,带动了一批中央和地方的领导开展这项高尚的健身运动,他每次到外地出差都忘不了带上球拍,并鼓励各地建立合格的场地、球馆和球队,推广这项老少皆宜的健身运动。他说常打网球使他保持了旺盛的工作精力,网球场上攻防千变万化,是培养人判断力和勇敢顽强工作作风的好场所。

父亲从不吃各种补药,也不相信什么气功大师的奇

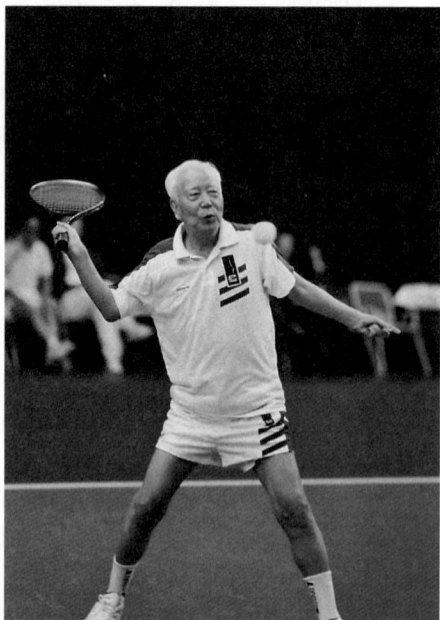

万里的网球风采

功魔法。他的座右铭是：运动就是健康和生命。实践证明一静(桥牌)一动(网球)保证了他身体健康,在第一线工作时能以旺盛的精力投入工作,他说：这两项运动都要打到 90 岁再说。

父亲在一线工作时免不了加班加点,开夜车是常事,退下来后,生活越来越有规律,吃饭、睡觉和"三打、两看、一接见"都很按时,而且做到了早睡早起常年坚持睡午觉和晚饭后散步。他早就戒了烟,白酒只在庆宴时偶尔喝一点,并且都是国产酒,从不喝洋酒,啤酒倒是每天中午都喝一两杯,并只是对国产的青岛啤酒情有独钟。父亲的饮食以清淡为主,每天的花生米、豆腐干和山东口味的酱牛肉总是少不了的,母亲和警卫人员一起在院子里还开了块菜地,因此还能时常吃上一些自己种的新鲜蔬菜。有时蔬菜丰收了,他还把菜送给高邻陈云同志家和好友李瑞环等等。

父亲一生淡泊名利,知足常乐,退下来后更不愿出头露面。请题字的人很多,他都一一拒绝了。他手不释卷,当毛主席批注过的二十四史新版发行后,他非常想一睹为快,老人家说：我在秘书那儿还有点钱,快去买一套吧。可秘书联系回来说,人家特殊照顾您,只收成本价,也得 13.5 万元,老人家一听只得摇摇头,默不作声了,是啊,他的工资几年加起来也不够这数啊,后来我们几个做儿女的集资给买来一套,父亲如愿以偿,从此一有空就翻阅起来。

这真是：

八十不称翁,

挥拍仍从容。

一生淡名利,

细品春秋情。

终身网协主席吕正操

在度过了新中国六十年华诞之后，享年106岁的最后一位开国上将吕正操辞世了。虽然吕家后人也不主张来吊唁和送花圈，人们还是不约而同络绎不绝地抬着花圈，前往京城海淀区吕府做最后的哀思和告别。

2009年10月15日，也就是吕老去世的第二天，我赶到他家中吊唁。在吕老儿女陪同下，我走进他家楼下客厅，这里自然形成了老人的灵堂。我向着吕老微笑的彩色照片深深三鞠躬，他们还允许我摘下墙上老人的手迹墨宝拍了照片。我们这些唯物主义者没有哭得背过气和特别悲痛，因为这是真正的人瑞"喜丧"。大家的心态颇为平静，因为老人一生虽担任过冀中司令员、铁道兵政委、共和国铁道部部长、全国政协第六届副主席、中央军委委员等显赫官职，但老人叙说自己的百年生平，只是淡淡地向人们总结说，漫漫一生只干了三件事："打鬼子，修铁路，打网球。"这真是平凡中见伟大。

今天我这个写体育散文的笔者，就不写他在晋察冀平原作战中，不到半年就曾和日伪军作战百余次；也不写他从1946年成立"东北铁路管理总局"开始，一生中建成了多少大桥和多少铁路运输线（选线、勘测设计、隧道建设等等），也不写他和爱国名将张学良长达半个多世纪的友情，就多写几笔他打网球的纪实故事吧！

吕老应是开国将帅中的中国网球第一人。他是上世纪30年代，在东北和张学良接触时，在讲武堂俱乐部向少帅学会了打网球。从此无论在战争年代，还是在新中国的建设时期，吕老没有停过网球运动的锻炼（当然动乱的"文革"除外）。残酷的战争中，打了胜仗就在打麦场或空地上打打球来庆祝胜利,以缓解缓解紧张疲惫的身心。他儿女告诉我,有时吕老几乎天天要指挥部队打仗,甚至一天打两三个仗的事也不罕见呢!新中国成立后不久,北京的第一个网球场、网球馆就是他和当年的北京市委书记处书记万里一起倡导修建的,真是军民共建鱼水情啊!要知道他们还共同参加了1959年第1届全运会的老年网球赛呢!吕老从1956年起就担任中国网球协会主席,到2009年9月第6届网协大会上,他仍被选为中国网球协会主席。我作为副主席,有幸聆听了这位在位53年的网协主席在病床上给大会发来的最后一次贺信。

有年过春节,时为国家体委主任的李梦华率领党组成员和网协的同志前往他家拜年,曾劝言道:吕老你80多岁了,身体要紧啊!别多操心了,按民政部社团法登记的规定,您可以——李主任的话还没有说完,老将军一收笑容,由"阳"霎时就转"阴"了道:"噢,我知道你们这群家伙的来意了。是不是不让我当这个主席了?看我老了是不是?告诉你们,你们可比'四人帮'还厉害呢!他们撤了我所有职务,非法关押了我,都没有敢撤除我的网协主席哩!当时那帮坏蛋是把我打成'反党集团'让我8年未能碰网球,是毛主席亲自为我做专门指示,1974年解放了我呀!'虎老雄心在',我就是要把网协主席当到底呢!"这一席亦庄亦谐的话后,无论是国家体委、中国网协,还是民政部的大小官员,谁也不敢再提网协换届的事了。伍绍祖在任时曾对我说过:"我才不去做什么不让吕老当网协主席的工作呢,只要老将军愿当,就请老人家当下去,这也叫'有特色的社会主义体育'呀。"

这次在我吊唁时面对鲜花和青松中老人着运动装的遗像,吕老的子女特别解释了吕老坚持当终身的网协主席的原因。老人家一生酷爱网球运动,对推动全国的网球运动更是做到了身体力行。他以身作则打到了90岁才挂拍。他不是恋官贪爵之人,几十年职务的变动,从军队到政府,他从没有向组织上提过任何要求,就是他只当了一届的全国政协副主席,也是中央一提他就乐意退下,绝口不提"能再当一届"之类多余的话。有人认为"体育不是正事","网球更是小事",吕老却认为

"全国人民的体育健身是头等大事",直接涉及国民素质,是甩掉"东亚病夫"的有关国家脸面形象的大事啊。这一点和他的老上级贺龙元帅身为国务院副总理、中央军委副主席却自动请缨,甘心降格当体委主任是有共同的看法和一样的指导思想呢! 尤其是网球长期上不去,吕老就心有不甘,更不能辞去这个主席的位置呢。我笑道:要是网球能像乒乓球一样所有冠军都被我们拿了,吕老可以让贤吧? 子女都异口同声:"也不要求全拿,女子已上去了,男子像女子一样能拿个冠军、亚军什么的,估计老爷子就让贤了。"

灵堂里摆满吕老与萨马兰奇及众多中外网坛高手合影的照片和多年荣获的全国老年网球赛金光闪闪的奖杯,其中 1990 年国际网联主席圣埃在人民大会堂颁发给 85 岁的吕老的最高荣誉奖章格外闪烁显眼。吕彤羽又指着吕老和现任国际奥委会主席罗格在天津的合影,微笑回忆吕老对罗格曾说:"我从来没输过球呢!"

罗格惊讶:"一辈子没输过球,这怎么可能呢?"吕老爷子笑着补充:"所以我们今天不打球了,你是外国来的贵客,我不好赢你呀!"老寿星又是在亦庄亦谐的笑声中,结束了和这位新任国际奥委会主席的最后一次友好谈话。

棋圣大病初愈会老友

一

2014 年三八妇女节前夕，我们来到朝阳区某小区棋圣聂卫平四室二厅的公寓；在明亮宽敞的客厅坐定，见聂卫平消瘦多了。他笑着说："我已经胖了好多了，手术之后胖的。"聂卫平没病之前体重颇为发福有 160 多斤，生病时最低才 120 斤，现在恢复到 136 斤左右。他扶了一下茶色镜框自信地微笑着说："原来太胖了，但 120 又太瘦，现在算比较正常。"

聂卫平发现直肠癌时是 2013 年 7 月中旬，"当时病得很厉害了，一查都到晚期了，在空军总医院查的。"聂卫平的直肠癌原先没有发现，他每天教棋及参加各种活动，也不参加什么体检。这次一发现腹泻后又便秘，在妻子逼迫下就直接到左安门肿瘤医院住院治疗，那是一家治疗癌症的专科医院。聂卫平回忆道："一发现是直肠癌也吓了一跳，开始我还不相信。刚开始先做放疗。从发现病到手术隔了三四个月，做完手术现在还在吃药和做化疗。"

聂卫平的妻子兰莉娅详细解释，"他那会儿是放疗期间也吃化疗药，同时进行的，综合治理的。手术前放疗是为了把肿瘤控小一点儿，才好切。现在是在专门打传统的化疗药，输液那种，然后还吃药。"

聂卫平现在吃的药种类可不少呢，"保肝药、生血药、化疗药、中药四种都得吃，我一直想停化疗药，但大夫不让，他说我的化疗得做 9 个疗程，现在做了 7 个，还剩 2 个呢。"

聂卫平的手术把直肠切掉了7厘米,但效果很好。"一般说手术不可能切干净癌细胞,我这个手术可以说是超级成功了,是医院的模范手术。别人手术后癌细胞还能看见,我的癌细胞现在是零。这药把癌细胞清杀干净了,但对好细胞(如白血球)也杀得厉害啊,这也是毒药啊。我已经被毒药涮了7次了,当然很难受啊。"

现在聂卫平回忆起来,其实在确诊之前是有不少征兆的。"大便的次数特别多,有时入厕还拉不出来,当时可能癌细胞已经都给我堵住了吧。"兰莉娅说起当时的情况,觉得是老不体检害了聂卫平。"像老聂这个要是及时早发现,做个肠镜就是个息肉,微创手术一下就割了。老聂当时手术时也是微创,要是息肉的话就更容易了。"聂卫平在空总做检查时,妻子兰莉娅在贵州探亲。"他一天跑十多次厕所,刚开始我们以为他闹肚子,其实是拉不出来才去十多次。做检查时他自己描述大便十多次其实不正确,他能拉出来还算好,人家得这病都会肠梗阻,大便结在那儿。之前我跟老聂去台湾,有一次没冲厕所我看到了便池里面有血,那血是鲜红的,但痔疮的血也是鲜红的,我问他有痔疮吗?他说没有。你知道他下棋老坐着,所以怀疑过可能是痔疮吧。而且那段时间他确实很虚,在阳光下我发现他脸是发黑的,很明显的瘦了许多,走两三步路就大喘气。我跟他说你一回去赶紧去瞧病,他还不想去,觉得没什么大不了,他还说我要去哪里哪里打牌。"原来,聂卫平此前几乎从不体检,从不去医院,从不做检查,和医生从不打交道。"当时在空总做胃镜和肠镜检查时,那边用的管子粗,管子在肠口一拍就进不去了,里面堵得厉害。但他们一下子就看到里面是菜花状的,恶性肿瘤都是菜花状。都不用再检查了,他们马上通知我,我当时去贵州才待了一天,立马放下孩子就回来了。"

虽然聂卫平夫妇说起当时确诊的情形,让人觉得有些后怕,但两口子当时却都很镇定。"我听到是癌症时并没有'谈虎色变',我心态好。平时也绝对不闹情绪,积极配合治疗。"聂卫平说。兰莉娅也很乐观,"我跟老聂说这就是个慢性病,慢慢治吧。人家得个什么高血压的,那不也得天天吃药。那会儿怕的是转移，只要没转移没扩散就好。老聂这个好在比较独立，虽然发现的时候是晚期，但晚在局部。"

做完剩下的两期化疗后，聂卫平的治疗就将告一段落，但需每隔三个月得做定期检查。

二

棋圣聂卫平恢复状况相当不错，尤其思维现在很清楚，往年的老事儿都记得清清楚楚。

说起和老一代党和国家领导人打牌的故事，他很兴奋。"那会儿我经常跟胡耀邦总书记、我小弟继波跟荣高棠打牌，我们不敢赢呀，偶尔才出击赢一把，大多数时候都得输。1986年春节时，举行'运筹与健康'的比赛，每年一次。耀邦指示我们这次一定要拿冠军，当时我跟胡耀邦、万里、荣乐弟一队，要打赢邓小平、丁关根等一队，平时都是他们一队赢。但那次耀邦说我们一定得拿冠军，一定要拿下那我们也是能拿的啊。当然对阵邓老爷子时我们只能按兵不动，但碰上其他人我们就不客气了，我们可以看牌做指导，可以'打电话'啊。那边继波给万老爷子当参谋，我们一下子就赢了。当然邓老爷子牌确实打得好，我们根本赢不了他，就是耀邦做了动员，我们也只是跟他打平了，但我们赢其他人赢得多，所以算总分就拿下了这次冠军。"聂卫平还记得万老爷子说了一句话，说得特别好。"他说常打桥牌的人就能长寿。这话没错。看看万老爷子现在都快百岁啦！"聂卫平还点评了几句当年老领导人的牌风，"万老爷子是冲杀型的，吕正操是狡猾型的，邓老爷子跟丁关根的配合特别默契"。

聂卫平说起自己跟万老爷子交往匪浅，跟随他老人家出去过春节的事儿。"那是1986年，当时邓老爷子也想带我去四川，万老爷子建议他和邓朴方回老家过年，我也挺想去。但万老爷子却说'还是跟我去天津吧'，我就去了天津，当时我整个春节都在天津过的。万老爷子的秘书当时跟我说了一句特绝的话，他说晚上9点之前我给万老爷子当秘书,老爷子9点之后休息了我给你当秘书。当天老爷子休息了会弄部电影看看之类的,他来服务。当时我们是挂了两节公务车去的天津。"

说起自己怎么入党的,聂卫平也觉得很有意思。"我还是耀邦总书记介绍入党的呢。"原来1984年时聂卫平先入了民盟,《人民日报》当时还发了个消息。胡耀邦看到之后,特别让秘书把聂卫平叫到办公室问:"小聂你为何不加入共产党?""其实我早就写过入党申请书,但没人搭理我。后来范曾做了我的介绍人我就加入了民盟。范曾也是民盟成员,他还送过我一副《对弈图》呢!我很欣赏。耀邦是礼拜天找我谈的话,结果我礼拜一就审批通过宣誓入党了,当时真神速了。"

聂卫平还特别回忆起与老体委主任李梦华的故事。"那是1974年当时在批林批孔,我在农场下放,农场说我走后门不给我办出国鉴定。梦华找我谈话说,'小聂啊,你得回农村一趟。'我那时正在国家集训队准备出国比赛呢。李老让我先回农场,争取以后能出国。当时'四人帮'当权没有办法我也知道,李老那时刚解放,随时也有可能再被打倒。于是其他队友出国去日本比赛了,我只能坐火车回到农场去起猪圈,心情太失落了。当然,如果那时我不回去而去闹的话,那我受的打压可能更严重。"还有一次李梦华找聂卫平谈话,说有人举报聂卫平去赌博。"他问我你这么有名的运动员,党和国家对你培养教育这么多年,你怎么能去赌博?!当时有人举报我在镇江赌博,真是有名有地点!在那时我根本没去过镇江,我这辈子60岁之前没去过,是直到去年还是第一次去镇江,结果有人在80年代举报我在那儿,真是典型的诬告!就算打个扑克'斗地主'5块10块我都没赌过,我一辈子从没赌过一分钱。李老听我说根本没去过,这才放了心,并开玩笑说,'你要是真赌博我们还不好处理你,你名气太大了!'大家哈哈笑起来。"

三

躺在病榻上的聂卫平还能下围棋吗?说起这个话题,聂卫平叹了口气。"我现在精力不够啊,术后元气还未彻底恢复,化疗期间白细胞低,经常头会有点晕,打不了牌下不了棋,只能偶尔做点公益了。"说起上次爱心万里公益基金会有活动想请聂卫平出席,但当时他刚手术无法参加,他也觉得很遗憾。"像这种为邓老爷子、万老爷子出力的事,我只要有一点儿精力都会出席的,以后你们通知我就行,我一定尽力参与。这些革命老前辈跟我都是老朋友,是我一生中最尊敬的老前辈革命家呀!忘年交嘛。"聂卫平觉得自己现在智力减退很多,"让我现在下棋肯定老得输,智力不行了,也就记忆力还行。"

大家都知道,聂卫平爱吃螃蟹爱喝茅台,现在这些都得搁一边了。"螃蟹现在不吃了,没兴趣了。之前最多的时候,一下子吃七八只都不止,现在不想吃了,食欲差多了。现在也不太喝酒了,只有跟好朋友吃饭会喝一点儿,喝什么酒其实无所谓,是真酒就行,别喝着假酒。"那会儿和中央首长吃饭喝茅台酒能喝八两呢! 有人传说聂卫平有一次和日本人在北京饭店下棋,两人一边下一边干了一瓶茅台,聂卫平一听笑了。"假的,瞎说的。我喝酒有点瘾但没那么大,哪能干喝呀。我酒量也就八两到一斤,我什么品种的酒都能喝点,不特别喜欢茅台。但和我喝酒的朋友都认茅台,就像当初跟邓老爷子、耀邦、万里他们喝酒,只能喝茅台。"

聂卫平自己说饮食状况不太好,食欲差多了,因为化疗的缘故。"但他们还是觉得我吃得挺多,其实我食欲不行了。"一旁的太太兰莉娅笑着问:"你自己总说食欲不行,一吃起来你吃的多不多嘛?"聂卫平笑起来。

"他老说自己没胃口,吃的分量真挺多的。"兰莉娅说。为了给老聂增加食欲,兰莉娅和请来的阿姨没少花心思。"米饭、面条、饺子、馄饨这些北方主食都给他换着吃,他总喜欢吃面食。蔬菜喜欢吃些丝瓜、西葫芦、西红柿炒蛋之类的。水果也会每天吃一点。"兰莉娅说,现在由阿姨照顾和做饭。聂卫平会做饭吗?"他什么都不会做,当然不会下厨了。不是病号的时候也不做饭,现在更不可能做了。"大家笑起来。

聂卫平现在的锻炼方式只能是在屋里走走转转,晒晒太阳看看书报,他还是喜欢看电视上的体育比赛,尤其是足球。我不能做什么运动。"球我都打不动的。当时陪万老爷子去天津过年,到天津的网球馆人家送了我全套的网球拍、衣服、鞋子装备,但我从来没打过。"

聂卫平生病期间的费用,都是中国棋院和民间赞助报销的,比如芜湖市政府领导特别喜欢围棋就给他捐过 30 万治疗费。"所有的医疗费用都给报了,只要能出示单据的,连医院护工费用都报了,朋友还会给我送一些补品,什么冬虫夏草、人参之类的。"

来到聂卫平家时,兰莉娅正在给女儿菲菲打毛衣,菲菲正上小学四年级,在朝阳区陈经纶中学分校。聂卫平说那个学校质量不错,他去看过,教室环境什么的都挺好。

治病过程中,儿子和女儿都给了聂卫平莫大的安慰。"他们跟我互动的厉害,对我非常关心,让我非常感动,感受到了儿女亲情。"儿子孔令文小名骢骢,来看过聂卫平很多次,他很懂事。"我不需要他买东西给钱什么的,聊聊天我最开心。"女儿菲菲更是几乎天天去看聂卫平,"7月住院期间是暑假,菲菲天天去医院,直到开学才改成周六周日去看。每天早上都是跟着我去,每天还给我拎东西。早上很早就跟我去,等他吃完晚饭吃完药再跟我回来,她说整个暑假我都没跟小朋友玩儿光看我老爸了"。

2014 马年春节,聂卫平是在北京陪家人过的。"以前很少有这样的事儿,总是被邀请去比赛访问什么的。这次在家过节,挺好。亲戚们也都过来热闹。骢骢是初一来的,岳母还有小兰的姐姐、姐夫、侄女都从贵阳专程过来。"聂卫平的母亲已经 96 岁了,一家人在大年初六陪老太太吃了饭。"去外面饭店吃了些她爱吃的,老太太身体挺好但脑子有时不太好使了,有点'被害妄想症',是'文革'批斗给整的,一直没好,她脑子大部分时间清楚,偶尔犯病。大弟弟继波也经常来看我,那个智障弟弟没来过,毕竟他自顾不暇啊,我一直给他点钱贴补他,一奶同胞嘛!"

■ 天王巨星的恋情*

1991年春节前夕,在南京双门楼宾馆,举行了一次特别的婚礼。我与新郎官在北京时曾是朝夕相处的好友,这次也利用寒假特意从京城赶来,参加他们的庆典。这对新人就是被世界羽坛誉为"四大天王"之一的中国著名羽毛球选手杨阳和昔日羽坛巾帼女杰郑昱鲤。

虽然正是严冬,但宾馆大厅里温暖如春。我来到大厅时,那里早已高朋满座,整个大厅宾客往来、喜气洋洋。

中午12点,鞭炮金鼓齐鸣,杨阳和郑昱鲤在一阵阵的欢笑声里手挽着手步入大厅。杨阳修长的身体穿着黑色西服,显得更加英俊潇洒;郑昱鲤穿着白色的婚纱礼服,脸上露出幸福的微笑,格外娇媚动人。人们纷纷起立,五彩缤纷的花瓣像春雨一般落在这对新人身上,大厅里回荡着欢声笑语和热烈的掌声,人们向这对为祖国体育事业立下汗马功劳的新人表示着热烈的祝贺。

国家羽毛球队总教练王文教也专程从北京赶来参加他的得意弟子的婚礼。婚礼席上,王文教教练说:"杨阳是我最喜欢的队员,他球艺高超,人品更好。球场上不论输赢,总是不骄不躁,他拿了多少冠军奖牌,说实话,连我这个教练也记不清了……还有小郑,她是我看着长大的姑娘,也不容易啊。她的名望当年只排在李玲蔚和韩爱萍之后,是当时尤伯杯大战的第三主力。她们三人合作默契,曾拿下了两届团体赛的世界冠军。杨阳和小郑都给我国体育事业贡献了全部青春活力,好样的!好样的!"

---

* 本文作于1991年5月。

赛场上生龙活虎的杨阳,听见王教练的夸奖,还显得有些腼腆呢,在场的朋友"落井下石",又非要杨阳讲一讲他恋爱中最难忘的事。这个"四大天王"之一的羽坛骁将竟然满脸通红,百般推辞。实在推脱不过,才给大家讲了起来。

　　"那还是在1987年,我和郑昱鲤刚刚谈上恋爱,正逢第五届世界杯羽毛球锦标赛。为了保证在首都北京夺下冠军,我们约定在大赛前一个月的集训里,不进行任何约会……"

　　杨阳不紧不慢地讲了起来,不时回头望望身边的郑昱鲤,好像问她是不是这么回事。

　　当时,杨阳跟郑昱鲤正在热恋,可谓"一日不见,如隔三秋"。他们两人互相都很想念,但他们想到自己是党多年培养的主力队员,大敌当前,不能只顾自己缠绵之事。两人竭力压制自己的思念之情,平时尽量不见面,在电话里也只是说这样几句话:请务必注意好身体,调节好情绪,夺取冠军之后再约会。两个人默默地、刻苦地训练着,终于,"老天不负有心人",杨阳和郑昱鲤一路过关斩将,作为主力队员,他们双双拿下了这一届世界大赛的男女团体冠军。

　　最惹人注目的是男单决赛,当时杨阳的对手是弗罗斯特。弗罗斯特号称"无冕之王",这次是特来摘取世界冠军桂冠的。他身高1.90米,手臂奇长,善于后场连续凶猛扣杀和常常致对方于死地的网前扑球,是一名久经沙场的老将。比赛开始,二将争得非常激烈,弗罗斯特想先发制人,刚开场就是一连串凶猛的扣杀。杨阳在万众欢呼之下,冷静沉着,机敏地接起了弗氏一次又一次的"重磅炮弹",且回击出迅疾有力的射杀,使弗氏疲于奔命。二将争夺的同时,郑昱鲤坐在观众席上,心都提到了嗓子眼上。她的身边是一伙热情的球迷,举着"杨阳必胜"的大幅标语,大声喊着:"杨阳,加油! 杨阳,加油!"郑昱鲤十分感动,也加入了他们的行列,一起给杨阳呐喊助威。郑昱鲤嗓子都喊哑了,手心里也攥出了汗,除了飞舞的羽毛球和杨阳的身影,仿佛世界上的一切都不存在了。当杨阳终于以2∶1战胜弗罗斯特,夺取大赛冠军时,郑昱鲤流下了激动的泪水。她朝着领奖台上的杨阳不停地挥动着双手,她觉得杨阳一定看见她了,一定知道她怎样在下面为他呐喊助威了。看,杨阳不是正冲着她挥动鲜花吗?郑昱鲤觉得再没有比杨阳此时手中鲜花能更好地来表示他们的爱情了。

当郑昱鲤和数万观众在灯光大亮时一起起立,耳边响起雄壮的国歌旋律,眼前升起鲜艳的五星红旗时,她看见平时十分内向的杨阳眼里涌出了热泪,这是多么激动人心的一幕!郑昱鲤的眼泪早又止不住了。这两位年轻人在盈盈泪光中,一起注视着冉冉升起的国旗,心里充满了自豪和骄傲,他们为祖国、为人民,也为自己的恋爱史增添了光辉的一页。

这就是杨阳恋爱中最难忘的一件事。当杨阳讲完以上动人故事时,大厅里响起经久不息的掌声。杨阳和郑昱鲤脸上又泛起了兴奋和羞涩的红晕,偏偏这时有人大声说:"冠军夫妇,你们明年可得给我们再生一个'小世界冠军'啊!"霎时,掌声、欢笑声响成一片。

这对羽坛新人的脸色愈加绯红了,一点也不像赛场上的生龙活虎、飒爽英姿了。

■ 万里送儿下乡记 *

一场家庭会改变青春命运

1962 年,18 岁的万伯翱高中毕业,没有考上理想的大学。

那时,中国刚刚走出三年自然灾害的困境,处于国民经济恢复调整时期。国家精简城市人口,号召大办农业,大办粮食,动员城市中学毕业生上山下乡,北京也已经有一批中学毕业生被安置在近郊条件较好的国营农场。万里虽然身居高位,但他始终保持着平民本色,对子女要求甚严,决不让孩子滋生高干子弟的纨绔习气。他希望自己的儿子响应国家的号召,离开家庭,到基层去,到离家更远的地方去,了解劳动人民,了解社会,一切从头学起。

就在这个时候,父亲的一位老朋友潘复生结束了在农场的劳动改造,被分配到全国供销总社当主任。两位老友见面时谈到了孩子的安排问题。当万里说出自己的想法时,潘复生非常赞成,而且提议就让万伯翱去河南他劳动过的那个农场。他俩一拍即合,把这事基本商定了下来。

为此事,父亲还专门召开了一次隆重的家庭会议,就连万里七八十岁高龄的老母亲也被请来参加。

万里对儿子语重心长地说:"我是一名共产党员,我并不是不爱你,爱自己的孩子看怎么个爱法,是娇生惯养,把他放在暖房里头,还是让他到风雨中去锻炼,去吃苦? 我还是决定送你到农业第一线,到很艰苦

* 本文为孟红多次采访万伯翱后整理而成。

的农业第一线去锻炼。"

听了父亲的话,万伯翱一时感到有些突然,自己从小生活在条件不错的干部家庭,衣食无忧,要马上离开,感觉多少有些舍不得。而且,自己从未出过远门,却突然要去那么一个举目无亲的远方,独自一人能够适应农村艰苦的生活吗?父亲是不是"太无情"了?……可少年气盛的他没有多想,索性下了决心:要争气,去就去!后来提起这个事情时,万里还表扬说:"我还真的很喜欢老大这个骨气。"

其实,家里人因为不舍,也曾表示反对,但是没有人能够改变万里的决定。万里的老母亲心疼得哭了,流着泪说:"那个地方冷不冷啊?要冷的话,你把皮大衣送给他,别把他冻着了。"

万里笑着对母亲说:"不要,一毛钱也不要给他,你知道,就是要让他自力更生。不过,这个月的伙食费可以带着。"沉吟一下,他又说:"钱是不能给的,但是要书,可以给。爸爸大力支持!"

在这次家庭会议上,万里还郑重地给儿子提出这样一个要求:"不要总想着回来,你要想逃跑是不行的,你逃到海外去,可能我管不着;你要逃跑回到这个家门,我是不会让你进的。"

万伯翱见父亲把话说得这么绝,把"路"堵得这么死,便死心塌地地听从父亲的安排和谆谆教导,决心下去好好干活。

1962 年 9 月 6 日,万伯翱怀揣着父亲写给河南省委第一书记刘建勋的信,告别了家人,第一次出远门,奔赴河南省西华县黄泛区农场。

万伯翱的行装非常简单:一条毯子,几件换洗衣服,还有一只洗脸盆。其中有两样东西是妈妈边涛特意送给儿子的:一床万里在抗日战争时期发的缝了又缝、补了又补的旧被子;一件在解放战争中万里穿了多年的灰军衣。当妈妈的对儿子的期望既含蓄又深沉。

除此之外,万伯翱身上就只带了两本书和 15 元钱。两本书是万里给儿子的,一本是《论共产党员的修养》,一本是《钢铁是怎样炼成的》。万里还在送给儿子的一个笔记本上专门题了一行字:"一遇动摇,立即坚持"。做父亲的拳拳之爱、良苦用心完全浓缩在了这耐人寻味的八个

万里送儿下乡记

63

字中。

临行前，万里又郑重其事地对儿子说："我来自工农，你又回到工农。我从此就有了一个农民的儿子，这样我与农民的关系就更密切了，这是值得高兴的事情。加强农业战线，进行农业技术改造，是一个十分重要的问题。你去后要好好劳动，学习生产知识，钻研农业技术，对国家才有用，你的发展前途是光明的。有志气的青年，应该自力更生，不依靠父母。有人觉得参加农业劳动丢人、没有出息，轻视劳动，这是缺乏无产阶级觉悟的表现。我想叫你在北京掏大粪，这件艰苦的工作适合于你，我认为有这样一个儿子也很光荣，但感到你更需要离开家，离开父母，到远些的地方去，一切从头学起，这样对锻炼你独立生活、独立工作的能力和顽强的意志更有利。"

最后，万里再三叮咛儿子说："你不要想做官，你也不能当队长，你就是当个普通的有文化的农民、普通的工人才好！"

一句赠言，帮渡最初难关

一路上，万伯翱心里直打鼓：此去艰辛会有多少？他把那仅有的珍贵的15元钱小心翼翼地揣在兜里，时不时摸一摸它，以确认它的存在。

一到那个陌生的农场，万伯翱突然感到害怕了。在这儿，一切都是陌生的，生活方式、生活环境、面孔……他一次次地扪心自问：就自己一个人单枪匹马地面对这里的一切，能行吗？他感到十分孤独。不过，这样的日子没过多久，他就逐渐适应下来了。因为当地淳朴的农民给了他很多温暖，都亲热地叫他"小万"。有时候，万伯翱早晨起来晚了，为了不耽误上工，没顾上吃早饭，在中间休息的时候，他们就给他烧一点玉米面的饼子吃，放点他们自己做的豆瓣酱。万伯翱香甜地吃着，深切地体会着当地农民纯朴浓厚的情感。

河南东部的黄泛区形成由来已久。1938年，当时的国民政府为了阻止日军西进，炸开花园口的黄河大堤，滔滔河水一泻千里，泛滥荒芜了农田八年,形成了5.4万平方公里杳无人烟的"黄泛区"。即使在新中国成立之后,当地条件之艰苦还是超出了人们的想象。

同万伯翱一样来自大城市的50名知识青年们都分住在几间泥屋房子大通铺里。有的屋子原本是个苹果仓库,四面透风,还总有一股挥之不去的烂苹果的味道。

万伯翱来到农场不久,就投入到了紧张的"三秋"劳动中。有一次,他正准备去场部看电影,气象站通知晚上有雨,他立即同大伙儿一起去抢收晒在晒场上刚收获的红薯黄豆。老工人照顾他体弱力气小,不让他扛运沉甸甸的大麻袋,但是,他还是憋足了劲冒着大雨秋风扛麻袋。等场上的黄豆全部进了库房时,他已经冻得嘴唇发紫,成了一个"落汤鸡"。由于淋雨受了风寒,当晚他发起了高烧。第二天,烧还未退尽,他又随着大家一起出工了。

当时的黄泛区农场,农业生产以栽种果树为主,劳动强度很大,万伯翱这个初来乍到的城市青年很难适应。在当地学习给果树喷农药的经历,令他最难以忘记。"一〇五九"是一种德国进口的毒性非常大的农药。喷药时,要举起一根一丈多长的特制竹竿,竹竿上绑着一根橡胶管即当地人称的"皮绳",皮绳顶端是铜喷头,另一端通到药箱,一只药箱重1000公斤,由一辆拖拉机拖运着,边走边喷。面对劳动强度这样大的农活,万伯翱咬着牙坚持着,再吃力也不叫苦,但到了晚上,满身洗不尽的药水发作了使他浑身酸痛地摊倒在床上时,他心想,这种生活干到哪一天才是个尽头啊。为此,他悄悄地流过泪。

每当意志消沉的时候,万伯翱就会情不自禁地想起父亲的话,就想起了《钢铁是怎样炼成的》那本书中的保尔,就想起了父亲的"一遇动摇,立即坚持"的题字。这些都鼓励着他坚持下去。

一封劝勉信,消减思亲愁

1963年春节,是万伯翱下乡之后的第一个春节。随着过年的气氛越来越浓,农场的大部分职工纷纷喜悦地启程回家和亲人团聚去了。万伯翱心里也十分盼望能够回城与父母弟妹祖母一起共度佳节,于是,他试探着给妈妈写了一封信。

1月15日,在离春节仅有10天的时候,万伯翱收到了父亲的亲笔回信和一包裹的书籍。他怀着既兴奋又忐忑的心情打开了信,父亲那苍劲熟悉的毛笔字一行行跃入他的眼帘。平常,万里一般不叫儿子名字,就直呼他"老大",但在这次信中,万里称呼他"伯翱",很显然是把他视作长大了的独立的成人给予了充分的尊重。信是这样写的:

伯翱:

　　我和你妈妈都一遍又一遍地看了你的来信,读信如见人一样,感觉亲切得很。知道你在那里锻炼,进步很好,我们都很高兴。

　　中国的传统节日春节快要到了。你来信问是否能回北京探望亲人,我和你妈妈商量了以后呢,觉得全家人都很想念你,都想看到你,特别是你奶奶从你去了农场以后无时不提起你,更惦念着你这个大孙子。但是,为了你更好地进步,更好地锻炼,你还是不回北京的好。因为你刚下去半年多就请假回来不好,容易产生动摇。在自己的岗位上过春节,同为了祖国建设在工厂、矿山、交通等岗位上坚持工作的工人同志们,同为了保卫伟大的祖国守卫着边疆、荒岛的战士一样地过春节,特别是同坚守岗位的农场的职工一起过春节,这不仅不是什么遗憾,而应该是一种自豪,你不以为是吗?希望你在农场能够坚持努力学习毛主席和刘主席的著作,在三大革命中,千锤百炼,走工农化的道路,争当一名无产阶级事业的接班人。

　　清代文学家郑板桥有一首诗这样写道:"咬定青山不放松,立根原在破岩中,千磨万击还坚劲,任尔东西南北风。"此名言应该作为你坚定革命立场的警句。同时寄去《共产党宣言》、《社会发展简史》、《政治经济学》,望在春节空闲中,认真地阅读,并做好笔记。

看完父亲的来信后,万伯翱虽然觉得父亲讲的道理很对,但是,四顾偌大的农场就自己一个人在这儿,怎么过春节啊!他想着想着,在寂静和孤独中,又不由自主地流泪了,不过,他还是听了父亲的话,在阅读父亲邮来的书籍中度过了到农场的第一个春节。

这一年的初秋,万伯翱又经历了一次意想不到的小小考验。有那么一阵子,秋雨连绵,下个不停。一天,他们居住的屋子有一面墙突然"哗——"的一声就倒塌下来了,挨着北墙的三张床被砸断。当时,万伯翱和知青们幸好是睡在屋子另一侧,躲过了这一劫。

后来,他在家信中向父亲汇报了这个事情。

万里再次回信给儿子。鼓励道:"房子塌了,你还顶住了,没有动摇,这很好……"

万伯翱牢记父亲的谆谆告诫,在农场,同工人们一起,住草房,睡通铺,吃粗粮,干重活,搏斗于黄土、酷日、狂风、暴雨、风雪之间,牢牢地扎下了根,他不仅锻炼了筋骨,也磨炼了意志。

一份殊荣,影响一批人

1963年9月24日,《中国青年报》第一版以"市委书记的儿子参加农业劳动"为主标题,以"革命后代要继承老一辈光荣传统发愤图强艰苦奋斗 有志青年要发扬革命精神用自己的双手为人民造福 万伯翱在国营农场艰苦劳动虚心学习不断进步"为副标题,发表了一篇醒目的文章,报道了万伯翱在父亲的鼓励下下乡锻炼的经历。

当然,《中国青年报》发表此文是因为周恩来在首都应届中学毕业生代表大会上,把万伯翱称为干部子弟下乡的典型。周恩来的讲话录音在全国播放,1963年的毕业生几乎都听到了周恩来的讲话,也都知道了万伯翱这么一位同龄人,大家都争先恐后地向万伯翱学习。

万伯翱的事迹登报之后,一时间,他成了一个万众瞩目的小"名人",给他写信的人也多了起来,有时候,他回信都付不起邮票钱了。为此,农场的会计说,这些信也可以说是"公事"——教育青年人嘛,那就放到会计这儿一起发吧。

后来,当万伯翱在家信中提到此事时,万里回信告诫儿子说:"这不行,这太特殊了,8分钱的便宜不能占,还是应当由你自己来付这个邮费。"

1964年春节,万伯翱第一次得到父亲的允许,可以回家探亲了。临行前,他买了一大堆苹果、蜂蜜,还去农场酒厂专门买了两瓶好酒,带回家孝敬父母。品尝着儿子用辛勤汗水换来的这些劳动果实,万里非常高兴,满意得直点头,笑得合不拢嘴。

万里对儿子的生活非常关心,他不停地问这问那,了解农村的情况、农民的收入情况、农民对政策的态度及农村的收成等,万伯翱就一五一十地讲给父亲听。万里表现出极大的兴趣,听得非常仔细,农业上的话题谈了很多,范围也很广泛。

1964年9月22日,万伯翱在《河南日报》发表了一篇题为《到生活的激流中去》的文章,谈了自己在艰苦劳动中的体会。同年10至11月,万伯翱以下乡积极分子的身份参加了河南团省委组织的"河南省下乡、返乡建设社会主义积极分子报告团",到全省各地做报告。

万伯翱的事迹就这样在当时的社会上和青年中引起了相当的反响。后来,著名剧作家曹禺在一篇文章中提到此事时也说:"1962年他(指万伯翱)被父亲送到河南农村锻炼,首都知识青年支援农村,伯翱大约是第

万里教子安心务农的书信　　　　万伯翱(左一)在农场劳动学习

一人。"说是"第一人",也许不太准确,但是,万伯翱作为北京最早一批到外地农场参加农业生产的知识青年,又是市委书记的儿子,确实对当时的知识青年上山下乡运动产生过重大影响,可以算得上是开风气之先的人。

一段遭遇,阅尽人间沧桑

万伯翱在河南黄泛区农场埋头一干就是十年,期间,他主要以通信的方式和家人联络,但是到了1966年,联系突然中断。后来他才从报纸上看到父亲作为"刘少奇的黑干将"被打倒的消息。

"文化大革命"期间,万伯翱回过一次北京,那时候万里还是"留用者"之一。但是他家已经从原先那个大院子里搬了出来,万里见到儿子很高兴。他说:"啊,老大,你这个工农兵啊,用工农兵的思想把我们这个资产阶级批判批判。"听了父亲这句话,万伯翱心里一阵酸楚。

当万伯翱回到河南农场后不久,就得知父亲被解除了职务的消息。过了不久,他又听说,1966年12月4日深夜,父亲在家中被红卫兵抓去批斗,周恩来知道后又被关进了卫戍区班房。由于父亲的关系,万伯翱也受到了牵连,他从一个受到周恩来表扬的模范人物,突然变成了"黑党委的小黑瓜"。

这是他一生中最为艰难的一段日子。偏在此时,女友又同他划清了界限,分道扬镳。他精神上承受着巨大痛苦。后来,万里知道了此事,便给痛苦中的儿子寄去一封信:

你的女朋友毅然地和你分了手,我看这不是一件值得痛苦的事,因为爱情是不能强求的,爱情的基础应该是志同道合、真心相爱的。假心还行吗?既然她不爱你,这样的女朋友你又何必再留恋她呢?更不应该为此悲观失望。爱情毕竟只是生活的一部分,但更重要的是党和人民的事业……

1972年春,万伯翱28岁,他的人生出现了新的转机。随着父亲的"敌我矛盾人民内部处理",农场分到两个上大学的名额,一个是农业大学,一个是河南大学(当时叫河南师范大学)。由于在农场的出色表现,他得到了农场职工和党组织的一致推荐,并以优异的成绩进入河南师范大学外语系,成为河南第一批"工农兵学员"。

　　后来,每当万伯翱回忆起这段非同寻常的往事时总是说,在农场的十年是他一生中最难忘、最受益的一段时期,使他寻找到了人生的意义。他对于服从父亲的决定从来没有后悔过,他还说,他的人生格言,是陶行知先生的那首《自立歌》:滴自己的汗,吃自己的饭,自己的事自己干,靠人靠天靠祖上,不算是好汉! 在此后的岁月里,万伯翱还多次回到当年的农场,在那里寻找当时的青春足迹。

■ 我的知青日记*

1962 年 10 月 18 日

刚到农场不久,对我来说,一切都是陌生的,新鲜而有趣的。

现在正值三秋,活儿是较重的。今天在场里晒黄豆、花生。活儿不算重,可是我的力气却小得可怜,拿着抓钩扒也扒不开,拉也拉不动。看着那些身强力壮,皮肤黝黑的小伙子和姑娘们迅速地扒着,敏捷地拉着,飞快地跑着,我真为自己脸红。到底是个没摸过庄稼活的洋学生,什么也不会。一定得好好地锻炼。

昨天,割小豆。劳动时,工人们谈笑风生,干活爽快利落,只听得镰刀声"咔嚓,咔嚓"作响。人过去,豆棵纷纷倒下,一眨眼工夫就把我拉下老远了。说起来,真叫人惭愧。过去,我只知道小豆冰棍好吃,现在才知道在烈日下弯腰割豆很不简单。其实,我只是参加了收获,我还不知道从种子下地到结实要流多少汗呢!

1962 年 10 月 28 日

日落西山,打下班钟了。小伙子和姑娘们唱着歌、哼着豫剧往回走。听说今晚还要放映电影,大伙儿不由地加快了脚步。这时,张队长突然骑车朝大伙儿赶来。他喊道:"同志们!气象站报告:今晚有雨。场里的白薯干好不容易才晒好……"他的话还没说完,我们已向后转了。跑回果园后大伙儿立即眼急手快地把晾在地下的、焦干的白薯片

---

* 本文选自《劳动日记·走革命的路　接革命的班》,上海教育出版社 1965 年 9 月版。

拾到麻袋里去。尽管老工人看着我力薄,不让我扛麻袋,光让我拾白薯片,我还是一连扛了八袋。汗水滚滚地淌着,我却丝毫不感到劳累,因为粮食是宝中宝啊!人多,心齐,干劲大,一会儿就把近十万斤白薯片全部运到仓库里去了。

回去的路上,滂沱大雨,哗啦啦地落了下来。

1962 年 11 月 3 日

昨天,领导上发给我一把漂亮的剪枝剪,我高兴极了,看了又看,摸了又摸。可是第一次使用这漂亮的剪子,就出了岔儿。

今天,我第一次跟张队长去修剪苹果树枝。心想技术员已给我上过好几节修剪课,就自以为差不多了,也扮起个老园艺家的样子,皱着眉头,上下左右一观察,拿起一个枝条就要下剪。这时,我忽然想到,是不是再请教一下老工人?但很快又否定了。敢想敢干嘛!书上不是说

丰收了,快摘,快运,万伯翔带头苦干。(1963 年秋中央新闻电影制片厂记者摄于河南黄泛区农场)

过"疏强留弱"吗?! 我就握紧了剪刀,"咔吱"一声,一个粗壮的枝条就落了下去。谁知枝条还没落地,一个大嗓门就向我冲来:

"那是主枝正头,你怎么就'干'了!"

"不,这儿有两个枝。"我还有点不服气。

"你睁大眼睛看看,剩下的是个竞争枝! 你把这个主枝正头的延长枝给'干'了,这条主枝还管个'熊'用?"

这是场里的一位老工人,听他的口气显然生气了。我耳朵根唰地一下红了起来。我还从来没受过这样"粗暴"的指责。我还是新手呢! 你怎么能当着大家的面斥责我呢? 我刚想顶他几句,但不知为什么,就是没有开口的勇气。老工人好像根本没注意到我的尴尬表情,仍然迅速地修剪着。看着老工人熟练的动作和他额上的皱纹,手上的老茧,再看看躺在地下的大枝条,我不觉低下了头,认识到自己错了。老工人为了培养果树,真不知花了多少心血。从树苗只有一个指头粗细时,他就一挑子一挑子地浇水,后来果树长大了,他又忙着捉虫、喷药、施肥。想到这里,我觉得老工人批评我是完全应该的。我真希望这个主枝头赶快再长起来!

北风呼啸,吹卷着雪花,天气很冷。可是,园艺工人们双手抓着冰枝,还坚持着空中作业。

真想不到,王府井大街橱窗里摆放的苹果,却要付出园艺工人如此的艰苦代价! 吃一个苹果是多么不容易啊!

今天,没有白过。一天的经历使我想了许多问题,感触很深。看来,自己还差得远,得好好向老工人学习。

1963 年 1 月 15 日

今天上午接到了爸爸的信,我意识到这封信是回答我提出春节是否能回北京的事,因此兴奋里面又隐藏着失望。

爸爸信里说:春节不久就要到了,你来信问妈妈,是否能回北京探望亲人。我同你妈妈商量后觉得,我们虽然都想念你,都想看到你;但是为了你更好地进步,更好地锻炼,你还是不回北京的好,因为你刚走半年就请假回来探亲不好。在自己的工作岗位上过春节,同为了祖国建设在工厂、矿山、交通等岗位上坚持工作的工人同志们、同为了保卫我们祖国守卫着边疆荒岛的伟大战士一样过春节,这非但不是什么遗憾,而且是一种自豪! 你以为对吗?

看完爸爸的信,我虽然也知道爸爸说得对,但是总觉得爸爸要求太严格了,因为工人大部分都回家过春节! 因此,我还是不痛快。晚上,我去找党委书记,谈到了爸爸的来信,汇报了自己的思想。这位度过了30多年革命生活的老前辈,亲切地对我说:"小鬼啊,参加革命,家庭一关也是对人的重大考验啊! 在我们参加革命的时候,别说是半年,就是十年八年也没回家过个年,有的就把头抛在外面了。"老书记又告诉我:"那时候,越是过年越有仗打,因为不是敌人来袭击我们,就是我们要去打击他们。我们就是日日夜夜处在战备状态……小万,听爸爸的话,安心在农场过第一个春节吧!"听到党委书记亲切的教导,又仔细地看了爸爸的来信,我决定安心在农场度过我第一个春节。

1963 年 6 月 17 日

麦收季节到了。第一天开镰,天刚蒙蒙亮,我就起了身,磨好了镰刀,准备上阵。

这时,同组的李秀敏提出要和我比赛。我见她身躯瘦小,心想凭你这副娇嫩样子,就算我一点不会割麦,我这个乒乓球二级运动员,拼着体力也得获胜。于是我马上应战。

我头戴小白帽,在果园里神气地扬起了镰刀,抓起麦秆就割。雪亮的钢镰沙沙作响,麦子纷纷倒下,我真高兴极了。这有什么难! 可是不一会,我发现身穿绿色布衫、头顶草帽的秀敏,已经割到前面去了。我不觉慌乱起来,急忙脱去上衣,拼命地干,真是"路遥知马力",这时我的缺点全部暴露了。手抓不住麦秆,镰刀割不准,经常得回镰。我拼出了全部力气,汗如泉涌。顾不得腰酸腿痛,我咬着牙坚持着。但眼睁睁看着前面的绿布衫还是越走越远,她简直是在飞!"绿布衫"笑得合不上嘴,她不断地嚷着:"同志,加油啊!说话都得给你挂长途啦!"想不到我真输了。这使我认识到轻视女孩子是不对的。最后,我向她学习了先进方法,才缩短了我们之间的差距。

四天紧张艰辛而又愉快的麦收结束了。我没喊痛,没叫苦,乐观、顽强地坚持到底,手被镰刀划破了一条长口,鲜血直冒,我也没下火线。我的名字第一次写上了光荣榜。我心里虽然感到高兴,但总有些内疚,因为同老工人比起来,我还差得很远。

1964 年 9 月 13 日

来到农场已经整整两年了。两年来,我虽然没有做出多大成绩,可是我却深深体会到要想成为一个坚强的革命者,必须到生活的激流中来经受考验。两年的岁月,在我的生活史上,占着重要的地位:它是我生活的转折点,它对我的立场、观点有着极大的影响。

两年来的劳动收获太大了。丢掉的是许多错误思想。比如,没来农村以前,我曾认为到那里是有些"埋没人才""浪费青春"。来到农村的两年,使我开始对劳动人民有了真正的了解,认识到他们的现在和过去;他们坚定的革命性和极为鲜明的阶级感情。在共同劳动中,我也看到了老工人那种不畏风霜、不怕任何艰难、敢于斗争、敢于胜利的大无畏革命精神和高贵品质。老工人对待我就像老大哥对待小弟弟。我知道这是阶级的爱。

这儿不是学校吗?不,这里是最好的劳动大学。在这里,我学到了农业技术,初步培养了劳动人民的思想感情。我不仅增强了自己的体质,还学会了许多社会知识。总之,我比"教室里的我"坚强了,勇敢了,成熟了。我深深体会到这是同党的教导,父母、老师和同学的鼓励,以及老工人的亲切关怀帮助分不开的。但我并不以此为满足,我觉得自己离党的要求还差得很远。我还得在生活的激流中更好地锻炼自己,不断地改造自己,争取做一个坚强的革命后代。

1964 年 9 月 25 日

昨天是中秋节,我和伙伴们是在同大自然的斗争中(收割黄豆)度过的。这是往年从来没有过的事。往年,我只知道中秋节是和美味的月饼联系在一起的!

割豆子虽然很劳累,但是几百亩豆子安全地装上了车,入了库,未遭到雨淋,我感到非常高兴,比吃月饼还甜。这才是真正的幸福。

1964 年 10 月 5 日

十五年大庆那天,我没空写日记,只好今天补上。

入秋以来淫雨不断,我们园里的果子受到相当大的损失。好不容易十一出现了红日,党委决定不放假,不集会,用实际劳动来向节日献礼。国庆节这天,我很早就起了床,自告奋勇地要求去西夏集上卖葡萄。我和另外一个工人拉了六箱葡萄,赶到集上出售。起初,我不敢拿着小秤杆叫喊。但看到同去的工人放开喉咙高喊着,忙碌地出售着,那种认真负责的工作精神感动了我,也使我认识到这就是革命工作。我立刻抛开了小资产阶级的虚荣心,有劲地叫喊起来:"过节啦,老乡们买点葡萄吧!"

回家的路上,我心情很愉快。虽然我不能到北京参加那盛大的节日游行,但那雄壮的游行队伍中的人们对伟大领袖的爱,也有我一份。

1964 年 10 月 10 日

天还没有大亮,我们迅速地起了床,吃完饭,扛着工具下地。

今天,我们去收被雨水淹没的黄豆。路越走越难,淤泥地把我的长统胶鞋也拔下来了。我索性脱了鞋。秋天的清晨,泥水冰人肌肤,可是我们一心惦记着抢收淹在泥水里的黄豆,也顾不得冷了。

到了地里一看,积水淹到小腿肚,割下的一堆堆豆子都浸在水里。大家立即投入了战斗,有的抬大筐,有的收黄豆,很快就把黄豆集中到排水沟沿上,等待拖拉机装运。豆茬像利剑似的,我的脚也被刺破了,

红墙内外 ◉

痛得真想叫起来。但我往四下一看,有不少人也赤着脚。心想,他们的脚也是肉长的,未必没被扎着。可是没有一个人"唉唷""唉唷"地叫喊,一个个忍着痛千方百计地抢救国家的粮食。我应该向他们看齐。这时我产生了新的力量,继续抬着大筐飞跑。

经过一场苦战,黄豆都从水里捞到高岗上了。当我看到拖拉机开进田里,水花四溅,满载着黄豆拉回场里时,我的心都乐开了花!虽然吃了点苦,受了点累,但喜悦完全占满了心头!

1964 年 10 月 20 日

今天采完了最后一批葡萄的二次果,精确计算的结果,平均亩产6 300 斤。李队长也跑来看我们的葡萄。他拿起一串发紫的葡萄说:"色上得多好,这么结实的二次果,咱园子里近年来少见啊!"

丰收的喜悦是和我们实验组(两个老工人,两个学生)全体人员的辛勤劳动分不开的。

春天,当母枝抽出新梢时,我们在物候期观察中发现果穗很少。这跟去年雨水过多、花芽分化不好有关。我当时急得团团转,心想:巧媳妇难为无米之炊,没有果穗,我们订的丰产计划不就完了吗?可是我们的组长老楚同志,这个从建园就来场的老技工说:"小万,别着急!刘书记让咱大伙想办法来战胜今年的自然灾害!"最后,老工人提出利用葡萄多次结实的特性,大量用二次果来弥补一次果的产量损失。但不少工人说:往年的二次果,品质低劣。我就问:"老楚,为什么二次果品质不好呢?""因为掌握不住二次果逼冬芽和摘心时间。"我就回去请教技术员,我们一起翻阅《葡萄栽培学》,还建议打电报给"郑州果树研究所"请求帮助。最后,大家终于找出了 6 月中旬逼冬芽,7 月上旬摘二次果顶心这个较正确的时间。

夏天,为了及时打药水,我们常常一早就拿起喷杆一直干到下午 2点钟,吃饭时换着班塞几口馒头就算了。那时,葡萄园里密不透风,就像在蒸笼里一样,身上汗如泉涌,但我们还是坚持干。我们的汗水没有白流,实验地里的葡萄到底获得了丰收。

1964 年 11 月 7 日

今天我刚从郑州回来。

这次外出,是参加团省委组织的"河南省下乡、返乡建设社会主义积极分子报告团",到各地作报告去的。接到电话通知时,我心里感到不安,因为我觉得自己不配做这个报告团的成员。我只不过是个刚走上劳动道路的普通青年,再说,眼下抢收粮食的任务这么重,我也不愿离开自己的阵地。因此我把自己的想法向刘书记谈了。但她说:"小万同志,做个红色宣传员也是党的工作,你去吧!"我只好去了。

我认为,这次出外"报告"与其说是去教育别人,不如说是进一步鞭策和鼓舞我自己。这次活动进一步坚定了我在农业战线上干一辈子的决心。从前,我是不敢说"一辈子"的啊!当北京的小妹来信告诉我,以后大学的文科要对农村知识青年招考时,我思想又波动了。因为,我从小就喜欢文学。我把这个想法向组织上汇报了。马场长对我说:"你还是应该听爸爸的话,坚持走这条工农化的道路。这同样是为革命,不见得非要去读文科大学不可……"爸爸又在百忙中亲笔写信对我说:"为了革命的需要,兴趣和爱好是可以改变的。中国的园艺事业很需要你们这些有知识的青年。为什么不能把自己的毕生精力献给这个伟大的事业呢?你应该努力学习园艺技术,至于在业余时间写点文章,我不反对。不管干什么,你都必须首先当好一个无产阶级战士。"

老一辈的话,值得我深思。

这一次外出,我又进一步受到了深刻的教育,为了向大家汇报,我回忆了两年来的劳动情况,进一步看清了自己在三大革命运动中不断成长的过程。

党的教导,同志们的信任和关怀,使我深深体会到:从事农业生产劳动是极有意义的。我没有什么可再犹豫的了,我一定要听党的话,干一辈子园艺工作。

1964 年 11 月 15 日

这几天晚上,大家都在开会,开展批评和自我批评,每个人都进行了全面深刻的思想检查。因为我出去了一些日子,错过了检查自己的机会,回来后,就急着找李队长打听大家对我的意见。他说:没有人提出意见。但是,我并不认为自己已经很好了。一个人在顺利的时候要想到困难,在有成绩的时候要看到缺点。我决不是完美无缺的,一定要好好挖一挖自己的非无产阶级思想,给党委写一份汇报。只有扫除了道路上的障碍,才能迅速地向前飞奔。思想上的进步又何尝不是如此?

1964 年 11 月 16 日

最近,我和大家一起学习《人的正确思想是从那里来的?》一文,有一些体会。毛主席告诉我们:"人的正确思想是从那里来的?是从天上掉下来的吗? 不是。是自己头脑里固有的吗? 不是。人的正确思想,只能从社会实践中来,只能从社会的生产斗争、阶级斗争和科学实验这三项实践中来。"[1]两年来,我所走的道路,更加使我体会到这是真理。比如,在我刚走上农业战线时,思想是有些波动的,曾怀疑长期在这里干下去是否有前途。显然,这种怀疑说明我的思想是不对头的、错误的。等到自己亲身参加到向

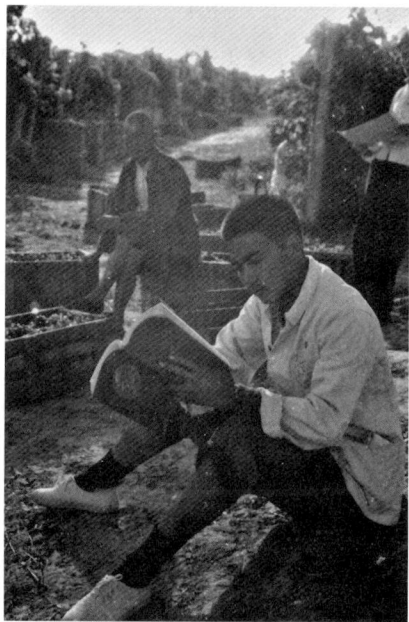

知青万伯翱田边地头抓紧时间学习"毛选"(1965 年秋)

---

① 毛泽东:《人的正确思想是从那里来的?》,人民出版社 1964 年第 1 版,第 1 页。

大自然开战的行列中来以后，就进一步认识到，尽管自己的工作很平凡，却是创造物质财富的工作，是整个革命事业不可分割的一部分。初到场里，我和老工人并没有深厚的感情，通过两年的同吃、同住、同劳动，老工人的大无畏革命精神深深感染了我，我们有了共同的语言。从此，我了解了劳动创造世界的意义，决心走劳动化和工农永远结合的道路。这就是在一边劳动(实践)一边改造思想的过程中获得的正确认识。

毛主席还说："一个正确的认识，往往需要经过由物质到精神，由精神到物质，即由实践到认识，由认识到实践这样多次的反复，才能够完成。"①这使我认识到我们的工作也正是通过反复实验而获得初步成绩的。比如在黄河故道区栽苹果还是近20年的事。农场栽苹果也只有十多年，那么适合本地的正确果树修剪法是从哪里来的呢？一句话来自实践，来自老园艺工和技术员的摸索。例如怎样剪枝好，我们掌握不住，有一次，老楚从东北参观回来时说：骨架主枝留长些好，结果经过实践失败了。第二年又截短，结果也不行，树体多发徒长枝，不结果。到第三年就纠正了这两种偏向，并注意了强弱树的不同下剪法，这样树体表现良好，结果也多，园艺场比较正确的修剪方案也就确定下来了。正确的修剪法就是从不断失败中总结出经验，经过多次的反复实践，而得出来的。

1964 年 12 月 28 日

读完了雷锋同志的日记，心里很不平静。

雷锋的无产阶级思想，那样彻底，那样纯正，那样高尚，那样伟大，他真是名副其实的无产阶级的好战士！我想起了在《纪念白求恩》一文中有这样一段话："我们大家要学习他毫无自私自利之心的精神。从这点出发，就可以变为大有利于人民的人。"②雷锋同志就是这样的人，我远远不能和他相比。雷锋同志的精神和品质是我永远学习的榜样。

---

① 毛泽东：《人的正确思想是从那里来的？》，人民出版社 1964 年版，第 3 页。
② 《毛泽东选集》第二卷，人民出版社 1952 年版，第 654 页。

1965 年 1 月 10 日

果树大修剪已经开始了。为了推广先进技术,总场接连几天召开了现场会议。全农场各个站的园艺技师、老园艺工人,还有郑州果树研究所的专家们,都聚集在果园里观看和发表自己对修剪果树的意见。有时,他们不停地在理论上争执,有时,又脱去大衣,爬上梯子,做实际操作表演,真是"八仙过海,各显神通"。这对我这个只有两年修剪历史的"小学生"来说,是一个大好的学习机会!我如干旱的土地吸吮着及时雨一样,仔细倾听园艺家们的讲解,认真观察他们的修剪法。我手里拿着一个小本子,不停地记着。我还做了许多带线的小纸牌,当老师说:"这个枝剪到皱纹处,会出两个花芽",我就把小牌挂在刚剪过的枝上,准备等到春天看看树体反应效果如何,这样就可以总结出经验来。场长对我们说:"知识青年同志们!你们看,这里就是最好的园艺大学,在这里好好学习,不比你们在教室里学五年差啊!"我记得最后一句话,爸爸也对我说过。现在我体会得更深了。

20 世纪 60 年代,在河南黄泛区农场劳动锻炼,万伯翱成为百万知青中的典型之一。(《河南日报》记者摄)

五天的春节假期过去了。

我想只有辛勤劳动的人，才能真正尝到伟大节日的愉快。春节这一天，我们农场每个人都很高兴，周围的一切好像在向我们致意。你看，这儿原来是一片荒地，如今已开垦成苹果园、葡萄园。我们用汗水和心血浇灌了它。辛勤的劳动终于获得了丰硕的果实。你看，那一排排红色瓦房，还有那耸立着的电线杆、灌溉渠、小石桥……这一切都是我们用双手创造的。正因为我们进行过艰苦的劳动，我们每个人的心灵才无比充实，我们享受节日的欢乐才是问心无愧的。节日、假期对我们来说，是打了胜仗后的休整，是夺取新的胜利的前奏，我们这种思想感情是任何不劳而获的剥削者永远不会有的。

这些天，我是这样度过的：大年三十那天，我们留场的工人大扫除，把宿舍内外打扫得干干净净。晚上姑娘们帮助我们做了传统的水饺。初二，场工会组织了春节男子单打乒乓球比赛，我又拿出了当年在北京读书时争夺冠军的勇气。上午，我一口气拿下了小组冠军。下午是四个小组冠军的循环赛。最后我终于击败了所有选手，夺得了冠军。在一片掌声中，我接过了工会主席发给我的奖品。

党号召移风易俗过春节，就应该贯彻到具体行动中去。五天都吃吃玩玩过去吗？不！我反对这种不珍惜时间的做法！初三那天，我阅读了一天报纸，晚上，又花了一些时间读书。

最后一天，我去访问了老工人的家庭，我爱听这些拓荒者谈场史、家史。下午，我去拾了一筐粪，我拾的粪堆在不断长高，看来今年在小组里，我拾的优质肥要算多的了。

我还帮助一个老工人捆绑了烧火用的苹果枝，因为他家缺人手。

老实说，今年春节我真没有想家。假期过得愉快而有意义。明天马上就要投入紧张的修剪工作，我全身充满了力量。现在，我更爱我们的国营黄泛农场了。

1965年2月24日

今天下午我和组长老楚一起剪树枝。我们一边不停手地工作,一边谈家常。他的话深深感动了我。

我先问他:"老楚,听说你要过饭,是真的吗?""真的。小万啊,我从七岁就跟随父母离开了家乡,出外要饭,那黄连似的日月整整过了八年!出去的时候,我们是一家人,回来时就不全了……"我听到他的声音发颤,看到他在落泪,不敢再问了。可是他马上忍住眼泪,给我叙述了他一家人解放前颠沛流离的生活。最后他还对我说:小说、电影里描写的,都是以真实生活作背景的,劳动人民解放前的痛苦生活,在小说、电影里一点也没有夸张;当时的苦,与小说、电影比起来,真是有过之无不及。

晚上睡到床上,我翻来覆去睡不着。我想:我们这一代对劳动人民的现在了解得太少了,对过去,根本不了解。我又想起老楚虽然只有36岁,可是白发已悄悄爬上了他的双鬓。两年来,他担任实验组组长,总是早出晚归,就是星期天也不休息,总在园子里转呀,想呀。他为什么不知道累?今天他的谈话给了我答案。我想,要做个坚强的无产阶级的接班人,不了解劳动人民的过去和现在是不行的。不知道过去的

三十斤的大冬瓜——蓝天白云下,广阔天地间,万伯翱也有开心一刻。(摄于1964年)

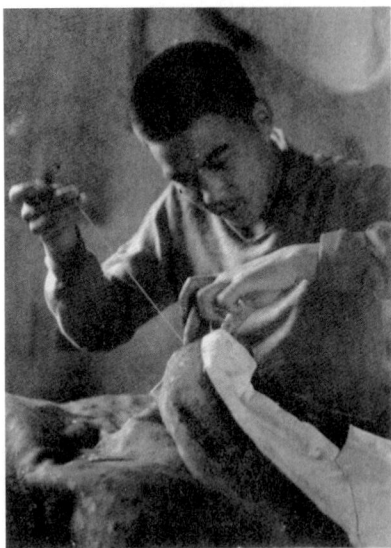

在农场一切自力更生，万伯翱灯下补被套。（新华社河南分社记者摄于1964年秋）

苦，就不能体会今天的甜；不了解旧社会的罪恶，就不会有同阶级敌人斗争到底的决心。作为无产阶级事业的接班人，一定要永远不忘记过去，坚持革命。

1965 年 3 月 5 日

爸爸工作那样繁忙，前些日子又亲笔写给我一封信。他说我在阶级斗争、生产斗争和科学实验三大革命运动中受到锻炼，克服了动摇思想，决心在农业战线干一辈子，这是一个很大的进展。他还再三叮嘱我，要学好毛主席、刘主席著作。他说：这是政治思想的"基本功"。一个人要真正想提高政治水平，不学好这些书，是不行的。而且一定要认真学，仔细读。爸爸还告诉我，他这次又替我挑选了《共产党宣言》、《社会发展简史》、《政治经济学》等书寄给我。最后他还希望我争取参加农村的社会主义教育运动。

信，我读了好几遍。我一定要在三大革命运动中经受千锤百炼！

魂系黄泛区

电视连续剧《大西北人》,在中央电视台多次播映后,受到广大电视观众的欢迎,荣获了今年全国电视飞鹰奖提名。这部六集电视剧,以20世纪60年代初大批知识青年响应党的号召,上山下乡,投身农业第一线为素材,热情讴歌了当年知识青年把马克思主义理论与革命的具体实践相结合,建设祖国、改造自然的动人情怀,剧中地点虽然搬到了"大西北",实际上的生活原型,却是取自60年代初从北京、西安、郑州、洛阳、开封等大中城市奔赴黄泛区农场的一批知识青年。光阴荏苒,弹指一挥间,当初我们这些十七八岁,最大不过20岁的"祖国的希望",如今都霜染两鬓,已过花甲之年了。

豫中黄泛区农场,几乎与共和国同龄,一批伟大的拓荒前辈英雄们,在黄水泛滥过的泽国沼地,在横跨尉氏、扶沟、西华等方圆数百公里的荒滩野坡上,兴建了一个又一个分场,搭起了一排排简易帐篷、草房,修水利,造良田。开展了向荒坡沙滩要粮、要棉、要果的战斗。当年拓荒者及农垦领导人的英雄业绩,都可在电视剧《大西北人》中找到影子。

我是1962年9月响应毛主席下乡锻炼的号召,首批赴豫的北京知青,一年后,我即受到了周恩来、彭真、贺龙等老一辈无产阶级革命家在不同场合下的赞扬,他们称赞我父亲送子向工农学习的以身作则的行为和我在生产第一线艰苦奋斗的精神。当时全国许多报纸都报道了这件事,《河南日报》在发表省上山下乡积极分子大会消息时,还刊登了我与先进知青的照片和事迹。

当时我赴黄泛区农场时,那里已是秋果累累,果园葱郁,农田井然,拥有十万亩良田,已成为关内最大的对外开放机械化农场了。尽管如此，我们这些来自城市的知青，仍然感到异常艰苦。首先生活这一关，比如说洗衣服，没有自来水，一切用水都需要自己一桶一桶从井里打，那辘轳和水桶不听使唤，有时几次打不满一桶水，秋冬的井水是寒冷的，常常是一件衣服未及洗净，手已冻僵。宿舍也极其简陋，住的是草房，睡的是通铺，点的是自制煤油灯。劳动一天，疲惫不言而喻，但大家都不愿放弃晚间的学习。当时，我分到园艺场，也学着老同志的样子，找了个空墨水瓶，打了一瓶煤油，用棉花做了灯捻，制作了有生以来的第一盏灯，尽管灯光如豆，它却照亮了我们这些知识青年艰苦奋斗的前进历程。

虽然 60 年代前期的学校还很重视培养学生的劳动习惯和对劳动人民的感情，在家中也时常受到父母关于艰苦奋斗、自力更生的传统教育，但真正来到生产第一线，由"客人"变"主人"，一切都变得实实在在了。尤其是"龙口夺粮"的三夏大忙季节，第一次割麦，年轻好胜，唯恐落后，但技术欠佳，体力不支，手忙脚乱，一不小心，镰刀割破了腿肚，鲜血直流；一天下来，浑身像散了架似的，吃不进饭，只一个劲地喝绿豆汤。不要以为果园到处都是花香果甜、蜂飞蝶舞，那数九寒天，北风呼啸。雪花飘扬，手握钢锯、铁剪爬上七八米高的树上修剪时，才真正体会到那苹果"红艳酸甜"中饱含的辛苦。

忆往昔，特别使我永远不能忘怀的，是我的好伙伴、郭沫若同志的二儿子郭世英同学，也许是自我改造的意识特别强烈的缘故，他当时干得十分出色。当时场党支部提出"庄稼一枝花，全靠粪当家"，"扫帚一响黄金万两"，号召大家开展积肥活动。世英毫不因为自己出身于京都书香门第而嫌脏怕累，出门总是带上铁铲和粪筐。有一次与同伴到很近的合作社去买烟，没带拾粪工具，回来的路上正巧看见一堆冒热气的马粪，世英犹豫了一下，摘下头上的防雪竹笠，把粪托回了家，春节评比时，他拾的肥，小山一样高，被评为全场第一名。他聪明绝顶，且勤学好问，虚心拜老农为师，仅仅一年多的劳动实践，写出的"棉花实验报告"就达到了北农大四年级毕业生的水平，被来农场的北农大实习老师当作范文宣读。他当时是一名普通农工,但在老农眼里又是一名备受尊敬、知识渊博的老师,老农时常说:"有世英这位北京来的洋学生和我们拉家常,教我们识文断字,日子过得快活多了。"世英不愧为廉洁正直的革命干部子弟,全场人人爱戴的劳动模范,场长知道他喜欢抽烟,第一次见面谈话后,顺手给了他两盒河南名牌"彩蝶"香烟。当场推辞不掉,在回宿舍的路上再三思忖,工人们都是抽一两角钱一盒的"白鹅"、"红灯记",他马上把两包烟又送回了场长办公室。场长甚为感动,写了个条子,让分场长把一号田的好烟叶先给世英一些抽。世英回到宿舍躺在铺上反复考虑,悄悄起身把条子撕碎在寒风中了。后来他用自己劳动的钱买了一麻袋"黄金叶",用郭老给他寄来的日文《北京周报》做裹烟纸,在河南的日日夜夜,始终美美地享受着自己的劳动果实。郭世英从北大哲学系下放到农场,两年的出色劳动改造后,根据郭老和周总理的建议,场党委赞成送他进了北农大农学系,正当世英奋发学习的时候,"文化大革命"爆发了。试想,这场运动怎会饶得了这个"思想上反对过'三面红旗'"和"怀疑过毛泽东思想是马列主义发展顶峰"的先知先觉的知识分子呢? 1968 年,郭世英终于不堪于对他的残酷的人身折磨,悲愤地从楼上扑向生他养他的大地。噩耗传来,农场的工人、干部,无不悲痛惋惜。于立群同志为痛失爱子而精神失常。周恩来总理亲自到郭家慰问,意味深长地对于立群说:"请夫人节哀保重,'为有牺牲多壮志嘛!干革命哪有不死人的呢!"郭沫若同志,这位世界知名的中国文学巨匠和政治活动家,在全家人痛哭中,倔强地不愿在众人面前落泪。而走回书房后,再也禁不住老泪纵横。老人家用微微颤抖的双手,打开文房四宝,一笔一画地抄写着郭世英两年在农场劳动的全部生活日记,寄托自己对 26 岁早逝的英才爱子的怀念和惜爱之情,一页、两页、一本、两本,用毛笔抄写了整整八本!……

我们在创作《大西北人》剧本的过程中,总有郭世英等一个个知青的感人形象在眼前浮现,电视剧主人公赵冠五所经历的,正是我和世英等亲身经历的真实再现。

当下不少青年怕苦怕累对工作挑肥拣瘦，还时常对生活对前途迷茫不清，我觉得这些大城市的学生们首要原因是他们长期脱离艰苦生活的激流冲击，脱离养活他们的工农大众，以至于骄娇二气十足，"吃水忘了挖井人"。无论是60年代还是80年代、90年代出生的中国知识青年，只有到工农大众中去，到火热的社会生活中去，到艰苦的环境中去不断磨炼自己，才能真正获得一个充实的人生。这是我们作为一名老知识青年的心里话。

高队长*

　　高队长名叫高金宝，1932 年出生于河南扶沟县高河套村。他虽名叫金宝，却是十足的苦出身。

　　高队长六岁时，正赶上花园口黄河大堤决堤。那是 1938 年夏，为阻止几个师的日军西犯，国民党第 20 集团军总司令、河南省国民政府主席商震奉蒋介石的密令，选择在郑州花园口填埋炸药，将花园口大堤炸开了一条两丈多宽的决口。而那天又突降大雨，最后将豁口扩大到了 60 多米。黄河水终于咆哮着冲出堤垣，真正成为洪水猛兽一泻千里了。沿途十多个县尽成泽国，这以水代兵的办法，也许给急于西进的日本侵略军造成了一定困难，但使得几百万、上千万老百姓的庐舍荡然无存，数百万灾民无家可归。

　　和电影《1942》里的情景一样，高队长的父母轮流用箩筐挑着他逃荒要饭。为了救孩子，他父母先后都饿死在逃荒的路上。此后，他也断断续续要了 10 年饭。

　　1947 年，花园口决堤的大坝缺口终于被堵上了。高队长重返老家，水漫过后的家园，一片荒芜，野草、芦苇遍生。他跟着兄嫂租种几亩薄田，过着吃糠咽菜的日子。

　　1951 年，根据周恩来、陈云等领导同志的指示，创建了关内最大的黄泛区国营农场。这地处中原的十万余亩耕地，地势平坦，横跨西华、扶沟两县，离漯河火车站也不过百十华里的路程。高队长就是在黄泛区农场刚建场时招来的青年农工。他大约有 1.76 米的个头，身材精

＊　本文原刊于《人民日报》2013 年 7 月 27 日。

瘦,总是留着板寸头,眼睛不大,算不上英俊,高挑大个倒显得十分精明能干。由于他的"苦大仇深"、"根红苗正",干活不惜力,总是早出晚归,又爱场如家,在分场工作没多久就由农工当上了生产队组长。1957年在郭庄农垦地他又被选为队长。到了1962年我下乡到二队当知青那年,他已调到新组建不久,由职工、家属、临时农工大约200来人组成的园艺场,当上了二队生产队长。

那时当队长、当党员真是要吃苦在前,享受在后。我至今仍记得他每天总是从家属院第一个到我们生产队队部。那时谁都没钟没表,天刚蒙蒙亮就起床。他间不过3平方米的堆满柴草的小橱泥屋,没有玻璃窗户,里面黑灯瞎火的。每天一大早,他老婆常常来不及洗脸梳头,就得先给他烧柴草、煮点南瓜白薯菜帮粥,他吃上两块杂面馍就忙着抢先上班了。1962年秋天我刚到农场插队劳动,正赶上三秋,和农场夏季收麦一样,也是"龙口夺粮"的紧张抢收抢种时刻。每天高队长都提着磨好的镰刀早早来到我们知青大伙房门前的大槐树下,敲响吊在槐树上的半截废旧铁轨,集合我们去地里干活。记得当年国庆节后,他领我们到地里去割黄豆,知道我初来乍到不会磨镰刀,他还特地为我带来一把明晃晃的新镰刀。黄豆种在黏泥土里,几天秋雨连绵,地里格外泥泞。队长打着赤脚,我们便纷纷也脱鞋甩袜。第一次干这活儿真不是滋味。深一脚浅一脚地踏在刚割过的豆茬上,双脚都被扎破了,我抓不住粗壮又扎手的豆棵,感觉镰刀也不听使唤,常常一刀割不断又粗又韧的主茎。高队长看我笨手笨脚的样子,干脆让我靠边去收拾割下的豆棵,然后装到马车上。他则左抓右割,豆棵纷纷倒下给他让路。

高队长进场后读过一年"扫盲班",加上他自己特别努力学习,知道"没有文化不能建设社会主义"这个道理,在田间地头歇工时他都抱着课本识字,几年下来,他基本能读报写字了。他早上一上班总是先带上植保员到我们二队主管的"国光区"苹果园绕一圈,仔细观察果树,看果叶和果实的变化,还在小本上记录下变化情况。对于病虫害,他坚决贯彻执行"早发现"、"早喷药"、"早彻底消灭"这"三早"理念,拼力保住我们用血汗浇灌过的果实。

打农药是让我们这些知青望而生畏的农活。八小时在头晒脚烫的沙质土地上（果树都种在黄水泛滥过的沙质土壤中），四周几乎是密不透风的果树和防风林带，手举丈余长的喷杆和沉重的铜制喷头，边喷边用手不停地扯拉着近两丈的黑色橡胶管（我们俗称皮绳），浑身上下都被"1059"、"666"、"石硫合剂"等农药水和露水浸透。我们四个喷药手不停地对着高大的苹果树上下左右立体喷洒着药水。那时喷药防护措施差，只是戴口罩和粗线手套而已。看到现在的自动喷灌，很难想象当年的艰苦。"文革"中有一次我们整整喷了一夜，夜里阴森森的果园终于在清晨太阳的照耀下枝叶清晰起来。此时大批判的高音喇叭又响了。我们几个喷药工互相望着浑身上下湿漉漉的衣服和落满药渣的草帽，满脸倦容。这时，接班人员基本都按时来接班了。当我们就要离开果园时，突然发现接高队长班的喷药手并没有到位。原来接他的人是队革委会副主任，一个十足的造反派。可能是半夜抓"走资派"去了，此时不知正在何处睡大觉，把接班的事早抛到九霄云外了。而胡子拉碴、满脸倦容的高队长，只说了一句"我身体好，再多打一会儿不要紧"，就又返回果园了。后来大家到处去找那位造反派，发现他在一个偏远的瓜棚里正呼呼大睡呢！他睡眼惺忪慌慌张张地赶到了果园。此时高队长已替他多打了四五个小时的药，脚步已经踉踉跄跄不稳了。而这位造反派头头皮笑肉不笑地一边接喷杆一边话里有话地说："老高不好意思了，昨晚抓了一夜的革命，让你今天多促了会儿生产。"那时正逢批判"唯生产力论"，还波及了高队长，说他"只埋头抓生产，不抬头看路线"。此时，老高咳嗽了两声没说话，掏出纸烟坐在地头休息了一会。等他站起来时，并没往家走，而是往回走，仔细检查刚喷过的果树是否有大的遗漏，看看没喷上药的树枝有多少，再补喷上。

还有一年4月初，我们的"金帅"和"红星"区苹果正逢盛花期，这些品种比晚熟品种国光的盛花期要早10天左右。这是一年四季果园最美的花山花海的时期，春风荡漾，蜂来蝶往，气温不冷不热。但是天公不作美,就在这最重要的传花授粉的当儿,却接连十来天春雨霏霏。眼看脚下的花瓣越落越多,高队长几天茶饭不思,来来回回地踩着满地的落英,和北农大来实习的师生,还有本场园艺技术员们不断商议,决定不能坐等老天爷放晴,全体职工和家属每人找些鸡、鸭、鹅毛或毛笔之类的东西,一枝花一棵树地进行"人工授粉"。大家连干3天,到盛花期末时我们真把几千棵树全部过手了一遍!

我这名首都下乡的知青就是这样在高队长领导下,十年风雨劳动后,于1972年初春考入了在开封的河南大学外语系,成为河南"文革"中第一批工农兵学员。秋天收了果子,高队长还专程到学校看望他当年的劳动队员。他似乎不太习惯地坐在我集体宿舍干干净净的铁床上。他仍抽着他的"红灯记"牌劣质香烟(好像1毛6分钱一盒吧),咳嗽更多了起来。长期风吹日晒,他的皱纹更密更多了,两鬓也开始霜染一般了。他把苹果分给我和我的同学,笑眯眯地在烟雾中看着我们狼吞虎咽。

我大学毕业后参军到了郑州炮院。有一年秋天"国光"苹果挂红染色时,他来郑州出差,又到部队来看我,提着的还是一箱"金帅"和一箱"红星"苹果。1987年,我转业到北京国家体委。那时,这位当了30多年生产队长的老农工"进步"了,被调到农场外贸任工会主席,大概是个科级干部。他似乎很自豪,一辈子的泥腿子终于成了国家干部,有了一张办公桌和一把木椅,也有一身四个兜的蓝色干部装了。他这次来看我,还是提了一满筐大小"国光"苹果,还外加两瓶农场自产的"白玉香"牌米酒。

去年冬天,高队长永远地走了。我再也尝不到他亲手栽培的苹果和农场自产的米酒了。虽然超市里满眼都是个头匀称、色泽鲜亮的"红富士",果型也比黄泛区我们果园的苹果大得多,但我总想起高队长的苹果,感觉滋味就是不一样,因为那里有我们艰苦劳动的味道,那才是世界上最好的果实呀!

"猛张飞"[*]

"猛张飞",真名叫张二猛。和抗日名将吉鸿昌同为河南扶沟县人。
屈指算来今年也得有 80 岁了。20 世纪 60 年代我下放到河南西华县黄
泛区农场园艺场二队当知青时,他是我们队的副队长。那时他也就二
十七八岁。平时家属职工都省去"副"字,叫他"二猛队长",只是一把手
高队长或其他领导在时,称呼中才会加上个"副"字。

1963 年冬天,园艺场党总支召开了"冬季修剪动员大会",请了"农
大"和本场技术员当老师。理论学习一个月后,我直接跟二猛队长当徒
弟,开始了正规的班组生产作业。那时已是寒冬腊月了,这中原大地虽
不像东北地区滴水成冰,但也是天寒地冻,十指伸不出来,一哈一口白
气呢!二猛队长肩扛着大合梯,腰上别着"熊岳"牌钢剪,左手提着钢
锯,大步流星奔向果园。我头戴大棉帽,手戴棉手套,脚踏一双大头皮
棉靴,全身武装,在后头紧紧追着他。八九点钟吧,太阳好不容易露了
头,暖洋洋的。果树主干和枝条上几经风霜已无任何叶子了,阳光下,
树的躯干和枝枝条条显得十分清晰,树枝上已裹上一层薄薄的冰凌,当
地老百姓都称之为"冰琉璃枝"。"你刚学不久,在下面剪剪重枝头,掏
掏内膛长枝吧!"二猛队长一边大声下令一边早已跨上了合梯。为了剪
得快,他不戴棉手套,戴上一双白线手套,十指灵便,"咔嚓咔嚓"飞快剪
起来。只见他强健的双腿夹着合梯,空中飞人似地移动着。大风吹来,
他都不下梯,真是艺高人胆大。不过 20 多分钟,他已绕树剪完一圈了,
剪除的枝条纷落在大树下冰封的黄土地上。接着他甩掉大棉袄,只穿

＊ 本文原刊于《人民日报》2013 年 11 月 17 日。

一件红绒线衣,挥舞钢锯开始呼啦呼啦锯碗口般粗细的大侧枝了。中午时分,他头上便冒着热汗了。他看我一边跺着脚一边思量再三才下剪子的样子,不由嘟囔了一句:"真是书呆子!"又追上一句:"熟能生巧,你们学生新手开始都这样!"我忙加快了速度。

　　下午吃罢了多盐少油的萝卜白菜加上两个窝头,总算是填饱了肚子,又添了劲头儿。二猛队长对我说:"我爬中央主干,你先锯下我刚才划定的两个下垂多年生的枝吧。"只见他猴子一般左蹬右攀就上了约有十几米高的树尖儿。天突然阴了下来,北风怒吼,吹得树干上下左右摇摆,他全然不顾,左手抱树,右手照样操剪使锯。零星的小雪花也飘起来了。二猛队长只上过两年初小,识字不多,此刻却在高空乐呵呵地说:"小万呀小万,这就叫'北风吹雪花飘,园艺工人爬树梢,为了明年花和果,贫下中农不管苦和寒'呀!"我也来了精神:"张队长,这是你自己编的句子吗?""哪里哪里,还不是你们知青去年写在黑板报上的!"他正在锯一个遮挡阳光的多余的大树枝,"小万,在下面接一下这个大侧枝,以免锯下时过多撕扯,把咱果枝和树皮拉伤了!"二猛队长对果树就像关照自己的孩子一样。他真有劲,这多余的大粗枝不到 10 分钟就锯掉了。三五下跳下树来,摘下棉帽时,满脸都已经红扑扑的了,一片青胡碴在雪光映照下闪亮。

　　二猛队长开始检查我的"作业"。"大多修剪对了。"他说。突然浓眉倒竖射出愠怒:"这是个主枝头嘛!你怎么给干掉了?还中个'熊用'。也不问问我,就这样胡剪掉了?!"在北京,无论老师和家长还从来没使用过这么粗鲁的语言,我支吾着,脸红起来,真有些无地自容。是啊,自己还是下乡"知青模范"呢,怎么这位队长师傅一点也不客气?你真是个"猛张飞"。

　　下乡的第二年深秋,连绵秋雨十几天。我们小组无法下地干活,只好在室内剥花生、摘棉籽。大家有说有笑地干着手中的活,真是轻松愉快多了。那时人们肚里没什么油水,粮食限量吃不太饱,剥着花生,实在肚子里叫得欢,都偷偷往嘴里塞几个。可二猛队长无论在地里摘果收瓜或剥花生都能做到一点儿也不吃,他是党员又是队领导,处处严格要求自己。

一天下午,我们住的一间土坯堆起来做墙、麦秸草做屋顶的草房子突然发生了意外。

大概是长时间的雨雪浸淫,再加上秋风一直怒吼不止,房子的根基终于动摇了。大风破窗而入,凄冷的秋风夹着雪粒入室。我们个个惊魂未定,又听见北墙轰然一声倒塌,一下子砸断了紧靠着墙根的三四张木床,风雪夹着沙土烟尘弥漫了小屋。所幸的是我们知青和职工家属都在屋南边剥花生,当时都不在北侧,逃过了这一劫。草屋任风雪无情肆虐,屋里一片狼藉。

正在园艺场场部开会的二猛队长闻讯,第一个飞奔到现场。他竖眉一扫全屋没见伤员,大松一口气,立刻组织转移。好在刚到的知青们也没有什么家具和值钱的细软行李,大家右手夹上铺盖卷,左手提起洗脸盆和几本书,迅速转移离开。

我写信向父母汇报以上惨状,父亲复信道:“……房倒屋塌所幸你和群众都无伤害,你又一次经受住了农业第一线困难的考验,是坏事变好事啊。”我心有余悸地想:这样的“好事”还是少来吧!

这件事已过去半个世纪了,直到今天,我的脑海里还不时浮现着“猛张飞”二猛队长在风雪交加中,穿着布棉靴,脚踩泥泞的黄土地,在风雪中一趟又一趟扛着我们的铺盖卷大踏步勇往直前的身影。

■ 农场小常

一

小常全名常全忠，是 20 世纪 60 年代，我在河南省西华县黄泛区农场园艺场当知青时候要好的朋友。

小常比我小一岁，是日本投降那年八月份生人。20 世纪 60 年代初，他老家河南信阳固始县农村遇上解放后最艰难的三年自然灾害，地里收不了多少粮食，那时极左的"五风"刮得厉害，基层干部瞎指挥，媒体也胡吹"放卫星"——亩产几千斤、上万斤了。在这场天灾人祸饥荒中，他父母先后故去。弱冠少年机灵好动，在地里扒残留的红薯、萝卜、黄豆、玉米粒等充饥，他告诉我他还到河畔芦苇里扒吃过大雁屎呢，这才勉强活了下来。

一天，他听说西华县黄泛区农场招农校学生，他约上一个大他一两岁的伙伴，连夜爬上运煤大卡车赶到信阳地区报上了名。他有个小学五年级的文化程度，填表格写得工整，回答问题也很在理，又是穷苦出身。招收负责人在旧社会也是苦大仇深、给地主干过长工的穷苦人，自然很是同情小常，看看他们灰头土脸的小鬼脸，连忙掏出贰角钱让他们到澡堂洗个澡。

见招收负责人如此热诚，小常也就实话实说："大叔呀！我们快饿死了！求求您先给点东西吃吧！您就是我们的再生爹娘啊！"说完两个半大孩子竟哇哇哭叫起来。

眼看着热泪飞滚的小常要往地下栽，大叔慌了，赶忙先灌了杯热水,马上让招待所炊事员端来两大碗"咸汤",也就是菜帮子、红薯干、黑高粱剩馍干的瓜菜代替。小常和他的伙伴狼吞虎咽,吃完后将碗舔了一遍又一遍,继而又用开水将碗底剩下的一丁点残渣冲了冲再喝尽。经过用嘴舔、用开水冲过的那两个粗碗,像被打磨过般鲜亮干净,不用再刷洗了。他的那个伙伴,虽比小常大点,但个子比小常矮半头,只读过小学一年级又不会填表格,且说话吞吞吐吐,招工负责人不同意他到黄泛区农场复试。谁知,这小个子当场恸哭大叫起来,小常一边劝说同伴,一边又求招工大叔。因招工大叔也爱莫能助,小常只好与同伴泪别,从口袋拿出仅有的贰角钱让其回原籍了。

招工叔叔见此,又拿出叁角钱给了小常,还联系上了一辆回西华农场里的卡车,让司机捎上小常先去农场报到。小常坐上卡车,到了农场学校招生办,谁知在检查身体时,身高欠5厘米(要求1米70),而且他的高小毕业证书也差一年。总之,不合格——退人。眼看唯一生路要断绝了,刚吃饱三天饭又得返回饥饿之乡——信阳固始。他开始在招生办当着招生干部,和苍天黄土喊爹叫娘号啕大哭起来,大颗泪珠不断从面黄肌瘦的脸上滚落在黄沙地上。正巧,刚成立了不久的农场园艺场党总支书记李贺田路过此地。看到一把鼻涕、一把眼泪的小常如此惊天动地不止,这位出身贫农解放战争参加革命的十五级干部停下自行车,想问个究竟。小常见来人一身中山装,左上口袋挂着一支钢笔,还戴着明晃晃的眼镜,心想这人一定是能说上话、能管事的大干部,只要他动了恻隐之心,自己的事情就有门了,于是小常像是抓住了救命稻草,忙跪下哭诉。李书记见此,知晓缘由一时也不知道说什么好,想了想:我们正在组建农场园艺场,让这孩子先跟我吧,在场部先当我的通讯员。

就这样,小常跟着李书记来到农场。当时小常几乎没有行李,一件自制的羊皮袄又当被子又当衣裳,就是全部家当。他没有洗脸盆,没有毛巾,只有一块布帕子又洗脸又擦身,有一只掉了毛还没舍得扔掉的牙刷还没牙膏,也许牙粉刚用完吧。

二

就在小常春夏之交到农场的秋天,1962 年 9 月 8 日,我响应毛主席号召,到广阔天地大炼红心来了。为此,当过河南省委第一书记的潘复生还亲自给农场的场长马伊林写了一封信,把我这个知青介绍到这里。

因不同意河南在农业上大放卫星、大刮"五风",他老人家与吴芝甫等极左路线的省委领导发生冲突,被打成"右倾机会主义分子"而受到批判。他在省委郑州的家里还被人挂上了"潘家黑店"的灯笼。潘复生被罢官下放到农场后,被任命为农场副场长。本是省委第一书记的他,在这里当了三年副场长。当所有人为他打抱不平时,潘副场长却认为,这个关内最大的国营农场挺不错,劳动劳动了解了解基层农家生产生活也应该,本来他就是农家出身嘛!还给他的冀鲁豫解放区老战友——我的父亲万里奉劝:"孩子们长期在大城市五谷不分,肩不能挑手不能提,不好,下去和工农结合结合好呀!"并保证,场里饿不着他,还能吃饱!那个时候,最高的生活标准首先就是"能吃饱肚子"。

我是个从未独自离开过京城四合院家门的高中生,这回要到农业生产第一线独闯生涯了,内心难免惶恐呢。行李相当简单,一个塑料布包里有床旧被褥外加父亲用过的军毯,一个网兜里面有脸盆及父亲为我所选的几本书(苏联作家奥斯特洛夫斯基的《钢铁是怎样炼成的》、刘少奇主席的《论共产党员的修养》等)。当然,怀里还藏有妈妈私下给我的 15 块钱。这 15 块钱是让我到农场后先交上的第一个月伙食费。

带着这些全部家当来到农场,李书记带着小常,推着一辆自行车到场部招待所来接我。想不到,我如此简单的行装,却令小常十分羡慕,他一边往自行车上搬行李一边说:"小万哥,你这是从北京福窝里出来的呀,这么多东西,这被窝该有多舒服呀!"我听后心头如同打翻了五味瓶子不知说啥好,如果我再告诉他,我还怀揣有 15 元钱,他又将用怎样的眼神看我这个"富家子弟"。我估计他来时是分文没有,因为我听旁边的人说过,李书记已特批小常前两个月不交伙食费。后来我到园艺场部他的床位一看,确实除了李书记送的一床旧被子在发亮的一张新苇席上,既无褥子也无床单,更没有枕头。再后来,我发现这里一些穷苦农工也比他强不了多少,倒是从郑州、洛阳、开封(也有个别北京、上海来的)知青和我装备差不多,我们竟也算是"农场上等人家了"。当时,当地农民追求的还不是什么美好生活,只不过是有个最基本的生存条件罢了。

你可不要小看了这个小常,只要政策允许,他就能过上好日子,进入"上等人家"的。经过三年困难时期,党中央提出了八字方针——国家经济工作恢复总政策:调整、巩固、充实、提高。此时,农场"批判资本主义道路、割资本主义尾巴"暂停。为了让农民生存,也有了较灵活的政策——允许农场职工在闲置的荒地及房前房后种蔬菜,甚至种棉花和花生等经济作物。勤劳、聪明又能干的小常紧紧抓住这个时机,起早贪黑,用井水洗把脸,就高卷裤腿、蹚着露水、扛着锄头去他那二分自留地种棉花了。他深知"庄稼一枝花,全靠粪当家",还在大道上小路旁捡拾了不少畜粪,除草、打药、浇水,这个农家小伙又在别人中午歇晌时忙碌着,干得有模有样。俗话说,人勤地不懒,到秋后唯见他地里的棉花株株硕大、朵朵吐絮,如白云一片,骄人地显摆在我们面前,似乎向人们诉说着小常没白天黑夜的辛勤劳作。我没有任何植棉技术,按点上班又已累得腰酸腿疼,像小常那样没敲钟就起来,下班又钻进闷热的自留地,我真是坚持不下来,只好利用星期天去去自留地。故我的棉花地自然杂草丛生,株小花瘦,摘不了几斤籽棉。当时我心想自己有吃有穿就行了。谁知,小常看不下去了,他不断地到我的自留地来指导,让我的自留地谈不上丰收也使我好歹享受了一次种瓜得瓜、种豆得豆的农谚乐趣呢!

随着棉花的丰收,小常在第二年春节前就全部自己置办了新表新里新棉花的被褥(奖励布票和钱),棉衣、棉裤也穿上了。这真如毛主席所常教导的:"自力更生,艰苦奋斗";"一张白纸可以画最美最好的图画"。

记得小常那时还养了两只羊。因他没爹没娘、无亲无故,大伙都同情他,养就养吧。他在养羊时,大伙还帮他用树枝、荆条扎了个小羊圈和遮风挡雨的草庵,也顺手往他羊圈里扔些青草和白菜帮子什么的。他的通讯员工作比我们上下工有弹性,有空他就入圈喂喂羊。久而久之那"咩咩"的叫声也拉近了人与动物的距离。这羊粪含有丰富的氮磷钾,给他的自留地的棉花、花生提供了肥源。我的自留地是"种地不上肥,等于瞎胡混",而他的地里则是"只要功夫深,土里出黄金"。

如果说养羊不难,那么剪取羊毛、自己手工纺毛线,然后买针织毛衣就不容易了。(他第一个月有 18 元钱工资,后来增加到 22 元工资,一年后和我一起定级都是 26 元。)织毛衣则不是男人强项,求谁呢? 还是自己动手干。他织的毛衣虽是粗糙不够平展,但穿在身上的纯羊毛衣还是很暖和。这一成功,还真令大闺女、小媳妇羡慕呢!

三

知青住的自建宿舍里无任何家具,也没有电灯和自来水。到农场的第一天晚上,喝罢了汤、吃完了黑馍,我发现四周黑灯瞎火,节俭的农户和知青们陆续点起了盏盏油灯。带玻璃罩子的灯具可控制油芯,也亮多了,我对小常说:"明天我想到供销社买盏灯。"

"我给你马上做个小灯先用!"

我正半信半疑,只见他跑到李书记办公室拿了个空墨水瓶,又用钉子在盖上凿了个孔,找了点棉花搓了一段二十多公分的棉芯,再用钉子把软芯送入已倒了"洋油"的墨水瓶内,"洋火"一点,灯亮起来了! 灯光如豆,却也揭开了我新生活的一页,照亮了我十年知青峥嵘岁月的生活道路。此后我也开始自己动手操办生活,把旧苹果箱垫上砖头、铺上废玻璃做书桌。

房间里没有小板凳,我准备去买个马扎。他知道后说:"不用买了,我给你做一个吧?"

"真的?"

我随他进入木匠房,他客气地说明来意,班长指了指一堆下脚料。小常不到一顿饭功夫,又刨又锯再叮当一阵子,一个结结实实的四条腿小板凳出现在我面前,让我目瞪口呆。

我忙就地坐下试试:"太好了,小常我服你了,明天到西夏集上请你喝胡辣汤加油条!"

"别乱花钱了!李书记不是说了几次要请你这个北京洋学生和郭世英(郭沫若的二儿子)吗?到他家做客吧!我去帮厨,我会做胡辣汤和炸油条,不用你花钱了!这又热闹又省钱,多好呢!"

此话说出10多年后的1981年,我已入伍几年了,并被调到北京解放军炮兵某部当翻译。小常也被调到河南周口地区任五金交电某部经理了,父亲万里已就任中央书记处书记、国务院常务副总理。一天,父亲在中南海家里突然对我说:"抗日战争在冀鲁豫老解放区任第七军分区政委时,打了胜仗高兴极了!就在菏泽地区集上喝一碗胡辣汤吃上两根油条,真的非常好吃呀!"身为长子的我也当回孝子吧,老爷子忙,说完他就会忘的。

我想到了小常,恰巧11月份他来京出差,找我叙旧。双方见面,我上下打量了一下他,说:"你得穿上我的白衬衣,再洗个澡、理理发。我把你带进中南海'含和堂'的家里,咱们也别声张,好好地做个胡辣汤让老爷子惊喜一下吧!"上午9点半,我找沈秘书报上名,领他悄悄进了中南海厨房,好在大厨韩师傅早已给他备好了豆腐丝、海带丝、羊肉、花生豆及葱、姜、醋、香油、胡椒粉等系列佐料。只见小常系上围裙洗净双手,卷起袖子开始洗面筋……我打趣说,"韩师傅这道汤就交给他了吧。"韩师傅的菜刚上去餐厅不久,我忙让小常端汤进餐厅,给老爷子盛上一碗"常氏胡辣汤",还介绍说这是我们农场知青小常的手艺。老爷子点头表示谢意,他忙端起碗用筷子夹起面筋海带丝先尝了两口。见老爷子那认真品味的样子,我忙问"味道如何?"在场所有人的眼睛都盯着首长,屋子里的空气顿时像是凝固似的,小常一时紧张得双手都不知往哪放……

老爷子慢慢地品尝了一会,认真评价说:"还不错,只是我在战争年代喝的山东胡辣汤是没有肉丁的……"

我忙说:"我下放到河南路经漯河逍遥镇,喝的胡辣汤是加肉丁的。这是河南做法。"

老爷子微微一笑,喝起了青岛啤酒,良久,说了声:"原来是河南做法,也不错嘛。"

四

小常在单位发扬庄稼人"起五更,睡半夜"的勤劳精神,把仓库的五金产品堆放排列得井然有序,并都附上生产地、质地等级;室内处处干干净净;还创造性自制支架,把那些易受潮的产品放到支架上,仓库内易受潮的化工产品按时开窗通风无潮湿淫浸,地委和市里五金交化部门多次检查评比他都是先进。

农场是省市地区有关人才的输出地。1968 年夏,农场人事部门推荐了小常,他先是调到周口地区的漯河市工作,十年后已农转非(在农场时属农业户口)当了仓库保管员,单位有工作服,他自己也买了件四个兜的蓝色干部正装,有场合时也穿戴起来。小常心灵手巧又可靠,他竟比我早离开农场四年呢!

我也不知他何时谈上了恋爱,听说还是一位漯河市的初中教师:她个子不高不矮,鸭蛋脸、乌黑的短发齐耳,不算小的双眼下高挺的鼻梁时常透着机敏;加之带着师范学校毕业生的职业举止和言语文明,时时处处给人"女教师"的印象。她教数学,恰恰小常只学过小学算术。两人在一起谈不上珠联璧合,但对小常来说,其生活却是"芝麻开花节节高"——当上了吃商品粮的工人保管员,还找到了美丽端庄的女教师。这对一个濒临饿死的农村娃来说实在是太幸运不过了,因为穷苦人过去常常讨不上老婆呢。我这个连当了五年的"知青代表"的也不由得暗暗佩服、羡慕。这个"小能人"真有两下子!事实上,20世纪六七十年代的青年人在学雷锋的高潮中普遍重感情、轻金钱,他们这一对共青团员是用自己勤劳的双手和智慧创造财富、组织起美满的小家庭的。

20世纪70年代左右,国家计划生育部门还没有只生一胎的要求,他们在漯河有了一个娇女后又添了一女一男。尤其又调到了中等城市周口后,生活就有了很大压力。三个儿女犹如三只嗷嗷待哺的羊羔,天天顿顿,都不能缺吃;外加信阳农村的穷亲戚也常需要他们帮衬一点。因此,刚刚开始还可以的小日子又再度陷入贫困。

年终单位评困难职工、发放补助,小常是年年有份,不过那只是杯水车薪,补贴的一点钱和布粮票也就是象征组织上的温暖,是不足以让小常家维持温饱的。要想养活三个孩子、供他们上完小学中学,还得发扬自力更生精神,用自己智慧的头脑和辛勤的双手致富。

颍水,因春秋时期郑国颍考叔而得此名。每每看到滚滚向东流去的颍河,小常想到"靠水吃水"。为了全家人的生活,也为了养活三个孩子,他买来鱼线学着织网。聪明手巧的小常把这"纲和目"编扎得顺顺当当、结结实实。每当下午一下班,他就匆匆拿个馒头、就着咸菜、再喝上一碗面汤就下河了。趁着晚霞万道、河面明亮,他就开始布拉鱼网,节假日更不离开河畔,真正过起了水上渔翁的日子。

在长期的捕鱼过程中,他结识了一位来自江南早到此落户的小哥们小黎。小黎识得水性和鱼性,在下网捕鱼方面很有经验。每当月朗星疏又无风,两人拿着手电、马灯,一起网就能拉起十几斤鱼,更有幸运时一网能拉20多斤的各种鲤、草、鲫、鲢鱼。遇有小鱼入网,他们就将小鱼扔回河里,并不是他们有更多的环保意识,只是觉得太小了就放生算了,等他们长大了再见吧。

月复一月,他与小黎每天傍晚下河,凌晨两点收网回家,平均每天都有近十多斤鱼的收获。有一次,鱼捕获太多了连塑料桶都挤压破了,后来他们就换成两只敲着"铛铛"响的大铁桶。那时没有冰箱,除了把鱼炸了留给全家改善生活、让孩子们补充这高级又好消化的蛋白质外,就送给街坊四邻,周口公交百货站几乎人人都吃过小常捕获的活鱼、活虾呢!当时的国家干部、职工是不能到市场上做小买卖的,小常就到市场去换些北方的苹果、梨、山楂和南方的柑橘、香蕉、菠萝等给孩子们吃,这又解决了三个小家伙所需要的多种维生素呀!他的以物换物、互通有无的做法使全家什么衣物、手电筒、暖水瓶、餐具等,生活用品也不用花钱买了。

但是三个孩子的学费得交现款呀!一天,他在外贸单位上班的一个朋友正在收昂贵的貂皮,他激灵一下,觉得这是可以换现钱给孩子们交学费的又一商机,于是买来饲养貂的书籍,这真是难者不会,会者不难!他深夜读书后拍案而起:"好了,干!啥事也压不倒我小常!"

"半夜发神经了!"正在床头批改作业的妻子瞪了他一眼。

"把咱们所存的36块钱全取出来,加上我兜里的10块,我去买几只最好的貂种呵!"

妻子知道小常骨子里有股干什么成什么的韧劲,故就忙取钱依了他。小常先是买了貂种,接着到五金店买了一大卷铁丝,用已使用了多年的"劳动牌"铁钳子和小铁锤,编织、捆扎好几个丈余的铁笼子。小常为何胸有成竹?主要源于对貂生存规律的把握。因为这种貂只吃活的鱼虾,而自己打上来的鱼也不好上市买卖,用鱼喂貂,再用貂赚钱。这样一倒腾,现钱就有了。

果然,经过一两年努力,黑黄色的貂氏家族成几何级繁衍生长起来,到第三年,个个膘肥、皮毛光亮。虽然这些动物野性大,不管怎么喂养他们也不会像猫狗那样通人性而听使唤,但喂食时却十分可爱:只要时间一到,大大小小的雄雌貂氏家族成员一个个机敏地耸起了双耳,一双双泛绿的眼睛也睁得圆圆的,或坐或立,更有些不安分的小家伙在铁笼里窜上窜下,焦急地等待着小常击桶敲盆。每当这时,兴奋的小貂们总是争先恐后地抢抓着还活蹦乱跳的小鱼虾或切碎的鱼块,大小貂们就大快朵颐嚼个不停。

对于饲养貂,小常总结出一套成功的经验:那就是除了喂成条活鱼外还得把鱼磨成粉末状,再加新鲜玉米蒸熟,还得放些橄榄菜等含维生素的菜叶才能保证这些貂的全部营养。由于他的精心饲养,第三、四年就生产了许多只。他把它们全部当种貂卖给找上门来求购的养貂户,比单纯卖给外贸单位皮毛还合算。一年下来,就能收入两千多元。这在 20 世纪八十年代初能算上"巨款"了。就这样,孩子们的学费靠养貂全部解决了。随着养貂数量的不断增多,其收入也越来越丰厚,小常在单位乃至这条街上也是头一个用上了洗衣机和冰箱的家庭。买来洗衣机时,许多人前来观看,他们眼观、手摸、再学如何使用。他们纳闷儿,这代替祖祖辈辈手工洗衣的机器,怎么一下子就能将衣服洗得如此干干净净。

进入到 80 年代中期后,受小常影响,养貂户开始越来越多,外贸单位收购貂皮对毛色、毛质的要求也越来越高。小常观察到市场的微妙变化,立刻转行干上了建筑业——拉沙子这一行。1988 年他停薪留职专门做起了沙子的生意。那时河床沙子比较多、质量好且便宜,又让他着实赚了一笔。能人加辛勤是能先富起来的,为上中专和大学的两个孩子凑够了学费、生活费。最小的那个男孩,高中毕业后当了兵。孩子争气,后来考进了军校,当上了军官。小常两口子也在周口地区分到了新公寓房。

1999 年 5 月,小常被检查出肝癌晚期,我心中最明白是长期过于辛苦,加上少年吃得营养太差是患此绝症的深层原因了。他们全家到北京来找我,在我明亮的办公室里,看着面黄肌瘦的老朋友,我强忍泪水,立即出面为他到北京肿瘤医院找专家。但出乎意料的是,又经检查确诊后他们全家都不同意在京做化疗和手术,执意要回河南用中医保守治疗(还说他们认识的老中医有偏方)。老天不假寿于这个和我曾经在农场风雨同舟的能人,就在这年黄叶飘落的 11 月小常永远闭上了眼睛。

　　农场小常,以前是草根奋斗的动力和榜样,以后是遇到困难和挫折决不妥协的典范。小常朋友已经过世十七八年了,他的勤劳、他的善良、他的能干、他的自力更生,一直影响着我。至今想起来他的那些往事种种,仍恍若如昨。

与鼠共舞的知青岁月

20世纪60年代，我从北京下放到河南省西华县黄泛区农场园艺场第二生产队当知青，此后在此整整度过十个春秋。之前，我曾写过我的生产队长和朋友们，今天则写与"野生动物"的"交往故事"。

那时我们二队农工和知青统一住集体宿舍。这一大间宿舍，我们自己动手打好地基，再在自挖自夯的地基上用砖垒砌起来。因为砖当时较为稀罕金贵，所以常常垒到一半，墙就改用泥坯了，当然也没钱买瓦，就用麦秸或草苇做屋顶了。地面当然无任何铺设，直接是潮湿的黄土地。所以，这种房屋构造十分简陋，现在大都市里的年轻人无法想象。这样的房屋两三年后必会"通风透光"，当然还会漏雨。于是，在老师傅的指导下，我们就上房再修补。

我记得一开始我们宿舍紧挨着队里的一个粮仓，为了保证粮仓安全可靠，基本上上下下都是砖瓦结构和水泥地面了。但到晚上，一吹灭了灯麻烦就来了。

俗话说："老鼠生来会打洞。"那时职工因穷困大多没有蚊帐，我母亲让我带了单人绿色小蚊帐，真派上了用场。蚊帐防蚊蝇没有问题，但晚上只要吹灭如豆煤油灯火不久，耗子大军就会从洞穴中爬出来，沿着墙根，从"总部"隔壁粮仓发着"吱吱"的呼叫声，成群结队潮水般出动到我们屋里。

那时"三夏"、"三秋"后体力劳动十分繁重，都是在龙口夺粮嘛，煤油灯下读了个把小时书后，很快上下眼皮打架，支撑不住就上到我们自制床上青纱帐里进入梦乡了。开始入睡时，也听不到耗子大军前呼后应的出动声音了。但是这些嗅觉灵敏的地下部队在这黑夜中却大显身

107

手,它们不但熟练高超地沿着拉蚊帐的铁丝飞快来回奔跑,到了我的小帐顶放开手脚放肆地手舞足蹈起来,更有甚者还钻帐而入,我感到了它们扎人的胡须。让我骤然惊梦而起,拳打脚踢击退帐内帐顶大小鼠军,像京剧《三岔口》夜斗,我手掌曾接触到它们毛茸茸、呈锥形、拖着大尾巴的身体。这些嚣张贼鼠虽小,绿豆眼却闪着令人害怕的绿光。

第二天,我们拖着疲惫不堪的身子和酸痛的双眼随保管员打开粮仓门查看它们的大本营。在梁上,大小老鼠警惕地张望着,随时准备逃窜,但因为有高空优势,却也不太慌张。这正如唐诗所写:"宫仓老鼠大如斗,见人开仓亦不走。健儿无粮百姓饥,谁遣朝朝入君口!"更古老的《诗经》则说,"硕鼠、硕鼠无食我黍";"无食我麦,无食我苗"。可见其同伙田鼠也是很可恨的。20世纪50年代"除四害",如今麻雀已正了名,但这老鼠,和贪盗国家财物的贪官污吏一样,必遭人人喊打呢!但当时怕下药后污染屯粮,我们改用鼠夹鼠笼应战,也狠狠打击了不可一世的鼠敌,着实让我们夜晚消停放心入睡了一阵子。

现在回忆起来,当时农场都没有养狗、养猫的农户,鸡鸭等家禽也绝对在"割掉资本主义尾巴"之列。

全世界老鼠种类竟有450多种,它们的始祖"东方晓鼠",据查竟有五千万年的历史。它们生命力极其顽强。1986年春,苏联切尔诺贝利核电站出了大事故,近9.5万人死亡,但动植物皆死亡的3年后,老鼠不知从何洞穴内爬出,又复活了,据说更加肥硕壮大了。它们给人们生活带来很多灾祸。当然,供应人类做各种科研的特种定向培育的小白鼠,则对人类大有用处,因为老鼠基因序列和我们人类竟然差不多。

郭世英：一颗划破夜空的流星

在报纸上发表的纪念郭沫若、于立群老前辈的文章里，曾不止一次提到，两位老人受林彪、"四人帮"残酷迫害，忍受着失去儿子的沉重打击。每当看到这里，我的脑海里马上闪现出一个大口抽着自卷烟叶，紧锁眉宇的大个子青年……他，就是郭老的二儿子世英。

他的父亲也许是中国读书最多的人了，几屋子书，分成类，整整齐齐排列着。世英从儿童时代起就和书结成了伴侣。他看书还不是单纯凭兴趣。更多的情况下是一边读一边思索。他很好动脑子。有时，干脆先合上书本，走进父亲的书房，父子俩开始一问一答谈读书心得交流思想。父亲最喜欢和他谈文学、论古今。累了就杀上一盘中国象棋或国际象棋，世英常以杀败父亲为快事呢！

1962年秋，我在北京读过高中后，我的父亲毅然决然把我送到了河南西华农场劳动锻炼。第二年的春天，正当农场果园里苹果花盛开的时节，农场里传来了"一个姓郭的北京大学生下放到农场了"的消息。听说是北京来的，我连忙跑到招待所，想看个究竟。见了来人，我不觉一愣：这不是世英吗？为什么不上大学，到农场来干什么？他见到我，也十分高兴，风趣地说："你下乡劳动的事迹，经报纸宣传，已经家喻户晓了，我到这来，就是为了向你学习，你欢迎我这个学生吗？"我亲昵地打了他一拳，不解地问："你真的是像我一样自愿到农场来锻炼的吗？"世英冲我苦笑了一下，又用手点着自己的脑袋说："这玩艺儿出了毛病，神经衰弱，到农场来劳动一段时间，调节一下神经。"我仍半信半疑，想继续追问，他却把话又岔开了，问我："农场什么活最累？"我说："第一作业站（也叫分场）的活最累，是种麦子和棉花的。""那我就向农场领导要

109

求,到第一作业站工作。"他显得非常兴奋,然后活动一下筋骨,那情景似乎在做劳动前的准备工作。

世英所在的第一作业站距我所在的园艺场大概有三四里路。世英到农场后的第一个星期天,我到他住处去看他,约他一起到户外聊天散步。屋外春光明媚,阵阵轻风拂过,粉红色的果花纷纷扬洒下来。我们迎着花雨,踏着铺满落英松软的泥土,在苹果树下漫步。他拂了拂掉在身上的花说:"这里真美,我刚来一个星期就爱上这个地方了。"我在这个农场已两年了,劳动的成果是美的,但劳动本身却是艰苦的。世英身高一米八,身材魁伟,在101中读中学时还是校队的著名左后卫呢!看着他那像郭老一样宽阔的前额,我仍为他放弃学习来劳动而惋惜,于是又问他:"我看不出你有神经衰弱的迹象,你到底是为什么到农场来?"他沉默了一会儿说:"我到农场来的原因,在农场只有党委书记和场长知道。你是我的好朋友,你不问我,我也会告诉你的。"

1962年,世英进入北京大学哲学系。他由于从小受到良好的家教,又爱好运动,不仅体力充沛,而且聪明过人。他读《古文观止》,默读两遍竟可以基本背诵下来。郭老写《郑成功》剧本时,他也同时翻看郭老所用的参考书,动手写自己的《郑成功》剧本,并赶在郭老之前写完全剧。青艺到郭老书房催要剧本,郭老竟然说:我儿子世英此剧写完了,你们先拿去看看吧。上北大哲学系以后,课堂上的学习内容,无法消耗他全部的精力。他只用了三个月的时间,通读了黑格尔的经典著作,然后自称研究了三年的黑格尔哲学体系,约上两个同学竟找上门去与北大名教授朱光潜探讨问题。朱光潜教授对世英的答辩满意,真以为他苦攻了三年的黑格尔著作。当时,全国掀起学习哲学的热潮,基层单位也普遍建立了学哲学小组,报刊上不断发表各行各业运用哲学思想、主要是运用"一分为二"的观点解决从政治到军事,从生产到教学的各种各样的问题和矛盾的经验文章。"一分为二"的观点,被视为解决一切矛盾的万能法宝。在这种气氛下,世英找来几个要好的同学,说:"现在工、农、商、学、兵都在学哲学,用哲学,咱们是专门研究哲学的大学生,应该组织起来研究一些大问题,研究一些宏观的问题。"他的倡议得到同学们的支持,天真加认真,使这几个大学生毫无顾忌地向哲学的"禁区"进军了。他们研究的主要问题包括社会主义的基本矛盾是不是阶级斗争?"大跃进"是成功了还是失败了?对毛泽东思想能不能一分为二?什么是权威?有没有顶峰?……他们提出了许多敏感的哲学上的未知数,后来干脆把他们的小组命名为 X 小组。一到星期天,X 小组的成员们就聚在一起讨论问题,而且常常是通宵达旦,即使放寒暑假,也以通信方式互相探讨他们不断提出的 X。X 小组的言论和活动方式,不久就引起了北大和公安部门的注意。有关部门从截获他们的来信和油印刊物上,掌握了他们"严重的政治问题"。事又凑巧,赫鲁晓夫的名字俄文拼写的第一个字母也是 X,X 小组便"顺理成章"地被视为"赫鲁晓夫集团",小组成员被有关部门分别传讯。在当时与现代修正主义论战的气氛中,在强大的政治攻势下,小组的成员纷纷交代了"问题",只有世英据理力争,每次对他的审问,都变成了激烈的辩论。最后,世英被指定为"有反党反社会主义言论","性质属于敌我矛盾","按人民内部矛盾处理"。

敬爱的周总理过问了世英的问题。他老人家征得郭老的同意后,指示公安部门暂时安排世英到基层劳动锻炼一段时间。经有关部门商定,选择了河南西华农场。考虑到郭老的威望,世英以下放劳动的名义来到农场。

世英向我讲完到农场来的原因后,我们相对无言,沉默了一会儿,他严肃地说:"虽然我不完全同意组织上对我的问题的结论,但是对于安排我到农场劳动,接触基层劳动人民,我是十分愿意的。爸爸也说:'光关在屋子里读书不行,我也早想有个机会到基层劳动锻炼,过一种普通的劳动者的生活。'"说完,他从口袋里掏出一把旱烟叶,卷成烟卷吸起来。我看着他不断从鼻孔喷出的烟雾,问他:"你抽烟怎么这样厉害?"正说着,一阵铃声,场部公务员小孙的自行车从后面冲了过来。小孙翻身下车:"你们两位北京人聊什么呢!天不早了,该休息了。""随便扯扯,世英刚来,陪他转转。"我答道。世英忙掏出烟荷包,熟练地卷好烟送到小孙嘴边说："请你自己粘上吧!"小孙抽了一口感叹地说道："前天党委路书记找世英谈话以后,让我拿出两包'彩蝶'、两包'散花',这是咱们河南的最高级香烟,那味可比你这自制的强多了,谁知第二天你们这位北京大学生又原封不动送回来了……"我问烟火中一明一暗的世英,这是怎么回事? 他颇为严肃地说："农场的职工都吸一两毛一包的香烟或旱烟,我怎么好意思抽这么好的烟呢? 所以就把烟送回去了。"小孙抽了一口,因纸太硬,灭了,世英又把火柴递给他。小孙接着说："送回了香烟,咱路书记觉得过意不去,就给一站的刘站长写了个条子:'请批给世英同志一点咱自产的烟叶',让我骑车送去了。谁知小郭看了看,让我谢谢路书记! 随手就把条子撕碎了。""我不能一来就搞特殊,占公家的便宜。"小郭扔掉烟头,深深地吸了一口果园清新的空气说:"现在我抽的烟叶是自己买的,我已给家里写信,让父亲的秘书把父亲看完的《北京周报》给我寄来。这种纸又白又薄,做卷烟纸最合适。"

过了不久,我再去看世英。果然,床底下放着一麻袋自产的烟叶,床上散着刚裁成小条的《北京周报》。他原来干干净净的学生装,变得又脏又破了,头上戴一顶斗笠。有时他干脆不穿上衣,露出结实的肌肉,在似火的骄阳下,也像有些老工人一样,脊背上披一块小白布,抵挡一下火热的太阳。农场职工们上下班时都习惯背一个粪筐。世英也编了个粪筐,他见我来了,便拿起粪铲很帅地做了个铲粪的动作。而且,他很快就说起地道的河南话来。我说:"你真成了庄稼汉了。"听了我的话,同屋的作业班长告诉我,昨天,他和世英去商店买烟叶,在路上看见一堆马粪,他们都没带粪筐。小郭就摘下草帽,一个箭步把冒着热气儿的马粪捧到草帽里。"你闻闻我的手,现在还有马粪味儿呢!"世英边开玩笑,边伸过手来。我说:"一堆马粪,至于这样吗?"他回答:"我要不捡,就便宜了别人,我得让我的粪堆天天见长啊!"全队评比精肥时,世英得了第一名。他就是这样处处好胜。

艰苦的生活磨炼了世英的意志,也培养了他的劳动人民的情感。我保存着当年他在农场黑板报上写的一首儿歌,题目是《小粪筐》:

小粪筐，

小粪筐，

粪是孩儿，你是娘。

迷家的粪合成了堆，

散发五月麦花香。

小粪筐，

小粪筐，

清晨唤我来起身，

傍晚一起回床旁。

小粪筐，

小粪筐，

你给了我思想，

你给了我方向，

你我的心呀在齐唱。

世英喜欢看书，喜欢动脑。到棉花地里，他不时地观察棉花发芽、开花、结桃的过程，并用小本记录下来。他写信给父亲，不用再寄什么文艺书籍了，而要一些植物栽培学方面的书。郭老让秘书给他寄来了一本厚厚的《棉花栽培学》，他时常把书用绳子扎在胸前的棉袄里，歇晌时就取出来翻看。他诙谐地指着怀中说："这就是我的小小图书馆！"1965年春夏之交，北京农大植保系部分师生到农场实习，撰写棉花实验田的论文。世英也悄悄动笔写了一篇，交给了农大的老师，老师惊异地赞叹这篇论文很有分量，并推荐给当时四年级的农大学生作参考。从此，世英对植物栽培发生了浓厚的兴趣，他对我说："研究植物栽培大有前途，我已下定决心，劳动结束后，转到北农大。毕业后，还回农场工作，我要让麦子、棉花的产量都翻一番。"他还深有感触地对我说，他开始理解了马克思的话，劳动不仅改造了世界，也同时改造了人类本身。

郭老十分关心在农场的儿子，他经常写信鼓励世英。我记得世英

113

给我看过一封来信，郭老写道："世英，得知你与工农大众艰苦劳动的实践，你不仅在劳动中改造着自己，也同时教育着我们。"郭老把已发表的毛主席诗词亲笔抄录了一遍，装裱成册页让秘书保价邮寄到农场赠送给爱子世英，世英爱不释手，一有空就翻看，吟诵。

由于世英表现突出，多次上了农场的光荣榜。他每每都认真仔细地把奖状寄给父母。

1965年春节，世英第一次回家探亲。他拿出自己劳动得来的钱，给父亲买了几瓶最好的枣花蜂蜜，又为母亲买了两块布料。世英回到北京，见到了近一年未见面的父母和兄弟姐妹们，全家异常兴奋。郭老望着脸色黝黑的世英，不住地点头含笑。立群阿姨抚摸着世英买的一块驼色，一块蓝色的府绸布，悲喜交加地说："这是世英第一次给我买东西，多好的颜色，多细的布，真是个会体贴妈妈的好儿子！"

世英的探亲假有二十五天，可刚过了十天，他就急着要回农场。妈妈劝他多住几天，他说："我们队长还等着我给他买药治腰疼病呢！"妈妈说："药可以寄去。"一切挽留都无效，郭老和立群阿姨只得让世英提前回农场。临走时，郭老让他把（自己贴用的）狗皮膏药捎给队长。当妈妈把儿子送出深宅大院，世英说了一句："妈妈，咱们家根本住不了这么多房子，还是搬到个小点儿的院子去吧！"世英仍穿着来时的大棉窝、肥大的棉袄棉裤上路了。

1965年秋，上级批准世英返校继续学习。郭老同意了世英的想法，从北大转学到农大。可是，第二年的6月，世英离开农场返回大学还不到一年，动乱开始了。

1966年底，在一个大雪纷飞，朔风劲吹的下午，世英突然回到农场。原来，他与同学组织了一个串联队，骑自行车从北京到贵州串联，途中特意拐弯到这里来看望我。私下里，他告诉我一些北京的情况。他说："周总理想保护你父亲，没保住，他现在已被关进监狱。我父亲总算被保住了，眼下还算过得去，但是，大字报已贴到我们家大门上了。""今后的形势将如何发展？"我忧虑地问他。"现在乱得很，很难预料今后的形势。但我相信,像你父亲这样的老干部决不是那些人所说的反党反社会主义分子!终有一天,他会被解放的,那些兴风作乱的野心家早晚还是要垮台!"在当时,世英的这番话,慰藉了我一颗受伤的心。在今天,也证实了世英的政治远见。在忧心忡忡的时刻,他告诉我他自己的秘密,他有女朋友了,叫潇潇。我也认识她,是个有思想有才华的人。我默默地为他祝福,祈望他们来日幸福。世英充满感情地告诉我:"潇潇理解我,体贴我,这是最宝贵的感情。"我们没有时间长谈,天色傍黑,俩人依依不舍地分手。临别,他提醒我:"农场的运动虽然没有开始,但党委领导肯定会受冲击的,要有思想准备。"他站在一个高坡上,留恋地瞭望了一下整个农场,紧握着我的手说:"真不想马上离开你,可我还得追赶同学们去。等运动过去了,我就回咱们的农场来,咱们一起干!"说完,便跨上自行车。他高大的背影,迎着风雪,艰难地消失在黑暗中……谁能想到,此次分手竟是诀别。

随着"四人帮"这些魑魅魍魉的得势,总理的处境越来越困难,郭老也不断受到了非难。这时,又有人重提 X 小组的问题,并别有用心地提出:是谁包庇了"反革命分子"郭世英?这些人的矛头所向已经很明显了。1968 年的春天,噩运终于降临到世英头上。一伙歹徒把他关押在私设的牢房里。为防止逃跑,把他的四肢都捆绑在椅子上,轮番批斗,连着三天三夜。百般的人身凌辱,使血气方刚的世英出奇地愤怒。

世英的处境像一团阴云笼罩着郭老一家。悬念,担忧,焦虑……怎么办?向周总理汇报,请总理出面交涉吗?不行!总理的压力已经够大了,外交内政,事无巨细,全压在他的肩上,不能再为世英的事打扰他,还是自己设法解决吧。"世英啊,你要坚持住,我们马上就来了!"——全家人都在心中这样默念着。第四天,经过军代表的同意,郭老派秘书去农大了解关押世英的理由。然而,就在这一天,1968 年 4 月 22 日,清晨 6 时,在郭老秘书和世英的妹妹、世英的女友一起赶到学校的三小时以前,双手被反绑着的世英从那关押他的房间里,一个四层楼上的窗口中……血染红了楼前的土地,他倒在血泊中,结束了他年轻的生命。他仅仅活了26岁啊！他像殉难献身的壮士一样,肝脑涂地地向恶魔们进行了血的抗议！

"他不是反革命,不是,不是!"世英的女友想大声喊叫,可是在她面前的是一群冷得像铁一样的面孔,那些面孔仿佛在质问她,为什么还不早些划清界线。潇潇不相信世英会死,他那么珍惜生命,热爱生活,不就在前些时候,世英刚刚让她找来一套《列宁全集》,在着手编纂一部"列宁语录"吗?不就在前几天,世英还要她帮忙凑些粮票,准备再去农村,避开学校里那种令人窒息的空气吗?他不会那么容易屈服的。然而,和那群冷铁一样的面孔辩论是徒劳的。潇潇和世英的哥哥、姐姐一起只能含着泪捧回了世英的血衣。

悲痛撕裂了母亲的心。立群阿姨病倒了,病得十分厉害。她在病床上,看见世英微笑着向她走来,穿着褪了色的罩衣,身上带着血迹,啊,她要扑过去,把他抱在怀里,——可是,他消失了。身边留下的只是世英在农场时送给妈妈的两块布。"何必要他回来读大学呢?如果在农场继续劳动下去,他不会死的。他本来并不肯回来的……"立群阿姨像祥林嫂一样不断重复着这句懊悔的话。

郭老是不愿在孩子们面前落泪的。他默默地走进书房伏在案边,一行一行,一页一页地抄录着世英留在人间的日记,就像倾听着世英在他身边述说着自己的心里话:

1964年5月11日

为什么?我问我的心,为什么我的心在痛?是别人看不见我的优点了?是受了委屈?是觉得失去了大家的信任?为什么痛呢?我想起了昨天一天里自己的心情……

前天的会上对我有很不小的刺激。其实这是件好事,是一种痛心的愉快。这种愉快心是以前没有把握着的。我在痛心中看见自己又会有一个新的提高,是在一个相对落后的局面后一个新的提高。我觉得自己有力量比以前任何时期都做得更好。

红墙内外

●

116

但是会上的一些人,从我的缺点出发,认为,我的政治思想不好,这却是我不能接受的。昨天我流着泪对老屈说:"相信我吧,我的心里只有一句话——坚决跟着党!哪怕把我打死,决不动摇!"

1964 年 8 月 7 日

去年今天,我到了棉田队,好快啊,整整的一年了!

人们总是担心,我是被一种什么类似压力的作用才下定了留下的"决心"的。"你的情绪好吗?你不想家吗?"……

我想家,但是这如果只是基于人性论的观点的想家又有什么意义呢?我想家,这是一个革命的家。

一年结束了,只不过是结束了一个开始,道路还长远得很。只有坚持不懈地改造自己,才可能冲破旧的习惯势力的束缚。

向前面看,向远处看,是条大路在眼前,千万双老茧的手拉在一起前进。

……

1965 年 2 月 7 日

回到了家高兴了一会,却又马上觉得没事可做。怎么?这不是个革命家庭吗?但我总觉得这和我离得那么远。心里总出现农场劳动的情景,但我在这里却在享受着,在……

爹爹,他曾对我抱有希望,他又对我重新抱有希望了。我看着他显得有些苍老的面孔,心里很难受。经受了多少风霜,斗争,斗争,而我——当吸血虫——简直不敢想象!如果不是无数我的同龄人安慰了他……投入战争中去吧!加快自己的步子。

就这样,一行又一行,一页又一页,郭老噙着泪水把世英的日记誊写在宣纸线装本上,一共誊写了八册。厚厚的一摞,寄托着父亲对儿子的深沉的思念。听听世英的这些心里话吧,像他这样一个火热的青年,

20世纪60年代，郭世英、小妹与郭沫若夫妇北京家中合影

为什么竟会被人夺去生的权利！

周总理得知世英被迫害致死的消息。他立即派联络员前往农业大学调查。然而在当时的气候条件下，被调查的人是会有足够的本领来进行反调查的。几次派去联络员，均无结果。尽管如此，郭老和立群阿姨的心却得到慰藉。周总理语意双关地对郭老夫妇说："为有牺牲多壮志，干革命怎么会不死人呢！"或许也是使世英在九泉之下可以告慰的话罢。敬爱的周伯伯相信他，亲人和朋友相信他，他是无罪的！

世英当年的女友后来去了日本。在她去日本之前，我曾写过一封信给她，告诉她我想写一篇纪念世英的文章，请她提供一些材料。她很快就回了信，信上说："原以为在这个世界上只有我一个人还没有把他忘掉，没想到你还记得他……"口气之凄楚，令人泪下。后来，大概是为了表达她的感激之情，她还给我寄过挂历和年历片。尽管当时她已经嫁了人，但她还怀念着世英，她把这爱深深地藏到了心底。

世英，你这颗划破夜空的流星！我们要大声呼喊：不能让这样的悲剧在中国的大地上重演了！……

■ 小粪筐里出过最美的诗和画[*]

　　农家都知道："种地不上粪等于瞎胡混"，"庄稼一枝花，全靠粪当家"。看来动物产生的粪便，是植物最好的营养。上世纪 60 年代，我下放到河南当知青时，总离不开和粪打交道。我那时起早贪黑、背着小筐去拾的畜粪，农人称之为"精肥"。每年 8、9、10 这三个月，草长得最茂盛，匆匆吃过午饭便冒着烈日去割草，身强力壮的农人，能背回一二百斤鲜草！我这样的学生知青满身是汗只能割下背回七八十斤草就不错了，还需自己挖好土坑，扔进去，任之风吹日晒雨淋，到冬天就会自然沤好，发酵而成为好肥料了，随时可作为庄稼或果树施用的绿肥了；再和同样发酵好的"精肥"一起施用，就是绝配了。

　　当时郭沫若的第二个儿子郭世英政治上犯了所谓"严重的反革命错误"，他身高力大、知识渊博、文采出众，以现在的标准是个品位很高的"帅哥"，他也被发配到我们农场的第一分场接受劳动改造。他以罕见的青年人的坚韧意志改造着自己，力求"脱胎换骨"。当时他留下一首儿歌《小粪筐》：

　　　　小粪筐，小粪筐，/粪是孩儿，你是娘。/迷家的粪合成了堆，/散发着五月麦花香。

　　　　小粪筐，小粪筐，/清早唤我来起身，/傍晚一起回床旁。

　　　　小粪筐，小粪筐，/你给了我思想，/你给了我方向，/你我的心呀在齐唱！

＊　本文原刊于《新民晚报》2014 年 2 月 23 日。

有一次,他到供销社去买烟(他从不抽好烟,就时常买下生产队的一麻袋烟叶,自己用报纸卷烟抽),忘了带自己的小粪筐,看到呼啸而去的马车留下了一大堆冒热气的马粪,他紧抽了几口烟,马上摘下草帽,把粪便全部弄进帽子里,怀抱着这一大堆热粪,走回自己粪堆倒了进去,就这样年终评比精肥,他小山似的粪堆,终于使他名列全队第一名……

在胞弟仲翔和他女婿小张介绍下,我去年有幸认识了大画家袁运甫,他已80多岁了。这位中央工艺美院的一级教授,他的精品画作早已被故宫博物院、钓鱼台和人民大会堂珍藏;他还在1958年开始,近20年中积极参加制作大型壁画,尤其是轰动一时的1979年首都新机场的壁画群在国内外影响都很大。材质有丙烯、陶瓷、纤维、金属、彩石,真是五花八门。应了"中国是壁画的国度","非壮丽无以重威",鲁迅先生也称壁画最能尽社会责任,是属于大众的,使我们今天明白了要更多重视公共艺术的社会作用。改革开放以来不少大建筑中的无顶壁画、雕塑、公共装饰创作工作,这些曾被"四人帮"统统抛弃过的艺术又不断重返人民大众的视野。改革开放以后全国各地络绎不绝的艺术家和各级领导都来请教这位无论国画、油画、水粉画和版画、雕塑样样精通的工艺美术大师——袁运甫。

无独有偶。另一当代大师级画家吴冠中,和袁运甫同时也都在"文革"疾风骤雨的大批判中被打成"黑画家"。在挨整最厉害的时候,他俩互相支持和同情,在冰冷的阶级斗争的年代这是最有力的支撑与温暖……"我们一起偷偷出去画画,共同探讨艺术与人生,结下了深厚的友情。"(摘自《袁运甫采访录》)"文革"中大多数戏剧、影视演员是不让上舞台的,中西画家也统统被剥夺了画画写生的权利,而且还被冠以"黑画家"和郭世英一样被赶到农村去"接受贫下中农的再教育"。实际上这么多艺术家同时处于十年的冷落和政治高压下的时代,他们一直视艺术为生命,在这蹉跎岁月中他们内心的艺术火花并未完全熄灭。他和吴老相约去拾粪,出发前把小粪筐用水冲洗一下或干脆铺上两层报纸,把画具和颜料放在底层,上面再放上书本和学习材料。清晨也一样大道边、小道旁转悠"去拾粪了",当看到可入画的山川、树木和鸡鸭羊狗及火热的劳动场面就忙用粪筐做起画架,取出他们在粪筐下的画具和纸墨,那专注的神情,犀利无比的双眼,仿佛自身已经和大自然融为一体。不一会儿就画出了十分生动的动植物,以及祖国在彤云低锁下山川河流的多娇风采,他们发现自己苦苦追求的艺术作品又有了新意,也有着永恒的价值和真实情感的流淌。他们这些世界上独一无二的"粪筐画派"的作品和他们的精神,今天让他们的子孙都同样感到弥足珍贵和无比的自豪。1971年林彪事件后,对艺术家迫害略有放松。当时的名画家祝大年、他们的得意弟子刘巨德等也和袁运甫、吴冠中一样背起小粪筐加入了"粪筐画派"。

现在已没有"文革"中让人窒息的政治高压了,画家们诗人们喜欢背上或用汽车拉上画具稿纸就可走到哪里画到哪里,试想想你们如此好的条件还能发现城市之美的神韵吗? 你们还能像吴冠中、袁运甫和郭世英等这样的前辈一样自觉地深入到生活中去体验我们中华民族的传统和民俗民情吗? 你们还能去描绘祖国丰富多彩的生活内容吗? 能用你们的笔去捕捉生动灵现的生活内容吗? 现代艺术家们,请借鉴一下前辈艺术家的"粪筐精神",去表现我们伟大的改革开放和祖国大好河山,与人们共同构建和谐地球家园吧!

硝烟散尽又见英雄

虎 落 平 阳

　　1963年隆冬腊月，朔风呼啸，劲吹着中州大地，风中还夹裹着细小的雪粒扑打在人们脸上，仿佛针扎一样。天，灰暗暗的，地也是灰暗暗的，灰砖、灰顶、低矮的房屋里连光线都是灰暗的。街上人们的穿着除了蓝就是灰。农村人干脆一身黑裤黑袄，这种颜色耐脏，整天在地里干活的农民还能讲究啥。这一切，如同这灰蒙蒙的天色一样，三年的"天灾人祸"虽然过去了，但死了人的家庭和不少贫困家庭那阴影仍笼罩在人们头顶上，久久挥之不去。

　　河南是"大跃进"时代"五风"刮得最厉害的省份之一，"卫星"放得又多又大，"人有多大胆，地有多大产"，便是那时典型的口号。谁要是对"卫星"、"亩产万斤"有怀疑，不管你是省委书记还是生产队长、普通干部、老百姓，统统上挂下连称为"右倾机会主义分子和右倾思想"。"左"倾思潮来了，连省委第一书记潘复生家门口都挂上了"潘家黑店"的灯笼，谁敢阻挡？谁又挡得住呢？当时河南广大农村，能吃上黑乎乎的瓜菜加发霉的红薯干就算不错的口粮了。曾几何时，"人民公社是通向共产主义的金桥梁"的美丽童话，在现实面前无情地破灭了。神州大地一时黯淡，饿死了人也不敢说。在当时的气氛下，能说实话、敢讲真话的人又在哪儿？在这里，自然法则似乎被政治所左右，只有严酷无比的经济和生产规律才能毫不留情地粉碎"伟大"的政治家们亩产万斤的黄粱美梦。

这天,在一片泛着黄色的大地上,疾驶的火车慢慢减低了速度,喘着粗气徐徐驶进京广线一个只停留几分钟的小站——漯河。车停稳后,一位五十开外的旅客在车门口略微停顿了一下,缓缓走下扶梯。他看了看车站上稀稀落落的旅客,与前来接他的武装部的军人简单地打了个招呼,便随着家人一起乘着吉普车出了站。一路上,吉普车颠簸起伏,车里人的心绪也随之起伏如潮。车行过当时漯河上唯一的一座小桥,他看到的是车马行人你拥我挤混乱不堪的场面,再往前行,市容就更加可怜,除了火车站对面的一座不知建于何时的高四五层的漯河宾馆孤零零地立在那儿,几乎看不到什么显眼的高楼大厦了。城里显得脏兮兮的,敞篷的运煤火车使得小城到处是煤灰,沿街小摊贩倒是不少,大都是炸油条、烤红薯、挂粉条、兜售麦芽糖的。而且不时有从兰考和山区来讨饭的人擦肩而过,都是破衣烂衫,个个蓬头垢面。60年代初期可以说是共和国遭受打击最严重的时期,亡羊补牢,共和国务实派的领袖们纷纷走出红墙,在做了深入的调查研究后,用"调整、充实、巩固、提高"八字方针,纠正并弥补了错误的"共产主义浮夸风"带来的灾难。灾祸带来了严重的后果,但灾祸也磨炼了人民,就像黄河河道上的一块礁石,除了激起湍急的涌流拍击的浪花外,是阻挡不住滔滔河水继续向前奔泻的。面对这场人与自然造成的灾祸,和其他许许多多为了

左为一代战神王近山中将,右为电视剧《亮剑》主人公李云龙

123

共和国命运寝食难安的人们一样,坐在车里的这位高级将领陷入了深深的沉思和忧虑之中。

他,一位开国功臣,凭着卓越战功于1955年被授予中将军衔,60年代曾担任过北京军区副司令员、公安部副部长,行政六级;他,就是风靡全国的电视剧《亮剑》主人公李云龙的原型,当年曾转战中原、威震敌胆、大名鼎鼎的王近山将军。将军的家乡湖北红安县,因涌现出二百余位人民军队的将领,出了董必武、李先念两位国家主席而闻名全国,被誉为"将军县"。将军一生充满坎坷、传奇,八九岁就开始放牛,15岁参加红军,这位当年的志愿军三兵团司令,刘邓麾下的六纵司令员,可谓战功赫赫,是令反动军队闻风丧胆的二野名将。将军出身赤贫,但解放后在部队工作,深居北京大机关,目力所及都是些干干净净、整整齐齐、很有气派的地方。此刻四下望去,尽是些纷乱景象,真好像是从天上落到了地下,差异太大了。"这就是我落脚的地方?"这一落脚不知要到何年何月呢,王将军不由得感到无限惆怅,紧皱起了眉头。将军此次是犯了"生活作风问题"错误而被贬职到这里来的,曾经叱咤战场的共和国将军,因为婚变而惊动了国家主席刘少奇,林彪也作出批示,虽被保留了军籍(大校军衔),却被开除了党籍,连降三级,发配到河南黄泛区我们知青下乡锻炼的农场任副场长。对于处分,将军心里并不怎么服气:"我也不过50岁的人呀!我犯了什么错误呢?也不过都是些生活问题,真可怕!老子除了打仗是本行,没做过更多工作。事到如今,组织上决定了,我服从,唉!"落难的将军不免在心里发几句牢骚。转念又想:"我这是怎么了?如今我真是'英雄暮年'了吗?这块土地我并不陌生呀!我在中州指挥过作战,立下过战功。这里的山山水水都洒下过我们的鲜血啊,我对党、对祖国、对人民的爱从来没有改变过……"这样,将军逐渐从低落的情绪中恢复过来,挺了挺身板,心事重重地凝视着车窗外的景色。

我和王将军是在他到农场后认识的。那时,我刚二十出头,是首都下放来的高中学生,经过一年多的锻炼,已成为农场园艺场一级园艺工

红墙内外 ●

124

人，月薪 26 元。父亲在信中知道我用第一个月的薪水买了自己栽培的大红星和金帅苹果托人捎到北京，特别高兴。亲笔给我回信，称赞我的劳动成果和自力更生精神，还说："每月工资 26 元，你也是农场富裕的人家呢！"26 元在今天微不足道，可在当时不少职工就是用这 26 元养活着上至父母下到儿女的整整一家人。我是一个人独享这 26 元，所以我除了个人用度，每个月都能存 10 元钱呢。就这样，将军一行人马，包括他婚变后迎娶的这位十分年轻的妻子小黄（到了农场，当地组织部门才给他们补发了结婚证），还有他们的一个刚刚牙牙学语、蹒跚学步的女儿，远离首都来到我们劳动的地方。我们从劳动中结识，在交往中了解，增进友情而成了忘年之交，延续了近二十年，直到将军逝去。

初 到 农 场

将军到了农场，顿觉天高地阔，空气清新，这与"楼上楼下，电灯电话"的京城大不相同了。农场党委路书记是 1933 年入党的老革命，副书记马场长是到过延安的"三八式"老同志，早都知道王将军这位战神的大名，对王将军态度很亲切，从不提及那些敏感问题。将军一到农场，路、马两位领导便在场部小食堂宴请了将军一家。农场给他安排了一间办公室，办公室配了三个木制沙发，一个当地制作的带落地抽屉的办公桌，以及蓝布窗帘。用现在的眼光看，办公室的摆设是很寒酸的，可当时在农场就算是最高级的待遇了。将军住房里外两间房，外带一个小厨房，总共也不过 30 多平方米，但在农场比起一般的职工也属"高级"了。将军的一位堂弟跟着他，会做一点儿饭菜，老实巴交的见了人都不知说什么好，甚至和别人握手都脸红，赶紧在围裙上擦擦手再握。专门从北京送将军来的警卫员，一个肩上扛着两杠三星的校官、也是跟着将军南征北战的老战士，临别前环顾将军工作和居住的环境后流了泪，以军人的直爽和对老首长的深情脱口而出："妈的，怎么把我们首长搞到这么一个鬼地方了，太艰苦了，您身上那么多枪伤弹片，今后您可得多照顾好自己，多多保重啊！""快别胡说，这比我放牛时、比我在朝鲜的坑道里强得太多了！"将军嘴里呵斥着，看着即将离去的老部下眼眶也湿润了。是啊，送君千里，终有一别，他指挥过的千军万马似乎是再也见不到了。历史的硝烟永久消失了吗？那隆隆的炮声、军马的咆哮声、战场的厮杀声，那刀光剑影明明还在耳边常常响起，又常常在梦中把将军惊醒，这一切军旅生活还会回来吗？

那一代的军人，在和平的环境里，没有什么比工作更能激发他们的热情了。安置完毕，将军便头戴一顶单军帽，身披军大衣，保持着几十年来养成的军人风纪，迎着冬日的霞光，出现在农场里了。新工作赋予他新的活力，天气寒冷，将军指着身上早已发旧的军大衣对我们说："这是内蒙古代表团慰问志愿军时送给我的，都是当年的小羊羔皮，朝鲜冬天零下30多度呢！穿上它我就不觉得冷了！"将军住地离我们场工人宿舍有两三里路，在战争中他的腿伤残了，行走不便，又不能骑自行车，但他不愿麻烦司机开车下田去，总是早上起来，在妻子小黄的陪伴下到田间，孩子小，不能独自放在家里，有时就干脆带着小妞妞下地。将军分工主管园艺场，这是组织上照顾他的身体，安排他就近工作。当时我也在园艺场当农工，接触将军的次数多了，也就逐渐熟识起来。我们全农场共有九个农业作业站，也叫分场，别的作业站冬天大抓土地平整、积肥、保养农机具和修建水利设施，我所在的园艺场除了上面说的工作外，主要是趁果树休眠之际，进行果树的整形和果枝的修剪。此时的果实早已采收入仓，北风也已把枯叶一扫而光，留下大大小小的主干和枝条，迎着朝阳，在旷野蓝天下尽显清晰和遒劲的风骨。如何去繁留精，保存能结果的枝条是个大学问，因此如何剪枝也是大家争论的一大技术问题，这项工作要请各地园艺技师和省果树科研所专家，在果园里边讲边动刀舞锯进行示范操作。这时候，将军总是和大家一样，清晨踏霜迎风而来，一起参加劳动。因为我是个从首都下来的知青，在农场里算是"知识分子"，自然是又看书，又记笔记，又拿剪子又拿锯，自己动手很快就干了起来。而老将军呢，一家人就在树下专心地听专家现场讲课，一上午三四个小时,认真得像个学生似的。这下可苦了将军的伤残之躯,听课不能坐,他站了一会儿腿就疼,只好时不时地变换姿势,挪动一下身子,像是屁股底下有个锥子扎着一样。更让将军为难的是,当年行军打仗,布阵看图他样样精通,而如今给果树剪枝却叫他"丈二的和尚,摸不着头脑"。所以,将军冻得红扑扑的脸上常带着疑团,用浓重的湖北腔不停地问在树下忙活的我:"小万啊,你能不能爬到树上去,给我实际表演一个'小平头'(一种去掉大树摘顶的剪法)?"一会儿他又命令似的冲着树枝上的我喊着:"小万呀,你再给我表演一个'倒拉牛'(一种在细果枝上疏强留弱的剪法)。"将军就是这样,不懂就问,不会就学,慢慢地也熟练地掌握了修剪果树的方法。当年将军让我修剪"小平头"、"倒拉牛"的情景,以及将军说话时的湖北口音和表情,后来成了园艺场土生土长的河南职工们一边修剪果枝一边模仿的口头语了,成为经典的段子流传很长一段时间。

黄褥子的来历

将军在农场虽然是个官,却是一点架子也没有,平日里经常可以看见他那并不魁梧的身影在农场的各个角落里出现,不时地停下来与工人和干部说说话,拉拉家常,很是平易近人。当时的农场没有什么文化生活,紧张的劳动之余到场部将军家做客,是我最愉快也是最难忘的事情。

将军家的两间房是一溜儿两排青色瓦房中的两间,门上也没有门牌,不像现在到领导家还得大包小包的送礼,那时到将军家用不着预约和通报,几乎每次都是推门而进,进去也用不着客气,自己搬凳,自己倒水,多数时间都是聊聊天,主要是听将军讲战争中的英雄历程。有一次我见门虚掩着就径直进去了,见小黄阿姨正在给他贴膏药,几乎浑身上下贴满了当时我们工人常使用的"伤湿止痛膏"。见我进来,他忙穿衣下地,我好奇地问:"王叔叔怎么贴这么多膏药呢?"小黄阿姨忙答道:

"都是战争中负伤挂花留下的!"将军笑着说:"我身上还有几块弹片没有取出来呢,你看我的脖子后面就卡进一块!"怪不得他转头不方便。我父母都是从战争年代过来的人,从小受到家庭的熏染,我对炮火硝烟中出生入死的人有着一种特殊的战斗情结,特别崇拜战斗英雄,因此也特别愿意听将军讲一些有关战争年代的故事。于是,顺着将军的话题,我们聊起了将军在战争时代的一些往事。

"您是怎么负的这么多伤?"

"这算什么,在枪林弹雨中,我根本不怕死,反倒是马克思没有让我报到。同志啊,我周围多少战友被打得鲜血直流,被炸得血肉模糊啊!"

"那你亲手打死多少日本鬼子呀?""不下五六百吧!"将军略一沉思说。我又问:"亲手打死了多少国民党反动派呢?""恐怕也有两三千人吧!"将军英武的面孔上闪烁着自豪,又补充一句,"要算上我指挥的大部队消灭的国民党反动派和美国鬼子,总共也得有几十万呢!"他在铺着方砖的潮湿地面上一瘸一拐地踱着步,走到木床边停下来,掀开被子,露出一床旧的黄色褥子,得意地说:"别小看这床褥子,它可是件很有意义的战利品。淮海战役时刘邓首长命令我六纵牵着'洋蛮牛'时(指蒋介石兵团司令黄维,因留学西方故称之),刘伯承元帅当时就幽默地对我讲:'近山呀,你这个放牛娃今天又要重操旧业了。'"将军完全忘记了阴天造成的全身酸痛,他挺着身躯接着说:"这只'洋蛮牛'可有来头,那可是全副美式装备、配足编额的 12 万人马呀!黄维是蒋介石的嫡系,他的部队都是坐着美式十轮大卡车,头戴钢盔,看起来好不威风!是条凶狠无比的野牛。我们六纵可是孤零零地迈开两腿向西牵引它,敌人走大道,我们路熟抄近道,有老乡和游击队支持,心里有底。我们六纵官兵就喜欢打硬仗打恶仗,素有'小诸葛'、'常胜将军'之称的白崇禧,恨不得能让黄维一口气拔掉我六纵这一眼中钉、肉中刺。"将军越说越兴奋,简直有些眉飞色舞,"白崇禧电令黄维穷追不舍,妄图吃掉我,直到我华野在徐州以东围歼黄伯韬的 7 兵团后,才猛然醒悟是中了我军放长线钓大鱼的金钩香饵之计了,但悔时晚矣。此时'洋蛮牛'已被我们牵得晕头转向,逐渐进了刘邓和诸位将军的口袋了。"我像小学生一样聚精会神地听着,看着将军手舞足蹈的样子,发现这位当年红军时代20多岁的师长实际上很英俊:乌黑的头发,白皙而有些微微泛红的脸颊,可以说是一派儒将风度,一双剑眉透着英迈豪气,个头也不算矮。"后来怎样了呢?"我完全像电影里所描述的年轻人那样,急切地想听战斗英雄讲故事,追问着面前身经百战的将军。"我亲自接到了毛主席、朱总司令的密电:'不顾白天晚上,昼夜兼程,不顾一切疲劳,抢在敌先占领蒙城,刘邓首长关键时又给我鼓了劲,召集中野的领导开会。杨勇、陈锡联、陈赓、秦基伟、王秉璋、张国华,这可都是五虎上将啊!当然还有我这个吃了熊心豹子胆的六纵司令员王近山。这些人哪一个不是英雄好汉,对党对人民无限的赤胆忠心!"将军顿了顿,呷了一口茶:"小万,你是不知道,那时我们的武器装备比黄维兵团差不少,我军大炮没有多少门,炮弹总共也不过几百发,实际上全靠步枪手榴弹。小平同志要求我们就是用刺刀手榴弹拼它个精光也要干掉黄维兵团,因为只有这样,其他兄弟部队才可以免受牵扯和干扰,才可尽快过长江直捣南京嘛!"

老将军停下来,点上一支这里罕见的中华牌香烟,又拿出从北京带来的水果糖和果脯让我吃,还让我抽烟。我原本不会抽烟,看着这红灿灿的包装和金黄的烟丝,也想学学,就笨手笨脚地点燃了一支。

老将军从桌上找出《毛泽东选集》翻开,书中用红笔圈圈点点。将军靠近了取暖的煤球火炉,指着其中一段说:"实际上我们六纵和黄维兵团中间相隔几十里,两支大军拼命去抢火力制高点和有利地形。就和我们昨天在场部看的《南征北战》电影上一样,实际情况比电影所表现的更艰苦、困难得多呢!战争残酷无情呀,敌人并不是'纸牛',而是只头上有利角、武装到牙齿的'真牛'啊!阵地反复争夺,那时李德生是我手下的旅长,我逼他拿回失去的马小庄阵地,他硬是从血肉搏杀里把它夺回来了。他人也负过几次伤,和我一样也是瘸子!我们虽然困住了这条'洋蛮牛',但他咆哮起来比围困后的野狼猛虎更凶猛。有一天深夜,黄维兵团在我军接合部突围,敌人像一只受伤的猛兽,仗着大炮坦克嗷嗷乱叫着往外突。此时我始终站在最前线,头上青筋暴涨,大吼着:'同志们!打恶仗血仗的时候到了,以地堡对地堡,以战壕对战壕,我们就是用牙咬也要咬下这只'蛮牛'脑袋呀!仗打到这时,到了白热化的程度。刘邓首长也在此时连夜调动三四个纵队组成了个集团军,下了命令堵死敌人冲破的缺口,发起总攻。在一个飘着小雪的凌晨,士气高涨的指战员在阵地上雷鸣般地宣誓:'血战到底,活擒黄维!直捣南京,解放全中国!'真正是惊天动地锐不可当的正义之师啊!此时我军安插在敌人内部廖运周兵团的人马起义了,这好比在敌人心脏上插入了一把尖刀。"王司令讲到这里,狠狠一掌击在床上,"老子硬是和这条'蛮牛'血战了七天七夜,我的夜老虎团团长带着警卫通讯人员和黄维的敢死团经过大小15次拉锯战才牵住了这条'蛮牛'的牛鼻子。那一仗打得真是惨烈无比!六纵有的老功臣连拼得竟然一个同志也没有了。黄土地上到处流淌着血,这都是烈士的鲜血……这就是我指挥参战的惊心动魄的大王庄血战。这一仗直杀到12月15日天蒙蒙亮时,蒋介石的2兵团才被我们全部彻底消灭干净了。参谋长报告说找不到黄维、吴绍周了,我一听就急了,大吼道'就是挖地三尺也要给老子把他们挖出来!'后来从俘虏群里把他们认了出来。"将军指着黄色的褥子说:"这床褥子黄维刚用上不久,就成了我军的战利品,后勤部门说我腰受了伤,需要保暖,分给我用,也算留个纪念,想不到这次下乡,这里冬天挺冷,没有暖气,又派上用场了。"

看着将军满身的伤痕弹痕,我心痛地抚摸了一下问道:"王叔叔,你负过几次伤?还痛吗?"他浓眉一展:"大小受伤挂花有十七八次吧。我这个人是苦命的放牛娃,15岁参军,16岁就当了连长,和枪一样高的时候,我就指挥100多人了!我命硬,就是不怕死,所以炮弹炸不死我,子弹也打不死我!打日本鬼子那几年,我还不到20岁,凭着勇敢不怕死,18岁我就当了团长,刚到20岁我就当上了红10师师长。小万同志啊,像你这样年龄的时候,我就能指挥好几千人、一万多人了!"炉火映红了将军的面庞,也烤得我的心里暖烘烘的。仿佛霎时,将军又重新披上了征战铠甲,而我也成了将军手下一名冲锋陷阵的小战士。

"王疯子"大战日军

和将军聊打仗的事,每次都有很大的收获,将军津津乐道,我也是百听不厌。有一次和将军说起打鬼子的事来,刚说几句,将军便打开了话匣子。"抗日战争期间,我几次负伤,有时把机枪管都打红了,食指受伤不能扣扳机,老子就用中指,中指也不行了,老子用无名指,无名指也僵硬了,老子就用小指扣扳机!刘帅和徐帅那时是129师正、副师长,我在师里任团长。说实话,我一个大字不识多少的放牛娃,是从善打硬仗的徐帅(他也几次在前线挂花负伤呢)那里学会了勇敢顽强,不怕死,从刘帅那里学会了运筹帷幄有智谋,因为光凭不怕死还不全面,也不能更快更多地消灭敌人。我还从邓政委那里学到了看事尖锐,行动果断,在战争空隙中还学了文化,部队本身就是个能文能武的大学校呢。林彪平型关大捷对我们鼓舞也很大!"

"我这个戴布帽、穿粗布衣、蹬草鞋的团长和戴钢盔、穿黄呢子大衣、穿大皮鞋、骑东洋大马的日本鬼子接上火了。我们首战告捷后,日寇调集五千人马,分六路在寿阳东南对我指挥的772团大举进攻报复。我们先是杀败狗日的两千多人的合击,不是我夸张,双方军队阵亡的尸体真的堆成了山,血流成了河。正当我手持驳壳枪射击时,鬼子一排歪把机枪射来,我感到左臂一阵热。不好!他妈的,又受伤了!但顾不上去理它,反正右手还照样射击指挥。我这样又干掉他好几个。突然,脖子上又淌满了黏乎乎的鲜血,我晕过去了,混身上下都是血,成了血人,一点气息都没有了,别人以为我已牺牲了,抬了下去。许久,冷风又吹醒了我,我就是命大呢,像这样血肉模糊起死回生的情况,还有过几回呢!这也许就是我'王疯子'绰号的缘起吧。"那一脸的得意,就好像"王疯子"三个字是对他的最高奖赏一样。

将军讲到这里要去茅房解手,小黄阿姨让我陪他去,说:"小万,你陪他去男茅房吧。在北京不用出门,有马桶,你王叔叔坐上去就行了。可在咱们农场不行。"那时,农场全是清一色的蹲坑,我们园艺场是挖土坑围上高粱、秫秸做成的席箔透风墙,人少的地方用几张蒲席一围挖几个坑就得了。场部算是有"高级厕所",也不过是有顶有墙、水泥蹲坑罢了。难为王将军双腿和腰部全都伤残,根本蹲不下去。尤其他肠胃也有伤,出便甚慢,有时还便血,所以场部木匠房专门为他打制了一个中间挖空的木椅。我打着手电扶他进了茅房,这茅房里面毫不讲究,没用任何遮拦,一排八个蹲坑,白天大便,在农场孩子、大人众目睽睽下入厕,也够王叔叔难堪的,那时大便就越发难了。我把将军的坐椅安放好,老人坐下后便说:"小万,你到家等我就是了,我自己能慢慢处理。"我应声说"中",转身走出去,站在厕外等他。农场那时缺电,不定什么时候就停电,我怎放心让老将军独自一人摸黑回房。站在被风吹得"哗哗"响的茅厕围墙之外,看着将军入厕时艰难的身影和并不轻松的表情,我为这样一位久经沙场、为共和国立过赫赫军功的老将军的现实景况而伤感,也为老人的不屈不挠感到由衷的钦佩。

同为天涯沦落人

1966 年,"文化大革命"开始了,我父亲首当其冲。他当年就被江青点名为"反革命修正主义分子",12 月初的一个月黑风高之夜被首都"红卫兵"抓走,此后是 10 万人批斗,"坐飞机"、挨打受骂如同家常便饭,同台被斗的有彭、罗、陆、杨、周扬、吴晗等领导人。当时的情景被刻意拍成"百丑图",做成宣传画,贴得满大街都是。"百丑图"被苏联特务拿回去在莫斯科报上登出,周总理得知后,采取了措施,才被禁止。我这个受周总理和《人民日报》表扬过的"下乡知青模范"一夜间也成了"黑党委的掌上明珠","资本主义粗藤上的小黑瓜",受到造反派的追查,情形很是紧张。

此时将军倒像是没事人一样，从来没把我当"反革命"，照样请我到他家去吃喝，照样来往，那时还没有什么啤酒，我们喝着农场自酿的大米酒，炒上几个鸡蛋，叔侄二人你敬我饮甚为宽慰。有一次将军招待农场造反派头头，我记得那个造反派头头是回民。将军专门让堂弟买了两斤羊肉包水饺请他吃，上桌时还认真地讲："放心吧，我们解放军最讲民族政策，刘伯承同志长征时就凭这个真心和彝族首领歃血为盟，结为兄弟，传为佳话。我今天专门为你煮洗干净了碗筷呢，放心吃吧！"吃饭时，我们因陋就简，虽然桌椅高低不平，碗筷也长短不齐，没有大鱼大肉，但气氛还是热烈的。我们轮流把盏敬将军，吃到脸红耳热时，将军就做这个造反派头头的工作："要注意党的政策，战争时期我们不虐待俘虏，对犯错误的老干部不要打骂侮辱，要按毛主席的指示严格区别不同性质的矛盾。"说得这位造反派头头连连点头称是。

当时我父亲被点名批判，很多不明真相的人疏远我，但将军见到我仍是谈笑如旧，甚至还在田间地头说起我父亲领导建设人民大会堂等十大建筑时受到了毛主席表扬的事，将军证实毛主席说过："北京有个书记姓万名里，你们知道不知道？这个人一天就能走一万里呢。昨天我去看了人民大会堂，可不简单，十个月就建成了，苏联专家开始不相信，到第六个月的时候，他们开始相信中国人民要创造奇迹了。"他还说："毛主席还让你父亲给我们军委扩大会议做个报告，给我们讲讲十大建筑，我就坐在第二排呢！"在那样特殊的情况下，将军的话多少打消了许多人的顾虑，我从内心感激将军。听到有老帅、将军被揪出来，他乌黑的眉毛就拧紧，也不说对否，只是一个劲给我讲他们在战争年代英勇作战的故事。到后来场部的造反派把炮轰朱老总的大字报也贴到了邮局门口，他愤怒地说："简直是乱弹琴，朱老总一生为革命奋斗，有什么问题?!"再到后来造反派连他这位放牛娃老红军也不放过，场部也出现了针对他的大字报，还有当年林彪批示处理他的全文。对此将军只是耸耸肩膀一笑置之："无非是些生活问题，都是组织上早有结论的陈年老账了！"就这样，将军的乐观情绪感染了我，也极大地鼓舞了我渡过

133

难关的勇气。

"文革"不断"深入",全国性的派仗也愈演愈烈,到处动枪动炮形势急转直下,一小撮别有用心的人提出要抓"带枪的刘邓",以达到乱军目的。将军对此越来越感到不安,"要打倒陈再道、钟汉华?"他私下里对我说:"这都是些南征北战的好同志哟,就算一时犯了错误,仍然是人民内部,历史会搞清楚,不能动不动就打倒,这样搞洪洞县里就没有好人了!"表现了一位革命者坚定的政治立场和高度的历史责任感。在那段黑白颠倒、鬼蜮横行的日子里,这种信念和风度给我这个青年人留下终生难忘的印象。

九大前后的将军

1968年轰动中外的"杨、余、傅"事件,在全国掀起了翻江倒海的"打倒"、"油炸"、"枪毙"的声讨老干部的浪潮。我们两人走在农场松软的田间小路上,将军不慌不忙地跛着脚,头戴褪色的单军帽(除非很热的天,他出外总是习惯地按战士标准戴好帽子,系上风纪扣),前胸佩戴一枚金光闪闪的毛主席像章,口袋里不忘装一本红色的毛主席语录,挺着一贯的军人身板。当我问起杨成武时,将军很肯定地说:"杨是位能打仗的人,我们的经历都差不多的。这位同志红军时代率领的红4团在长征中,那才叫开路先锋呢!在后有追兵、前有敌人拦截的情况下,在枪林弹雨中为长征大部队杀开了一条血路,十八勇士就是他和杨得志组织起来的敢死队!还在太行山领导过部队,击毙了日本中将阿部规秀!当时的日本报纸称'名将之花,凋谢在太行山上'。""那为什么又要打倒他们呢?""是啊,问得好,我就搞不清楚了。这些老同志经过残酷的战场考验,一般说革命立场没得问题,我现在远离北京和政治核心,一时也搞不清楚到底是怎么一回事呢!"他看了看迷惑不解的我:"小万呀,不管北京的事了,多学习毛主席著作,抓好我们的革命,促进我们农场的生产好了!"

与全国一样,九大前后的农场,原来的党组织已遭到彻底破坏,生

红墙内外

134

产也受到不小的影响,停工停产开各种大小批判"走资派"的会议更是随时都有。这对本来就滞后的工农业生产简直是雪上加霜!国民经济发展缓慢落后,国人不知道外面的世界正在发生着日新月异的变化,"四人帮"这些祸国殃民的"左派",却在对各级党的领导干部继续进行无休止的打倒和斗争。我们农场职工虽然在革命大批判中不甘落后,对我们的最高领袖、对火红的九大也是"热泪盈眶"地拥护,但照样还是挥汗如雨地耕作在田间园中。记得那年是果园的大年,在将军等人的领导下,五六百人的园艺场职工家属辛苦了一年,"北风吹,雪花飘,园艺工人爬树梢",三九隆冬时节对 18 000 棵果树逐枝逐条地修剪;春寒料峭时喷洒果药石硫合剂(一种以石灰和硫黄为主的强力杀越冬虫卵的农药);赤日炎炎的夏季在没过腰的草中对果树精心施肥、护理,对付吸吃树叶的红蜘蛛。使用进口的剧毒"1059"时,为防止中毒,工人们在"蒸笼"似的果园密林中穿着厚厚的劳动布工作服,头戴草帽,脸上再捂上大口罩,裸露的皮肤上还要涂上一层防毒汁浸袭的肥皂水,手举丈余绑有铜喷头的竹竿,边喷边拉着近两丈的黑色橡胶皮管,跟着前面拉着一吨重药箱的拖拉机作业。那种难忍的闷热,人和机器比赛的高强度劳动,只有置身其中的人才能体会。拼命干完 8 小时,全身像散了架,累得既不想吃,也不想喝,只想躺在地上呼呼地睡个大觉。有一次将军下地察看,正好我们这一组四个喷药手下来,衣服已全被汗水、药水和杂草上的露水浸透,在烈日烘烤下蒸发,衣服上又显出渍渍白斑,个个脸色纸样苍白。将军就像看到当年他麾下的将士在战场上激战砍杀后归营一样,这位对敌人凶狠得"发疯"、对部下却是爱兵如子的将军,动情地瘸着腿在刚送来的铁桶里舀了一大碗绿豆汤,捧到我们面前,像敬酒一样,说:"同志们太辛苦了,喝碗绿豆汤去去暑,解解乏吧!"大家推让着,班组长把碗让到我面前:"小万是北京下来的洋学生,能顶班干下来,真中。数你小,你先喝吧!"我也顾不上推让,摘下竹笠,一扬脖,一口气喝下,还加一句:"王叔叔,如果里面能加上点糖就更美了。"只见王将军剑眉一挑,略一考虑:"好啊,你的要求也不算很高,加点糖更有利于补充你们损失的体力,我和你们园艺场刘书记说一下,我想会批准的!"因此,那一年不管是"龙口夺粮"的麦收,还是玩命苦干的三秋,我们都能喝上甜丝丝的绿豆汤。今天,市场上可以解渴去暑的饮料何止几十种,但当年绿豆汤的甘甜是任何饮料所不能替代的。

造反派慷慨激昂的"语录大战"和怒气冲天的革命大批判肯定会使生产受到不小影响,田间地头的高音喇叭里不时传出造反派头头声嘶力竭的吼叫声(内容大多是"两报一刊"的翻版)。这几天又瞄上了我们二队高队长,一位在旧社会拉棍要饭九年整的劳动模范。批判他平时"只抓生产,不抓走资派"。我们的高队长夜间已整整打了八小时农药,早上 8 点本该由这位发言狂叫的造反派头头来接班的。可这位头头正唾沫星子四射地发着言,还动手动脚地打过去抓生产的"走资派",早把接班的事忘到九霄云外。高队长无奈,硬是拿着喷枪咬牙又干了六个小时,真是一位钢铁汉子,等到造反派头头到果园寻到"轰隆轰隆"作响的拉着药箱的拖拉机,他走到高队长面前,接过药枪,还皮笑肉不笑地说:"队长辛苦了,你看我这一投入抓革命啥都忘了。"高队长抽着被汗水药水打湿的"红灯记"牌劣质香烟,一阵干咳后,只淡淡说了一句:"我只是多打了会儿,没有啥,你注意往叶子背面打,这病菌、虫害都躲在难见阳光的地方。"这件事我后来讲给将军听了,他很严厉地在大小会上反复讲:"工人不上班,就像战士不打仗一样,我们吃什么?穿什么呢?农场工人决不允许不上班,整天去搞大批判!"由于将军的坚持,我们园艺场那一年得以"革命生产两不误",加上风调雨顺,老天帮忙,果园还真获得了空前丰收。秋风把果实染得金黄和鲜红,一片连着一片伸展到远处的天际。一眼望去,硕果在金风中就像浮动的彩霞,田间果园时时飞出欢声笑语,马车、汽车、架子车钻出钻进,构成了一幅人欢马叫的丰收景象。丰收了,我们的脚步都变得轻快有力了。四季的苦和累也都消失得无影无踪了,园艺工人和农民们总算没有白洒血汗。将军也不时来到田间地头,仍是头戴一顶单军帽,身穿短袖布上衣,绿军裤,解放鞋,衣服上别着一枚金光闪闪的毛主席像章。他有时也参加摘苹果,

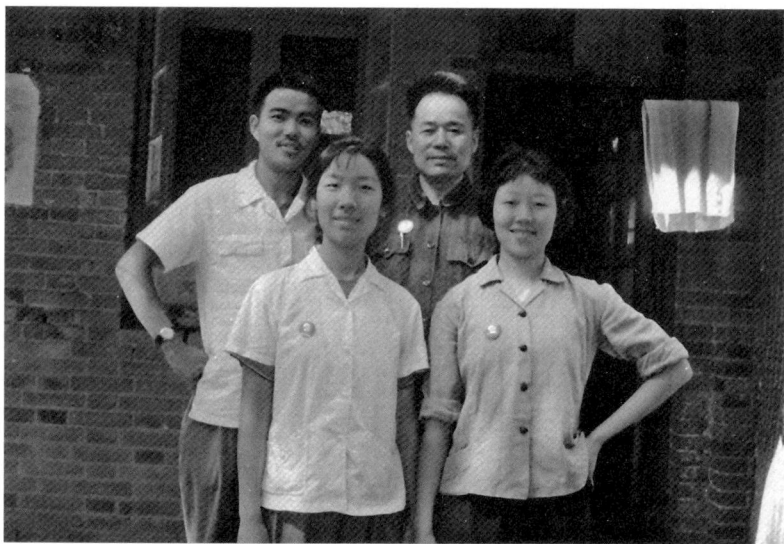

王近山将军(后一)与万伯翱(后二)等农场知青在一起

虽然伤残之手拿不住几个苹果,更扛不动足有 80 斤重的苹果篓,但只要他的湖北口音响到哪里,哪里的工人干活肯定又快又好又不累。

大年丰产的果子在树上结成了疙瘩连成了蛋,把主干枝都压得像老龙腰似的弯曲到地面上,成排的箱子和成堆的篓子堆成了山,排满了场地。丰产是丰产了,但因为打派仗和各地的停工停产,使得地处京广、陇海两大钢铁运输动脉交叉点的枢纽郑州几乎瘫痪,车皮发不出去,能发出去的也被造反派控制了。怎么办?不断采收的果实约有 1 000 万斤,要是不能及时运出,就得在日晒雨淋中腐烂成泥,"丰产"而不能真正的"丰收到家",我们的辛苦劳动将落得个竹篮打水一场空。我们职工干部人人焦灼不安,像热锅上的蚂蚁一样。眼看着大批的果实运不出去就要烂到地里,主管园艺场的王将军再也坐不住了,自动请缨上北京,用他的话说,"凭我一张老脸找找门路,总不能坐以待毙"。于是,他草草地准备了一下,带着总场供销科科长、园艺场场长等人爬上了北上的列车。凭着"出身赤贫"、"长征过的老红军"这些牌子一路赶汽车上火车,停停走走,最后总算到达了北京。然后,为了农人们的

137

血汗,他拖着伤残之躯,又东奔西跑到处求人,找各位军代表,找各个老上级和老部下。尤其是通过国务院驻京联络办,找到老领导,如谢觉哉和夫人王定国大姐(西路军死亡之旅跑出来的钢铁女同志,现在已年近90),还有"王胡子"(即王震上将,"文革"开始就被挂牌批斗,此时主管我们农垦战线,很关心并亲自去过黄泛区这个关内最大的农场)。他们请将军吃饭,给予热情帮助,最后几经周转,终于把报告呈交给了工作浩繁的周总理。很快,总理办公室发下话来:"请王近山同志一行先回农场,我们将通过省军区解决。"王将军见有眉目,返回农场时如释重负,逢人便说:"我的报告在北京顶到天了,给总理了,会解决的!"他喜形于色,像个天真的孩童。

我记得后来上面调来了汽车,经千方百计的努力,总算拉出去运到了漯河,在郑州火车站装满七八个车皮,基本上避免了"丰产不丰收"的悲剧。如今,30多年过去了,农场职工换了一批又一批,在"文革"这样残酷的政治气氛下,将军为农场解决燃眉之急的故事,始终作为美谈被传颂至今。

九大前后,传闻王将军要复出。在那个动荡混乱的年代,大报小报满天飞,各路红卫兵都有后台,很多消息都是先走小道然后才是大道。作为一个长期在部队做领导工作的人,将军很能沉得住气,对此事不发表多余的话,别人问他,他也只是善意地笑笑而已。后来,消息证实了,是将军的老战友、一向敢说敢做又无限忠于毛泽东的南京军区司令许世友,向主席汇报了王将军在农场的状况。九大前夕,许将军借机会见毛泽东时说:"主席,战争年代有几个人很能打仗,现在日子很不好过,建议主席过问一下。"主席望着这位出身少林、战功赫赫的著名战将问:"是谁呢?""一位是王近山,一位是周志坚。他们虽然有错,但处理太重,应恢复工作。"

"行啊,请恩来同志处理一下,不过你们谁要他们?"主席微微一笑。

"王近山,我要!"许世友一个立正,斩钉截铁地说。

将军知道详情以后,按捺不住满腔的激情,心潮犹如大海波涛汹涌澎湃，眼泪夺眶而出，声音哽咽："党中央毛主席没有忘记我'王疯子'啊！"一下子许多往事犹如电影画面一幕幕地闪过，真是感慨万千，将军从一名不认字的放牛娃走上革命道路，骁勇善战，几乎是打一仗就升一级，一级不漏地从战士打到了大军区司令员。又凭着坚韧不拔的毅力，打仗的间隙自学成才，消化了不少的军事理论书籍，一些中外名著烂熟于心，能亲自动笔起草给上级的汇报和做报告的讲话稿。这几年身陷逆境，虎落平阳，日子是苦些，但将军没有自暴自弃，仍坚持自修马列、毛著，天天读报看书，盼望着有朝一日再领雄兵重返战场。将军满怀怜悯地看着小他 20 岁，与他同甘苦共患难的年轻妻子，看着他们的小女儿，真快啊！转眼女儿都六岁了，娘儿俩跟着我吃了不少的苦，委屈她们了。这下总算是有了转机，又能在自己熟悉的战场上驰骋了。

　　将军离开农场前的一个星期天，我又跑去看他，像往常一样没有什么客套，进得屋来一眼看到将军的手中拿着一本《孙子兵法》，是那种带注解的本子。"你看过这本书吗？"将军问，我摇摇头。他说："是一本好书啊！战争中请人给我讲过，都很有实用价值呢！现在要准备和苏修打仗，珍宝岛已经开火了。毛主席说要'备战、备荒、为人民'啊！"他边讲边挥着手，仿佛又回到了昔日战火纷飞的年代，突然又以命令的口气对妻子说："拿出那期授勋的《解放军画报》，让小万看看。"小黄阿姨应声打开木箱，拿出一本 1955 年的画报，很快翻到了毛主席在中南海怀仁堂给元帅、将军们授勋那一页。主席一手持勋章盒，一手握着王将军的手，目光中流露出深情的赞许和热切的期望。将军乌黑的头发梳理得并不很整齐，显然是刚理过发，他笔直地站立着，行注目礼，硬密的头发就像他的性格一样直竖着不肯弯伏，胸前六枚闪闪发光的一级勋章灿烂夺目。再看照片两侧，整个怀仁堂都站满了着新礼服的将军，那一刻，在将军的心目中留下一生难忘的印象。多少年后，将军的女儿巧巧对我说："爸爸挂满了六枚大勋章的那套大礼服，我小时候搬都搬不动。爸爸可不怎么爱穿，有时看到两个星就别扭呢！"原来将军对授中将军衔心里很有些不是滋味。他一个个比了又比，他的六枚勋章都是一级的，再说红军时代20岁的师长又有几个？后来周总理知道了此事，找将军谈心，语重心长地告诫："近山同志，你还年轻，40岁吧，以后会有机会，为人民服务嘛，不要居功自傲啊！"这才打消了将军心中的不满，总理说得对，多少好战友战死沙场，我"王疯子"九死一生能活到今天，能接受主席授勋已是万幸啊，什么上将、中将，都是过去打仗的历史，历史都翻过去了，不要再在乎什么级别、军衔之类的了，思想通了，身上的包袱也就卸下了。

到南京找将军

将军真的离开农场了。六七年的岁月对于人生来说也不算太短，日日夜夜，朝朝夕夕叔侄相称，忘年之交，坦诚相见，多么好的一位良师益友！他的那些英雄传奇，震撼了我年轻的心扉，影响了我一生啊！他的热情好客使我这个独闯天下、远离首都和一切亲人的知识青年感到异常亲切，犹如父辈在眼前。

将军离开了农场，使我想起了和我前后脚来到农场的我的另一位知音好友，郭沫若的二公子、北京大学哲学系的高材生郭世英。世英因对"三面红旗"和当时的政治形势有"高见"，也想学学当年主席"恰同学少年，风华正茂，书生意气，挥斥方遒"，找北大朱光潜教授评说黑格尔，讨论马克思和毛主席的辩证唯物主义，以知识分子的先知先觉指出，"毛泽东思想是马列主义的顶峰"这种判断，是违背马列辩证法的，是不科学的吹捧。他还刻印刊物以传播思想。在那样的年代里，这些当然被立即定为"现行反革命"，世英也被内定为"反革命分子"。只不过考虑到郭老的威望，经过周总理做工作后才定为"敌我矛盾，按人民内部矛盾处理"，下放到农场来。将军作为农场上层领导是知道世英的来由的。对这位"犯严重政治错误的青年"，不但不歧视，而且满腔热情地开导帮助。我记得将军曾当着我们的面对世英说："你出身书香门第，又是大学生，你首先应当做好农工的学生，以后你还可以是他们的先生呢。互相学习,互通有无。"世英也知道这位文武双全的"中将叔叔",十分仰慕将军的大名,在农场劳动的日子里也真正做到了将军所期望的。下来不久,他很快就学会了一口地道的河南话,学会了自己补衣服,洁白的牙齿因抽旱烟叶而变得黑黄。他农活干得很地道,屡屡被评为第一,还被评为一分场劳模,农场党委和北京方面都对世英的表现很满意。在那段时间里,我和世英经常在一起交流,互相勉励,我也从他的身上学到了不少东西。星期天我们也曾结伴到将军家做客,两人成了要好的朋友。"文革"前一年,世英通过出色的劳动表现争取到了回京复学,可惜复学不到一年,他那段"反革命历史"难以过关,更由于他对真理的执著追求和书香门第的清高特性,在残酷无情的阶级斗争高潮中,坠楼身亡,年仅26岁,留下了无尽遗憾。在那个四周都是冷冰冰的面孔的年代里,对世英的死,郭老夫妇也只能掩上书房的门,以泪洗面,默默地承受着老年丧子的无限悲痛。

是啊,纷乱的年代,举目无亲,四望无助,处在人生十字路口的我,能遇到将军和世英这样的师长和挚友,精神上有了依托,脚下的路也开始扎实、明晰了。如今世英走了,将军也离开了农场,失去了一老一少两位良师益友,我时时感到无限空虚和惆怅。1970年的八九月份,被定为"敌我矛盾,按人民内部矛盾处理"的父亲获得中央的解放,在首钢边劳动边学《毛泽东选集》。有了这个基础,不久我也敢出头露面了。此时的王将军已到江苏省军区生产建设兵团,并在那里恢复了党籍,很快又走马上任南京军区副参谋长。1971年秋天农场派我到上海买发电用的柴油机马达,我建议顺便去看看分别了两年多的王将军。园艺场的领导也很支持,便让我代表他们去看望一下老领导,还挑选了最大最红的红星苹果,用出口的上好纸箱满满装了一箱。那时我年轻力壮,为了省钱也不托运,苹果箱扛上扛下。在上海好不容易完成了任务,把电机包装好发往农场后,便连忙赶往南京。

记得那是初秋的一天,我在南京站下了火车,生平第一次雇了辆三轮车(那时南京也找不到什么出租汽车)。那天秋雨淅淅沥沥在我脚前

硝烟散尽又见英雄

141

万伯翱到将军家中追思忘年交

的黄油布上蹦跳着,我小心呵护着下面的苹果纸箱。拉三轮的老师傅头戴竹笠,穿着一件破旧的塑料雨衣,戴着一副缺了一只腿的花镜,吃力地蹬往南京市颐和路11号。临近时,路上飞快开来两辆吉普车和一辆上海小轿车,横插到我们面前猛然刹住,挎枪的士兵急忙跑过来挥手喝住我们:"快停下,靠边!让首长车子先进!"我明知故问:"怎么回事?"老师傅边擦着眼镜边用南京话故弄玄虚地答道:"同志,晓不晓得这是首长公馆!"等首长的车鱼贯而入后,我忙搬果箱下车,见大门已关闭,便在雨中叩门。只见灰色大铁门慢慢地打开了一扇小门,警卫士兵神气地上下打量着我:"哪儿来的?干什么的?"我忙实话实说,似乎怕他把门再关上:"我来看王近山参谋长,他过去在我们农场当领导,我当他的工人,很熟,请通报!""什么?我们首长还当过你们啥子农场的场长,我怎么从没听说过?这箱子里是什么东西?""是我们农场树上结的苹果。""打开看看!"小战士对我喝三道四。看着小当兵的一脸的蛮横,我心里很是不悦,于是也拉下了脸,不让他检查我的苹果箱。双方正僵持着,得到值班参谋通知,小黄阿姨和身穿军装的将军的女儿(前妻所生)到门口接我,她们忙喝住了无礼的士兵:"不用查了!快帮小万搬进家里。"我随女主人进到院子里,好大的一座宅院,花木扶疏松柏遮天,鹅卵石铺成图案的小径很是典雅,两层花岗岩石砌起的小洋楼说明了主人非同一般的身份。楼前花园的篱笆里饲养着母鸡和羊。提起鸡和羊,还有一段插曲呢。将军离开农场的时候,全家坐火车去南京,四只老母鸡和两只羊也带了过去。听说将军到了南京,一下车哄鸡赶羊的,看着众人不解的样子,王将军便对在车站接他的南京军区27军军长尤太忠和其他几位军长说:"这些母鸡都是吃地里的野虫子长大的,羊也是吃农场野草长大的,在农场我就靠它们生蛋、产奶招待客人和哺养我的女娃娃。它们都认识我了,实在不舍得杀,都带到南京来了!"众军长看着当年叱咤风云的老首长说得这样诚恳,不住地点头,再看看这一对平民打扮的首长夫妻,不免酸楚,一时竟不知如何回应是好了。如今这里又多了几只鸡,还有几只白兔在忙忙碌碌地啃食,这些都是王将军让饲养的。

进了前厅,见将军不在,我忙问:"王叔叔呢?""别管他了,他正在和军区的几位军长谈打仗的事呢!"小黄阿姨答道。"黄阿姨,咱们先陪万老大吃饭吧!"王叔叔的大女儿客气地说。听到将军女儿叫"黄阿姨",再看看她们两位,俨然都是主人,表情自然、平静,我豁然觉得一切都发生了变化,来的路上为避免尴尬所想的话此时变得多余了。将军的家庭开始和睦、融洽了,将军前妻的孩子们已承认现实,我也由衷地为将军高兴,忙把叫惯了的"小黄"这个称呼吞进去,改口道:"黄阿姨(这个称呼,我一直保留到现在),不要打扰他们,我们一块先吃好了。"将军的女儿还说:"爸爸知道你来了,很高兴,特意嘱咐我们请你喝茅台!"我连忙道谢。有肉有酒,饭不限量,我饱餐一顿。吃完饭我上楼参观了一下房间,卧室布置得很朴素,只是比农场明亮干净太多了。脚踏在樱桃硬木刨花地板上的感觉很舒服,比起农场潮湿的砖地,光线暗淡的两间小平房已是"换了人间"。在王叔叔办公室兼书房里,墙上挂着世界地图和南京军事城防地图,"破四旧"的年代能找到的书不多,书橱里摆着的还是在农场见过的《孙子兵法》、《毛泽东选集》、《马列选集》等,新增加了《孙膑兵法》和朱可夫的《回忆与思考》,什捷缅科的《战争年代的总参谋部》等,还有一整套新出的《鲁迅全集》。据她们讲,首长看书不是走过场,主要人物、重要的战役时间、地点、兵力武器、结局和特点都做眉批和笔记,他都清清楚楚地记在心里。时任60军军长的老部下吴仕宏、南京军区装甲兵司令员肖永银,还有担任过中共中央副主席的上将李德生,谈起王近山无不伸出大拇指说:他决不是死守过去战功夸其谈之人,他对我们谈起现代战争中比较突出的问题都有独到的见解。他还十分重视如何对待导弹和原子战争。女儿和夫人、秘书等也都十分敬佩首长在现代军事上的钻研和悟性。正在看着说着,楼下一个声音高叫道:"小万呢?你们在哪里?"声音还是那么洪亮,闻声如见其人。我们忙跑下楼,只见将军站在客厅里,一身崭新的国防绿的卡其军装,领口上鲜红的领章格外显眼,头上仍是乌黑的头发,不过梳理得整洁多了,可能是刚才饮了几杯酒的缘故,脸色红润,越发显得英姿焕发。见我们从楼上下来,他急忙迎上前来,脚步虽然还是一瘸一拐,但脚下一双乌黑锃亮的新潮三接头皮鞋却使将军显得越发挺拔和洒脱。我们握手寒暄后分宾主坐下,勤务兵端上了上等龙井茶和水果,将军亲手拿起一个大苹果:"你不动手,我就送上。你这个吃惯了苹果的园艺工,不可一日无果,在我家里一定要再吃一个!"我看他还是和过去在农场一样亲切好客、幽默,一边吃着一边就和在农场一样聊开了。先谈到了这栋漂亮的房子,"这是我们许世友司令的房子,他非要照顾我这个伤残战友,没有办法,我只好先住下,他搬到军区招待所去了。这样也好,'造反派'就找不到他了。这栋房子还是我们刘邓大军的战利品呢!解放前是国民党国防部长陈诚的官邸呢!"我看着端坐在沙发里的放牛娃将军,心想,这可真是"虎踞龙盘今胜昔,天翻地覆慨而慷"啊!1949年4月21日5时整,就是这位六纵司令、12军军长一声令下,百门大炮齐鸣;又是这位司令一挥手,霎时早已虎视眈眈的数百艘战船和其他兄弟部队,一起冒着似雨如雹般的炮火开始横渡大江。"打过长江去,解放全中国"的口号,在将军的指挥下变成了现实,坚不可摧的我军铁流向前挺进。多少将士跌落在大江中,血染碧水,这东去的不是流水,确确实实是英雄的血水滚滚东逝啊!

"王叔叔最近都忙些什么呢?"收回了思绪,我忙又转移了话题。

"按主席指示,就是准备打仗啊!'深挖洞,广积粮',认真落实'备战、备荒、为人民'啊!"当时苏联在中苏边境地区陈兵百万,他讲这番话倒不是唱高调。实际上,此时已经发生了林彪叛逃事件,只不过此事严格保密。将军不愧是军人,三句话不离本行,一说话就讲到战争,凡是打仗的事讲起来是滔滔不绝,如数家珍。我呢,凡是打仗的故事就爱听。这位身经百战的虎将肚子里有讲不完的战争和英雄好汉的故事,说着说着又扯到了朝鲜战场的上甘岭战役:"当时,我是志愿军3兵团代司令员,这是我解放后指挥的最后一个现代化战争。我在前线半地下指挥所里,昼夜不下前线,指挥一线的五个军作战。我们挖了近200公里的坑道,外加650公里战壕、交通壕,为了争夺这仅4平方公里的上甘岭,敌我双方先后投入了10余万兵力,死了4万余人。有时一天就打掉我两三个连队,个个战士视死如归,何止一个黄继光,一个邱少云,他们只不过是成千上万志愿军烈士的代表人物啊!"

"狗日的美国鬼子仗着飞机和大口径自动野战炮的优势,用成吨的炮弹轰炸上甘岭这个小小的山头,树木石头都炸飞了,山头被削去了好几尺呢!白天他们占领了地面阵地,晚上我们的夜老虎上来又夺回来。美国兵就怕我们近战夜战的刺刀手榴弹,打到后来我们就拉响爆破筒和他们同归于尽。白天我让'洪麻子'(洪学智上将)保证炮弹砸狗日的,'洪麻子'说'王疯子'你放心吧!就是老子背炮弹上山也得保证你!秦基伟(后来的上将,曾任国防部部长)当时提出一个'一人舍命,十人难当',我还骂他:'秦基伟你给我听好,今晚夺不回那个山头,你干脆回家放羊去!'"

"有时水和饭实在送不上来,我们的士兵活活饿死了;有时我在望远镜里看到阵地上打得已没有一个完整的官兵了,双眼流着血的瞎子背着腿断的瘸子,照样端着冲锋枪向敌人猛烈扫射。夜晚山上很冷,漆黑一片伸手不见五指,坑道里已分不清谁是死人谁是活人,一觉醒来,有的官兵才发现自己是睡在死人堆里呢!"

王叔叔说到这里已是泪水涟涟。他的女儿巧巧告诉我:"在上甘岭我爸爸打疯了,有时忘了吃饭,有过三天三夜也吃不下多少饭,端上来也吃不下。有时他发现阵地一个人也没有了,自己端起转盘冲锋枪就拼命往外冲。后来志愿军副司令杨得志、政委邓华下命令让五个警卫员专门昼夜守护他，只要他往外冲就死命抱住我们的'疯爸爸'。"怪不得我们在农场时一放映电影《上甘岭》，他就看不下去，他就泪流满面。他说打了一辈子仗没有见过这样惨烈的战争，他对我说："真的上甘岭战场比这部电影要残酷百倍呢！我们用血肉之躯守住了上甘岭，从此美国人知道中国人不是好欺负的了！"

　　老将军沉思片刻，从血肉横飞炮火连天的年代回到眼前，问起农场的情况和生产形势。看看天色已晚，待要告辞时，我冒昧地提出："我已在农场劳动了八九年了，想读书，想提高，就是上农大也挺好！"话一出口我又有些后悔，记得黄阿姨当时插话说："你王叔叔不管这个，只管备战！"弄得我颇有些不自在。将军深深理解我渴望读书的心，忙对黄阿姨说："不要瞎说，你懂啥？小万通过劳动知道提高理论知识的重要性，想上学，这是好事啊！小万的父亲刚解放，说话也不方便，学校都是军代表掌握，也许军队说话会好一点。"听了将军一席话，我大为感动。临走时他又说："我们去打听一下哪个学校开课在招收工农兵学员，你也帮着打听，有了消息就马上告诉我。"我再三感谢，起身要告辞回农场，将军突然想起了什么，指着苹果说："你的心情和工人们的心意我接受了，但你们劳动很辛苦，劳动果实得之不易，我们解放军最讲纪律，不拿群众一针一线。"说着让黄阿姨拿出 5 元钱交给我。我坚决不肯收这 5 块钱，将军郑重地说："那我就不能吃你的这箱苹果了！"无奈我只好接受了将军这片对劳动人民赤诚的心。回到农场不久，经全场职工一致推荐，1972 年 2 月 28 日我考取了河南大学。艰苦劳动了十个春秋的我，在拿到录取通知书时喜极而泣，忙写信报告给南京的将军，他十分欣慰："小万这孩子自力更生解决了进大学的问题，好样的！"

将军的最后岁月

　　1974 年下半年，南京军区有些派性十足的人又要批斗许世友上将,王将军十分气恼,认为像许世友这样无限忠于党和人民、出生入死的战将也要打倒,这和张国焘的"大肃反"打掉多少忠臣良将又有什么区别。在一次与他们争吵后怒发冲冠拍案而去,回到家便感腹痛如绞,肝肠欲裂,大汗淋淋,面如素金,忙用桌角顶住腹部。夫人黄振荣要叫医生快来,被他喝道:"大惊小怪干什么?都是过去的老毛病了,无非是肠胃病又犯了。子弹、炮弹都打不死我呢!除非是原子弹轰掉我王近山!"但是这一次将军却没有能躲得过去,他住院了,不住地喷血,得的是贲门癌。将军的老首长,时任中央副主席、军委副主席、总参谋长的邓小平同志知道后马上传令:"全力抢救,不行立即送北京!""谢谢首长的好意,大胡子马克思要招我去了,不晓得那里有没有仗打,我这么多年总不摸枪炮了呀……"病榻中的将军喃喃自语。王将军病势日渐加重,时时进入昏迷状态。一次他在梦中大喊:"敌人上来了多少?我们谁上去了?"在病房中陪伴父亲的大儿子漫漫(少峰)俯下身在爸爸耳畔说道:"报告首长,李德生将军已经上去了。"将军听到后舒了一口大气,微弱地说:"德生上去就好,他最能打硬仗啊!我放心喽!"接下来又是长时间的昏迷。据漫漫事后告诉我,像这样的场面不止一次地出现在将军的身上,令所有在场的亲属和医护人员都动容唏嘘不止。

　　生命的迹象离将军的躯体越来越远,1978 年暮春,久病不愈的战神王近山,在医院专门为他录放的高亢雄劲的《解放军进行曲》和勇不可当的军号声中永远睡去。他走了,带着他的愤懑和遗憾走了,或许只有那里才是英雄的最后归宿。在后人为他出版的几本专集中,留下了三代党政军领导人的最高赞赏,镌刻在不朽的丰碑上,用以褒奖这位人民的战将:

　　"一代战将"——邓小平

　　"杰出的战将,人民的功臣"——江泽民

　　"人民的战将王近山"——李先念

　　"王近山同志英勇善战,战功卓著"——杨尚昆

　　"一代战将,非凡战功"——薄一波

"战功垂青史,战将留英名"——宋任穷

"英勇善战战功显赫,为国立功永垂不朽"——刘华清

写到这里,我早已数次泪湿前襟,在新春祥和的红灯笼下,在耳畔的礼花爆竹声中,我辈能在今天的和平环境中幸福生活,都是像王将军这样的无数中华民族英雄前仆后继换来的。这使我想到诗人的名句,"有的人活着,其实他已经死了,有的人死了,其实他还活着……"此言不谬!

王近山,一个值得我们永远记住的名字! 一个永远活在人民心中的大英雄!

毛主席看戏

在中外现代史上，找不出第二个国家最高领导人像毛泽东那样，对文学艺术有着那么浓厚的兴趣和很高的修养。在门类繁多的文学艺术门类中，除了诗词、曲艺外，毛泽东还爱看戏，尤对京剧情有独钟，而且还常常即兴发表一些新颖独特的戏剧评论。

1944年1月9日，毛泽东看了平(京)剧《逼上梁山》之后，连夜给该剧编导杨绍萱、齐燕铭写信，把《逼上梁山》誉为"旧剧革命的划时期的开端"，对他们的工作给予了高度赞扬和肯定。信中说：

> 看了你们的戏，你们做了很好的工作，我向你们致谢，并请代向演员同志们致谢！历史是人民创造的，但在旧戏舞台上(在一切离开人民的旧文学旧艺术上)，人民却成了渣滓，由老爷太太少爷小姐们统治着舞台，这种历史的颠倒，现在由你们再颠倒过来，恢复了历史的面目，从此旧剧开了新生面，所以值得祝贺。郭沫若在历史话剧方面做了很好的工作，你们则在旧剧方面做了此种工作，你们这个开端将是旧剧革命的划时期的开端。我想到这一点就十分高兴，希望你们多编多演，蔚成风气，推向全国去！

虽然毛泽东为中国戏曲改革方针定了调子，但这并不妨碍他对传统戏曲的欣赏和喜爱，他不仅是戏迷，俨然也是一位戏曲艺术的行家。

"我愿意看戏，我闷得慌。"

建国以后，毛泽东常常怀念战争年代给予他的"自由"。在延安，最高级的娱乐就是看"鲁艺"的戏剧。凡有演出，礼堂里早早就坐满了观众。座位是地面埋下一排排木桩，再在木桩上钉上一排排木板，板面上印座位号码，这就是观众席。那时候没有谁给毛泽东预备座位或茶水。毛泽东也习以为常，觉得理所当然。照规矩，看戏对号入座。但他常常迟到，座位被人占去了。这时候，他总是一声不响，随便找个地方坐下，然后伸长脖子看戏，有人发现了，他就扬手示意，制止声张。而且他看戏从不中途退场。无论怎样蹩脚的戏，都能坚持看下去。

有一次，小李正在看戏，有人轻轻地拍了他肩膀："小同志让一下。"小李往一旁挤了挤，露出一段板凳，来人从后面跨过凳子，一屁股坐下来，就像倾倒了一座山。这是谁呀？扭头一看，原来是毛主席。毛泽东朝他一笑，与他紧紧挤在一起。锣鼓一响，只见花脸上台来，黑脸下台去。毛泽东看得津津有味，不时评论一句："这个李逵是天不怕，地不怕，就跟我们的许世友一样。"看到好处他也和大家一起叫好，高举双手鼓掌。

可是解放后住进中南海，情形就大不一样了。在中央日常工作日程上，很重要的一项是要力保毛泽东的安全，毛泽东的行动是要由警卫部门批准的。没有警卫的同意，毛泽东不能随便离开中南海，无论他怎样发火、烦躁，甚至骂人，都没用。有一回，毛泽东看戏，卫士没和公安部通气，罗瑞卿知道后立刻跑到戏园子，跟中央办公厅主任杨尚昆吵起来："也不打个招呼，出了事情，我们负得了这责任吗？"看着不依不饶的罗长子，毛泽东在一旁替杨尚昆解围，喃喃地说："我愿意看戏，我闷得慌。"

毛泽东每次出行，都要先由公安部门通知沿途各单位进行严格的检查，所到之处无不戒备森严。如此阵式使毛泽东很不舒服，他曾经无可奈何地说过这样的话:"他们想让我当关在宫里的皇帝呢,我不干,可是又有什么法子?他们是要把我的手脚捆住。我不到下边走一走,怎么能知道下面到底是什么样呢?"

多年后,一次毛泽东到杭州登北高峰,他是从玉泉经凤来亭过桃花岭上山的。下山时,天色已晚,只见路边乡民门户紧闭,不见一人,毛泽东和随行人员站在农舍旁的几棵大松树下休息,这些松树长得高大挺拔,树冠大,冬天不落叶,春天长新叶、掉老叶,风一吹,针叶纷纷落下。毛泽东站在树下闷声不响,似在思考什么问题。这时,忽然从房后跳出一只大公鸡,它见人也不害怕,迎面大摇大摆地向毛泽东走过去,毛泽东看着这只胆大妄为险些惊驾的公鸡,笑着用右手指点着神经紧绷的浙江省公安厅长说:"厅长啊,你把群众管住了,却没有把大公鸡管住,是这只大公鸡不听你管,还是你管不住它?没有群众欢迎我们,还有大公鸡欢迎我们呢!"毛泽东用这种风趣的方式,委婉地批评了对警卫工作脱离群众的不满。不久毛泽东又写了一首诗《五律·看山》:"三上北高峰,杭州一望空。飞凤亭边树,桃花岭上风。热来寻扇子,冷去对佳人。一片飘飘下,欢迎有晚鹰。"我们今日读来,仍可从"杭州一望空"、"欢迎有晚鹰"中,体会到诗人当时出行被与群众隔绝的凄凉与无奈……

刚进城的时候,毛泽东在中南海外面的活动,主要是上长安大戏院看戏。1950年夏,毛泽东、周恩来等中央领导到长安观看李少春、叶盛章主演的《三岔口》和梅兰芳、刘连荣主演的《霸王别姬》。在看梅兰芳演出的头天下午,毛泽东听见卫士们在值班室争论梅兰芳是男的还是女的。他对卫士们争论的问题很感兴趣,便一脚踏进值班室,李银桥见势便说:"不信你们问问主席看。"毛泽东看着这些小战士稚嫩的脸,笑道:"说梅兰芳是男的,有什么根据呀?"一个卫士吞吞吐吐地说:"听说是男的。"毛泽东听罢又故弄玄虚地说:"这就没有办法了,没有调查嘛。"几个认为梅兰芳是女人的卫士一听,自以为是地嘿嘿笑了起来。毛泽东不慌不忙熄灭了手指上的烟头,看着这些天真的小战士说:"别高兴得太早哟,你们都犯了一个错误,那就是缺乏对事物的深入调查研究,因此结论是错误和片面的。其实,梅兰芳是个男的,你们为什么认为他是个女的呢? 那是根据他的扮相和唱腔所得出的判断,错在因果关系没有搞对头。一般情况下,唱女声自然是女的,唱男声自然是男的。可偏偏在中国戏曲中,唱女腔的是些男演员。这是因为封建社会不仅男女在一起拉拉扯扯不行,就是多看几眼多说几句话也被视为大逆不道。所以,京剧初创时唱花旦的女角色就由男演员来演,久而久之,就成为传统了。梅兰芳是男的,在四大名旦中,他排在第一位。"这些娃娃兵两眼直勾勾地看着毛泽东,听完他的中国京剧男旦来历论述,似懂非懂,目送领袖离开了卫士值班室。

第二天晚上,毛泽东兴致勃勃地观看了梅兰芳的演出,当时梅兰芳已年逾 56 岁,但他饰演的虞姬仍是楚楚动人,卫士们也大开了眼界。演出快结束时,卫士们催毛泽东早点退场,可是毛泽东不同意提前退场,他说:"提前走不好,那样做不礼貌。"演出结束后,梅兰芳和全体演员出来谢幕,这时,全场响起热烈的掌声。毛泽东也起立使劲鼓掌,那时还没有首长上台接见演员的习惯,直到完全闭幕后,毛泽东才和其他中央首长一起走出长安大戏院

评 点 戏 曲

传统京剧都是演历史故事,多有陈旧的内容。毛泽东看京剧却能以独特的视角和不同于常人的文化思维,他能深入浅出,推陈出新,说出有关京剧情节的含义,并联系现实,古为今用,使干部群众如沐春风,受益匪浅,从中获得智慧启迪和思想教育。

1943 年底,京剧《逼上梁山》在延安演出成功获得好评后,毛泽东于次年春又指示延安平剧院创演《三打祝家庄》,以期通过这个戏对干部、战士进行运用"里应外合"战术解放城市的策略教育。此剧于当年7 月开始创作,1945 年 2 月 22 日、23 日在延安正式公演。1948 年 4

月,毛泽东在与《晋绥日报》编辑们谈话,当谈到"只要群众齐心,事情就好办了"时说:"你们看过《三打祝家庄》的戏吧?头两次打败了。后来研究了为什么失败,大家心一齐,采用里应外合的方法,结果第三次打胜了。"毛泽东经常在一些重要会议上谈戏论道,通过戏曲故事深入浅出地传达其指导思想。建国初,毛泽东又看了中国京剧院二团新排演的《三打祝家庄》,当他看到晁盖、宋江并列出场时,各自身后擎有"梁山泊主晁"、"梁山泊主宋"的纛旗时,便摇摇头说:"不对!这时候梁山泊主是晁盖,宋江当头头是后来的事。天无二日、国无二主嘛!"一针见血地指出了常人不注意的瑕疵。1959年2月,毛泽东在省委书记会议上,在谈及认识、解决现实中的问题时,又谈了《三打祝家庄》。他说:"问题就是矛盾,要发现、认识、解决。从前讲过《水浒传》里的'三打祝家庄',还编了个戏。这个戏现在又不唱了,我倒很喜欢。原来就有《探庄》这出戏,把它发展一下,就变成了一打、二打、三打祝家庄。解决第一个矛盾,即道路的问题,于是石秀探庄;解决第二个矛盾,分化三庄联盟,孤立祝家庄;解决第三个矛盾,即祝家庄的内部问题,这才有孙立的'潜伏',里应外合。头两次失败了,第三次胜利了。这是很好的戏,应该演唱。"还说:"我看宋江这个人有头脑,办事谨慎,我们干革命,就要学宋江,要谨慎。"

虽然毛泽东曾多次批评旧京剧的内容,是颠倒是非,混淆黑白,但他同时认为旧戏中也有些剧本是好的,如《打渔杀家》之类。《打渔杀家》写梁山好汉萧恩(阮小七)父女捕鱼为生,因渔霸勾结官府,一再勒索渔税,被逼起而抗争,远走他乡的故事,毛泽东非常欣赏这出戏的剧情和唱腔,还经常以《打渔杀家》为例,阐述地主与农民的阶级矛盾。1947年转战陕北来到米脂县杨家沟的一座三面临崖的地主庄园时,毛泽东就有感而发,说:"压迫人的总是什么都怕。怕遭土匪抢劫,更怕穷人造反。《打渔杀家》里的萧恩父女就是被逼得走投无路,才跟地主拼命的。这在封建社会是常见的事。"1948年,毛泽东在西柏坡观看了晋绥平剧团演出的《打渔杀家》后,又兴致勃勃地说起萧恩其人。他说:

"这人是一条英雄好汉,敢于同压迫、剥削穷苦平民百姓的官府作斗争,敢于反抗,这是值得赞扬的。但是,只有他们父女二人,单枪匹马,力量就太单薄了。他要是能团结起广大受苦受压迫的人民,来反抗官府的压迫剥削,那力量就大了。"毛泽东还以《打渔杀家》的萧桂英为例,恰如其分地做政治工作。1957年10月,在北京怀仁堂观看《打渔杀家》时,毛泽东对海外归来的原国民党高级将领卫立煌说:"萧恩的女儿萧桂英也动摇过哩,后来醒悟了,终于同曾是梁山好汉的父亲一起去'革命'了,这就好了。卫将军此次回来,我把你比作萧桂英,萧桂英终于是革命了。"这席话使卫立煌深受感动。

1949年3月中共七届二中全会刚刚闭幕,西柏坡演出《红娘》,毛泽东要请缨进军新疆的王震将军去看,非常认真地说:"这出戏你应该去看,那红娘总是全心全意给人家做好事,很可爱。这出戏里红娘是主角。你到新疆就是去演'红娘',唱主角,为那里的各族人民去做好事。"又说:"演红娘要有很高的艺术技巧,她在台中间大家都跟她转,不像演老夫人,只在台上摆那么两下子就行了。"这年9月,王震率部直逼新疆,促成新疆和平解放,为最终实现解放大西北的任务、巩固祖国的统一作出了重大贡献,建国后,王震主政新疆,真的做起了新疆各族人民的"红娘"。他认真贯彻执行党的民族政策,领导剿匪、土改等工作,改造和团结起义部队,指挥军队屯垦戍边、兴修水利、发展工业和各项事业,迅速稳定了新疆的社会秩序,实现了新疆财政经济状况的好转,为促进各族人民的团结,巩固新疆边防,倾注了全部精力,也为新疆现代化工农业的发展奠定了重要基础,新疆军区生产建设兵团,就是在他的积极建议下创建的。

毛泽东还多次评说京剧《法门寺》。仅在20世纪40年代初的延安,毛泽东就看过四遍《法门寺》演出。每当戏演到太监刘瑾叫贾桂坐下,贾桂说,"我站惯了"时,毛泽东总是哈哈大笑。对于贾桂这个小太监角色,毛泽东多次评说,认为他是奴才的典型。1949年夏天,毛泽东在北平长安大戏院观看萧长华等演的《法门寺》。当舞台上演到刘瑾接过状子后，见贾桂还一旁站着，叫他坐下，贾桂说"我站惯了"时，毛泽东指着台上的贾桂说："你看，他真是一副奴才相，人家叫他坐下，他说站惯了。"在看完戏的归途中，毛泽东又向警卫员评说了剧情。他说："《法门寺》里有两个人物很典型，一个是刘瑾，一个是贾桂。刘瑾从来没有办过一件好事，唯独在法门寺进香时，纠正了一件错案，这也算他为人民办了一件好事。贾桂在他上司的面前，一举一动，一言一行，都是十足的奴才相。我们反对这种奴才思想，要提倡独立思考，实事求是，要有自尊心。"20 世纪 50 年代，毛泽东在讲话中几次以"贾桂"为例，批判奴才思想。如 1956 年 4 月，在中共中央政治局扩大会议上作的《论十大关系》的报告中就说："有些人做奴隶做久了，感觉事事不如人，在外国人面前伸不直腰。像《法门寺》里的贾桂一样，人家让他坐，他说站惯了，不想坐。在这方面要鼓点劲，要把民族自信心提高起来，把抗美援朝中提倡的'藐视美帝国主义'的精神发展起来。"两年后，毛泽东在一个关于同苏联专家关系报告的批语中，再次提到了"一定要破除迷信，打倒贾桂！贾桂（即奴才）是谁也看不起的。"

1956 年 9 月 30 日，毛泽东在与印尼总统苏加诺就关于恢复中国在联合国的合法席位问题谈话时，又说了京剧《雁荡山》。毛泽东说："在这个戏里，两派作战。保守派守城，革命派把城围住，后来飞进城去。英国报纸画了一幅漫画，说中国进入联合国，就像《雁荡山》一样，要飞进去，也就是说，我们要打进去。"

有一次著名高派老生李和曾演出《李陵碑》，散戏后毛泽东接见演员时风趣地说："杨老令公八个儿子死了四个，发发牢骚是可以的，但总的说来，他还是忠心为国，所以不宜唱得太悲，你现在唱的那段反二黄有悲有愤，这是对的。"后来，李和曾又为毛泽东清唱《李陵碑》时，毛泽东用商量的口气对李和曾说："你的这出戏词中，有一句'方良臣与潘洪又生机巧'，我上次听后就查了史料，结果历史上宋朝没有'方良臣'这个人。是不是把这句改为'魍魉臣贼潘洪，又生机巧'比较合适些？"李和曾认为有道理，以后就照此改唱。

看京剧,别人看戏只听优美唱腔,看热闹看场面,毛泽东却常能从戏里听出看出政治斗争、领导艺术、工作方法和人性美丑,并且恰当贴切地运用到现实的工作和生活中去。毛泽东对京剧的艺术性有很高的评价,他说:"京剧的写意性、虚拟性、综合性、艺术技巧,是自己的特长,外国戏是比不了的,我们要借鉴和吸收外国的好东西,但首先要爱护自己的好东西。中国戏曲总会有一天闯入世界艺术之林,成为毫无愧色的世界性戏剧文化。"他对京剧表演的写意、虚拟性有过精辟点评,一次在看了张云溪、张春华的《三岔口》、周信芳的《打严嵩》和梅兰芳的《金山寺》三出折子戏后,他议论最多:"台上灯光明亮,演员能表现出一团漆黑,外国戏做到吗? 还是中国人聪明啊!""严嵩该打,打得很巧,难得正剧演出喜剧效果来。""梅先生很会扮戏,你看通身是白,唯有额头一个红缨,银装素裹一点红,美极了!""台上没有水,靠演员演出水来,这和齐白石画虾不画水,反而水意流动是一个道理。"还叮嘱文化部艺术局主管戏曲工作的马彦祥说:"以后出国演出,不要只带武戏,低估外国人的鉴赏水平是不对的,要全面介绍京剧,《白蛇传》、《将相和》之类的文戏也可以带出去嘛!"

除了京剧外,毛泽东对地方戏也有点睛之评。1960 年 3 月 18 日,在杭州接见外宾后,已值深夜,毛泽东却毫无倦意,兴趣盎然地到杭州饭店小礼堂观看婺剧折子戏《牡丹对课》。《牡丹对课》原名《三戏白牡丹》。剧中的主人公是药店老板的女儿白牡丹。有一次,神仙吕洞宾听说牡丹貌美,就假扮凡人来到药店抓药。他胡诌几帖药名,难为老板。正当老板被弄得目瞪口呆、一筹莫展时,老板女儿白牡丹出来接上话茬,妙语连珠,仅几个回合,便把风流神仙吕洞宾说得无言以对,只得认输。婺剧名家郑兰香饰演戏中的白牡丹,张荷饰演吕洞宾。演出结束时,郑兰香和全体演员出来谢幕,全场又响起热烈的掌声,毛泽东也使劲地鼓掌。在整个演出过程中,毛泽东都非常高兴,经常带头鼓掌,遇到精彩风趣场面及对话时,也开怀大笑。演出结束后,毛泽东接见了演职员,他握住郑兰香的手风趣地说:"小牡丹,你今天胜利了。你们这出戏改得好。吕洞宾三戏白牡丹,我看起来七戏、八戏都不止了,改得好嘛。这一改,真是改成了斗智,反映了老不如少,神仙不如凡人,人定胜天的深刻主题。"

蒋介石请他看戏

20世纪30年代,京剧的厉家班很有名气,享誉海内外。厉慧良、厉慧斌、厉慧敏、厉慧森、厉慧兰等五兄妹以精湛的演艺赢得了"厉家五虎"的美称。1945年重庆谈判期间,厉慧良、厉慧敏等曾应召悉数登场为国共两党领导人演出。那场晚会由张治中将军亲自安排,班主厉彦芝统管舞台。厉彦芝用了最好的演员和节目,最新的服装和道具,不惜全力,使出了浑身的解数。

蒋介石对厉家班的戏情有独钟。位于重庆复兴关(今佛图关)的"三青团"中央干部礼堂是蒋介石经常看演出的地方,礼堂条件很差,一律板凳。如果前排放个单人沙发,蒋介石必来无疑,放两个沙发就是与夫人宋美龄一同前来看戏。在为蒋介石演出中,还发生了一起令人心惊胆战的事。一次,蒋介石看厉慧良的绝活《八大锤》。舞台上,厉慧良一个转身,左手把枪抛出台口,不偏不倚,好似扔向蒋介石头顶,然后右手用另一支枪勾回来。此刻,慧良还暗暗盯了蒋介石一眼。此时,蒋介石好像感觉陆文龙的双枪中的一条出手直奔自己面门而来,身子一颤,双眼紧闭,原来有惊无险。待回过神来,才张嘴乐了。接着厉慧良把枪收回,下腰,一个瀑亮的登式。"好!"蒋介石情不自禁地鼓掌叫好。

演出结束后,厉慧良为此吃够了皮肉之苦,换来了一顿好捧!"你怎么还扔那一手! 怎么非对着他脑袋上扔呢?"家父厉彦芝怒气冲冲地责问道。"我本来就在正场上扔呀!""万一失手,掉在他的头上,说你行刺委员长,你怎么办?""不可能,我有把握!""错了,还犟嘴,该挨揍!"世事难料,因祸得福。事后,厉彦芝收到了一个折叠式纪念册,扉页上蒋介石亲笔题辞："慧良君艺术超群。"从此，厉慧良在陪都重庆名声大振。

在中国，解放前给蒋介石演出、解放后又给毛泽东主席演出过的演员大有人在，但像厉慧良那样同场为毛泽东、蒋介石演过戏的京剧名家，却极为鲜见，恐无其二也。

9月5日，蒋介石及夫人宋美龄在"三青团"中央干部礼堂，举行茶会并演出京剧，招待苏联大使彼得罗夫，毛泽东主席应邀出席。陪同毛泽东出席的有周恩来、王若飞等同志以及部分重庆的国民党中央委员。卜道明任总招待，蒋经国任副总招待。这一天，礼堂焕然一新，完全大变样。长板凳、方板凳、条椅不见了，全部换成了单人、双人、三人豪华沙发。晚6时半，毛主席与苏联大使彼德罗夫乘车到达中央干部礼堂门口，蒋介石夫妇出门相迎。毛泽东与蒋介石由舞台左侧休息室步入会场时，全体起立、掌声雷动。毛泽东神采奕奕举手向与会者频频答礼。8时整，晚会开始，蒋介石致欢迎词，毛泽东致答谢词。听说今晚毛泽东要来看戏，戏班的人翘首以待，以期一瞻威仪。毛泽东，共产党领袖，哪个是呀？厉慧良扒开台帘一看——瘦瘦的、留个大背头、穿灰色中山装，坐在第四排正中的蒋介石与苏联大使中间。看到了，厉慧良兴奋致极，噢！原来他就是毛泽东。晚会的演出由厉慧良挑大梁，一赶三，先后饰演《群英会》之鲁肃、《借东风》之诸葛亮、《华容道》之关羽。剧中周瑜、曹操、蒋干则分别由厉慧敏（反串）,厉慧斌、厉慧森扮演。演员阵容十分强大。次日，《新华日报》第二版对此事作了报道，同时，国民党的《中央日报》也相继进行了报道。

10月8日，张治中奉蒋介石之命，在军事委员会礼堂，为即将离渝返延安的毛泽东举行盛大的欢送宴会。被邀的有参政员和重庆文艺界、新闻界、党、政、军等方面的有关人士五百余人。晚7时，毛主席、周恩来、王若飞等出席了欢送会，受到了全场的热烈欢迎。会上张治中将军作了简短致词，毛主席发表了"和为贵"热情洋溢的演说。会后观看了厉慧敏领衔的京剧《十三妹》。剧中由厉慧敏饰何玉凤；厉慧良反串安公子；厉慧兰饰张金凤；厉慧斌饰黑风僧；厉慧森饰赛西施，演出中，全体演员十分认真、卖力。毛主席兴致勃勃地看完了全剧演出,对厉家班的演出颇为赞许。后来,《新华日报》《中央日报》等报纸,对此次演出都进行了报道。

10月11日毛泽东由重庆返回延安,当天晚上杨家岭中共中央大礼堂举行了隆重的欢迎文艺晚会,庆贺毛泽东一行载誉胜利归来。晚会由延安平剧院演出了精彩的戏剧节目。幕间休息时著名剧作家阿甲与毛主席不期而遇,当时就向毛主席询问在重庆看戏的感想,毛主席饶有兴趣地说:"在和谈的四十五天里,蒋介石三次请我看戏,我看了两次,一次是看《群英会》,一次是看《十三妹》。他们的演出在技术上比你们好些,风格上没有你们高,你们演得深些。"毛主席的这段话,显然是对延安平剧院戏曲改革的充分肯定,也是对厉家班演技的高度评价。

国共两巨头同看一台戏,为古老的中国京剧披上了一层传奇的色彩。

为宋宝罗绝活打动

毛泽东喜欢戏,常看戏,和许多戏曲演员梅兰芳、周信芳、谭富英等都成了朋友。毛泽东不仅欣赏他们的艺术,也很尊重和关心他们,著名京剧演员谭小培在回忆录中提到,新中国成立后,他曾陪同毛泽东在外交部招待所(原六国饭店)看戏,中间毛亲自给他点烟,令他激动不已。

2007年重阳节,北京举办了一场别开生面的京剧老艺术家演唱会,92岁高龄的高派老生宋宝罗表演了边唱边画的绝活,技惊四座。岂不知这位老先生在50年前,就凭此绝活打动了开国领袖毛泽东主席。

宋宝罗出生于梨园家庭,行四,其父信仰基督教,就让牧师给起名为"保罗"。六岁学艺,两三个月就学会了《黄金台》《鱼藏剑》等不少戏。1924年宣统皇帝被赶出故宫时为冯玉祥的庆功大会上,就登台献

159

艺,当时也只有七岁。轰动北京,被称为"神童"。八岁便和名角孟小冬等同台演出。15岁就自组班子,巡演中原,人称"宋老板"。不久,因劳累过度倒嗓。1933年起开始学画,曾受张大千、齐白石、于非音、陈半丁等著名画家亲授。曾为齐白石、徐悲鸿、李苦禅、张大千、孔祥熙、梅兰芳、陈潜、周信芳等名人刻章制印。上世纪30年代,他除为徐悲鸿治印,还合作了《春回大地》一画。20多岁后嗓子开始恢复,又不时和梅兰芳、程砚秋、金少山、周信芳等京剧大牌名角同台共演,名声大振。1946年当了武汉大舞台总经理,日进斗金,结果有人觊觎这个位子。宋老无心恋栈,顺水推舟让出总经理,他说,名利伤身,淡泊养生。新中国成立后先在北京京剧团后去浙江京剧院工作,多次为毛泽东、周恩来、叶剑英等党和国家领导人演出。

1958年秋天的一个晚上,剧团正在东坡剧院演出全本《龙虎斗》。宋宝罗饰演赵匡胤。演到一半时,团长肖闵突然上台来了,对宋宝罗说:"快下去,有紧急任务!"肖闵则走上前台讲话:"观众同志们,宋宝罗同志今晚有紧急任务,我们准备换《红娘》,愿意听的请留下,不要听的可以退票。"

坐上公安局开来的专车宋宝罗满腹疑惑地来到杭州宾馆。一进大厅,宋宝罗发现前面坐着的除毛泽东、刘少奇和夫人王光美、周恩来外,还有陈毅、班禅大师、浙江省委书记江华以及朝鲜贵宾金日成、崔庸健。工作人员征求宋宝罗意见后,写了一张纸条,递给报幕小姐。她看了一下,报幕说:"今天我们请来了杭州京剧团的著名演员宋宝罗同志,请他唱一段京剧《二进官》……"话音未落,陈毅站起来大声说道:"报错了!不是《二进官》,是《二进宫》!"全场大笑,报幕小姐又红着脸报了一次。宋宝罗唱完后快步走到毛泽东面前和毛主席握手,毛泽东说:"唱得好,谢谢!谢谢!"这时周恩来走了过来,"你再给毛主席唱段《空城计》好不好"。唱完后,周恩来又对宋宝罗说:"刘副主席想请你唱一段刘(鸿声)派戏《斩黄袍》,好吗?"于是宋宝罗又唱了一段《斩黄袍》。

从这以后,毛泽东每次到杭州,都让宋宝罗为他唱几段京戏。毛泽东习惯于夜晚工作,为消除疲劳,每次都是深夜召见他。从 1958 年至 1963 年,宋宝罗先后为毛泽东唱了大约 40 次。毛泽东最喜欢听的是高派戏《碰碑》,宋宝罗为他唱过十多次。此外,《失空斩》、《斩黄袍》、《武家坡》、《出师表》、《逍遥津》、《捉放曹》等,毛也很是爱听,也唱过多次。

毛泽东喜欢听京戏,对京剧艺术也十分内行,他对京剧给予很高评价。他曾对人说:"台上灯光明亮,能表现出一团漆黑;台上没有水,演员能演出'水'来,外国戏能做到吗? 还是中国人聪明啊!""京剧的写意性、虚拟性、综合性的艺术技巧,是自己的特长,外国戏是比不了的。"有时兴致来了,还喜欢自己击节吟唱上一段。1961 年,毛泽东在上海过五一劳动节,同上海市委机关工作人员同桌吃饭。饭后,毛十分高兴地说:"看来你们的饭量都不小,为了帮助消化,我来唱一段京剧助助兴。"随即他清了清嗓音唱了一段略带湘音的高派(庆奎)《逍遥津》。

在杭州,毛泽东也多次与宋宝罗谈起京剧艺术。有一次,宋宝罗唱完了戏,与毛泽东握手时,毛拉住他的手,和他谈了起来。毛首先问:"你是不是南方人,是哪一年到杭州来的? 几岁学戏,老师是哪一个? 是不是高庆奎?"宋宝罗一一作了回答。毛泽东说:"我喜欢听高派戏。高派唱腔的最大特点是高亢激昂,热情奔放。我也喜欢听金少山的戏,我在留声机中听过他的唱腔,他唱得声洪嗓大,很有气派。我也喜欢听言菊朋的唱片,很有韵味。但有几张不好听,阴沉沉的,你说呢?"宋宝罗说:"主席说得对,言先生嗓音小,他有的唱段唱起来像个病人,没有劲。"毛泽东听了哈哈大笑起来,他夸奖宋宝罗说:"你在《出师表》中的诸葛亮唱段和《碰碑》中杨老令公的唱腔就很好听,声情并茂,恰到好处。"

又有一次,宋宝罗为毛泽东唱了一段《辕门斩子》中的娃娃腔,毛十分欣赏。他说:"你这个流派唱腔很好听,过去有些老生演员都兼演老旦,是这样的吗?"宋宝罗回答说:"是的,过去没有老旦这一行,都是由老生、小丑兼演的,我也会唱老旦戏。等一会儿我唱一段老旦戏给您听。"

161

1962年冬,毛泽东又来到西子湖畔。12月26日午夜,他的心绪特别好,那一天正是他的70寿辰,毛泽东欣赏了宋宝罗这出边唱边画的绝活戏《朱耷卖画》。演这出戏,不但要求演员唱、做功夫俱佳,还要求演员有一手绝活——能在演唱中当场挥毫作画。

毛泽东看得很感兴趣,他先是坐在沙发上,一边抽烟一边用手轻轻扣着节拍,待到宋边唱:"朝阳东升金鸡唱,彩霞满天七色光……"边握狼毫作画时,毛泽东突然情不自禁地站了起来,轻轻地走到宋的身边,想看他究竟在画写些什么。"春回大地更万象,日照神州齐颂扬。"六句二黄原板只唱了四句,一只昂首挺立高吭晨曲的大公鸡跃然纸上。毛泽东用浓重的湖南话说:"落笔很准,画得好!你可题'一唱雄鸡天下白'嘛!"宋宝罗当即题上,再用小笔题上:"敬献给毛主席"六个字。将这幅画送给毛泽东,毛泽东很高兴,将这幅画珍藏在中南海。

事后宋宝罗回忆道:"我正在握着大笔画鸡身的时候,无意中碰了一下毛主席的身体,知道主席背着手在仔细看我的画稿,我激动极了,不知何处神来之笔,大笔挥了几下,原来要唱六句或者八句才能将公鸡画好,这次有如神助一般,四句便画好了。"他唱完戏,已是凌晨2点多钟了。毛泽东说:"谢谢,谢谢!今天就唱到这里,你跟我去吃夜宵吧!"宋宝罗跟着毛泽东走进一间房间,桌上是四碟小菜:一碟皮蛋和咸鸭蛋,一碟青红辣椒,一碟盐煮花生米,一碟雪里红。另外就是稀饭和一大盘刀切馒头。那时正是三年困难时期,市场上根本看不到白面馒头和这些小菜。毛泽东一边吃,一边说:"这两年收成不好,老百姓吃苦了。"宋宝罗说:"这是暂时的,慢慢会好起来的。"毛泽东听了很高兴,说:"对,一定会好起来的!"

吃完夜宵,毛泽东说:"你把剩下的馒头都带回去吧。""不,不。"宋宝罗急忙说。毛泽东便叫服务员将剩下的七八个馒头用报纸包好,塞给了他。宋宝罗回到家里,天已快亮了,他高兴地把孩子一个个叫醒过来:"快起来吃呀!毛主席给的馒头。"孩子们一听是毛主席送的馒头,立即从床上跃起,高高兴兴地吃起馒头来。到现在,宋宝罗都忘不了那几个白白的馒头呢。

　　20世纪60年代初期，宋宝罗40多岁，艺术已臻炉火纯青，正是演员一生中的最佳时期，但"文革"一场浩劫，却使他一下从辉煌跌进了谷底。他不断受到冲击。1967年秋，他被关进了"牛棚"，开始还只是"三名三高"、"反动权威"等一般罪名；1968年春夏之交，杭州造反派在南京的一家图书馆发现了一张1945年的旧报纸，报纸的头版头条赫然登着一张蒋介石与宋宝罗握手的照片，照片上还有宋美龄、陈诚、何应钦等国民党要员和美国将军马歇尔的身影。这还了得！造反派认为挖出了一个惊天大案，他们赶回杭州，当夜提审宋宝罗并逐级上报，又惊动了省里，成立了由林彪党羽、某军政委陈励耘亲自主管的"宋宝罗专案组"，以"历史反革命"罪名对宋宝罗进行立案审查。后来他为毛泽东等中央首长演出，竟也成为"罪行"，是"把毒放到中国最高领导层那里，罪该万死"，毛泽东让他题为"一唱雄鸡天下白"的画也成了"给社会主义抹黑"。宋宝罗的累累"罪名"步步升级，造反派将他从集体"牛棚"里拉了出来，把他单独关进一间已倒闭了的化工厂仓库里隔离审查。

　　1970年夏，毛泽东又一次来到杭州。时任浙江省"革委会"负责人的陈励耘向主席汇报浙江工作，听着听着，毛泽东突然问："宋宝罗情况怎样？到哪里去了？"陈励耘先是吃一惊，假装糊涂说："您的话我听不懂。"毛泽东似乎对陈的所为已有所觉察，一板一眼地说："听不懂？就是那个唱老生、会画大公鸡的宋宝罗。"陈看瞒不下去，支吾地说："他有严重的历史问题，他为大汉奸周佛海治过印。"是的，宋在15岁那年因倒嗓而辍演后，曾精心学习绘画和治印，成为治印好手。"人家是手艺人嘛！能不给人治印？"毛泽东回答。听毛泽东这么一说，陈觉得事情不妙，忙补充说："他还给蒋介石演过戏，和蒋介石握过手，合过影。"这也确实是事实：宋在早年就艺名远扬，为许多当时的政界要人唱过堂会。1945年抗战胜利后的第一个双十节，从重庆飞回南京的蒋介石，忽然派人通知宋宝罗到总统府演出。历史竟是如此惊人的巧合，蒋介石点唱的和毛泽东14年后点唱的戏目完全一样,也是《二进宫》。演出很成功,蒋介石和宋美龄都与宋握手并合影。次日,当时的《中央日报》发了这一消息,并刊登了合影。毛泽东听了陈的汇报已显得很不耐烦,驳斥道:"唱戏有什么关系？当时是蒋介石的天下,蒋要听戏,他敢不唱？今天我叫他唱,他不是也来了吗？乱弹琴!"毛泽东的一番话,驳得陈哑口无言,不敢再出声了。毛泽东发话了,他就不敢不去办。

1970年夏秋之交,剧团被派到绍兴柯桥参加"双抢"劳动,宋宝罗等"牛鬼蛇神"一边劳动,一边接受批斗。一天傍晚,一辆黑色小轿车驶进大队部。大家正猜测是哪位大人物到这里来视察时,有人跑来通知宋宝罗,要他马上回杭州。宋宝罗不知又发生了什么事,坐在车上心里一直激烈地打着鼓。等回到杭州,一切情况都变了,既允许他回家过夜,也不监督劳动了。新调来的剧团领导还客客气气向他问好:"宋宝罗同志,你近来身体好吗？"还将红卫兵抄去的一本他40年前的印谱归还给了他。他听了"同志"两字,几乎要掉下泪来,所有这一切把宋宝罗搞懵了,他不知这戏剧性的巨大变化因何而来。一年多后,发生"九一三"林彪叛逃事件,一天宋宝罗参加浙江省召开的揭批林彪死党罪行大会,有人在会上揭发陈励耘迫害宋宝罗的事情,他才得知是在毛泽东的亲自过问下,他的三年"牛棚"之灾得以解脱。是毛主席亲自解救了他。

宋宝罗从"牛棚"出来后,没有分配工作,他除了有时帮剧团制作样板戏的布景、道具外,就再没有事干了。在他闲得十分苦闷的时候,一天他偶然从床底下拉出一个大竹筐,发现里面装的全是刻印的石头,心头一动:我何不用这些石头将毛泽东诗词刻印出来,以报答毛主席的恩情。当时毛泽东已发表诗词37首,加上后来又发表的两首共39首,他全部刻成了图章,共600余方,他将这些印章拓成谱,组成了一幅8米多长的金石书法长卷。

刻完毛泽东诗词印,又刻了一套《国际歌》、三套《百寿图》和一套《百福图》。在"文革"后期这段时间里,宋宝罗共刻印1 500余方。远远超过了他的书画印老师"三百石富翁"齐白石了。

粉碎"四人帮"后，宋宝罗以满腔的激情连夜编写了庆祝打倒"四人帮"的唱词，由剧团组织小分队到工厂、农村、街道、学校不断演出，受到群众的欢迎。

与左大玢成为忘年交

在电视巨片《西游记》中，成功饰演了观世音菩萨的湘剧演员左大玢有着一段不同寻常的人生经历——和毛泽东成为忘年交。1954 年，11 岁的左大玢考入湖南戏校学习湘剧，1957 年毕业后分配到湖南省湘剧院当演员。1959 年主演《生死牌》，该剧后由上海海燕电影制片厂拍摄成戏曲电影，在全国放映。1960 年被授予湖南省青年表演艺术家称号，后来又荣获中国戏剧第六届梅花奖、文化部文华表演奖等，曾任第七、八届全国政协委员和湖南省文联副主席、省剧协副主席等职。她早年与毛泽东结成忘年交，更让她的人生又蒙上了一层神秘的传奇色彩。

1959 年，左大玢在湘剧界已小有名气。一天，她突然接到通知，要她们到湖南省交际处(现在的长沙市湘江宾馆)演《生死牌》，主演王玉环。左大玢猜想一定有重要的领导人来了。果然，她一上场就发现了台下竟有毛泽东！左大玢惊得一下子差点忘了台词，赶紧镇定下来，才将戏演完。散戏后，左大玢正在卸妆，一位女同志走过来问她："你是演王玉环的吧?"左大玢望着对方点了点头。那位女同志又说："毛主席看了你的戏很喜欢，等会儿你陪主席跳舞吧。"听说要陪主席跳舞，左大玢激动得涨红了脸，她嗫嚅道："可是我不会跳舞呀！——""不会没关系，我叫一个人教你跳舞，很容易学的。"

然后那位女同志将左大玢带到毛主席的警卫员封耀松面前，要小封教她跳舞。左大玢一边学跳舞，一边问小封："刚才带我来的那位女同志叫什么名字?"原来她就是毛主席的专职摄影师、大名鼎鼎的侯波。过了一会儿，侯波走过来问："学会了不?"刚学会四步基本舞步的左大玢点点头,侯波拉着她就往人群里走,一站定,天哪,她发现自己站在身材高大的毛主席面前。左大玢紧张得手足无措,连一句话都说不出来了。毛主席笑着说:"娃娃,跳舞要动啰,不能老站着。"左大玢噗嗤一声笑了,然后随着毛主席跳起舞来。但跳舞中她一直低着头,不敢看毛主席一眼。一曲舞跳下来,左大玢发现自己已出了一身大汗。而毛泽东对这位小老乡却留下深刻印象。

此后,毛泽东每次来湖南,左大玢都被派去给毛泽东唱戏或陪他跳舞、聊天,渐渐地与毛泽东熟悉起来,再也不紧张了。一次毛泽东笑着问她:"你为什么姓左,不姓右呀?"对毛主席这半开玩笑的问题,左大玢不知如何作答,傻里傻气地说:"我爸爸姓左,我也就姓左了。""那你怎么又叫左大芬呢?"因为已经跟毛泽东很熟了,左大玢便毫无顾忌地说:"主席,您念了白眼字,这个字应念'bin',而不是'fen'。"毛泽东哈哈大笑起来:"娃娃,你回去问问你爸爸,这个字是多音字,是不是也可以念作'芬'呢?"

毛泽东谈兴未尽又问左大玢:"你姓左,那左宗棠是你什么人哪?"左大玢摇了摇头。毛泽东又问:"那左霖苍又是你什么人呢?""他是我大伯。"左大玢接着告诉毛泽东,父亲叫左宗濂,曾是程潜帐下的少将高参。毛主席听后点点头,又说:"你大伯左霖苍可是个有名的举人啊。""什么举人哪,是一个逃亡地主。"左大玢顺口答道。毛泽东听了左大玢的话,沉思了一会儿后喃喃自语道:"逃了也好,逃了也好啊。"

每次毛泽东来湖南,工作之余举行舞会时,毛泽东第一个请跳舞的一般都是省委书记的夫人,第二、第三个分别是湘剧院著名表演艺术家彭俐侬和刘春泉,第四个就是左大玢。警卫员们和当时的湖南省公安厅厅长李强怕跳得太多会累着毛泽东,便悄悄地给左大玢布置了一个任务:"主席很喜欢你,你就在主席跳了几支舞后,陪着他到走廊上的沙发上休息会儿。"毛泽东的警卫戒备森严,这可是对左大玢的特殊待遇和信任呀。

一次休息时,左大玢看到毛泽东水杯里的茶叶一根根地竖着,就好奇地问:"毛主席,您喝的是什么茶,怎么都竖在水里呀?"毛泽东笑着说:"娃娃,这个你就不知道了。我告诉你,这是岳阳君山的毛尖,是上等好茶哟!"少不更事的左大玢想都没想就蹦出来一句话:"我口渴了,我也要喝您的茶。"毛泽东笑笑,说:"喝吧,喝吧,我们喝一杯茶。"这时王任重来汇报工作。毛泽东指着王任重问左大玢:"你认得他吗?"左大玢摇了摇头。毛泽东介绍说:"他是湖北省委书记王任重。"然后又指着左大玢说:"她是湘剧院的演员左大玢。"

王任重走后,左大玢像小孩子似的拿着毛泽东的手一边看一边问:"主席,您有几个螺呀?""你呢?"毛泽东反问道。"我才一个螺,一螺穷呢。"左大玢撇着嘴说。毛泽东这才注意到这个女娃每次见她时都穿着同一身衣服,便打趣地说:"一螺穷? 难怪你老是穿同样的一件花布衫。"左大玢数完毛泽东手指上的螺惊叫起来:"主席,您有十个螺呀,难怪当'皇帝'!"毛泽东听后笑得前俯后仰。

每次回湖南看到左大玢时,毛泽东总是叮嘱左大玢:"你们搞文艺的,更要加强文化学习和修养。"同时,他又很关切地问:"你们经常下乡演出吗?"左大玢回答说经常去。毛泽东又问:"到了农村一般在哪里演出呀?""有时在晒谷坪,有时就在收割后的稻田里。"毛泽东很好奇:"稻田里怎么表演呀,稻茬会绊脚呀!"左大玢认真地答道:"是呀,我们经常演着演着就被绊倒了。"毛泽东听后哈哈地笑了起来。

跳舞时,毛泽东的长袜子常常会滑下来。左大玢见了,就立即蹲下把它拉上去。后来她便对毛泽东说:"毛主席,您的袜子系根袜带子吧,这样就不会掉了。"毛泽东却幽默地说:"不要系带子,将袜子口打个砣扎进袜子里就不会掉喽。"左大玢听了咯咯地笑了起来。

有一次毛泽东到长沙,没有见到左大玢,就问左大玢哪里去了。陪同的领导立即安排车子将在湘西沅陵演出的左大玢接了回来。见到毛泽东后,左大玢来了一段清唱。毛泽东听后说:"娃娃,你的嗓子有些哑,是不是感冒了? 好好休息吧。"左大玢见毛泽东正在抽烟,就说:"主席,为了您的健康,请少抽些烟吧。"很少听人劝的毛泽东,听了左大玢的话居然像小孩子一样乖乖地把烟掐灭了。左大玢顺势从毛泽东手上要过抽剩的半截烟头，悄悄地带回家去，将它珍藏在一个漂亮的盒子里。当时纪律非常严格，凡是毛泽东会见的人都不能把会见写进日记，也不能向毛泽东提出合影的要求，因此，这半截烟头，成了左大玢保留下来的唯一的纪念品，也是她与毛泽东那一段忘年交的见证。

"文革"期间，左大玢同样受到了政治迫害。因为她的父亲曾是程潜的少将高参，"文革"初期她被戴上"修正主义苗子"的帽子，坐起了"冷板凳"，随后又被下放到湖南永州市道县的一个偏远的农村"锻炼"了两年。

1973年湘剧院排演《园丁之歌》，左大玢在戏中扮演主角俞英。戏演得很成功，北京电影制片厂就将该剧拍成了电影。但在影片送审时，江青发难了："《园丁之歌》，剧名就不合适，园丁应是共产党，怎么是教师、知识分子呢？""这是一棵毒草！"因为电影中俞英有一句台词："没有文化怎能把革命的重担来承担。"江青认为这是与她当时树立的"反潮流"典型"白卷英雄张铁生"唱反调，凶狠狠地说："什么没文化就不能挑革命重担？简直是反攻倒算。咱们老一辈无产阶级战士不也有很多人没有文化？"最后，江青干脆将矛头对准了左大玢："左大玢演得简直是青衣花旦，化妆像个少奶奶！"没过多久，毛泽东回长沙视察，想看湘剧，并在省里送来的节目单上圈点了电影《园丁之歌》。电影中左大玢扮演的俞英一出场，毛泽东一眼就认出来了："这不是那个娃娃左大玢嘛。"看完电影后，毛泽东鼓起掌来，旁边陪同的人悄悄地对毛泽东说："主席，这是大毒草，全国都在批判。"毛泽东愠怒地说："什么大毒草，毒在哪里？我看很好！"说着他又站起身，再次鼓掌，在场的人也跟着鼓起掌来。

就这样，毛泽东的表态使《园丁之歌》由毒草变成了香花，也让左大玢随之避免了一次政治厄运。

"你的名气比我大"

新中国成立后，在第一次全国政治协商会议、全国人大会议和全国文代会期间,梅兰芳受到毛主席的多次接见,毛主席凡看梅兰芳演出,待谢幕时会登台与梅兰芳握手并亲切交谈。毛主席与京剧艺术大师梅兰芳来往的故事,给后人留下了许多梨园佳话。

1949年春,上海解放前夕,夏衍受中国共产党组织委托,与熊佛西一齐赴上海马斯南路——梅宅,动员梅兰芳留在上海迎接新中国的诞生,梅先生欣然同意。6月下旬,梅兰芳作为上海文化界的代表离沪北上,参加全国第一次文学艺术工作者代表大会。一路上很是热闹,受到大众的热烈欢迎。到达北平时,梨园知名人士前往前门车站迎接,老百姓纷纷奔走相告:梅兰芳回来了!于是,人们将前门火车站挤了个水泄不通,迎接人数竟达六万之众。据说梅兰芳出站时,左右是尚小云、荀慧生、谭富英、萧长华等京剧表演艺术家相陪,前面则由李少春、叶盛章等武功高强的名伶开路。

这次前门火车站人民群众欢迎梅兰芳的盛况,甚至传到了毛主席的耳边。文代会期间,梅兰芳第一次与毛主席握手时,毛主席风趣地提及北平人对梅兰芳的欢迎程度,不亚于解放军进北平时的情形。毛主席用湘音幽默地对梅兰芳说"你的名气比我大"。这句出自毛泽东口中之戏言,也着实让深知历史的梅先生出了一身冷汗。文代会期间,梅兰芳演出了《霸王别姬》。演出那天,毛主席身穿短袖白衬衫,在楼下第五排中间兴致勃勃地观看了演出,谢幕时,毛主席和大家一道起立鼓掌。梅兰芳说:"我一出场见到了毛主席。说实在话,这个戏,我演了1 000多场,都没有今天这样淋漓酣畅。"

梅兰芳在《白蛇传》中表演的白素贞从服装到头饰等,一直不断改革。1915年首演时,头饰戴的是大额子(清代演出时戴的则是渔婆罩),后来觉得白娘子并非正规女将身份,戴大额子根据不足,便改为软额子,又多次改动服装穿戴。最后,白娘子扮相是在面牌上增添了强调素雅的白色大绒球(小妹青蛇为蓝色),1951年又把大绒球改成了红色。这样白素贞一身洁白,头上一点红,更加俏丽,也突出了白娘子的战斗精神。这是梅兰芳对这个人物又有了新的理解,提高了这个扮相的精神境界,受到毛主席的点评称赞。

1951年2月16日,梅兰芳剧团赴中南海怀仁堂进行晚会演出,和中央首长一起欢度春节,演出的剧目是《金山寺》《断桥》。第二天是农历元旦,梅兰芳之子梅葆玖继续在怀仁堂演出。梅兰芳在台下看戏时遇到了周恩来总理。周总理幽默地对梅兰芳说:"昨天看老一辈艺术家,今天看青年一代。你来看戏,一定很高兴吧。"后来在休息室里,毛主席见到梅兰芳,对他说:"昨天看《金山寺》《断桥》,你演的白娘子扮相与众不同,想得很妙,浑身偏素,头顶一点红。"梅兰芳听了很受感动,回到家里对家人说:"毛主席看戏可真仔细!这么多年,从未有人谈过白娘子的扮相。的确,我是费了很多时间来研究,才改成现在这个样子的。"

1951年3月下旬,在中国戏曲研究院成立前,梅兰芳特意去荣宝斋定裱了空白宣纸册页,分送毛主席、周总理和其他中央同志请求题词。4月,毛主席派人送来了为中国艺术研究院前身——中国戏曲研究院成立亲笔题词"百花齐放,推陈出新",并题写了"中国戏曲研究院"门匾字。周总理送来了亲笔题词是"重视与改造,团结与教育,二者均不可缺一"。4月3日,中国戏曲研究院成立,在北京大众剧场举行建院典礼。梅兰芳被任命为院长,程砚秋、罗合如、马少波为副院长。中央和北京市各级领导,文艺界知名人士到会祝贺并讲话。毛泽东主席为大会亲笔题词:"百花齐放,推陈出新",放大后摆在会场显著位置,这是对中国戏曲研究院,也是对全国戏曲及整个文艺工作提出的指导方针。

喜看裴艳玲演出

毛泽东在革命生涯中敢于斗争,敢于胜利,所以在看戏时,他非常推崇斗争精神。1960年5月1日,毛泽东在河北省省会天津干部俱乐部观看了河北省河北梆子剧院时年13岁的裴艳玲演出的昆曲《闹天宫》(饰演孙悟空),高兴地说:"这是一出好戏。"并对裴艳玲绝妙的武功和一口气转拧90多个旋子赞不绝口。一个女娃小小年纪功夫了得,演出后,毛泽东特别接见了裴艳玲,他弯下腰仔细端详着裴艳玲问:"你多大啦?"年幼的裴艳玲并不发怵,响亮地回答:"十三啦!""家住什么地方?""肃宁县傅家佐。""你父亲是搞什么的?""京剧武生。"听到这儿,毛泽东情不自禁地笑了,慈爱地看着眼前这带有阳刚之气的女娃说:"哈哈……门里出身嘛!你跟谁学的戏?""我的师父叫李崇帅。"看得出毛泽东打心眼儿里喜欢这小演员,武功了得,不知唱功如何,又问:"你能唱吗?"小艳玲也不含糊,很自信地回答:"能。"于是,接下来裴艳玲为毛泽东清唱了一段京剧马派名段《借东风》,毛泽东听后满意地笑了,称赞不已。

1962年夏天,毛泽东在北戴河又看了裴艳玲主演的河北梆子《宝莲灯》(饰沉香)。演出结束后,毛泽东接见演员时指着裴艳玲,高兴地说:"小猴子变成小沉香了。"从此,这个"小猴子"、"小沉香"在这位伟人心中留下了印象。这回裴艳玲在毛泽东面前又露了一手京剧、梆子两下锅的本事。不过看来毛泽东更喜欢看这娃娃的京剧表演。他又问裴艳玲还会何戏,裴说"京剧《八大锤》"。毛泽东会意地重复了一句:"噢,是《陆文龙》。"似乎还觉不过瘾,旋又问还会什么,裴答《夜奔》。毛泽东钟爱表现农民起义的"水浒戏",他对《夜奔》一剧非常熟悉,尤其喜欢北方昆剧院侯永奎主演的《夜奔》,看过七八次之多。他问裴艳玲"学的哪个路子",裴说"学的京昆"。毛泽东很内行地说:"应该学学北昆的。"毛泽东接着对这位他喜爱的十分有天赋的小演员说:"应该学北昆的路子!拜侯永奎为师。侯永奎演《夜奔》,从头到尾一人,载歌载舞,唱念做舞,处处精彩,难度大,要求高……"介绍完侯永奎的戏路子和其精湛技艺后,又兴致勃勃地对小艳玲说:"明天看你的《八大锤》,明年再看你的《夜奔》。"十五岁的裴艳玲心领神会:毛主席明年要看她的侯派《夜奔》。不久她在毛泽东的举荐下,得到了进京拜师的机会,向侯永奎大家学了《夜奔》。裴艳玲聪明好学,又有京昆的基础,名师出高徒,十几

171

天就学会了这出难度很大的戏。

　　岁月荏苒,1976 年病重的毛泽东,忽然向身边人提出,想要看裴艳玲演的那出《宝莲灯》。于是,当时的文化部急令河北省立刻复排该剧,且让天津电视台准备用"彩色录像"的方式保留该传统剧。接到命令的时候,裴艳玲已经多年无戏可演,从一个 15 岁少女变成 29 岁的少妇,有了两个女儿,且小女儿尚未满月。但为了重新走上舞台,让毛主席能看到这出戏,她不惜把女儿送回乡下老家,恢复练功,她不顾自己尚在"月子中"的身体,咬牙苦练,迅速达到演出要求。但天津电视台当时的设备和人力,难以完成"彩色录像"的任务,文化部立即决定干脆拍成电影。于是,北京电影制片厂以最快的速度成立了摄制组,剧团也被调到北影厂,用了不到一个月的时间,就完成了全部拍摄任务。裴艳玲这出河北梆子《宝莲灯》,是酷爱戏剧艺术的毛泽东临终前通过影片观赏的最后一出戏,但影片当时并不能为一般百姓所见,直到毛泽东去世后的1978 年,《宝莲灯》才正式进入公众视野,在全国得以上演。

　　毛泽东真是慧眼识真金,当年他指点的娃娃生,在他身后的 80 年代火了。2004 年,裴艳玲接任河北省京剧院院长,并开排新戏《响九霄》,在戏曲票房不景气的大气候里,她又红火了。裴艳玲在这出戏里用上了平生所学的"十八般武艺",全面呈现了她在老生、武生、旦角等不同行当的全面艺术才华。戏中戏《斗牛宫》里,裴艳玲平生首次反串旦角装扮亮相,惊艳全场;《蜈蚣岭》中,她一个人在偌大的舞台上边舞边念、边做边唱;《哭坟》一场,裴艳玲不用伴奏,上台即兴演唱,而且场场绝不相同。编剧杨舒棠也说:"这出戏可以说是为裴艳玲量身定做的,大师裴艳玲演大师响九霄,英雄惜英雄。故事中的事件、情节基本上是响九霄的,但人物的情感经历更多的则来自裴艳玲。"因为她在《响九霄》中的精彩表演,第 19 届上海国际艺术节组委会授予她白玉兰戏剧表演艺术"特别贡献奖",她也因此成为白玉兰奖设置 19 年以来获此殊荣的第四人。在第二届中国戏剧奖评选中,她又获得梅花大奖,成为全国第四个"三度梅"获得者。为了让更多的观众欣赏到裴艳玲的艺术,中国剧协出资,将《响九霄》拍摄成戏曲电影,这也是裴艳玲继《宝莲灯》、《哪吒》、《钟馗》、《人鬼情》之后的第五部电影。可谓中华戏剧表演艺术家之空前绝后第一人了!

"越剧不能砸烂"

1969年仲夏的一天,毛泽东在西子湖畔的汪庄庭院散步,想到"文革"取得的节节胜利,兴致所至,又习惯地哼起"我正在城楼观山景,耳听得城外乱纷纷……"这位发动所谓"文化革命"的老人家,对那铺天盖地就是那几出革命样板戏的日子似乎觉得太单调了。在日理万机中可供他休闲的,也是他曾十分喜爱的中国戏曲传统剧目已被他以"革命的名义"不分青红皂白地统统封杀了,那些在传统剧目中演绎了大半辈子老爷太太、少爷小姐、才子佳人、帝王将相的许多名伶们也被他发动的"革命"赶下了舞台,送进了"牛棚"。

毛泽东于庭院中信步哼着他再熟悉不过的《空城计》那段西皮二六,忽戛然而止,竟然向陪同人员提出要听越剧《梁山伯与祝英台》录音。听完后,有个陪同人员对他说:"主席,越剧音调软绵绵的不好听,不适合表现工农兵形象。"毛泽东不以为然地纠正说:"越剧具有典型的南腔特色。曲调比较柔婉、细腻、擅长抒情。"然后又对当时被批得体无完肤的越剧定了调子,说:"任何事物,都要一分为二,我看越剧还可以,不要全盘否定。"伟大导师此言一出,给了越剧一线阳光。当年秋天,他在杭州观看文艺演出时询问了浙江文艺界的情况,演员们反映,现在的越剧,改得京不京,越不越,歌剧又不像歌剧。毛泽东当即听了老越剧《红楼梦》片断,表示曲调好听。随后又听了越剧《梁山伯与祝英台》后说:"这个戏的音乐基调是好的,只是个别太低沉的地方才需要改一改。"1969年秋,毛泽东在杭州看了经过改革的革命越剧《红灯记》,他不甚感兴趣地对演职人员说:"我不赞成把越剧改成不像越剧。各地方剧种应有自己的特点,不然要那么多地方戏干什么,一个剧种就够了嘛,我不赞成把越剧改成不像越剧。"听见毛主席说了这番话,被压抑了几年的演员们都舒了一口气,一个器乐演奏员壮着胆子问毛泽东:"听说越剧要砸烂,这到底对不对呀?"毛泽东听了皱皱眉头,严肃地指出:"越剧不能砸烂,好的还是要用。"

关于毛泽东看戏动情落泪失态的传说

1989 年 4 月,权延赤发表了采访毛泽东卫士长李银桥撰写的纪实文学《走下神坛的毛泽东》,2010 年又更名《卫士长谈毛泽东》再版;其中一章"你见过毛泽东哭吗?"详细描述了毛泽东在上海看李玉茹主演的京剧《白蛇传》离奇动情失控的情节,成为至今毛泽东看戏流传甚广的趣闻故事版本。在权延赤的笔下,借李银桥之口,讲述了一个有血有肉情感脆弱的毛泽东,看一场《白蛇传》甚至达到类似情绪失控地步。由于是源于毛贴身卫士之口,不由读者不信以为真。

权文中所谓"我照例是坐在他身边。因为值班卫士是二十四小时不离主席身边的。毛泽东肚子大,坐下后皮带便勒腰,所以他一坐,我便依惯例帮他解开了腰带",描写了李银桥在公开场合与毛平起平坐地一起看戏,当众为毛点烟宽衣解带等情节,更与中央领导出行卫士职责定制不符。明眼人一看便知是作者的再创作。而李银桥本人所著《走向神坛的毛泽东》、《在毛泽东身边十五年》和经李银桥首肯的邱延生著《毛泽东和他的卫士长》都未曾提及过毛泽东看戏失态之事。即便是权延赤自己 1989 年 4 月编著出版的《领袖泪》中,同为转述李银桥目睹毛泽东三哭的情节,也未提及看戏哭这一离谱情节。李玉茹本人所著《李玉茹谈戏说艺》一书中,也未提及毛泽东观看过她所谓毛泽东亲点她演出《白蛇传》一事。毛泽东只有在 1955 年到上海,在京剧晚会上,观看过李玉茹与俞振飞合作演出的折子戏《断桥》的记录,仅此而已。

据我所知,毛泽东看戏无数,不乏《白毛女》、《柳荫记》等诸多悲剧。早在 1958 年之前,他就多次看过梅兰芳先生或杜近芳、叶盛兰合演的

《白蛇传》以及《断桥》、《水漫金山》等折子戏，从未见其伤心落泪，而且观后还兴致勃勃地高度评价过梅先生饰演的白素贞独具特色，并赞赏《水漫金山》中水斗的大写意表演，称其为世界戏剧舞台表演之绝无仅有。这出本是毛泽东十分熟悉的戏，而经权延赤"妙笔生花"，塑造出"走下神坛的毛泽东"看戏严重失态来，倒使我想起了当年解放区为解放军演出话剧《白毛女》时，广为流传的惊魂一幕：一位小战士看得入了戏当了真，当他看到陈强饰演的恶霸地主黄世仁迫害喜儿时，竟愤怒地向台上的陈强开枪……而那不过是赞美陈强演技和文艺宣传的作用而塑造的美丽传说罢了，没有人考证出其真实性。

周恩来总理的戏剧情缘

翻开有关周恩来总理的传记和文献,所得其一生的评价都冠以中国无产阶级革命家、政治家、军事家、外交家;而在他的漫长而传奇的革命生涯中,他在文艺戏剧方面的造诣和对新中国戏剧事业发展的重大贡献却被后人忽视了,不禁让人颇感遗憾。凭着对中国戏剧的热爱和周恩来多才多艺高尚品德的敬仰,笔者特将多年来有关周恩来戏缘的见闻和所集资料汇成此篇以飨读者。

中学时代与戏结缘

中学时代的周恩来由于他的聪慧才干和热心为大家办事,深得同学们的信任。从当时来说,他就读的天津南开学校的教育是比较进步的,也很有特色。周恩来在校学习期间先后担任过校刊《校风》的总经理、演说会的副会长、国文学会干事、江浙同学会会长、新剧团布景部副部长、暑假乐群会总干事和班中干事,从这么多的头衔就知道学生时代的"总理"是一个十分活跃的人物。

周恩来对早期中国话剧的认识和实践、探索,是在我国话剧史上的第二个历史选择的关键时期。当时,新剧运动在一两年之内就遍及全国,文明新戏成为中国剧坛上的璀璨新星,然而从思想性和艺术性方面来说,新剧与西方话剧相比,尚有相当大的距离。因为当时的新剧多数缺乏剧本,仍然用中国旧戏曲的幕表制,仅有一个故事框架,角色是分派制,由演员即兴表演,加之受纯商业化的影响,逐渐堕落为市井恶俗之物,面临将被时代唾弃的境地。就在这种情况下,时年16岁的周恩来,正式加入了矢志探索严肃认真话剧的教育界名流、改革家张伯苓校长领导组建的南开新剧团,被推举为布景部副部长。

1914 年 10 月 17 日,南开学校举行建校 10 周年庆典,准备演出宣传妇女解放、破除封建迷信的新剧《恩怨缘》,因南开无女生,且世俗又有男女不能同台演出之风,剧中的女角色一时找不到适合的人演。有着意愿在各方面锻炼自己的周恩来,接受同学们的建议,冲破世俗偏见,自觉反串扮演女角。由于他认真排练,揣摩剧情表演出众,倾倒全座,一下子成为南开学校的最佳反串名角,先后在十多出新剧中反串女主角,如《恩怨缘》中的烧香妇、《一元钱》中的孙慧娟、《仇大娘》中的范慧娘、《千金全德》中的高桂英、《华娥传》中的华娥、《老千金全德》中的童男等,并在京津两地演出,获得了观众与专家的好评。天津的《大公报》、《益世报》等十多种大小报纸在报道评论中都表扬了周恩来扮演的孙慧娟,当时报纸上的大字标题分别是:《演出轰动津门》、《周恩来扮演孙慧娟倾倒全座》、《美哉,周恩来反串妙龄女郎》、《南开学校应邀去京城演出》。

周恩来等人在北京演出新剧《一元钱》获得了极大的成功。据南开学校话剧运动的史料记载,北京青年会赠送了写着"誉满京师"四个金光闪闪大字的贺匾。有一篇评论文章,说周恩来扮演的孙慧娟:"头戴珠翠,高领掩衽,身穿粉红暗花缎小袄,右手系一方帕,下穿一色的绸棉裤;身姿窈窕,庄重矜持,身材纤长匀称,面容清秀文静,有一种诱人的个性魅力;演出的分寸感恰到好处,吐词轻言细语,节奏分明,优美动听,羞涩中含有真诚纯朴,伤心落泪时肩头微颤,精神毕肖,把一个爱情纯洁忠贞的少女,刻画得入木三分。"另有一篇报道说,著名京剧男旦梅兰芳先生看了《一元钱》的演出后,请周恩来等人座谈,切磋男女反串的表演技艺。

1949 年 7 月,第一次全国文学艺术工作者代表大会期间,周恩来接见著名京剧艺术大师梅兰芳先生时笑谈了这件往事,他双手抱肩,仿佛自己又回到了青年学生时代,深情地回忆说:"三十年前,南开校庆,我们排演了话剧《一元钱》，北京青年会邀请我们赴京演出……"梅兰芳做梦也想不到眼前的这位赫赫有名风度翩翩的中共领袖，就是当年南开男扮女装的青年学生。他略迟疑了一下才恍然大悟，说："我想起来了，您在《一元钱》里演一个女子，演过之后，好像我们还开了座谈会。"据《南开学校第十次第二班毕业同学录》之《周恩来》名录中记载称周："君于新剧尤具特长，牺牲色相，粉墨登场，倾倒全座，原是凡津人士之曾观南开新剧者，无不耳君之名，而其于新剧团编作饰景尤极赞助之功。"

　　周恩来除了反串女角担纲主演以外，对于新剧由幕表向剧本的提高和表演理论的探索，以及导演、布景制作等后台剧务工作等，都能勇于承担，认真钻研，并有创新之举，所以他被演职员们称为台前幕后的"全把式"。以编剧来说，在南开的话剧档案史料中，就保存着周恩来饰女主角孙慧娟演出《一元钱》的剧照和周恩来于 1916 年 2 月编纂并以他主办的敬业乐群会的名义由天津印刷局印刷出版的《仇大娘》剧本，据《周恩来年谱》记载，周恩来于 1916 年 7 月暑假中，还和南开新剧团团长时子周等人赴天津高家庄实地考察编写新剧剧本。周恩来参与编剧和导演的新剧《一元钱》、《老千金全德》、《一念差》等十多部新剧，当时虽然处于话剧的起始阶段，但是周恩来等人就探索弘扬中华民族文化传统与学习、借鉴西方话剧艺术相结合的具有中国风格和特点的新剧之路。他改编的剧本多数取材于传统旧戏曲的幕表制剧目。例如在京津两地久演不衰、享有盛名的《一元钱》，根据和周恩来同时编演此剧的老师同学回忆，周恩来进行了认真地研究后说："《一元钱》是根据明代杂剧《炎凉镜》改编的，原作者是马破悭道人，原剧中道家消极思想的糟粕必须去掉。"在改编中，周恩来等人把该剧的时代背景移到了民国初年，成为时代新剧。周恩来修改后的剧本，针对当时政界军阀、保皇党等尔虞我诈的时弊，强化了对剧中人孙世富背信弃义的丑恶行为的批判和对孙慧娟仗义诚信的优秀品德的颂扬，所以每场演出都产生强烈的社会共鸣。

1916 年 6 月,复辟称帝的袁世凯忧郁而终,黎元洪继任总统,此时年仅 18 岁的中学生周恩来,出于强烈的忧国忧民之心,思考着这样一个问题:对军阀之间权力更换、交替祸国的丑剧、闹剧,既要想办法公开进行揭露、批判,但又要躲过反动军警的抓捕镇压。他想着,想着,想到编导演新剧《一元钱》的影响和效果,又想到少年在家乡淮安和东北看过的假面具戏,就奋笔疾书,自编自导了一部新编《一元钱》的假面具广场活报讽刺剧。其故事大意是:"村妇"(周恩来饰)提着竹篮、拿着一元钱上场,先后遇到"保皇党"(常策欧饰)和"政客"(李福景饰)都想骗"村妇"手中的一元钱。"大军阀"说:"小媳妇,你把一元钱给我们军队买枪打天下,打下江山给你 10 亩地。""村妇"把一元钱晃了晃说:"我这一元钱是给婆婆买药治病的,不能给你买枪去杀人。""保皇党"接上来说:"小媳妇,你把这一元钱给我们保皇党用于保驾大清皇帝重新坐龙廷,包你过上太平日子。""村妇"摇摇头说:"不行,不行! 现在已经民国五年了,想做皇帝的人都死了,你还背对背运,靠皇帝治天下呢,不成,不成,一万个不成!""政客"抢上前说:"小媳妇,你把一元钱给我贿赂竞选大总统,包你们农民过上民主的好日子。""村妇"跺着脚,更加气愤地说:"去,去! 滚,滚! 我谁也不相信,我这一元钱谁也不给,赶快打一剂药,买一斤盐,给婆婆治病,回家好过穷日子。""军阀"、"保皇党"、"政客"一齐动手把"村妇"推倒在地,气急败坏地同时抢"村妇"手中的一元钱,三人抢到一元钱,先高兴后惊讶,齐声说:"谁也别想花这一元钱!""村妇"爬起来急问:"为什么?"三人一起回答说:"这不是钱,是已死的袁大总统的债券!""村妇"气得大哭大叫:"老天爷啊! 我上大当、受大骗了哇!"这一假面具活报剧有着强烈的反对复辟帝制、批判军阀、政客谋权、篡权、害国、误国的宣传作用,人民群众无不叫好,同时也遭到了反动军警的查禁。

周恩来在话剧开创的初期,就注意反映当时现实社会农村题材。以周恩来为主创人编剧、导演、表演的五幕新剧《新村正》,描写了横行乡里、鱼肉人民的天津周家庄恶霸地主吴绅在辛亥革命后当上新村正的故事,揭露了流氓恶棍、土豪劣绅等地主与农民的矛盾,批判了辛亥革命的不彻底性,塑造了农民革命者李壮国的正面形象,演出后产生了很大的社会反响,被称为中国早期话剧的重要成果。

当年在南开学校新剧团,周恩来是学生成员中的主心骨,《一元钱》中饰演"政客"的李福景则是他得力的助手,许多事只要有周恩来参加,李福景必然支持,两位少年同学结为挚友。南开学校新剧团的新剧创作和演出,吸引了"京津坤班奎德社"的掌班人杨韵谱。奎德社是以演时装新剧红极京津的戏曲团体。1915年秋季,杨韵谱花费一个多月的时间,把南开学校新剧团演出的《恩怨缘》和《仇大娘》,移植成河北梆子在北京公演,首场演出前派人到天津,邀请南开新剧团赴京观摩指导。是年10月18日,周恩来、李福景、尤乃如等20人组成天津学界观摩团抵京,当晚在广德楼戏院观摩了《因祸得福》上部,次日又观看了下部和《恩怨缘》。观摩团离京时将一面写着"移风易俗"的锦旗,送给奎德社作为鼓励。四个月后(1916年2月),周恩来、李福景等人又以南开学校新剧团的名义再次赴京,重看了奎德社演出的《恩怨缘》,并将《一元钱》剧本抄赠给奎德社。1916年4月出版的《敬业》杂志,刊登李福景所写《京师观剧记》,详尽地记述了天津南开学校新剧团与坤班奎德社友好往来的来龙去脉,还用不少文字评述了奎德社演出的优长劣短,所谈观点,颇有见地。周恩来所作点评是:"斯文斯评,两极其妙。"

更值得特别一提的是刚刚成年的中学生周恩来,就对新剧创作和表演的理论进行了创造性的探索,据保存下来的史料,他在南开学校主办并向社会发行的公开报刊上的话剧文论有四篇。

著名教育家张伯苓校长首次发现周恩来这篇戏剧专论,就高度评价和充分肯定:"像周恩来明确提出'写实主义'戏剧创作原则的,纵观天津和北京、上海等文化发达的都市,尚无先例,更何况又出自一名中学生之手,不能不称之为奇才之见解。对这种有望成为我国新文化运动开拓者的栋梁之材的幼苗,作为师长理应倾心竭力培育啊!"

周恩来参加革命后首创革命军队的军旅话剧,在担任黄埔军官学校政治部主任时,组织建立了我国革命军队史上第一个军人剧团——黄埔血花剧社。在平定陈炯明叛乱的东征前夕,他导演了由陈赓等人表演的话剧《革命军》,大大鼓舞了革命军人的战斗士气。

召见马彦祥谈"戏改"

1948 年 8 月,从事话剧工作的戏剧家马彦祥应邀从北平到石家庄去参加第一届华北人民代表大会,有一天他得到通知说,周恩来副主席要接见他。过去,马彦祥在国统区的武汉、长沙、重庆曾多次见到过周恩来,那是在 1937 年 12 月他到达武汉后的事。抗战期间,他曾在周恩来的领导下从事抗战文艺工作,从此周恩来成为马彦祥心中的偶像。这次马彦祥却在他觉得自己开始新的人生的时候,是在解放区要见到周恩来了,当时激动的心情真是难以言表。在平山县,周恩来住在西柏坡,这是党中央的所在地。那天,夜已经很深了,周恩来副主席在他的办公室里接见了马彦祥。当时他正在批阅文件,一见马彦祥,就站起来和他亲切握手,笑着说:"听说你来了,这里的生活习惯吗?"不知马彦祥是激动还是心情紧张,周恩来见他略显迟疑,便接着说:"慢慢会习惯的。"说着把马彦祥让到沙发落座,十分关切地询问了在北平的马彦祥的家庭情况。然后又详细地问了有关北平和上海戏剧电影界一些同志的情况,马彦祥尽其所知一一做了汇报。随后,周恩来又问道:"听说你在北平搞了一阵新平剧(京剧),是吗?"这时马彦祥的情绪在随和的气氛中已经轻松下来,忙答:"是的,演出过田汉新编的《琵琶行》,不过只是一次尝试,还谈不到什么经验。"并把自己对旧剧艺术必须通过革新以适应时代和广大观众需要的见解向周恩来一一作了阐述。周恩来十分认真仔细地听了这位平剧(京剧)票友的"高论",接着周恩来就讲:"这工作也很有意义嘛!过去我们比较重视话剧和电影,对于旧剧重视得不够,延安只有一个平剧院。今后我们要进城市了,这个问题就摆在我们面前来了。旧剧问题比较复杂,它是过去封建社会遗留下来的艺术遗产,广大群众喜爱它,它有深厚的群众基础,但是需要改造。旧戏的观众比话剧不知要多多少倍!我们怎么能够不重视它呢?以后你就参加这个工作吧。"马彦祥吃惊地发现周恩来对自己的旧剧改革观点早就心中有数,并把建国后"戏改"的重任交给了他。最后,周恩来又嘱咐马彦祥:"这个问题,你和周扬同志一起研究研究。"

对于中国传统戏曲,从小生活在北京的马彦祥并不陌生,因为他自幼就是一个戏曲爱好者、一个热心的观众;甚至在读初中时因为看戏而抗父命中途辍学。但以它作为自己后半生的事业寄托,确是其始料所不及的。马彦祥后来回忆这段历史,曾深情地说:"周恩来同志的一席话竟改变了我人生进程的航向,我决定从此放弃我已从事了20余年的话剧工作,转移到了戏曲工作方面来了。"当年9月,当华北人民政府成立时,马彦祥正式参加了华北戏剧音乐工作委员会的工作,担任主任委员,杨尚昆的夫人,戏剧家李伯钊为副主任委员,委员有杨绍萱、贺绿汀、陈荒煤、周巍峙、丁里、孟波、阿甲、舒强、李焕之等11人。这个委员会当时的任务是以改革旧剧为重点,从平剧开始,对旧剧开始审查、修改、编写的工作,有计划、有步骤地进行旧剧改革,想不到解放战争形势发展迅猛,委员会成立不到三个月,工作还未深入展开,1949年1月,北京就解放了,随着军管会进城,马彦祥开始踏上新的戏曲领导工作岗位。

马彦祥的"改行",以公而论,是服从组织安排,以私而论,是周恩来的人格魅力和他对周公的无限崇敬。周恩来不仅是革命家、外交家,还是精通文学和戏剧艺术的领袖人物呀!让马彦祥心服口服,从此全身心地投入新中国的戏曲改革事业之中。一直到1988年马彦祥临终前,他还念念不忘自己没有完成总理改革中国戏剧的遗愿和嘱托。

"占着茅坑不拉屎也好嘛!"

1938年3月27日,马彦祥在中华全国文艺界抗敌协会成立大会上就第一次见到了周恩来,随即在 4 月 1 日参加了由周恩来、郭沫若领导的国民政府军事委员会政治部第三厅的中国文艺界抗日救亡工作。据中央文献出版社出版的《周恩来传》载:

> 四月一日,第三厅在武昌的昙华林成立。它的组织设三个处:第五处,掌管动员工作,由胡愈之任处长;第六处,掌管艺术宣传,由田汉任处长;第七处,掌管对敌宣传,由范寿康任处长;阳翰笙担任三厅的主任秘书。科长和科员中还有:张志让、洪深、杜国庠、冯乃超、史东山、应云卫、马彦祥、冼星海、张曙等。

由此,马彦祥在抗战期间有了较多的和周恩来接触的机会,并多次遵照他的指示进行工作。

1943 年,原中央青年剧社社长张骏祥辞职,CC 派的阎折悟就惦记继任这个职务。当时中共负责统战工作的夏衍得知此事,便立即请示了周恩来,周恩来考虑了一下之后对夏衍说:"你去请马彦祥来接替张骏祥。"接着周又分析了形势,说:"'三青团'的负责人是张文伯(治中),他是不会把剧团交给 CC 派的,马彦祥政治色彩不浓,只要他肯出来,张文伯是会同意的。"夏衍面带难色说:"'三青团'的名声不好,进步文化人是不愿意沾手的,张骏祥不干,可能也是这个缘故。"周恩来果断地说:"你去劝他出来勉为其难,他假如不肯,你可以说,这是我的意见。"

不久,张治中便邀请马彦祥出任中央青年剧社社长,当时马彦祥并不知道这是周恩来和夏衍布下的局,便以身体尚未康复(患肺结核)及"剧专"聘约未满为由婉辞不受。不久,张治中又派人到江安邀请,马彦祥便和同在"剧专"任教的洪深商量,决定去重庆找夏衍商量对策。夏衍见马彦祥找上门来,而且果不出他所料,说破了嘴,马彦祥仍是再三推辞不干,他认为"三青团"是反动组织,岂可与其为伍。夏衍一向对人谦恭,有谦谦君子之风,见状并不着急,瘦削的脸上露出一丝微笑,用上海腔说:"这是周恩来同志的意见哟! 他认为这个阵地很重要,你去比别人好。"见马彦祥不吭声了,夏衍又慢条斯理地说:"我们会支持你的,如若别人有误解,我会替你解释的,你去了以后,即使无法开展工作,占着茅坑不拉屎也好嘛!"这样马彦祥才勉为其难,走马上任,并圆满地完成了周恩来的嘱托和党交付的任务。

周恩来意外地发现了马彦祥在戏曲方面的功力是在一次张治中举办的京剧晚会上。演出是在"三青团"中央楼上一间不大的礼堂。开演前忽然军乐大作,军乐队奏着雄壮的乐曲,观众全体起立,鼓掌,纷纷说"书记长"来了。书记长是张治中,他穿上将礼服,披着斗篷,陪着特别请来看马彦祥票戏的国民政府军事委员会政治部副部长兼第八路军驻渝办事处主任周恩来进场,并举手向大家致意。张治中很讲究服饰、礼仪、气派,他讲话,满口的安徽腔。大家入座后,开始演出。戏演到一半,忽然来了许多便衣,张治中、周恩来一起去门旁迎接,原来是蒋委员长也来凑热闹了。蒋这次可是静悄悄的,没有奏乐,也没有全场起立鼓掌,直接坐进早准备好的一排座位中间,他是专来看故宫博物院院长马衡之子马彦祥的压轴戏《武家坡》的,看马彦祥扮演的薛平贵,著名影剧明星吴茵演的王宝钏。据当时现场的小观众温乐许后来回忆评说,他们都非京剧演员,但演得比专业的京剧演员毫不逊色。想不到马彦祥这次竟为日后改行参加戏改工作埋下伏笔。

毛泽东说:"戏改委的干部应当是懂业务的。"

1949 年 10 月 2 日,亦即新中国诞生的第二天,在周恩来的亲自指导下,中华全国戏曲改革委员会在中央文化部组建挂牌之前宣告正式成立并开展工作。

1949 年 10 月初,在首都的欢庆活动中,有一台晚会是别开生面、具有历史意义的京剧演出,这场京剧晚会是根据毛泽东的提议安排的,他特别指出,戏改委的干部应当是懂业务的,尤其是领导干部。因此这台京剧晚会就由戏改委的干部登台亮相,请著名京剧演员来做观众,当考官,让"戏官"们接受戏曲演员的考核。

晚会由田汉、梅兰芳主持,演员全部出自戏曲改进局系统,演出就在戏改委二楼大会议室,没有舞台,没有幕幔,当然也没有考究的灯光布景什么了。道具就是办公用的桌椅,一切因陋就简。那天周总理、贺龙等中央领导和王瑶卿、王凤卿、尚和玉、马德成、梅兰芳、程砚秋、周信芳等著名演员早早到场等候,周总理和大家一一握手后风趣地说:"今天请大家来不仅仅是看戏,还要评审我们戏改委的干部能不能胜任今后的戏改工作,各位专家一定要严格把关哟。"开场戏是马彦祥饰薛平贵和何海生夫人孙剑秋饰王宝钏的《武家坡》,马彦祥一口"一马离了西凉界",就得了个碰头好,周恩来边鼓掌边向坐在身边的贺老总介绍说"他可是在天津票房拜过孟小茹的"。后面演出的剧目是艺术处副处长阿甲饰萧恩、行政科长何海生饰教师爷和江新蓉饰萧桂英的《打渔杀家》;戏曲实验学校教师李紫贵主演的《石秀探庄》,剧作家景孤血饰店主东的《连升店》;大轴戏是由戏曲教育家史若虚饰周瑜、李紫贵饰孔明、曹慕髡饰蒋干、孙继文饰黄盖、新曲艺杂技实验小组组长刘乃崇饰太史慈,王子扬饰曹操、马少波饰鲁肃的《群英会》。每当台上演员有上佳表演的时候,台下的考官们都报以掌声鼓励。真可谓群贤毕至,盛况感人。

枪毙话剧《潘金莲》

周恩来总理在建国后,始终关注戏曲事业的发展,多次在紫光阁召集戏曲界人士座谈戏曲改革问题,在自己家中召开继承程(砚秋)派艺术研讨会和邀请戏曲演员座谈。并多次亲临各剧种创作会议指导工作。据我考察,这位开国总理在"文革"前十七年中所观摩的戏剧剧目之多,和戏剧界交往之深,绝不亚于一位文化部的专管领导干部。像周恩来这样,把民族的人文精神完美地体现在一位总理身上的现象,在世界史上是独一无二的。

大概是 1960 年左右的一个晚上,我到首都剧场观看北京人民艺术剧院演出的话剧,剧目是田汉的《名优之死》和欧阳予倩的《潘金莲》。当《名优之死》落幕后,我看到周恩来总理匆匆入场,他是专门于百忙中又来看下半场的话剧《潘金莲》的,《潘金莲》这出欧阳予倩先生早年的作品,创作初衷是为《水浒传》中的潘金莲的不幸婚姻鸣不平的。他是把潘金莲作为反抗封建压迫的正面人物来歌颂的,与《水浒传》中的潘金莲淫荡凶恶的人物形象大相径庭,可以说这是一出为潘金莲翻案的戏。当时我心里纳闷,总理为什么只看下半场戏? 其中必有缘由。

后来还是在一次和马彦祥先生聊天提起此事,他老人家为我解开了这个谜:其实总理在前一天晚上已经看了一遍《潘金莲》了,他发现了问题,为慎重起见,第二天又去看了第二遍,演出结束后,当晚就地召开了座谈会。他对欧阳予倩先生把潘金莲塑造成反抗压迫、反抗封建婚姻的正面人物不以为然,总理尖锐地指出:"潘金莲是受压迫者,而她不能为了解放自己,而去杀害同样受压迫的穷苦人武大郎,这样的处理是不合适的。"在当时毛主席十分强调阶段斗争的年代,欧阳予倩先生诚恳地接受了周总理的意见,话剧《潘金莲》这出戏从此退出话剧舞台。

35 年后的 1986 年,年轻力壮的戏剧名家魏明伦才华横溢地写出了荒诞川剧《潘金莲》——一个女人的沉沦史。用时代穿越手法表现漂亮女人潘金莲几个历史发展阶段,意在同情,实际上也是为她在翻案。此剧在全国引起了不少轰动,除西藏等少数地方未上演,此剧全国各地包括香港、台湾以及在新加坡都有不同剧种的上演,由《水浒传》改编的大型电视剧,约有五集表现潘金莲显然也受到了魏剧的影响。当然对此剧当时就有赞、反两派尖锐争论是不休的。

盖叫天拍电影《武松》趣话

1950 年 11 月,由文化部在北京召开的全国戏曲工作会议上盖叫天第一次见到周恩来总理,有点拘谨。周总理热情地握着他的手说:"我在 30 年代,就是你忠实的观众,虽然只是神交,但是我自信对你是了解的,我们应该成为好朋友,希望你今后能了解我们。"盖老望着总理,张着嘴,却不说话。事后,周总理对当时主持戏改和剧协工作的田汉和马彦祥说:"盖老秉性耿直,拙于辞令。他过去不愿和官场打交道,怕见那些官僚豪绅,所以他在旧社会没有一个靠山。今天对人民政府的干部,虽然没有隔膜,但是那种清高的态度,要慢慢改变过来,只要我们对他开诚相见,他会真正理解我们的。"同时,周总理对当时主持上海文化工作的夏衍同志说:"上海的戏曲界,你首先要同梅兰芳、周信芳、盖叫天和袁雪芬等一些代表人物成为好朋友,多关心他们,有事情不是把他们找到办公室里来,而是去登门拜访。"

1961 年清明节的下午,陪同外宾到杭州参观的周恩来和陈毅到燕南寄庐看望盖叫天,这已不是他第一次登门拜访了。周恩来告诉盖叫天:"盖老,陈老总敬重你的为人,热爱你的艺术,今天要送你一幅字。"陈毅展开他写的一副对联,用他那四川腔高声诵读道:"燕北真好汉,江南活武松。"盖叫天做梦也想不到,自己一个唱了大半辈子戏的艺人,竟受到党和国家领导人如此器重,这位刚强铁汉含泪双手接过陈老总题的对子连声道谢。周恩来对盖叫天说:"我有一个想法,把盖老的全本武松戏用彩色电影拍下来,供后人观摩借鉴,你说好吗?"全本《武松》从"打虎"起,到"鸳鸯楼"止,唱念做打,功夫繁重,对已 73 岁高龄且腿有伤残的盖叫天来说不能不说是一个考验。他略思片刻,说:"总理,我心里的事您想到了,我愿意试试看。"周总理见盖叫天欣然接受了拍电影的任务,又说:"具体怎么拍,由文化部牵头,与北影协商,由导演搞出拍摄方案。"就这样,周总理决定拍摄舞台艺术片《武松》。

1962 年春,文化部奉总理指示通知盖叫天到京拍摄京剧舞台艺术片《武松》;6 月,盖叫天偕夫人薛义杰和孙女张明珠到京。文化部对此事十分重视,齐燕铭委派马彦祥负责接待工作,文化部为拍片召开了茶话会,齐燕铭、夏衍、田汉和马彦祥等领导出席了茶话会。会上,田汉指着一位身材魁梧、浓眉大眼的人向盖叫天介绍："这位是北影厂的导演崔嵬，这次拍你的《武松》由他来执导。"于是，心直口快的影坛老将和刚硬直爽的剧坛名家盖叫天紧紧地握手了，崔嵬开言道："盖老，在周总理的指示下，我们有机会合作，我有几点想法，想听听您的意见，看怎么拍好？"说着就把拍摄计划交给了盖叫天；盖叫天接过来后看了一眼，又把计划还给了崔嵬："我唱了半辈子戏，不懂电影，你是行家，我上听总理的，中听你的，下听全体工作人员的。"茶话会散时，崔嵬还是把计划交给了盖叫天："带回去看看，有什么问题咱再商量。"由于盖老识字不多，对电影艺术知之甚少，对拍片计划没提出什么意见，《武松》很快就启镜拍摄了。

电影拍摄程序与舞台上演唱京剧截然不同。"活武松"盖叫天在舞台上面对观众表演虽然得心应手，出神入化；但是站在摄影机前，面对指手画脚的导演和工作人员却总感到别扭，一会儿拍这个镜头，一会儿拍那个镜头，尤其是拍特写镜头，水银灯的强光打到脸上，让他感到眼神都散了，情绪无法连贯，入不了戏。加上崔嵬和盖叫天性格都是直来直去的，一位是曾用名"疯子"的山东汉子，一位是燕北好汉，合作没几天，二人就争执起来了。盖叫天直白地问崔嵬："这样东拍一下，西拍一下，精、气、神全散了，真没劲。"崔嵬则试图从电影艺术的角度说服盖叫天："盖老，现在要拍的是你眼神的特写镜头，眼神拍好了，您的精、气、神全有了。""你说有了，我感觉全没了。""盖老，再坚持几分钟，拍完眼神就行了。""这样拍我没情绪，做不到你要的眼神。""盖老，拍电影要从银幕的角度来考虑嘛。""我拍的是舞台艺术片！"崔导大嗓门执导着："舞台艺术片也是电影，不能受舞台的局限！"二人谁也听不进对方的意见，谁也不服对方，开始拍摄没几天，就由争论很快发展到争执。

盖叫天的性格是宁折不弯的，对于电影分镜头拍摄十分不满，这天，他对导演崔嵬直言不讳地说："这样拍下去，拍出来怎么会像武松！"崔嵬简单地予以回答："这是电影的需要。""你要我的戏服从你的电影？""我拍了多年电影了，请你相信我！"盖叫天生气了："我不拍了！"崔

红墙内外

188

觉也忍不住了,"给你拍电影,我也真干不了。"就这样,盖叫天真的卸装走了。马彦祥听说《武松》因主演和导演闹矛盾而停机,便做双方思想工作,崔、盖二人又重新修好,《武松》又重拍了。但时间不长,终因二人对电影艺术与舞台艺术认识上的差异,以及二人性格上的针尖对麦芒,二人的合作最终是失败了。

夏衍将《武松》在北影厂没有拍摄成功的情况向周恩来做了汇报,周很遗憾,亲自招来夏衍、阳翰笙等人商讨拍摄盖派《武松》事宜,决定由上影再次拍摄。

1962年12月,马彦祥在扬州观摩扬剧《夺印》期间,忽接夏衍长途电话,他委托马去上海请上影为盖叫天拍摄《武松》。马彦祥考虑到前次北影拍摄失败的教训,由于对盖叫天有深刻的了解,他决定请出曾在舞台上与自己合作30年的同道好友应云卫,为盖叫天再拍《武松》。1963年清明节后,已经75岁的盖叫天去了上海天马电影制片厂拍《武松》片,也正因为这次合作拍摄电影《武松》的班底,与盖叫天都是舞台上多年的艺友,便于相互理解沟通,所以京剧舞台艺术片《武松》便很快拍摄成功。周恩来的执着,才为后人留下了这位老京剧表演艺术家宝贵的戏曲舞台艺术资料。

严凤英心目中的周恩来

1955年著名黄梅戏表演艺术家严凤英与王少舫合作的戏曲影片《天仙配》公演后,一曲"夫妻双双把家还"的优美动听唱段,瞬间流传大江南北,成为脍炙人口、传唱了几代人经久不衰的经典流行歌曲。严凤英无可争议地创造了亿万听众最喜爱的中国戏曲名段之最。虽然她只活了38岁,但她对黄梅戏的发展做出了卓越的贡献,影响极为深远。是她把黄梅戏从一个默默无闻的地方小剧种带向全国带出国门,成为全球华人喜爱的剧种。

1963年4月,北京已是桃红柳绿,春光明媚,红遍大江南北的黄梅戏著名演员严凤英又到了北京,住在民族饭店。19日下午,她在怀仁堂聆听了周总理作的《要做一个革命文艺工作者》的报告,周总理的讲话给她留下了深刻难忘的印象。在报告中,针对排演现代戏出现的问题,周总理提出戏曲乐队不要越搞越大,不要呆在乐池里,形成一堵"音墙",妨碍观众听唱。总理说,我们中国戏曲应该有我们自己的民族的风格气派。他举了很多外国舞台艺术的例子说,交响乐,主要听它演奏;西洋歌剧,主要听它演唱;芭蕾舞主要看它舞蹈……而我们中国戏曲是歌、舞、剧高度地结合,主要看演员的表演和唱,应该叫观众听清戏。日本歌舞伎,乐队坐在舞台正中的后方,这是他们民族风格。我们民族戏曲应该是什么风格? 大家要研究研究嘛! 不要盲目地把外国东西生搬硬套地搬过来,要有自己的特色。他说,有一次北京一个剧团叫我去看戏,一个庞大的乐队排在我面前,筑成一道"音墙",我实在听不清演员在台上唱什么,没有办法,就走了。我一走,他们倒重视了,立刻问我有什么意见。我说,又叫我来看戏,又不让我听清,我只好走喽! 他们说一定改,要我一定去看他们的戏。我说,几时你们改得能叫我听清了,我几时就去看——我还真批评了几句哩! 你们呐,天天叫"听党的话! 听党的话!"为什么我的话一句都不听呢? 我也是党的副主席啊! 我为这个问题斗争三年了,你们呐,就是不听! 是不是我年纪大了? 顽固? 保守?

总理的话,大家听了非常感动,严凤英听了心里更是难过,想到总理这么高龄,对文艺界这么关心,苦口婆心,循循善诱,还有什么想不通的! 于是在小组会上发言,坚决响应周总理的号召,多演现代戏。她说,黄梅戏本来在农村,最适合演劳动人民!

关于戏曲乐队问题,严凤英认为总理真是把话说到点子上了。在小组会发言时,她回顾了一件往事,验证了总理的话。她说:"我们省有个黄梅戏剧团巡回到山东一个县城演出,那剧场没有乐池,他们就用红布把观众席四座第一排围起来,隔成一个临时的'乐池'。乐队就坐在观众的最前面演奏。这一下可苦了买甲座第二排的观众。三弦、二胡竖起来就妨碍观众看;锣鼓管弦一响就妨碍观众听。搞得观众火冒三丈。坐在打鼓佬后面的一位山东老乡实在忍无可忍,拿起烟袋,用铜烟袋锅在打鼓佬后脑勺上敲了两下。打鼓佬被敲得莫名其妙,问他干什么? 这位观众打着山东腔说道:'听你的?'指台上,'是听他的?'"

总理看了严凤英的发言记录,把严凤英请到家里,要她把情况再详细讲一讲。总理听后哈哈大笑,风趣地说:"本来一个小小的戏曲乐队问题,讲讲道理就很容易解决的,没想到非要动动'暴力'不可!"

严凤英告诉总理,自己准备排他推荐的《红色宣传员》。总理说,很好,问她能不能演好朝鲜姑娘。严凤英说,行,学习就行。严凤英告诉总理,自己以前演过朝鲜的古典名著《春香传》,还演过反映抗美援朝、中朝人民血肉相连并肩作战的《金达莱》。这次来北京不定期请教了马彦祥局长,他才从朝鲜访问回来(参加朝鲜导演的歌剧《红楼梦》演出开幕式并参观访问)。也请教了北京人民艺术剧院的欧阳山尊,看了他们演出的话剧《红色宣传员》。总理笑了,讲道:"很好! 朝鲜人民是英雄的人民,有很多值得我们学习的东西。这个'红色宣传员'不错,李善子很会做思想工作。假如在我们农村,一个生产队有这样一位红色宣传员,我们的事业就好办多了!"

严凤英接着告诉总理,这个戏正在改本子,准备今年一定和观众见面,眼下要抓紧拍部电影《牛郎织女》,解释说:"这是陈(毅)老总交的任务,我们准备先拍好电影,接着就排《红色宣传员》。"总理示意拍片子的事他知道,他说:"这个任务也很重要,通过艺术加强和各国人民之间的友谊和友好往来。你们黄梅戏在国外受到欢迎,要更主动担起这副重担。"总理甚至估计到严凤英还会遇到新的困难,关心到她需要新的引导和帮助,就对她说:"有什么困难,有什么问题,你直接写信给我。"细心认真的总理甚至还具体考虑到,怕自己工作忙,来信多,文件多,不能及时看到,叫严凤英把信寄给他的秘书,并且给她写了秘书的姓名。

在一次晚会上,总理要严凤英唱一段。严凤英有些为难地告诉总理,这次是一个人来北京开会,我们剧团乐队没来,唱起来怕不好听。

总理说:"这次不要你唱别的,要你唱段'洪湖水浪打浪',会不会?"严凤英一听,高兴地答道:"会!"没想到总理走到乐队面前,亲自指挥起来;更没想到总理竟放声边指挥边高歌起来! 总理一唱,全场都跟着放声歌唱,好个激动人心的场面! 严凤英激动得当天一夜没睡好觉,和同房间的同志畅谈了一个通宵。以后也时常回忆这件事,经常和人念叨,这不是一个简单的指挥唱歌的问题,这是敬爱的周总理,"身先士卒",亲自率领知识分子、文艺工作者领向新的领域奋飞啊!

正当严凤英的艺术生涯如日中天之时,一场突如其来的浩劫竟将这位年轻的艺术家置于死地。"文革"中,她被指为文艺黑线人物、宣传封资修的美女蛇,驻黄梅剧院军代表刘万泉诬蔑她为国民党潜伏特务,屡遭批斗。1968年4月8日凌晨,严凤英服下安眠药,一个刚刚翻身的旧艺人,一位新中国的年轻艺术家,就这样永远地离开了这个世界,她才38岁呀。

著名电影艺术家张瑞芳曾在《公祭勿忘告乃翁》一文中深情地回忆道:

> 1963年,周总理要严凤英多演革命现代戏。凤英非常热爱周总理,非常听周总理的话。回来以后就积极上演现代戏。1963年到1964年的一年中,她的任务特别紧张,既要到广交会上为国外的朋友演出,又要完成拍电影的任务。但她从来没有放松执行周总理的指示,在不到十个月的时间里,接连排练演出了《丰收之后》、《红色宣传员》、《战斗在险峰》、《党的儿女》和《江姐》等一批大型的革命现代戏。这个生产效率真惊人啊! 她还排了一些小节目,一并送到农村去演出,深受广大群众的欢迎。
>
> 敬爱的周总理关怀严凤英同志的事情很多,特别使我感动的是,在1973年4月14日晚上9时至12时,周总理在人民大会堂接见以廖承志同志为团长的"中日友协访日代表团"全体成员。当周总理看到好多熟悉的演员都在,唯独看不到严凤英同志时,总理

很心酸地问到严凤英,总理叫着×××的名字说:"你是安徽人,你们安徽有个人死了,你知道吗?"她说:"……不知道……"总理说:"你不知道?"

我说:"是不是严凤英?"总理说:"你看,她知道! 要关心人!……"总理还强调说:"要有人关心呐!"我当时听到敬爱的周总理的话真是激动万分,周总理对逼死凤英同志的人,虽然没有指出他们的名字,但,总理当时的语气和声调,是表示很大愤慨的!

与越剧大师袁雪芬

袁雪芬在 1981 年写给文化部马彦祥的一封信中写道:"你对《凄凉辽宫月》演出的鼓励,也增强了我们搞好男女合演的信心。这个戏我和范瑞娟等在解放前演出过,那是在演出《祥林嫂》之后。1946 年,周总理从南京来到上海,在百忙之中还想到我们这些被反动势力欺负、歧视的女孩子,特地来看我们剧团的演出,那晚演的正巧就是《凄凉辽宫月》,看戏以后,周总理还对上海文化界党组织做了重要指示,要地下党多多关心帮助我们,因此关系,常使人们想起《凄凉辽宫月》这个戏。"

周恩来初次接触越剧是在 1946 年 9 月。这年 5 月,以袁雪芬为首的"雪声剧团"在上海演出根据鲁迅同名小说《祝福》改编的越剧《祥林嫂》,受到了文艺界和广大观众的一致好评,而袁雪芬却因此遭到了国民党当局的迫害。8 月 27 日,袁雪芬在大庭广众之下被一伙流氓抛粪,继而又收到了带有子弹的恐吓信。9 月 14 日,作为中共代表团团长参加国共和谈的周恩来来到了上海,当他得知袁雪芬因演出《祥林嫂》受到迫害的情况后,十分关心,便决定亲自去看看"雪声剧团"的演出。15 日晚,周恩来不顾国民党特务的盯梢,从爱文义路(今北京西路)下车后徒步走过狭窄的碎石子小弄堂,绕过日本人留下的碉堡和铁丝网,来到了青岛路上的明星大戏院,不动声色地坐在后排观看演出。

这天演的是历史悲剧《凄凉辽宫月》，剧场充满了悲愤的气氛，无数潸然泪下的观众，都给周恩来留下了深刻的印象。

看戏回来，周恩来把上海文委的秘密党组织负责人于伶找了过来，谈起了"雪声剧团"。周恩来一再强调越剧演员大多都是穷苦出身，没有生路才学唱戏的，要动员党员从戏剧艺术入手，主动接近她们、尊重她们、帮助她们，耐心地引导她们逐步走上光明的革命道路。"她们有观众，这就是力量！"周恩来还叮嘱于伶，"不能性急，要全盘考虑，抓住重点。这件事，我们党不关心，就会被敌人利用。"接着，周恩来又特别强调了要关心袁雪芬，并对她的大无畏精神深表敬佩，对她的境况则深表忧虑。

在周恩来的指示下，上海秘密党组织加强了对袁雪芬和其他越剧界人士的工作，陆续派出了吴琛、钱英郁等人到"丹桂"、"玉兰"剧团担任编导，后来又派刘厚生到"雪声剧团"担任导演并主持剧务部。于伶对袁雪芬也很关心，遇到重大问题常给她出主意，田汉则亲自给"雪声剧团"写了借古喻今、抨击四大家族的剧本《珊瑚引》。渐渐地，上海几个主要越剧团都表现出较为鲜明的政治倾向。上海解放前夕，许多剧种和剧团处境艰难，越剧团却生气勃勃，深受观众欢迎。人民解放军进入上海当天，五大越剧团立即组成宣传队宣传演出，欢迎解放军。

一天，袁雪芬正在剧场后台忙碌着，中共上海市委统战部的一位领导和中国剧协上海分会副主席于伶来到了后台，袁雪芬与于伶是老相识了，彼此间说话也很随便，一看到于伶，袁雪芬便问："于先生，您今天怎么来了？""找侬有事体哩！"于伶操着一口上海话回答道，接着又把统战部的那位领导介绍给了袁雪芬。袁雪芬是个急性子，她大惑不解地问："你们是不是要请我跟你们去演戏？"

统战部的领导认真地解释道："新中国即将成立了，经周恩来同志提名和组织研究，邀请你作为代表去北平参加第一届全国人民政治协商会议，这可是件很光荣的事情啊！"

周恩来！袁雪芬的眼睛顿时一亮，这个名字早就熟悉了，但自己从未和他见过面。作为从旧社会过来的艺人,袁雪芬历经坎坷,遇到过不少挫折,可在政治方面还从未多想过,她有些不解地问那位领导:"让我参加政治协商? 这个我一点也不懂! 对这也不感兴趣,我只会演戏呀! 这活动我不想参加。"

袁雪芬一口回绝了,弄得统战部的领导有点不知所措,便看了看于伶。还是于伶有经验,他不紧不慢地用一口道地的上海话问袁雪芬:"雪芬同志,侬去过北平吗?"袁雪芬摇了摇头。"阿拉早就晓得侬没有去过,北平交关有意思啦!"接着,于伶便绘声绘色地讲起了北平的名胜古迹。袁雪芬越听越有神,眨着一双大眼睛问:"北平真有这么热闹啊?""阿拉哪能骗侬呀!"于伶摆出一副认真的模样,"要不是侬没去过北平,阿拉和这位领导还不来找侬呢!"诚恳和乡音拉近了彼此距离,袁雪芬被说乐了,但转念一想,她又摇起了头:"在上海我要演戏,我有舞台和观众,到了北平不是就不行了吗?"这下轮到于伶乐了,他一拍大腿:"哎! 雪芬,侬真是死脑筋,到了北平照样演戏! 这次梅兰芳、程砚秋他们都参加,并且还要演拿手好戏,阿拉看侬过去也演过许多进步戏,这回侬也去赶考,考个状元回来! 这还是一次极好的学习和交流机会哩!"醉心于越剧艺术的袁雪芬终于心动了,当即表示同意去北京。

1949 年 9 月 21 日,中国人民政治协商会议第一届会议召开,27 岁的袁雪芬和京剧大师梅兰芳、周信芳、程砚秋作为戏曲界的特邀代表出席了会议。几天后,政协筹备会常务委员会副主席周恩来要接见文艺界代表的消息传到了袁雪芬住地,她和其他许多与会代表一样都很激动。"周恩来一定是个威严高大的人……"袁雪芬默默地想着。

那天,周恩来和筹备会代理秘书长林伯渠等领导人准时来到了代表们中间。周恩来身着一件孔雀蓝色的中山装,两道浓眉下一双大眼睛炯炯有神,他微笑着和 40 余名代表一一握手叙谈。"原来周副主席好漂亮、好英俊、好气派哟!"周恩来给袁雪芬留下了极为深刻的印象。她更对周恩来非凡的记忆力赞叹不已,那么多代表,他都能一一说出他们的名字,记得和他(她)们第一次在什么地方见过面、谈过什么话。眼见周恩来和大多数代表都很熟,袁雪芬心中不由得生出一丝遗憾:自己是第一次见到周恩来。

不料,细心的周恩来似乎看透了袁雪芬的心思,信步走到她跟前,热情地伸出手说:"你就是袁雪芬,我早就认识你了!"握着周恩来温暖的手,心中直犯嘀咕:奇怪了,他是什么时候认识我的呢?见袁雪芬没有反应过来,周恩来便提醒道:"我在1946年离开上海前看过你的戏。"袁雪芬依旧疑惑地反应,她还是不理解周恩来是如何认识自己的。

周恩来见袁雪芬满脸窘迫,便微笑着把那天看戏的时间和地点,看戏座位是多少排,以及袁雪芬演的是什么角色一五一十地说给袁雪芬听。袁雪芬这才恍然大悟,笑了起来:"对了,我想起来了,第二天报纸上还登消息说中共代表看越剧演出了。"袁雪芬开心极了,没想到三言两语就缩短了自己和周恩来之间的距离,她想表达什么,却不知该从何说起,只是从心里感觉,此次北上能见到周恩来这位了不起的大人物,简直是太幸运了!

一天下午,袁雪芬意外地收到了周恩来和邓颖超请她来家里做客的邀请,当天晚上,袁雪芬兴奋得一夜没睡好。第二天上午,周恩来和邓颖超在家里热情地接待了袁雪芬,邓颖超就像是见到小妹妹一样地问长问短。过一会儿,周恩来突然笑着说:"雪芬,我给你听张唱片。"

不一会儿,留声机里传出了袁雪芬在《凄凉辽宫月》中清脆悦耳的越剧唱段。"周副主席,这不是我的唱片吗?您是从哪里弄来的呀?"袁雪芬急切地问道。"哎,不是你送给我的吗?"袁雪芬一听就知道总理又在考自己了,好在这一次她没有被难倒,她想了一会儿便认真地说:"对了,这唱片一定是于伶先生转送给您的!"原来,1948年于伶即将离开上海时,曾找到袁雪芬要一张她灌制的唱片。由于她和于伶很熟,自己每每遇到困难和麻烦,于伶总是主动给予帮助,于是,袁雪芬便爽快地送给了于伶一张。

没想到,事隔一年后,自己居然会在周恩来的家里见到这张唱片,袁雪芬的心情自然格外高兴。她突然明白了自己从前在上海每每遇到挫折时,之所以会有许多人前来关心和帮助自己,那是因为周恩来很早之前就关心她了。周恩来接着说道:"这唱片到我手很不容易,于伶同志是把它带出上海后又从日本、中国香港转道,转了一大圈才到了我手里的。"

这时候,袁雪芬再也抑制不住内心的激动了,眼眶里闪着泪花说道:"周副主席,谢谢您对我的关心和厚爱,以后我一定争取录更好的唱片送给您。"周恩来听了,也高兴地说道:"好啊,那我就等着这一天喽!"

此后,袁雪芬每次到北京,都要去拜望周恩来和邓颖超。有一次,袁雪芬去周恩来家,周恩来问她为什么越剧都是女演员。袁雪芬说,那是由于过去农村贫困,女孩子没有出路,只有去学戏,周恩来听后感慨地说道:"京剧男演女,越剧女演男,这都是旧社会造成的,在新社会要逐渐结束了。"接着,他又问起了越剧与绍兴大班有什么不同。袁雪芬先唱了一段绍兴大班,刚唱罢,周恩来就兴致勃勃地说:"绍兴大班我也会哼哼,唱一句给你听,叫绍兴高调。"说罢,周恩来便唱了一句,引得袁雪芬咯咯直笑。

"文化大革命"中,袁雪芬和许多著名艺术家一样,受到了诬陷、迫害,她遭受了上百次的批斗、毒打,长期被隔离审查,然而,袁雪芬挺过来了,而且她的思想更坚定、更成熟了,支撑着袁雪芬的一个重要支柱就是她对周恩来的崇敬和爱戴,她相信只要有周恩来在,自己的问题是会搞清楚的。周恩来同样也没有忘记这位杰出的越剧表演艺术家,1971 年他陪同美国总统尼克松到上海时,就专门问起了袁雪芬的情况。正是在周恩来的过问下,袁雪芬才得到了形式上的"解放",避免了更大的厄运。

敬爱的周总理和邓妈妈虽已远去,但他们的故居西华厅和年复一年盛开的海棠、月季花却见证了总理生前和文艺界的交往,以及他多次召集戏曲界人士到家里座谈戏曲改革大计的许多情景。

■ 我所认识的曹禺

时光过得真快,转眼曹禺伯伯百年华诞已过。曹伯给我们的记忆真是永不磨灭。

他是住在北京医院五年左右时间后去世的。就在 1991 年的国庆节前,我还专程到医院去看望了他老人家。他后来的夫人是上海京剧名旦李玉茹,总陪伴于他身旁和床前,我看到曹伯对老伴感情甚笃,总是亲切地一口一个"阿茹、阿李"地叫着。那时曹伯家子女都忙于上班和写作,不能日夜相伴生病卧床的父亲,继母昼夜全陪。

我向曹伯请教创作上的问题,他总是有问必答,从未有厌烦送客的表示。我告别他时,他一定坚持坐着轮椅亲自送到电梯口,握手说再见。

后来我让司机小许给他送去中秋月饼和一些我下乡劳动的农场送来的蜂蜜、大枣等农产品,他还困难地握笔给我写了回信:

> 伯翱,你送来了这么好的农产食品,又是你下乡劳动过土地的硕果,真不容易,我真的十分感谢你对我这么友好,祝你身体学习都好。
>
> 曹禺 1991 年 9 月 6 日于北京医院

大师为我写序文

我的《三十春秋》是我 1961 年开始在《北京晚报》发表首篇文章,到 1991 年三十年发表在各报刊所有文章的第一本文集。

我下乡劳动10年,故土的河南人民出版社看上了我所写的这些散文,要出版我的《三十春秋》。我抱着稿子,和吴家笔墨继承人吴欢像怀揣着个小兔一样地走进了北京医院曹禺的病房。

他照样十分热情,夸奖几句,就开始翻阅文稿清样,他让我们喝茶跟夫人李玉茹聊天一个多小时后,他边翻阅着边说:"你们这些年轻人呀,就是写得好——"

突然他拔掉氧气管,要夫人扶他下床,披上衣服,再戴上老花镜,口中讲道:"这篇序我得再好好看看!"只见他手执笔一边念,一边修改,还把所提到的刊物没有加书名号的统统加上,他说文章提到刊物书报名称都要加上,还把一句"1962年他被父亲,我的老朋友万里送到河南农场锻炼"改成了"我的友人万里同志——",把"60年代万伯翱是第一批下乡的知识青年"改成"首都知识青年支援农村,伯翱大约是第一人",他坚持把"朋友"改成"友人",把"第一批"改为"第一人"。

作为中国现代与郭沫若、田汉、夏衍、老舍等齐名的戏剧、文学大师,他不到30岁就写成了《雷雨》,继而又连续写出《日出》、《原野》等,达到了他的也是中国现代话剧的最高水平,但他如此提携一位青年,并如此认真教诲一个我这样的业余文学爱好者,真使人受益终生。

两位大师为画题款

20世纪80年代中期,范曾先生曾用心为我画了一张我很喜爱的《庄生梦蝶图》:战国时期一代先哲大家庄子先生似乎是酒醉了,头枕青石和衣而侧睡,均匀的呼吸并似有节奏的鼾声。此时一对彩蝶在广袤无际的天空欲飞欲驻,在他头上自由翔往。梦中的庄子微闭双目,脸色微微泛红,他的脑海开始翱翔宇宙了,变成了自由自在的蝴蝶翩然起舞着。

范先生妙笔下一切都栩栩如生,让观者浮想联翩。中国传统的丹青国粹艺术感染了戏剧大家吴祖光,他欣然提笔在范先生的画上题写了:"庄生晓梦迷蝴蝶,望帝春心托杜鹃。范先生此画有深意焉。吴祖光己巳。"曹伯是接转吴祖光先生后题写的,我记得时间较长,约三四个月后我才拿回画卷,中间曹伯还特别打电话"请教"吴先生讨论如何题写此款识,最后曹伯提足精神命笔了:

> 不知悦生,不知恶死,蝶乎? 梦乎? 醒乎? 天地与我并生,万物与我为一。曹禺浅识于丁卯。

风雨中郭老到来

20 世纪 60 年代初的一个暑假,我和曹伯的女儿万黛等同乘国务院所挂开往北戴河的一节硬座车厢,我们要同往北京市设在海边的一座招待所度假。

那时还处在三年经济困难末期,要说是自然风光和碧海蓝天中的戏水吸引了孩子们,不如说那时正是果园早熟的一种原产于美国的"美夏"苹果和交了定量粮票就可以吃饱更吸引我们这些正长身体的孩子们。万黛比我大两三岁,从北京十二中毕业考上北京医学院,正念大学二年级。之后成了优秀的主治医师,现在作为专家不时被病人约请看病,也是退而不休了。当时火车开得很慢,七八个小时的路途,我们聊了不少她父亲的事情。我们都很遗憾她父亲解放后再也写不出像《雷雨》、《日出》、《北京人》、《原野》等这样的经典传世大作了。"文革"十年造反派对艺术家的凌辱和封杀,他和焦菊隐、欧阳山尊、叶子及舒绣文、于是之等一批"人艺"名家都被造反派关在布景工厂内的"牛棚"中,边学毛著边劳动改造,在数九寒天中,天还没有亮就被赶起来抬煤,打扫厕所和清扫大街了,他们这些"反动戏剧权威"被造反派肆意批判侮辱。

打倒了万恶的"四人帮",他彻底解放了,但身心已深深被击伤。虽然曹伯心底也不时重新燃起创作的欲望,曾凝结了创作冲动的力量,80年代中期,他也七十好几了,身体也大不如从前。他收集的各种素材也不少,甚至都开始动手了,他还想写呀,但总写不出来写不好了。正如他已成名作家的女儿万方所说,他心里特别难受,有时忧郁和悲壮起来"真想从窗户里跳出去"——他毕竟是已过 75 岁高龄的老人了,我就发现过他常提笔忘字,创作的黄金时代已经过去矣!

当年我们到了北戴河,同住在一座海边山上的招待所。有一天晚饭后,曹伯正进行惯常的遛弯,夜幕里飘下了淅沥沥的小雨。不能再散步了,他回去后伏案修正稿子。此时,山下有两三个人拾阶上山而来,中间长者披一件黄色风衣,还有一位身着便衣的警卫人员给他打着伞,他们一行接近我们院墙按响了门铃。我和曹伯女儿都跑过去开大门,来者中一位秘书模样的人对我们说:"孩子们,快去叫曹禺同志! 郭老来看他来了!"贵客突然而至,小院里显得忙乱起来。曹伯来不及更衣换鞋,穿着毛巾浴衣拖踏着凉鞋出来,口里惊喜道:"郭老您怎么不通知一声就来了?!"万黛匆忙去沏上龙井茶,还端上一盘水果。

郭老虽然戴好了助听器,听起来仍然吃力,但眼镜下双目闪烁着深邃而机智的眼神,给少年的我留下了深刻的印象。我知道他耳背,是郭老儿子告诉我的:我 1962 年下放到农场时,郭老读大学二年级的儿子郭世英 1963 年时因"反动思想问题"当时也被下放到我所在的河南西华县国营黄泛区农场劳改。我问他郭老戴上助听器的感受,他告诉我:"就好像把收音机放大声,你贴在上面听一样。"他还告诉我,父亲听力不行,是他 17 岁时一场伤寒大病所致,不过两位文学巨匠还是高一声低一句地亲切交谈着,大约一个多小时。他们谈到了彼此写些什么,好像郭老在写"郑成功",曹禺在写"王昭君",都是正在杀青阶段。曹伯大声请教郭老,他戏中有一幕表现当时汉宫中流行的游戏,就是用羽毛短箭投掷于瓶壶中以多少来论输赢。"郭老您知道这种投箭游戏吗? 每支箭上尾部带几根羽毛呀?!"郭老笑着扶一下眼镜答道:"你也真认真啊,我也不知道是几支箭,每支上有几根羽毛呢!

我回去再查找一下吧！"

最后，我们一起把郭老送出大门，曹伯扶着郭老，还不时提醒脚下有门槛和台阶。送到大门外石阶下，郭老和警卫、秘书等坚持不让再送，夜幕下，海风不停斜吹着小雨飘洒着，我们目送郭沫若一行，很快消失在湿滑的山径小路中。

和父母同看《雷雨》

20 世纪 60 年代初期，我和父母一起在北戴河海滨度假，那时除了每周能放一场电影，几乎没有任何娱乐活动。记得有一天我和父母到海滨区电影厅一起观看了香港电影明星们演出的影片《雷雨》，同时观看电影的还有郭老、贺老总、罗荣桓、廖承志、荣高棠、穆青等领导人和他们的孩子们。就我们十几岁的年纪，看《雷雨》大剧是敏感而又好奇的！那些情节对我们这些正处青春期的少男少女来说还是似懂非懂。在大厅里大人们有时还高声议论两句，孩子们此时对此片没有多少发言权。我还记得第二天父母碰见了曹禺，当时曹伯特别强调了："香港编导歪曲了我的原著主题，着重了两代人乱伦而忽略我反封建罪恶的强烈意识。"当然，在那个强调阶级斗争的年代，曹伯也只能对自己的上级领导这样讲吧！父亲和母亲也曾在北京人艺看过《雷雨》话剧。实际上万方和李玉茹阿姨都对我讲过，解放以后，这个剧一直是北京人艺保留的经典剧目，她们还通俗地说是"人艺"的"救命戏"，因为过去总是"人艺"演一场客满一场，票房是有保证的呀！

现在已不是"阶级斗争天天讲，月月讲，年年讲"的年代了。言论空前自由了，我看有关媒体讲到 1993 年"青艺"演出新版《雷雨》已删除了鲁大海这个人物不算，而且还在 2003 年，一些中国戏剧梅花奖获得者联袂演出《雷雨》，恢复了 1933 年版的序幕、尾声和神秘的基督教气氛。2011 年上海戏剧学院的《雷雨》不但强调宗教情怀而且导演强调他自己对《雷雨》的解读——"一个男人和先后两个女人的情爱故事"。这恐怕更远离了曹伯的"强烈反对封建礼教杀人"的初衷了吧！

要求孩子自己买戏票

　　1987 年我已经从部队转业到国家体委宣传司,机关各种文体活动多,我常到曹伯刚分到不久的木樨地 22 号去请他参加体委的活动,以助体育声威。第一次我到他装饰一新的四室一厅的部长级待遇的房子时,他对我说:"伯翱,我做梦也没有想到我还会住到这么好的房子!"看到屋里刚挂上红光闪烁的老友关山月所绘"红梅图"和李可染所赠黛青色大榕树荫下的"国兽图",真使来客感觉眼前一亮。他十分喜欢梅花的傲霜凌雪和水牛一生默默无语、吃苦耐劳的精神。老人真是从心里欢喜改革开放给他和全家带来的新生,孩子们都恢复了正常工作。万方不断写出好的新作,也不断得到父亲首肯,经她改编的作品《原野》成为歌剧并搬上了首都舞台,他们父女还特别打电话和送请柬给我呢!这种以歌剧为形式的作品符合原创话剧剧本精神。看到自己的事业有了可靠的接班人,老人嘴上不说心里非常高兴,十分欣慰。过去他对孩子要求非常严格,作为人艺院长的他,要求孩子看戏一定要自己买戏票。

　　记得 20 世纪 80 年代中期,有一次中南海电影厅放映 1986 年版的《日出》。我和父母看后,我在议论陈白露的死是抗争上海十里洋场罪恶的唯一出路,妈妈较多谈论的是潘虹和男主角演得好,爸爸这时说了一句:"还是原著曹禺的剧本好啊! 一剧之本嘛。"当然电影剧本的改编是得到曹伯点头认可的。

■ 观《风雪夜归人》想到吴祖光

一

去年,中央电视台戏剧频道播出戏剧家吴祖光相濡以沫半个世纪的妻子、评剧皇后新凤霞在 20 世纪 60 年代录制的彩色电影——《花为媒》。改革开放以后在央视春晚上大红大紫过的赵丽蓉,那时不过是 20 多岁的姑娘,她在《花》剧中饰演一名能言善讲的媒婆,也可以说唱了一辈子新凤霞的"妈"(另一出新凤霞主演的脍炙人口的评剧《刘巧儿》赵又演了"刘妈"),由她所引让新阿姨一口气唱出了 12 个月的花名,也是这出戏中的最经典唱腔而传世下来。

评剧皇后新阿姨由于在"文革"中遭到残酷迫害,实际上 1966 年她才 36 岁,正值舞台上的黄金时光却被冷酷无情的红卫兵造反派赶下了自己视为生命的舞台。在 1976 年"四人帮"粉碎前又遭双腿瘫痪的厄运,吴祖光悲愤欲绝地看着爱妻从此绝响舞台,广大"新迷"无不扼腕叹息至极。我每次看到中央台戏剧频道新赵两人《花为媒》的对唱表演都要打个电话给吴祖光、新凤霞的儿子吴欢,谈谈这出保留下来的经典剧目的精彩之处,更加深情回忆他的父母大人。

时间过得真快,吴欢也快到六旬了,短小精悍酷似吴叔的他也不简单,受吴氏书香门第两代人的教育(他爷爷吴瀛是解放前著名故宫护宝专家,诗书画颇有造诣),吴欢聪明伶俐,大有吴家国学世风,琴棋书画样样都拿得起来,已三届当选为全国政协委员。去年冬国家大剧院上演由其父编导的话剧《风雪夜归人》,大剧院广告宣传牌上和此剧节目单上均是他学父亲龙飞凤舞字体书写的剧名,很受观众赞赏。

雪后的国家大剧院首次上演此剧竟然达到了除留有部分赠票外,每场都能百分之百地卖掉销售票的盛况。有次我看到舞台下面原本为乐队所专用的乐池,后来都打开临时加满了座位,真是近年来话剧界可喜可贺之事。

我想这出话剧之所以受到首都观众热烈欢迎,一是对戏剧大家吴祖光本人和他经典作品的怀念;二是当今影视话三栖名演员冯远征和余少群等出色的表演;三是吴叔叔 1942 年在他 25 岁写成的《风雪夜归人》曾经以电影、电视剧,以及拥有不少观众的大剧种芭蕾剧、评剧、粤剧等改编演出都获得好评如潮。可以说此剧曾红透大江南北,是我国话剧史上又一经典名著,难怪酷爱话剧的开国总理周恩来百忙中竟来回欣赏观看过七次此剧。这是总理一生中看过最多的一出当代话剧。

这出名剧诞生时就曾在国民党陪都重庆轰动一时,但很快就遭到国民党反动派当局禁演。因为此剧就是写旧社会被人最看不起的列入下九流的戏子和妓女恋爱的故事。作者吴叔说:"我要写的是最下贱的人的高贵品质,写生活和生命的意义。"戏剧专家宋宝珍谈起此戏说道:"这是前辈吴老先生至真至纯的情感,和在世事无常的现实中内心对掌握自己命运的渴望;这两点是超越时代的。"我应吴欢专门邀请一起观看此剧,我俩都认为在当今灯红酒绿下,物欲横流中少有作家能静下心来像祖光叔那样认真思考民族的精神和前途,用如此真实细腻的笔法来描绘人们的爱国爱民情操和鲜明人物之性格和生活了。

二

实际上我所接触到的吴祖光叔叔就是现实生活中一位行侠仗义、好打不平,异常勇敢的老一代知识分子。

1988 年冬天,我刚从北京武警部队转业到国家体委不久,那天吴叔一个电话让我下班后在办公室等他,说有急事相告。那天降雪,路灯照着飞舞的雪花显得又大又密，我的办公室门被推开，一个浑身上下都是雪的人进来了。他摘下皮帽，解下方格围巾，我才认出熟悉的眉眼来——整个一个"风雪夜归人"了，我一边替吴叔清扫身上的雪花一边忙捧上一杯热茶。

还没等我开口，他大嗓门就说："你应认识北昆的一代名角侯永奎的儿子侯少奎吧？"

我回答："是，少奎兄的关老爷戏'单刀赴宴'和'千里送京娘'太好了！大有其父台风呀！"

"他昨天从欧洲演出回来，买回一台收录机，就被海关给扣下了，合500块人民币呢！万老大你想想他一个月才多少钱？他是为了学习研究专业唱腔录音才下决心买下的呀！"吴叔叔急红了脸，茶杯也重重摔在了桌子上。好像比他自己的东西被扣还着急！

我忙说："是啊，应该还给他！"我接着说，我有一位高中时的同学现在在北京海关工作，明天星期天我骑车去打听打听尽力帮助他完璧归赵吧。

这时吴叔叔看了看我办公桌玻璃板下的李少春先生的《野猪林》剧照又忙放大声："你也知道钱浩梁，他也是新中国培养的一个人才嘛！《红灯记》中的李玉和无论表演和唱腔多好呀！——"

"是的，最近他母校华诞四十周年他应邀演了《艳阳楼》，那高登无论身段和唱腔，尤其各种武器的娴熟运用，都显示了他扎实的基本功；多年辍演舞台他竟毫无一点纰漏，真够神了！"

吴叔见我说到了点上，投机了，以大戏剧专家的口吻说："他是尚和玉、李少春后最好的大武生啊！"

但是吴叔此时似乎忘了：1957年他因大鸣大放被打成右派，被分配到北大荒劳动磨难三年之苦，也似乎忘了"文革"十年全家蒙难，妻子新凤霞更是被批斗迫害致瘫痪，坐上轮椅，吴家住在朝阳区大石桥一栋七层居民楼上，没电梯，我们都背过她上下楼呢！

是啊，这曾经如此优秀的大武生没地方练功，在篮球场上水泥地上练功把脚都崴了,回中国京剧院人家不要他,因为这个当年红遍大江南北的造反派头头,回北京已没房子住了——"您说,咱爷俩怎么办?"趁他口干喝了口水我追问了一句。

"你和高占祥同志熟吧? 好! 过两天咱们到文化部去找他这位部长大人解决钱浩梁房子问题呀!"后来经吴万爷俩儿等人游说,钱浩梁在北京市四环内终获得两间住房,他的演出活动同样受到吴叔的大力支持,并时常拉住小戏迷的我一同前往观看。

夜更深了,大楼人走楼空,越来越寂静,我送他坐上出租车后,连忙关灯,锁上办公室赶到体委存车处取出我的"永久坐骑",风雪小多了,我双脚用劲冲开雪路,一小时后骑到东便门六号楼——我当时的住宅。

我也成"风雪夜归人"了。

■ "红色公主"孙维世坎坷一生[*]

孙维世,一位才华横溢的新中国人民艺术家,一位革命烈士的后代,一位叫周恩来邓颖超爸爸妈妈的"红色公主"。她似一棵屹立云端的俏白杨,一枝不畏酷寒傲风雪的红梅,她的不幸遭遇为后人留下了永远的隐痛。

1962 年 2 月,应中央实验话剧院的邀请,戏剧家马彦祥将扬剧《夺印》改编为大型话剧并担任导演,4 月下旬,剧本脱稿后,马彦祥偕中央实验话剧院舞台美术设计人员赴江苏扬州和高邮等地体验南方水乡生活。

当时年少的我,在北京火车站为他们送行。在送行的人群中,一位身材高挑衣着颜色搭配典雅的中年女性给我留下了终生难忘的印象。她那墨汁似的过肩长发不时飘动着,落落大方侃侃而谈和阵阵爽朗的笑声,一下子使她无可争议地成为那个场面的绝对主角,所有其他在场的人都黯然失色。她,就是素有"红色公主"之称的中央实验话剧院副院长兼总导演孙维世。

如今,近半个世纪过去了,由于孙维世的特殊身世,与其在"文革"中惨死狱中的不幸,至今还被人们从不同的视角去审视和解读,我也禁不住拂去历史尘埃,走近孙维世,去找寻去探知她那平常人难以想象和理解的苦痛与坎坷。

5 岁为周爸爸放哨

儿父临刑曾大呼,我今就义亦从容。

---

* 本文原刊于《老人报》2012 年 8 月 22 日。

寄语天涯小儿女,莫将血恨付秋风!

这首充满悲壮情怀的七绝,是 1927 年 7 月 20 日,孙维世的父亲,中共党员孙炳文(字纬坤)被蒋介石亲批"叛徒严惩",在上海龙华惨遭腰斩后,她的母亲任锐愤而写下的其中两句。

孙维世,小名孙光英,1921 年出生。老天爷在她出生的时候就把她的命运给安排好了,孙的一生,充满了红色革命的色彩。其父孙炳文早在京师大学堂(北京大学的前身)学习期间,就参加了京津等地激进青年组织、主张暗杀活动的"铁血团"。孙炳文曾于 1910 年初,参加刺杀宣统皇帝摄政王载沣的反清活动。孙炳文才华横溢,曾任京津同盟会主办的《民国日报》总编辑,他在报上对袁世凯篡权的罪行大张挞伐,并与当时拥袁的"进步党"报纸进行笔战。出于对"进步党"报纸造谣、诬蔑的愤怒,血气方刚的孙炳文竟独自一人跑去该报社,赤手空拳把玻璃穿衣镜打得稀烂,返回时双手鲜血淋淋。1913 年 1 月 16 日,孙炳文参加在北京东华门大街刺杀袁世凯的行动败露,京津同盟会被迫解散,孙炳文也遭到通缉,他偕爱妻任锐乘火车悄悄离开北京,回到四川老家躲避。

1916 年,孙炳文经宜宾好友李贞白介绍,结识了当时的护国军将领后为新中国第一元帅的朱德,两人一见如故,英雄相惜颇有相识恨晚之感。1922 年 9 月,两人怀着救国救民的革命理想同往马克思的故乡德国考察学习。10 月,孙炳文和朱德在德国柏林,由周恩来介绍加入中国共产党,孙、朱、周三人的共同志向使他们成为莫逆之交,情同手足。

1926 年初,孙炳文在广州和周恩来秘密接头,就怀抱着 5 岁的女儿孙维世,让孙维世看身后有没有可疑人的跟踪。见面后,他们坐下来谈话,这个机灵的小姑娘就给他们放哨,打幼年那时起,她一直叫周恩来"周爸爸"。所以,后来人们戏称孙维世 1926 年就参加革命了。

周爸爸送女赴延安

孙维世父亲壮烈牺牲后,母亲任锐不得不忍痛将不满周岁的幺妹孙新世托付给其父原来在北京大学的同学、后来又是大姨夫的黄志烜抚养,改名为黄粤生。1927 年 11 月下旬,任锐又把宁世、济世两个大的孩子,安顿在武汉,由外公外婆出钱供养。随后,任锐便带着维世、名世回老家四川南溪,开始了将近 10 个春秋颠沛流离的艰难生活。

1936 年初,在上海做地下工作的任锐,为了减轻生活重压,把 15 岁的孙维世化名李琳送到中共领导的左翼剧联上海业余剧人协会和东方剧社。已亭亭玉立的孙维世成了上海天一影片公司的一名演员,一边在东方话剧社学习话剧表演,一边演戏。孙维世扮相秀丽,加上她良好的表演天赋,先是在"王先生"喜剧系列影片之一的《王先生奇侠传》中崭露头角,后又与当红影星舒绣文、吴茵、刘琼等合作演绎了《压岁钱》、《摇钱树》、《镀金的城》等多部影片。在上海的一年演艺生涯中,孙维世认识了上海业余剧人协会的左翼文艺界明星赵丹、白杨等。不知是命运的安排还是造化弄人,在这里,孙维世还认识了她后来的丈夫——有"中国话剧皇帝"盛誉的金山,也认识了当时还叫蓝苹的山东姑娘江青。蓝苹还特为她签赠了照片留念,想不到正是这样一段看似不起眼的短暂的人生经历,却给孙维世的人生带来无穷的隐患和灾难。

1937 年,淞沪抗战开始后,任锐得悉周恩来在当时的全国抗战中心武汉担任国民政府军事委员会政治部副部长,经过再三考虑,认为还是把子女送进革命大队伍里为好。任锐暂时中止了孙维世的演艺生涯,让 22 岁的长子孙宁世带着 16 岁的妹妹孙维世,从上海乘船前往武汉投奔周恩来。孙维世随哥哥一路舟车辗转,风尘仆仆地来到了雄伟的武汉三镇,很快找到了八路军驻武汉办事处。兄妹俩抑制不住内心的喜悦,但令他们失望的是周恩来不在,他们向办事处工作人员提出去延安参加抗日的要求,结果,孙宁世被留下,孙维世却因年龄小被拒之门外。倔强的孙维世不顾寒风凛冽，站在办事处门外毫无顾忌地放声大哭不肯离去，正当孙宁世拉着妹妹不知所措之际，巧遇周恩来从外面归来，看着这站在自己面前的女孩，周恩来不敢相信这就是当年为他放哨的黄毛小丫头："你是小维世呀，我是周恩来，是你周爸爸啊！孩子，你们受苦了。"

孙维世就这样幸运地留在了办事处，不久，周恩来又将任锐请到武汉，将她们母女一起送到延安。一起进入延安抗日军政大学学习，后又一起转入

周恩来、邓颖超夫妇和孙维世合影

延安马列学院学习。母女同为同学，在延安成为一段佳话。

无巧不成书。同年，江青也到了延安。那时延安男女比例严重失调，大概是10比1。从各地来延安投身抗日的女青年自然备受关注，孙维世、江青在延安成了最亮眼的两朵花。1938年，为纪念"一·二八淞沪抗战"，延安的文艺工作者排演了话剧《血祭上海》，由于江青在剧中扮演一个姨太太，孙维世扮演了一个小姐，两个人分别得了个"二姨太太"，"大小姐"的绰号。

孙维世天性聪颖、充满智慧和热情，不仅周恩来、邓颖超十分喜欢她，中央的许多老同志也喜欢这个聪明活泼的孩子。周恩来与孙炳文不仅是革命战友，而且还有着不同一般的同志之情。周恩来与邓颖超在写给任锐的信中说："我们愿将烈士遗孤当成自己的女儿。"并常写信鼓励教育孙维世："你是我向党负责的女儿。"而孙维世也非常尊敬周恩来和邓颖超，把他们当成自己的亲生父母，经常去看望，或住在周恩来的家里。

毛泽东亲批去苏联留学

1939年7月，周恩来由杨家岭驻地出发，前往中央党校做报告，途中坐骑突然受惊，将他摔下马来，造成右臂骨折，不得不前往苏联接受治疗。此时已是中共党员的孙维世依依不舍地到机场送行，她用手扯扯站在周恩来身旁警卫员刘久洲的衣角，悄悄地说："你替我跟爸爸说说，我也要和他们一起去苏联。"一贯严于律己的周恩来一听，立即竖起浓眉严肃地说："我去苏联治病，是中央决定的，主席批准的！你怎么能说去就去呢？"这时，同来送行的中共中央高级党校校长邓发在一旁听了，就半开玩笑半认真地接过话茬说："维世呀，如果你真的想随爸爸妈妈去苏联，那你就骑上我的马去找毛主席，恐怕还来得及呀。"

性格率直的孙维世一听，飞身上马，直奔毛泽东住的窑洞，径直闯了进去。毛泽东等孙维世说明来意后，二话没说就提起毛笔写下"同意孙维世去苏联"几个字，然后停下笔，用他那浓重的湘音嘀咕着："同意你去苏联做么子呀？"心急火燎的孙维世顺口回答："学习，去苏联学习嘛。"毛泽东又笑了，欣然同意，提笔在"苏联"两个字后边加上"学习"二字，然后署上大名——毛泽东。

孙维世未等墨干就拿上纸条，冲出窑洞，飞身上马，跑回机场。这时，飞机的引擎已经发动，螺旋桨的高速转动吹得机场上尘土飞扬。孙维世跳下马，右手扔掉缰绳，左手挥扬着那张纸条，高喊着"主席同意我去苏联了"！飞快地登上了飞机，这时，机上的人们才吃惊地发现，这位即将留学苏联的孙维世竟光着脚穿着草鞋。

在苏联期间，孙维世先后进了莫斯科东方大学的表演系和导演系读书。她如饥似渴地刻苦学习，接受了苏联戏剧大师斯坦尼斯拉夫斯基的导演和表演理论体系的教育，各科目成绩都很优秀，这为她后来为新中国话剧事业发展与繁荣做出卓越贡献奠定了坚实基础。

1946 年 9 月底,孙维世和林伯渠的女儿林利、李立三夫人李莎一起回国。1946 年 11 月初,孙维世回到延安。1948 年 9 月,孙维世来到当时在石家庄正定的华北大学三部(即文艺学院)教学,任编译组研究员。不久,孙维世调往华大文工一团工作,无论从生活、学习、工作,还是个人作风上,她事事走在前,处处做榜样,为人热情、坦率、真诚。每逢行军休息或节假日闲下来的时候,团员们总爱围上一圈听她讲苏联卫国战争的故事和社会见闻。

在莫斯科为毛泽东当翻译

1949 年春,北平和平解放,孙维世和其他许多文艺工作者一道,扭着秧歌唱着雄壮欢快的歌声进了古老的北平城。同年 7 月,孙维世作为文艺界青年代表入选中国代表团,赴匈牙利参加第二届世界青年联欢节。在东欧期间,她曾随"世界青联"组织前往东欧各国参观访问,世界青年联欢节的活动历时半年左右才结束。回国途中,孙维世接到张闻天要她到中国驻莫斯科大使馆报到的电报。后来得知,大使馆是要她去与师哲等一起为中苏领导人会谈做翻译和文秘工作,此刻,毛泽东已先期到达风雪中的莫斯科。

孙维世与师哲等一起,出色地完成了开国领袖毛泽东首次出访任务,承担中苏领导人之间的重大翻译和中苏签约的文件翻译任务。

1950 年 1 月回国后,孙维世即投身于她所热爱的话剧事业,不仅翻译、表演和导演了一大批当时苏联和东欧国家的著名话剧剧目,还参与创建了当时直属新民主主义青年团中央领导的中国青年艺术剧院,担任着"青艺"的总导演和副院长。

爱 的 迷 雾

1950 年初春,和平解放后的首都北京一派欣欣向荣的繁华景象。

孙维世在执导自己翻译的名震一时的苏联话剧《保尔·柯察金》时,选中了她当年在上海就熟知敬仰的金山和他的妻子张瑞芳出演男女主角。谁也想不到的是,就在排演这出戏期间,张瑞芳发觉 29 岁的孙维世已爱上自己 39 岁的丈夫金山了。

金山(1911～1982),中国话剧与电影演员、导演、戏剧教育家、社会活动家。原名赵默,字缄可。1932 年加入中国共产党。从 1935 年起,先后和章泯、王莹等创办和参加了东方剧社、上海业余剧人协会、四十年代剧社等,并开始重视表演艺术、导演艺术的理论与技巧的钻研。这期间,他参加演出和主演的话剧《娜拉》、《钦差大臣》、《生死恋》、《赛金花》与电影《夜半歌声》、《狂欢之夜》等。1937 年,抗日战争爆发,金山任上海救亡演剧第二队副队长,从上海出发,辗转千里,演出抗日救亡戏剧。

金山到武汉后,在八路军武汉办事处文艺组负责戏剧、电影工作。1938 年,组织中国救亡剧团赴东南亚,向海外华侨进行抗战宣传。1939 年春到达香港,导演演出过阳翰笙的《塞上风云》和沃尔夫的《马门教授》。1942 年在重庆主演了郭沫若创作的名剧《屈原》,以精湛的演技和生动的语言声调,在舞台上塑造了爱国诗人屈原的悲壮形象,获得了很大的成功,轰动了陪都山城重庆。以后,金山参与筹建了中国艺术剧团,任总干事。并建立了专用剧场,演出了许多有影响的剧目,成为大后方一个坚实的进步戏剧文化阵地。

1946 年,金山到东北长春接收伪满电影厂,编导、拍摄了抗日影片《松花江上》,被认为是中国电影史上的一部杰作。1949 年,金山调至中国青年艺术剧院,任副院长,后兼任总导演,在这个新中国刚建立的剧院,他先后主演了《保尔·柯察金》中的保尔、《万尼亚舅舅》中的万尼亚、《红色风暴》中的大律师施洋;导演了夏衍的《上海屋檐下》,田汉的《丽人行》、《文成公主》,陈白尘的《纸老虎现形记》,姚仲明的《记忆犹新》等。

毋庸置疑,金山是 20 世纪话剧、电影界出类拔萃的集编、导、演于一身的杰出人才,但金山的一生,又是令人眼花缭乱的。在舞台上,金山是位出类拔萃的好演员;在生活中,人高马大、富于激情的金山也是一位风流倜傥的男子。

当时,孙维世胆大妄为地充当第三者的消息传到了中南海西花厅,周恩来、邓颖超大为震惊。因为金山和张瑞芳不仅曾是周恩来领导下的地下党员,而且也是他的好朋友。周恩来思考再三,还是把孙维世叫到西花厅,严厉地批评了孙维世不正确的恋爱观,不该爱上有妇之夫,破坏别人的家庭,然而这一切都已经晚了,孙维世已经坠入爱河无法自拔。她为了这次相爱把一切都置之度外了,孙维世的任性使周恩来夫妇也无可奈何。

张瑞芳是个十分开朗、刚强和理智的女人,她认为金山和孙维世爱到这种程度,也就说明自己与金山的爱情已经死亡。为了演好青艺这出非同小可的开张戏,为了不破坏正在排练着的《保尔·柯察金》,张瑞芳顾全大局把泪水往肚里咽。她坚持和金山进行了最后的合作之后,便毅然决然地结束了自己和金山的婚姻,并向组织提出调离北京去上海。

1950 年 10 月 14 日,孙维世和金山在北京青年宫举行结婚典礼。会场上孙维世苦苦搜寻等待着,当她看到"妈妈"出现时,压在心里的一块石头终于落地。邓颖超告诉她,"爸爸"很忙,不能来参加婚礼,但给她送来了一件礼物。邓颖超当面打开了一个小纸包,很多参加婚礼的亲朋好友都很有兴趣地围上来观看总理爸爸的不凡礼物。令众人都意想不到的是,纸里包的竟然是一本《中华人民共和国婚姻法》,聪明过人而又严于律己的周恩来,将自己对女儿未来生活的千言万语都包含在里面了。

孙维世和金山的蜜月过去不久,金山奉命带一个创作组前往朝鲜战场体验生活,为创作一部名叫《患难与共》的电影作收集素材准备工作。金日成首相对此十分重视,不仅亲自接见款待金山一行,还派自己的女秘书负责接待和陪同,同时做金山的向导兼翻译。一段时期的接待陪同下来,金山竟又与这位异国的青年女秘书产生了难舍难分的情感,公然色胆包天地同居。

志愿军司令员彭德怀听说后非常恼火,认为这件事在国内外影响太坏,忙发电报请示中央,周恩来得悉后马上回电彭德怀,要他将金山押回国内处理。紧接着有关领导找孙维世谈话,希望她能站在革命的立场上,与"坏分子"金山划清界限。金山被押回北京,刚刚走下火车就被迎上来的孙维世重重地扇了一记大耳光。回到家里,金山流着泪向孙维世下跪真诚地表示:愿意接受维世的一切处置。但孙维世却没有眼泪、没有吵闹,而是带着善意和深情告诉金山,现在不是考虑个人关系的时候,首先是要接受组织的处理。

在一次青艺组织的批判会进入尾声的时候,人们把目光都投向了默默坐在一边的孙维世,希望她也能上台表个态和金山做个决断。孙维世缓缓走到台前说:"同志们要我表个态,也许最简单的两个字就是离婚。可是我不能表这个态,因为金山不单单是我的丈夫,他还是一个老党员;他犯了错误,在这个时候,我首先要拉他一把,让他重新站起来。我相信,金山将是最后一次犯这样的错误。"

金山在下放工厂劳动期间,从未忘记过孙维世期望他"重新站起来"的呼唤。后来,他真的从低迷和绝望的情绪中走出来,在他的艺术道路上又坚强不屈地站了起来。他在话剧和电影《红色风暴》中塑造了施洋大律师,在话剧《万尼亚舅舅》中塑造了万尼亚等光辉的舞台和银幕形象。在他的后半生中,经历了"文革"的残酷迫害和人格的严酷考验,保持了人生的晚节,应该说这一切应首先归功于妻子孙维世,否则就没有了金山闪闪发光的后半生。

周爸爸邓妈妈亲爱的闺女

周恩来、邓颖超夫妇是1925年8月8日在广州结婚的。孙维世做了周恩来、邓颖超的女儿后,牢牢地记着这一有纪念意义的日子。从西柏坡到香山再到中南海的西花厅,孙维世都是和周恩来、邓颖超生活在一起的,直到她与金山结婚后才搬离中南海西花厅。

1950 年 8 月 8 日,是周恩来、邓颖超结婚 25 周年纪念日。结婚 25 年在西方国家被称为"银婚",孙维世打算为父母搞个简朴的银婚纪念,就偷偷地准备着。

周恩来太忙了,即便记得这个日子也无暇顾及,但当年的战友们都记着这个日子。国家副主席宋庆龄给他们送来了纪念品,国家华侨事务委员会主任何香凝送来了她专门画的一幅寓意颇深的梅花风雪图……

孙维世悄悄做了十几朵大红花,其中有两朵最大。这天,她在周恩来外出后,悄悄让邓颖超按照当年结婚时的着装穿上白色旗袍和白鞋白袜,再戴上一朵大红花。中午,待周恩来一回到西花厅,孙维世就迎了上去,突然从身后拿出那朵大红花,不由分说地戴到周恩来胸前,又把他和已戴上大红花的邓颖超拉拥到一起,让他俩互相挽起手臂拍照。直到这时,周恩来才恍然大悟:"维世是给我们做银婚纪念来了!"这时,只听孙维世高声宣布道:"现在,我爸爸妈妈银婚纪念活动正式开始!放音乐!"周恩来的行政秘书何谦一听,立即打开留声机,放起了陕北情歌《兰花花》的唱片。那高亢激越的歌声一起,周恩来的侄女周秉德、孙维世的妹妹孙新世、周恩来的卫士长成元功、贴身卫士韩福裕等都拥了出来,包括孙维世在内的所有女性胸前都戴上了红花,成元功还拿着照相机,跑前跑后地为他们拍照。乐得邓颖超笑着说:"我们结婚的时候特别简单,这下倒热闹,导演维世算是给我们补上了婚礼!"周恩来、邓颖超这对老夫妻的喜悦之情溢于言表。

开国名导的戏剧实践

1956 年 9 月,在孙维世的提议下,文化部组建了中央实验话剧院。首任院长是著名戏剧家和教育家欧阳予倩,孙维世担任了副院长兼总导演。几十年来,剧院上演了众多的优秀剧目。通过剧院的演出,不仅使中国戏剧大师欧阳予倩、郭沫若、曹禺、阳翰笙、陈白尘等的力作在当今舞台上再现光芒,也使外国文学和戏剧巨匠高尔基、奥斯特洛夫斯基、契诃夫、歌德、莎士比亚等人的名著名剧在中国戏剧舞台上大放异彩。剧院的公演剧目涉及中外古今,以各种不同的风格、流派、体裁、形式绘制成新中国的话剧剧目长卷,形成了鲜明的富有实验特色的剧院艺术风格。

据后任中国青年艺术剧院院长,著名话剧、影视演员石维坚回忆,当时孙维世之所以想成立实验话剧院,是她不希望斯坦尼体系统治中国话剧,话剧在新中国成立之前以宣传为主,新中国成立后则归为戏剧审美艺术。用孙维世的话说:"话剧,就是活人演给活人看的活戏。"孙维世在苏联学的便是如此的道理,因此实验话剧院调人的构思也是如此。当时实验话剧院成员的组成,主要部分来自中央戏剧学院导演干部训练班和毕业干部训练班的毕业生,他们在学习前都已经是著名演员或剧团骨干,比如于蓝、田华、姚向黎、李丁、熊塞声、田成仁、王一之等。另一部分来自上海的优秀青年演员,这些人既懂斯坦尼,也熟悉中国戏剧,孙维世要在这个基础上进行自己的话剧实验。实验话剧院成立的最终目的,是要形成中国民族的戏剧表演体系。因此剧院的成立绝不是一个偶然现象,而是一种话剧学术追求的落实。孙维世要建立中国的话剧剧场艺术,面对自己的新中国观众进行思考。在这种情况下,这些话剧演员如鱼得水,排练演出了一批好戏,如孙维世导演的建院剧目《同甘共苦》以及《桃花扇》、《一仆二主》、《三人行》、《黑奴恨》、《大雷雨》等。当时年轻英俊的石维坚演《同甘共苦》里的小警卫员时,孙维世在总结中表扬了他,并用了斯坦尼斯拉夫斯基的一句名言:"只有小演员,没有小角色。"这句话后来成了石维坚一生的座右铭。

孙维世排戏极为投入,十分认真负责,有时达到苛求的状态,经常是一边排戏一边揪着自己的头发,一边哭一边笑地跟着戏里的人物走动着。她排戏时鼓励大家积极提意见,她霸道,但也十分民主。听到谁提了个好意见,她会十分高兴地说:"大家静一静啊,现在听××同志给大家说说,说完了按他的意见我们再排一遍。"说完了,她会说:"哟,说得多好啊,大家鼓掌! 我们按照他的意见再排一遍。"等排完后一看,那已经不是意见提出者的东西了,而已融为她导演中的一部分,她把对方的意见吸收消化并且升华了,这就是一位大导演的成功和超人之处。

苏联作家柯切托夫的名著《叶尔绍夫兄弟》(他同时还著有《区委书记》,此作品在当时发行量同样很大),在 20 世纪 50 年代后期到 60 年代这两本作品影响很大,中央所有部委领导以及各省委书记、省领导等几乎都读过这两部苏联现代长篇小说。当时为了反修防修的需要,由孙维世领头的中央实验话剧院将其改编成话剧。经过不到一年的日夜准备和排练,在人民大会堂小礼堂内部公演了。这部剧反映 1953 年斯大林去世、苏共"二十大"后,苏联各阶层、各族人民,尤其是莫斯科人民的思想状况,经留苏学习戏剧理论和艺术的孙维世执导,此剧以极其鲜明生动的艺术形象和语言首现中国话剧舞台,引起了轰动,竟然在人民大会堂小礼堂连续上演了三个月。党和国家领导人除毛主席和林彪外,全部亲临观看,周总理看了两次,总理很赞赏孙的才能,认为无论内容、造型、语言都有独到之处。刘少奇主席和夫人王光美等还登上舞台接见了孙维世和全体演员,肯定了导演和全体演员的成功演出。朱总司令因年纪大,是分两次看完了全剧。在 20 世纪 60 年代初期,编、导、演几乎没有稿酬。他们认为已有工资了就可以工作和生活,当时补助一顿不要钱和粮票的晚餐或夜宵就很高兴。当年参加演出的石维坚说:"甚至我的一包道具前门牌香烟,都是难得的,有四五个人围着我要剩下的香烟抽呢。"

"红色公主"惨死狱中

1966 年"文革"风暴骤起之初,孙维世虽被当作"反动学术权威"受到批判,但她有着红色出身背景,在大多数文艺界领导干部身陷囹圄时,尚能安然无恙。到了1967年下半年,噩运一步一步向孙维世袭来。1967年9月,时任中国人民大学党委副书记、副校长的大哥孙宁世(孙泱),被造反派残酷迫害致死。1967年12月,丈夫金山被以"特嫌"的罪名投入秦城监狱,借搜查金山"罪证"之名,对孙维世进行抄家,肆无忌惮抄走孙维世大量与中共高层往来信件、照片和资料,1968年3月,孙维世也被捕入狱。

对于革命烈士遗孤、"红色公主"孙维世在"文革"中最终惨死狱中,人们后来作了许多猜测和推断。

孙维世六姨任均回忆说:"维世直到被害死,也没有屈服,我了解维世的脾气,她倔强得很,肯定是越打她,她越不屈服,打死她,她也决不低头,也不会乱咬别人一句。她的性格像极了她的父亲孙炳文。"孙维世一家与总理一家持续四十余年的特殊感情,在灾难来临之际一国总理也没能成为她最后的庇护。若干年后,每每提起孙维世,邓颖超感叹无比地说:"孙维世的脾气太直太爆了!不然她也不会死得那么惨!"

据林利回忆,孙维世和她是"苏修特务的同案犯",即以所谓"李立三、李莎反革命集团成员"的罪名同一天被捕的,但较温存的室友李莎却最终保住了性命,盼到了粉碎"四人帮"出狱平反了。

2008年第3期《党史纵横》刊载《"红色公主"孙维世命殒五角楼》一文写道:孙维世被江青加上了"苏修特务"的罪名,于1968年3月1日戴上手铐,投入已被军管的北京公安局看守所,孙维世被打得遍体鳞伤。1968年10月14日,孙维世死在五角楼,死后一副冰冷的手铐依旧锁着双手,在江青授意下,孙维世的尸体被迅速火化。当孙新世到公安局索要姐姐的骨灰时,得到的回答是:不留反革命的骨灰。金山出狱后知道了孙维世死讯,痛不欲生,10月14日那天正是他们结婚18周年纪念日。孙维世死时年仅47岁,一代才女、党一手培养的红色戏剧专家如流星般陨落在历史的尘埃中。

孟小冬：红氍毹上的广陵绝响

　　著名京剧女须生孟小冬,不愧为京剧舞台之"冬皇",她创造了中国京剧史乃至中国戏剧史的奇迹。61 年前,素有"冬皇"美誉的著名京剧女须生孟小冬,在中国大戏院连演两场《搜孤救孤》,在上海滩唱得万人空巷,吸引了川、陕、平、津、台等地的戏迷不惜重金坐飞机买"黄牛票"来听戏;唱得 50 万元(旧币)的一张门票,竟被"黄牛"炒到 500 万元一张,还买不到。

　　然而全国解放后,孟小冬的大名却在中国大陆销声匿迹长达半个世纪,这也是中国京剧史中的一桩咄咄怪事。此虽隔世旧闻,不妨拂去历史尘埃,回顾孟小冬的一曲"广陵绝响"和她的坎坷情感与人生之路,也为后人留下许多遐想的空间。

"冬皇"告别演出一票难求

　　1947 年 9 月,有"上海滩皇帝"之称的杜月笙,假陕西水灾义演暨贺自己 60 岁生日,在上海中国大戏院举办了七场赈灾义演,三场生日堂会。素有"冬皇"美誉的著名京剧女须生孟小冬,于 7、8 两日应邀在中国大戏院连演两场《搜孤救孤》。这既是孟小冬告别京剧舞台的绝唱,也是她师从余叔岩后,交给热爱她艺术的观众的一份答卷。为此,她为这次演出做了精心的准备。

　　其时,著名老生谭富英、麒麟童皆曾登门表示,愿配副角演公孙,冬皇连称不敢当,再三谦谢而罢。剧中公孙杵臼一角,是杜月笙推荐的票友赵培鑫。娘子由梅兰芳大弟子魏莲芳出演。屠岸贾由与冬皇合作多年的裴盛戎出演,轻车熟路。安排就绪后,孟小冬与赵培鑫和琴师王瑞芝、鼓师魏惜云等人,每天吊嗓子、排身段,最后在杜公馆内小戏台进行了15天响排,孟小冬每天都勒上网子、挂上髯口,还穿上青褶子、厚底,和大家一起认真排练,终使这出本平常的《搜孤救孤》成为当代中国京剧艺术精品,演出效果空前绝后。

这次义演和堂会,大牌名角云集一堂,北方筱翠花、马富禄、张君秋、芙蓉草、刘斌昆、谭富英、李多奎、阎世善、李少春、马盛龙等一概到齐,加上原在南方的梅兰芳、马连良、麒麟童、章遏云、裴盛戎、叶盛兰、叶盛长、姜妙香、杨宝森、马四立、盖三省、魏连芳等,阵营空前。演出历时十天。值得一提的是,梅兰芳在十日之内连唱三出堂会大轴、五出义演大轴,仅回避了与孟小冬同台的两场赈灾义演,这更是非比寻常,也可谓空前绝后的一场演出!

由于孟小冬事先透露这次是她告别舞台的最后公演,所以未演先轰动,全国各地的戏迷纷纷坐飞机买"黄牛票"来上海听戏。那一票难求真是不亚于当今足球世界杯的决赛,50万元(旧币)一张门票,竟被"黄牛"炒到500万元一张,还买不到。以至当晚马连良要看戏,只得在过道加了凳子,而当年有幸在现场观看和通过无线电聆听的人,除了"此曲只应天上有"的评价,简直无话可说。

上 海 滩 绝 唱

孟小冬的两场《搜孤救孤》也被誉为"广陵绝响"。当时买不到票的戏迷,为了聆听演出实况,掀起了抢购无线电的狂潮,上海一些百货商店的无线电竟然脱销。杜月笙过继给孟小冬的女儿杜美霞告诉笔者说,如不考虑到一票难求的场面,原是想过两天演不同的戏码的!

那天,四大须生之一的马连良与报人沈苇窗是坐在一个长加凳上看完了这出戏的,而且连连给孟小冬喝彩。当"定计"一场,赵培鑫之公孙杵臼唱毕坐定,冬皇之程婴出场,扮相台风,潇洒飘逸,顿时掌声雷动。她缓步走到台口,唱"屠贼做事心太狠,三百余口赴幽冥",嗓音甜润嘹亮,韵味隽永,观众目光全被吸住,剧场内鸦雀无声。冬皇歌罢,轰然掌声齐鸣。"定计"一场,公孙杵臼问程婴出了什么惊天动地之事时,程婴顺手将椅子拉一下,凑过身去,表示怕被外人听到的意思,这原本是话剧表演才会有的生活细节动作,却被孟小冬独有的用到京剧舞台上,丰富了戏曲艺术生活化的表演形式。马连良看到这儿,情不自禁地大声喊:"好!"

最后一场,法场祭奠已毕,屠岸贾欲赏赐千金,程说:"小人不愿领赏,小人家有一子,与孤儿般长般大,今将孤儿出首,惟恐旁人加害我父子,望求大人格外施恩,替小人做主。"屠说:"将此子抱来我看!"程见屠岸贾中计,唱着"背转身来笑盈盈,奸贼中了我的巧计行",边唱、边做、边走,面露得意之色,拔足下场。其身段边式文雅、唱做合一、以身入戏,真是妙至毫巅,与普通伶人之浮俗,不能比也。等到最后屠岸贾把孤儿认作义子并安排程婴吃一碗安乐茶饭时,孟小冬却站在那里,完全是一副"大事已毕,如丧考妣"的神态,真是表演得细腻万分,令人拍案叫绝。

据时值少年的著名科学家王选教授说:"那两天的上海滩是家家打开收音机,户户收听孟小冬的演出实况,这出戏,孟小冬每个腔都唱得让人回味无穷。"这并非后人杜撰,幸有现场录音传世,今又由上海京剧院的当代"小孟小冬"王佩瑜录制了音配像,足以让人领略一二。难怪四大须生之一的谭富英先生看完此戏后连声称绝,遇人便说:"小冬把这出《搜孤》给唱绝了,反正我这出戏是收了。"收了,就是再也不唱了。马连良先生此后也再没有唱过,他虽然没说什么,但是新中国成立后他把《搜孤救孤》改编成新编历史剧《赵氏孤儿》,难道不是从心底里折服了吗?

演出盛况若原子弹爆炸

京剧表演艺术家谭元寿(现代样板戏《沙家浜》的主演,四大须生谭

富英之子)回忆那天的演出盛况,给予高度的评价说:

"这件事情到今天过去整整 60 年了,如果不是亲眼看见,那真不敢瞎说,就一出《搜孤》有什么呢？哪个唱老生的没学过、没唱过？可那天,可以这么说,全国的老生,所有参加为杜月笙祝寿演出的人,除了一个人外,凡是有个名的都到齐了,后台边幕都站满了咱们内行的人。说句不客气的话,那个阵势谁见了也得发怵,不要说出点错,就是有一个音唱得差那么一点点,哪个同行能装糊涂？结果人家孟先生唱得那叫讲究,就那个'白虎大堂'的'虎'字,高耸入云,声如裂帛,谁听了能不动情？能不佩服？就这么一出极其平常的戏,让人家孟小冬先生唱绝了。她唱得非常精练,每句唱腔都很干净,声音都特别帅气,没有任何拖泥带水的地方,唱到这个程度,在咱们京剧的历史上真可以说是空前绝后,如果让我比喻的话,真可以说就跟爆炸了一颗原子弹一样。"

谭元寿先生所言:"所有参加为杜月笙祝寿演出的人,除了一个人外,凡是有个名的都到齐了。"那一个没有亲临现场观摩的圈内人士,正是多有不便的梅兰芳先生,但他也仍然是对冬皇的演出倍加关注。事后,据梅兰芳的管事姚玉芙说,孟小冬演了两场《搜孤救孤》,梅先生在家听了两次电台转播……

孟小冬演完戏之后,观众群情亢奋,久久不肯退场,纷纷要求见见便装的孟小冬,而孟小冬则坚持不肯谢幕。虽经众人劝说,她仍固执己见,最后还是抱病前来助兴的杜月笙出来劝说,于盛情之下,孟小冬重新戴上高方巾,挂上髯口,款款地走到台正中,向台下观众双手合十微微点头示谢,热情的观众仍不肯散去,后来又便装出场再次谢幕。《搜孤救孤》一戏经孟小冬一唱而红,成为余派老生经典之作。孟小冬说到做到,从此退出舞台,不再粉墨登场了。

一位戏曲演员受到观众如此厚爱,她所演的一出戏 60 多年后还在被后人津津乐道地传诵,这在中国戏曲史上恐怕是绝无仅有的了。然而,令人遗憾的是,这股"冬皇"热风没有能继续刮下去,而是倏忽间消失了,且消失得无影无踪。

重睹海公哭吴伯

　　最近,我有机会在民族宫大礼堂重看京剧《海瑞罢官》,这是相距35年重现于首都舞台的一出震惊中外的历史戏。该戏由马派老生安云武与上海京剧院合作演出,当年在北京戏校曾受马连良先生亲授和赏识的安云武,40年来对京剧艺术追求锲而不舍,他的表演日臻完善,唱、念、做、打,马派韵味十足,此次把机智、刚正不阿的海青天表现得十分鲜明。这出戏,仍由原导演王雁执导,他精练了剧本,又严格指导,使全剧节奏感更强,更加紧凑好看了。加上剧本中表现的深刻思想内容,使得剧场观众反映良好,令我们沉浸在回味无穷之中。

　　看着安云武和上海艺术家们的认真入戏的表演,我想起如烟往事:1961年,吴晗编剧、王雁执导、马连良主演的《海瑞罢官》刚刚排成上演,吴晗伯伯就给同在北京市工作的父亲送来四张票,是北京市工人俱乐部第四排的上好座位,但父亲因忙于市里开会,不能出席,便由我约了戏迷朋友先睹为快了。当时还戴着红领巾的我,不仅被马连良先生、裘盛戎先生、李多奎先生的表演所倾倒,而且为剧中的海瑞大力惩治贪官污吏,不徇私情,不畏权势,依法处决了相门恶少徐瑛,为民除害的剧情所激励。这实际上就是毛主席当年提倡的海瑞精神。

　　1962年秋,国家尚在经济困难时期,父亲送我到河南黄泛区农场进行艰苦的农业劳动锻炼。深入社会,深入民间,面对着黄土地和他们面黄肌瘦的主人——贫下中农更使我对《海》剧的内涵加深了体会。后来我渐渐认识到,父亲语重心长的安排,这是老一辈革命家为使后辈不出徐瑛那样的败类,而要继承革命传统,走好革命之路的必经风雨磨炼。每当我想起当年看《海》剧,都会回味这部由多位著名艺术家合作

225

的艺术精品,也能体会到这是一部以传统国粹表现深刻思想内容的佳作。对剧作家吴伯伯更加敬佩。当然,也会想起十年浩劫开始之际"四人帮"之流姚文元以《海》剧成为十年浩劫的突破点而大做文章,竟使吴伯伯、马先生等深受其害;就连功高卓著的彭德怀元帅也正是为党为国为民坚持了这一海公的精神而惨遭政治迫害含冤而去。

　　十年浩劫1966年刚开始,吴晗伯伯就首当其冲受到了残酷无情的批判斗争,其"罪行"之一就是编写《海瑞罢官》。姚文元的"批判"文章,等于是对吴伯伯的死刑宣判书。"造反派"们先是把他全家扫地出门,继而进一步残酷迫害吴家。我家当时也受到冲击,与吴伯伯家同时被轰到北京永外沙子口丁家坑一座简易楼里,我们同住楼上楼下,作为邻居,我目睹了吴晗伯伯老两口被"造反派"百般凌辱,无数次批判斗争先后含奇冤而去,收养的女儿小燕也被逼疯致死,另一个收养不过10多岁的吴璋流落街头。马先生在"文革"开始不久也被迫害整死。一部海瑞戏,多少伤心泪和血……

　　重看《海瑞罢官》,我是怀着对吴晗伯伯这样一位光明磊落的明史专家、正直的社会活动家和我父亲故交友人的崇敬之心,含悲愤,以无限感慨之情看完全剧的,名家写出这样香花好戏,历史今天还好人以公正和清白,今天海公重现眼前,慷慨陈词,先执法后交权印。吴伯伯,您的京剧处女作也是绝笔之作,已重现首都改革开放之历史舞台,海公反腐倡廉,以法惩恶的精神在今天也得到了发扬。您和马先生等艺术家也可笑眠九泉了吧!

■ 梨园骄子于魁智[*]

　　演员的生命和光辉都显现在舞台和银幕上,我认识和熟悉的于魁智亦复如此。记得那是 1996 年北京的人民剧场,我这个戏迷为 20 世纪在梨园大放异彩的李少春先生的盖世文武功夫所折服,首先倡议并亲自组织了纪念他 75 华诞和仙逝 20 周年的京剧演出,此举立即得到了李先生全家、他的家乡河北霸州、文化部领导、京剧界甚至海外李派痴迷者的大力支持。当时真是有钱出钱,有力出力,专场演出、座谈会、媒体宣传,很快都万事俱备,一切进行得都很顺利。就连在祖国宝岛台湾的李少春先生的儿子,李派传人宝春先生也专门打了长途电话祝贺演出成功(他原打算回京一起参加活动)。其中在人民剧场上演的重头戏,亦即当年少春先生的拿手好戏《将相和》中的蔺相如,系由优秀青年演员于魁智主演。

　　这是我第一次坐在观众席从头至尾欣赏于魁智的演出,他甜美脆亮的唱腔,俊美的扮相,对人物全神贯注的投入和刻画,深深地吸引了我,将相之间大段的如泣如诉的唱腔使我陶醉不已。演出完毕,全场轰动,谢幕四五次。当时我兴奋异常,代表组委会忙登上舞台,第一次与他也来个"零距离",谈戏、握手、合影拍照。从此我们成了好友,他尊称我为"大哥",我回敬他为"贤弟",有好戏他总打电话约我,我总是按时前往;他送我盒带 VCD,我总是在下班回家后加班加点地听到半夜三更,这常常使我得到极大的艺术享受,于魁智很信任我,他整天忙于演出,很是辛苦,台下之事,"有事找大哥"。比如小孩入学了,恩师有病住

＊　本文原刊于《中国京剧》2002 年第 4 期。

院了,他总是亲自登门或打电话相求。为了保证他集中精力演出,我也总是"义不容辞",千方百计"完成任务",这真是"相识满天下,知己有几人"。通过困难时的相助,使我们的"金兰之交"更加笃实了。

于魁智告诉我,他属牛,今年已整"四张"。1972 年"文化大革命"时,10 岁的于魁智开始学唱样板戏,13 岁在沈阳的现代京戏《大鲁歌》中担任主角,连演百余场,在沈阳获得"戏剧神童"称号。虽然他学老生,却也拜了名武生黄云鹏学了六年武功,打下了较扎实的武功基础。在沈阳京剧院边学边演了六年后,1978 年考入中国戏曲学院,毕业后分到中国京剧院。80 年代中期又回学院入"京剧研究生班"继续深造。他的《响马传》、《野猪林》、《满江红》,尤其是《打金砖》都深受观众喜爱,被如醉如痴的观众高呼"世纪精品"、"打 100 分"。他已到台湾演出过八次,还专门到美国和中国台湾为爱国名将、百岁老人张学良演出。在少帅家中,有时连唱 10 天,张将军兴致极高,常常让魁智陪唱,让这位认识中国菊坛四大名旦、四大须生的少帅戏迷过足了戏瘾。

1990 年于魁智赴香港演出,他美妙甜脆的唱腔和年轻英俊的扮相,征服了京剧戏迷梁以薇小姐,很快结为伉俪。从此夫唱妇随,形影不离,至今不变。他妻子今年也 40 岁,也属牛,毕业于加拿大蒙特利尔大学,本科四年学习市场营销,有自己的公司,为魁智置行头,出 VCD,建立个人艺术档案,更是一位绝好的后勤保障部长。他们膝下已有一个四岁的儿子,很巧,儿子也属牛,可谓一家三头牛。牛吃苦耐劳,享有"国兽"美名,但夫妇并不希望儿子"子承父业",因为"唱戏太辛苦"、"成才率很低",只希望儿子"堂堂正正做人,规规矩矩做事","只要有出息,为国争光不一定非要学我一样唱戏呀!"

毫无疑问,于魁智是目前国内最具票房魅力的青年文武老生,但他"台上是名角,台下平常心",从不摆明星架子,待人谦虚有礼。2002 年第 12 届"中国十大杰出青年",于魁智位居榜首,成为家喻户晓的人物。他师宗余派(在沈阳曾拜余叔岩的侄子学余派戏,如《失空斩》),但同时对李派(少春,如《野猪林》)、杨派(宝森,如《伍子胥》)这些大家的代表作都全部试过,实际上他"崇尚传统,兼收并蓄",在传统唱法上"常吸收一些声乐在气息运用和发音位置上的科学方法",加以融会贯通,为逐步形成自己新的流派打下了基础,至于将来是否可形成有自己独特风格的"于派",能否得到戏剧界和观众的认可,大家都在期盼着。相信他再经过刻苦努力和反复实践,是有希望的,我也期待着。

■ 京剧第一铁梅云燕铭 *

2010 年 8 月 12 日,我在赶往辽宁鸡西的途中,惊悉著名京剧表演艺术家云燕铭故去的噩耗。情急中临时改变行程,赶往哈尔滨云阿姨家中,一路上我陷入思绪万千的回忆中。云燕铭,是艺名,是我童年就熟悉的名字,她本名叫罗巨壎,祖籍广东省南海县,其父罗子临,因逃避包办婚姻,只身跑到山西大同煤矿,在铁路上谋职求生,与其母京剧艺人新兰秋结为连理。

云阿姨生于 1926 年 2 月 10 日,辞世在 2010 年 8 月 10 日,生前为哈尔滨京剧院国家一级演员。曾先后任哈尔滨京剧团团长、黑龙江省和哈尔滨市文联副主席等职务。20 世纪 40 年代后她先后与周信芳、盖叫天、马连良、杨宝森、叶盛兰、李少春、高百岁、张春华等京剧表演艺术家合作,演出的剧目大受观众追捧,因此声名鹊起,芳名远震京、津、沪。1950 年仲春,身为丈夫的戏剧大家马彦祥亲自带新婚妻子云燕铭到享有中国戏剧"通天教主"之称的王瑶卿家叩头拜师,马彦祥则在旁行 90 度鞠躬礼以助女弟子之威。此后云燕铭又不断得到梅兰芳、欧阳予倩等名家指点,加上自己特别能吃苦耐劳,不断学习深造,京剧技艺大进,功力渐入炉火纯青。

我之所以在京上小学时认识了这位魅力四射的京剧名角,是因为她丈夫马彦祥与前妻的儿子马思猛和我是小学同班同学。云阿姨与马彦祥伯伯的婚礼在北京南河沿欧美同学会礼堂举行,由中国剧协主席田汉主婚。周恩来总理专门派人送来礼品——一对情侣钢笔,大师级

---

* 本文原刊于《中国京剧》2010 年第 11 期。

画家徐悲鸿送来了六尺大画《双骏图》。那时云阿姨、马伯伯住北京东城小雅宝胡同48号，那是马伯伯的父亲马衡老爷爷(时任故宫博物院院长、我国著名的金石专家、收藏家、书法家)的私人府邸。当时马爷爷住北屋，云阿姨和马伯伯住南屋，我常看她在院子里吊嗓子、跑圆场、踢腿、下腰、甩水袖，苦练这些戏剧基本功。

20世纪50年代中期的某日，马思猛在育才学校的"雯

云燕铭剧照

坛"宿舍里对我说："我妈出国了！"我们几个同学都向思猛投出了极其羡慕的眼光，云阿姨从日本访问演出回来给思猛带回一副海绵乒乓球拍，当时在国内可是件稀罕物呢。1955年在华沙举办的第五届世界青年联欢节上，云燕铭以她优美的唱念做打，艳丽夺目的扮相和独一无二的服饰、脸谱，演出了她的拿手传统武旦剧《双射雁》、《盗仙草》，其中《双射雁》荣获世界民间戏剧舞蹈一等奖。

那时候，马思猛就经常带我们这些同学上"大众"、"长安"戏院观赏云阿姨表演的《兵符记》、《十三妹》、《打渔杀家》等戏。说实话，她虽然也能演出《四郎探母》、《玉堂春》、《二进宫》等繁重的全本唱工戏，但先天嗓子音色略差些，因此主要还是以武旦、刀马旦、花旦等戏为专长，且表演十分细腻传神。如她在《拾玉镯》中饰演的孙玉姣，眼里、手上、身上、行步，总之浑身上下都是戏，让人百看不厌！活生生地把这个十几岁的东方少女初恋的神情、心理刻画得淋漓尽致、活灵活现。那些来源于生活的"饲鸡"、"刺绣"再现于大写意的京剧舞台上，提高到优美细致入微的舞台表演艺术上，京剧这种中国传统的国粹艺术真是妙不可言！

231

50 至 60 年代初中期,中国京剧艺术又呈现出灿烂辉煌的繁荣,云阿姨所在的中国京剧院名角如云,生、旦、净、末、丑都如夜空明星熠熠生辉在菊坛。云阿姨在新编大型历史京剧《猎虎记》中,以塑造凶悍泼辣的梁山好汉母大虫顾大嫂而再次声名远扬,大显她的独特艺术表演功夫。

　　1958 年,在我读初一时,云阿姨好像突然在马家消失了。听大人和马思猛说:"她借调到哈尔滨京剧团去了。"想不到冰城的领导对北京来的名角特别热情,从生活到剧目,提供了比中国京剧院二团还优越的条件。云阿姨全身心投入排演新老戏之中,获得了很高的票房和戏剧艺术上的成功。原来主角的票价最高 1 元 2 角,云阿姨的票竟炒到 10 元,这在当时可了不得呢! 尤其是 60 年代所排演的《革命自有后来人》,因为有过排演现代戏《三座山》的经验,加上亲身深入体验东北抗联的生活和受到革命英雄主义的激励,她在 1964 年北京全国现代京剧观摩演出中大获成功,并以所扮演的十几岁东北革命家庭第三代少女李铁梅的形象获得肯定和盛赞,还受到中宣部陆定一、周扬和彭真等首长的亲切接见。实际上 1963 年 6 月周总理陪朝鲜贵宾在哈尔滨就看了这出戏,在这以前这出戏已公演了 100 多场,很受东北人民欢迎呢! 看完戏,周总理专门到后台对云阿姨的表演给予了很高的评价,回京后不久他老人家还特地写了一封长信给予指导,希望她"深入生活,把剧本改得更好"! 可惜后来江青完全封杀了被京剧戏迷誉为"中国第一铁梅"的云阿姨主演的现代京剧《革命自有后来人》。不久,云阿姨即被打入"冷宫",关进"牛棚",回想起那段日子,云阿姨说:"我曾想到'士可杀不可辱',准备以死对抗'四人帮',可想到自己经历过旧社会,9 岁入南京'历家班'学习青衣、花旦,跟师傅跑码头、闯江湖,过着颠沛流离的苦日子。共产党来了,解放了我们这些旧社会被称为'下九流的戏子'的人,改称我们为'人民演员、艺术家',我得过国内外大奖呀! 我不能就这样不明不白地死去,我上有老母亲,下有和马彦祥先生的一双还未成年的儿女,我不能死,我坚信共产党一定会实事求是为我平反,我得到过王瑶卿、欧阳予倩、梅兰芳等大师的悉心指导,也曾长期和周信芳、马连良、杨宝森、高盛麟、叶盛兰、李少春、袁世海、张春华等名家合作演出过。虽然他们现在大多也身陷囹圄,他们可都是身怀绝技的大家呀。中国京剧艺术就这样完了吗? 绝对不会,我苦练过'四功五法',学了一身本事,我最少也能演几十出戏呀! 戏迷观众都不断给我温暖、鼓励,我得坚强地生存下来,他们还等着我重上舞台呀! 哈尔滨我的戏迷观众多好啊!"她一生都特别喜欢哈尔滨的漫天大雪,本来想"借调两年就走",可是竟舍不得走了,想不到一住就是几十年啊。

在"牛棚"里,她不断想到在丹麦、英国、芬兰、瑞典、苏联等十几个国家的演出盛况。她和梁一鸣老搭档在舞台上配合得多好呀,还有其他几位名角,都是不计名利,团结互助。有一次到上海演出,竟然一连在掌声和鲜花中谢幕 14 次呢……每当想到这些,她都是泪水涟涟,擦干眼泪,昂起头,活下去!

"文革"后的 1986 年,66 岁的云阿姨应邀赴京,阔别 20 年后重返京剧舞台,在她熟悉的人民剧场演出《猎虎记》。她和张春华扮演的好汉乐和特别商量好,双双背刀轻盈跑过圆场一个台口亮相,大获全场叫好! 孙立兄弟整顿人马,顾大嫂最后一个报名:"母大虫顾大嫂!"新老观众为这位 66 岁的老艺术家又送上一阵雷鸣般的掌声,以表示对她的想念和宝刀未老艺术上的再一次肯定! 北京的老戏迷们没有忘记云燕铭,当年的"顾大嫂"又回来了! 这是对她一生最大的慰藉。

2008 年,因病卧床的云阿姨在电话里听说我要在哈尔滨签名赠书《五十春秋》,特别让女儿思静搀扶着冒风寒赶到黑龙江省图书馆参加赠书仪式。她和孙为本等黑龙江新老领导站在主席台上(后来她支持不住就坐下来)为我鼓掌加油。我特别把赠我的一束鲜花双手转献这位老艺术家。她还特别让她的弟子们演唱了李铁梅"打不尽豺狼绝不下战场"那激昂的唱段,让我们后来人永远向上,接过革命大旗,奋勇向前!

余音尚在绕梁,思念仍未消失。我同解放军总政文化部原部长陈沂将军之子陈北刚一行怀着沉痛的心情走进云阿姨住过的哈市道里经纬二道街家中。灵堂十分简朴肃穆,云阿姨遗像旁已挂满了挽幛。其中,王金璐、谭元寿先生等在京著名京剧艺术家的挽联是专人从北京送达的。我和北刚等献上花圈和鲜花,向云阿姨遗像三鞠躬,此刻,李铁梅"打不尽豺狼绝不下战场"的唱腔还在我耳边回响。冰城的一代坤伶给我留下了终生难忘的印象,她犹如这冰城红玫,曾经多么耀眼和芬芳,谁又能是云阿姨等的后来人呢?还能有吗?

"我这辈子只学云派!"一个少女清脆的话音打断了我的思绪,原来是云阿姨的关门弟子白金。五岁那年,其父带她登门请云阿姨看看这孩子是不是个学戏的"坯子",不想云阿姨一眼就相中了这个女娃娃。从此她们以祖孙相称,云阿姨全心全意地开始培育这棵菊坛新苗,手把手教授了白金《拾玉镯》《穆柯寨》等剧目。云阿姨不仅认真传艺,更下功夫教导白金为人之道,一再嘱咐小白金切不可为争名利而不讲戏德。针对孩子执意专学云派的想法,云阿姨生前曾耐心地告诉白金:"奶奶先天嗓子不好,只能以表演弥补不足。你有一副好嗓子,应学习吸收各派之长,将来才能有出息!"今年,15岁的白金以第一名的优异成绩考取中国戏曲学院本科。云阿姨病重期间,白金从北京赶回,与其父白广玉一起侍奉在云阿姨的病榻旁,望着颇有凄凉之感的灵堂,这份朴实无华而真挚的师徒情、祖孙情、梨园情让我大感欣慰。一代坤伶云燕铭虽然离去,但她的舞台表演艺术后继有人。正如谭元寿先生挽联:

云消燕落铭世间,香魂永存梨园中。

数十年来,我对后来云阿姨和马伯伯不幸离婚深感惋惜,我目睹他们彼此心里还留恋着对方,几十年来云阿姨和我们提起来都是言必称"马先生"或"孩子他(她)父亲"。而"文革"后,马伯伯也假全国戏曲汇演之机,专程到黑龙江代表团驻地北京宣武饭店去看望了云阿姨,现在马伯伯在北京八宝山孤魂一人,云阿姨则一直未婚。近日,喜闻思猛和他弟思敦、妹思静将遵照云阿姨的遗愿,择日把云阿姨从哈尔滨移灵北京和马伯伯合葬,让两位老人在九泉下互诉生死离别之衷肠而陪伴永远了。

江南名旦吴江燕

今年暮春,首都京剧爱好者传统的集结地——人民剧场真是好戏连台,中国教育电视台《京剧艺术》栏目主持人、来自上海京剧院的吴江燕女士的专场演出便是其中一台。

进入剧场前厅,便看到许多戏迷和单位赠送的艳丽的鲜花花篮,还看到她还是一位小姑娘时和孙正阳先生等合演的《审椅子》、和艾世菊等合演的《女起解》以及《挡马》、《霸王别姬》等精彩剧照,这一切使我为之惊喜,心想此女士或许真有两下子!

金鼓齐鸣,丝竹高奏,大幕拉开,想不到吴江燕一亮相就满堂彩:这分明是梅兰芳先生又回到舞台上,那杏眼桃腮,那清脆甜美的唱腔和雍容华贵的姿态,我不知道还有谁比她更像当年风华正茂的梅先生,扮相十分靓丽。她自己精心置办的服装,穿在杨贵妃身上真可谓巧夺天工,使"娘娘"光彩夺目。戏剧界常说,好的演员把好服装穿在台上,差的演员则在台下穿上好衣服去显摆,江燕演出服装用料极考究,全部是苏州妇女在冬闲时(夏天干农活手粗糙、多汗,易把丝线拉污)用小小绣花针"描龙绣凤"做出来的。她的戏装大多是双份,件件水袖,领口雪白,她非常理解"使三千粉黛无颜色"的贵妃娘娘,在百花亭摆宴迎君王,开始是仪态万方,表现出了她受宠时的权势和娇媚之态,遭唐玄宗负约未至,使她心怀哀怨,从小酌浅饮到"大杯伺候"失宠时的狂饮醉态,江燕女士表现得淋漓尽致。由于她八岁坐科练功,勤奋好学,有灵气,12岁就登台演出繁重的刀马旦名剧《扈家庄》。虽然如今已过青年,但贵妃嗅花时的"卧鱼"、"衔杯"等出色表演,仍显示了她扎实的腰腿功底,因此台下一片叫好和掌声。她的细腻表演,刻画了宫廷女人醉后的愁怨与苦闷,充分体现了梅先生当年的一招一式,一颦一笑。

开场戏打响后,江燕忙着换装,我看观众个个兴趣盎然,等待她上演第二出梅先生的拿手好戏《宇宙锋》。她很快又变成了一位凝重、大方、美丽的大家闺秀——丞相之女赵艳容。这出戏难度大,既要演出似疯不疯的神情,又有大段激昂的唱腔和繁重的念做,因此不少旦角怕演"瘟"了,不敢演此戏。而她的演出,对剧中人物性格、作派的分寸感掌握得准确得体,受到专家和观众的一致好评。

在紧锣密鼓中,江燕的第三出折子戏《游龙戏凤》打出了红色电子字幕。俊俏而又清纯的店家姑娘李凤姐跑着"碎步"出场亮相了,江燕听过梅先生解放前的唱片,解放后梅先生再没有演过此戏,江燕虽很重视继承梅派艺术,又不拘于死死模仿大师的一招一式不放。她和我台下谈戏时,对戏目和人物都有自己独到的见解,这点对发展京剧艺术最为重要。世界上的艺术都可互相借鉴,而中国京剧又是包含了美术、舞蹈、武术、杂技、音乐、诗词歌赋等的综合艺术。江燕所以能获得成功,这是她常年刻苦学习兼收并蓄的结果。

第二天的大戏《金玉奴》。我虽然社会活动多,但江燕的艺术已吸引了我,"好观众当到底",还是按时入座了。我记得曾在电视中看过荀派名家孙毓敏(现任北京戏校校长)演过此戏,当时可能没看全,加之视觉和音响效果不如在剧场中那样"身临其境",说实话,并未留下深刻的印象。这次我完全被这出戏因果报应的剧情和江燕所饰金玉奴的绝妙表演所吸引始终。尤其是江燕大段繁重的唱,大有越唱越"醇"(也就是越听越看觉得越好)之感。她很注重运用唱念做等手段来一步一步深入刻画"金玉奴"这位出身微贱、善良忠贞,而性格爱憎分明的人物变化。

演出进行中,我观察到楼下坐了八九成座,中间没人退席,首都观众在演出结束时热烈鼓掌给她的专场打了满意的高分,看戏的中央领导同志异口同声称赞她三好：扮相好，表演好，唱腔好。也正如不顾年迈又加丧妻之痛而专门来看江燕专场的著名戏剧家吴祖光所评："小园新种红樱树，灵凤正满碧桃枝"，又称她"声转重霄，才当文武"。这个评价，我认为绝不过誉。

京剧奇才李少春[*]

　　我是体育文化宣传工作者,又是戏迷,今年春节还专门组织和参与了纪念李少春先生诞辰75周年和逝世20周年的一系列演出和艺术研讨会,尽了我这个剧协会员和戏迷的一份心意和责任。

　　李少春的表演艺术,著名戏剧家翁偶虹评论说：博而又精,杂而又纯；他能文能武,文武双全,继往开来,为京剧艺术做出了极重要的创造性的贡献；他行当极宽,老生戏、武生戏、红生戏、猴戏；传统戏、新编历史戏、现代戏。讲老生戏,他是须生安工、靠把、衰派包罗尽致,无一不工；讲武生戏,他是长靠、箭衣、短打一网全收,无一不会,无一不精。

　　他文学余叔岩,武学杨小楼,学得精,学得纯,学到精髓。看他的表演,你会感到无一处没有来历,均有着深厚根底和渊源,又使人看不出是简单地模仿哪一家,哪一派。

　　一个演员,唱念做打都达到了极其精湛的地步,又能演出那么多种行当的节目,塑造出那么多种类型的人物：从慷慨坦然的花云到心怀愧疚的刘秀,从忠诚坦荡的蔺相如到身遭盖世冤屈的林冲,从武艺高强的任堂惠到机智神化的孙悟空,从气吞山河的无产者李玉和到受尽压迫的老农民杨白劳,无一不栩栩如生,实在是难能可贵,真不愧是一位杰出的京剧表演艺术家。

　　李少春的艺术,确实可以用博大精深来形容,他几乎把生行表演艺术全占尽了(当然主要是就行当而言,而不是指各种流派的表演方法)。尽管他不演小生戏,但他的戏里也吸收有小生行当的特点。例如他演

　　＊　本文原刊于1996年10月《中国京剧》。

《白蛇传》中的许仙,唱念都用大嗓,但表演方法则把小生的潇洒、清新、俊秀、儒雅的风度,充分融化到他的表演艺术中去,所以不妨也可以称之为大嗓小生。

李少春的表演艺术应该称为李派艺术,尽管他文学余叔岩,武宗杨小楼,但到了他身上已融合、发展为一个自己的体系,形成一种独有的流派,其特点是文武全才,博大精深。正因为如此,李少春称得上是一代京剧艺术奇才。

无论戏剧界的行家还是普通的观众,凡看了李少春的表演,无一不称赞他的艺术天才,无不为他的精湛的唱念做打和创造才能而心悦诚服,无不认为他是当代京剧界最杰出的代表之一。人民喜爱李少春这样的艺术家,一些京剧界的权威也认为李少春是当之无愧的当代京剧大师,这说明这些权威和我们这些普通戏迷的心是相通的,看法是一致的。

李少春的唱,高雅、纯正、清润、醇厚、灵活、大方,令人有余音绕梁三日回味无穷之感。

李少春的武功,浑厚精粹,帅而不飘,稳而不滞,变化丰富而不乱,无论身段、亮相、开打、舞蹈等,都显得那么凝练、含蓄、巧妙、超常,举手投足处处是大家风范。他常常从十分复杂、繁难的技巧中提炼出精彩的部分,组成引人入胜的造型艺术,令观众心旷神怡,而丝毫不让人感觉繁杂琐碎紊乱或者提心吊胆。

他无论演文戏或武戏,都十分注重刻画人物的性格,给人以有血有肉贴切的感受。

他的《将相和》通过大段"导板"、"碰板"、"原板",都唱得非常清润、明透,充分表现出蔺相如以国家为重,甘心退让,希望将相和好的心理状态和恢宏大度、胸襟开阔的崇高风格,同时又把他作为相国的身份、雍容风度表现得恰如其分。整个唱段醇厚、清新、深沉、含蓄。

他演《打金砖》,用大段婉转、清醇的唱和难度极大的翻跌摔滚,表现刘秀爱惜忠良又错杀忠良,悔疚的心理和恍惚的神情表演刻画得入木三分。

他演《闹天宫》，不单纯是像一只猴子，而确确实实是人物化甚至神化了的美猴王。

他演《华容道》，既不是偶像式的也不是卖艺式的关老爷，而是有血有肉、有性格、有感情的汉寿亭侯一派儒将风度。

特别是他的《野猪林》，更是把唱念做打熔于一炉，把杨小楼这出保留剧目加以发展深化，成为新中国的一出京剧经典和传世之作。就拿"白虎节堂"一场来说，李少春的大段念白表演，真可说是惊天地泣鬼神。其中在责问陆谦时三个"可是你"每一次都不一样。第一个"可是你"念得沉稳，表现林冲既理直气壮却又紧紧地控制着自己的感情；第二个"可是你"虽仍克制着心中的愤怒但已喷薄欲出，因而略带颤音；第三个"可是你"时，表现林冲愤怒到了极点，一个"可"字，利用断音，重叠五次，感情强烈。整段念白节奏越来越紧，仿佛疾风骤雨，狂飙扫落叶，但仍然是字字铿锵，最后一句"岂不是冤沉海底"高耸入云，犹如石破天惊，震人心弦，感人肺腑。据说此剧在上海有 4 000 座位的天蟾舞台连演数十场，日本著名演员和外宾观看了《野猪林》，对李先生文武全才而出神入化的表演大为惊服呢！

遗憾的是我们没能看到他的全部《响马传》这一杰作。我们曾看过天津李派马少良的"观阵"一折，从中略窥李少春为此剧所付出的心血。据说当时周恩来总理看了这出戏十分赞赏，特地推荐为建国十周年的献礼剧目。

我们有幸在"文革"前就看过李少春的《红灯记》这出脍炙人口的现代京剧，他把一个忠贞不屈的革命者的风貌表演得淋漓尽致。在"斗鸠山"一场戏中，李玉和坐在椅子上稳如泰山，而鸠山则围着李玉和转，企图用威胁利诱制服李玉和，在这里李少春以静制动，气宇轩昂，内心充满着对鸠山的蔑视，表现了一个坚定的无产阶级革命者的沉着冷静、临危不惧的英雄气概和斗智、斗勇的气魄。让观众看到这场面对面的斗争中主动权完全掌握在共产党人李玉和手中。这场戏固然有导演处理的功力,但也与李少春深刻理解人物思想感情,运用人物的语言动作刻画出李玉和的革命形象,有着极重要的关系。这就是我们常说的,好角能保戏的作用。

李少春注意广收博取,只要对自己的表演有帮助的都要虚怀若谷地广泛吸收。他演的《云罗山》,有一个动作,表现主人公受沉重打击昏死的情节,身体晃晃荡荡,李少春用两足尖踮着表演,似乎吸收了昆剧《活捉》中的动作,又像吸收了芭蕾舞中的动作,听说他早年演猴戏《水帘洞》一跃登上三丈高台,过去没人用过如此高难动作,这是李少春吸取了我们运动员撑竿跳的动作演化而来。后来李少春成名了,是名扬南北的大演员了,但他并不满足,又拜周信芳为师,可惜的是这以后没多久,发生了"文革",周信芳和李少春都受尽"四人帮"的残酷摧残含恨而逝,他们的死确实是京剧艺术不可弥补的巨大损失。

现在上上下下、菊坛内外都在大声疾呼要振兴京剧,除了国家要采取大力扶持的政策,从京剧界自身来讲,有两个首要的条件,一是有好剧目。光是老一套,今天《四郎探母》,明天《女起解》,一二十出戏翻过来演过去是不能吸引更多人的;二是要大力培养一批优秀杰出的京剧演员。多出几个小梅兰芳、小周信芳、小李少春,京剧是不会没有观众的。令人高兴的是现在在不少青年人(包括大学生)中已出现了一批京剧爱好者,我们体育界也有不少京剧迷,从我们年高德重的荣高棠、李梦华到18岁的体操世界冠军,都对京剧有很大兴趣,我们也高兴地听说有不少青年武生演员说就盼着继承李少春的表演艺术,对他佩服得五体投地。今天我们纪念李少春,最重要的就是学习他那种不折不挠地继承传统、发扬传统和不断推陈出新的改革精神。只要有这种精神,我们相信必有后来人能达到前辈大师的成就,甚至有一天超过他们。作为祖国民族艺术瑰宝遗产而又具有无限生命力的中国京剧艺术,也一定能更加弘扬光大,一定有着光明灿烂的前景。

跛脚"尤三姐"

——访荀派名旦孙毓敏[*]

如果说历经磨难的邓朴方曾给中国几千万残疾人以鼓舞的力量，那么孙毓敏在这方面也是堪与匹敌的。这位 46 岁的女演员，以她"拼命三郎"的精神，做出了我们健康人难以取得的成就，她的感人事迹再次证实了英国伦理学家培根的名言：跛脚的人可以赶上走弯路的健康人。

简直无法使人相信，舞台上一个个娉婷玉立的"尤三姐"、"红娘"、"霍小玉"，这些活灵活现，唱、念、作、舞皆佳的不同性格古代女性形象竟是一位靴里垫着假后跟，脚底下还有一个十几年不封口创伤的伤残人所扮演。功夫不负苦心人，孙毓敏这位双脚严重骨折的伤残人，如果没有对京剧艺术如痴如狂的劲头，没有舞台上的拼命精神，她是不可能荣获 1983 年北京中青年演员调演"特别奖"和 1984 年全国第二届"梅花奖"的。1985 年，她被选为中国戏剧家协会北京分会常务理事，她自豪地告诉我："我还参加了全国残疾人基金会，被选为朝阳区劲松残疾人协会主席呢！"

孙毓敏住在劲松小区一个很普通的二居室里，一间稍大的房间是她和爱人用于起居、练功、读书、写作、书画、待客的"多功能间"，她每年 160 多场的演出节目就孕育和诞生在这间小房子里。就在这间房子里，她写下了近 20 万字的自传《含泪的笑》一书，明年 1 月即将出版。

她的居室内挂满了书画，既有名人大作，也有她自己的作品。"你

＊ 本文作于 1989 年 12 月。

认识宋任穷副主任吗?"她边问边说:"宋公啊,我在剧场常见到,他是位热心振兴京昆的老前辈!"原来,宋公在 1986 年七一前夕亲自给她写了信。他赞扬她:"你在《红楼二尤》中扮演的尤三姐演唱得很好,我看了很高兴,希望你继续努力,创造出更多为广大群众喜爱的戏剧形象……"正是中央领导同志这样的亲切关怀和观众的热情支持,使这位久遭磨难的演员重新燃起生命之火,并在艺术上获得了新生!

1968 年,她和邓朴方一样遭受磨难,被逼从楼上跳下双脚跟粉碎性骨折,断裂为 20 多块,全身多处受伤,剧烈脑震荡,俊美飘逸的"尤三姐"从此长期瘫痪在病榻上了。

粉碎"四人帮"的消息使孙毓敏欣喜若狂,三中全会后的拨乱反正给她以巨大鼓舞。"活着,就要对社会有用,不能成为废人,不能成为社会的负担!""演员的价值就在舞台上,失去舞台,我的生活也就失去一切光彩。"她决心站起来,会走、会坐,重返舞台。她心底升腾起一个坚强的信念。勃郎特的爱情能使久瘫的情人——英国女诗人重新站起来,她,也要凭借对艺术的热爱,重返舞台。从此,她开始了顽强的身体锻炼。由于长时间石膏固定,去掉石膏后她的腿已经萎缩成两根直径为三厘米的小细棍了,脚板、脚腕、脚趾头全部僵化、腰肌也因长期卧床而失去了功能。怎么办呢? 开始,她请人从床到窗台拉起一根绳子,扶着墙壁,拉着绳子,一寸一寸地挪动脚步,每一步都像走在尖刀上一样,但她立誓:"只要不疼死过去,就要往前走。"在党组织和领导同志的关怀下,在同志们的热情帮助支持下,加上祖国中医的神奇力量,厄运中出现了奇迹,这位双腿曾长期瘫痪的孙毓敏,通过顽强拼搏,终于重新走上舞台,并恢复了往日舞台的风采神韵。

这不,在 12 月初纪念戏剧家汤显祖逝世 370 周年之际,文化部等单位一致推选著名荀派名旦孙毓敏演出名剧《霍小玉》。望着她精湛的表演,听着她动人的唱腔,我回味着,遐想着,一股写作的冲动油然而生。于是,我写下了这篇专访。

我的校长卓琳

一

2006 年冬已降至大地，但山城仍树木深幽，绿意盎然。

我的母校重庆人民小学建校 60 周年，学校忙着举办大庆。丁校长亲自打来电话，再三邀请我代表 50 年代初期北京在这里入学的学生们参加庆典。这是一所具有光荣革命传统、规模较大的历史名校；看来是义不容辞了，我行色匆匆赶往母校所在地——山城重庆。

一路上我都在回忆母校可敬可爱的第一任校长卓琳，还有那栋虽斑驳但总算保留下来的二层小楼中的"第一寝室"。

记得第一次与卓琳校长见面应是 1950 年的春节庆祝晚会上。当时，刘邓大军百万雄师在 1949 年风卷残云般攻下国民党反动派"首都"南京后，又挥师南下再勇夺国民党政府抗日时期的陪都重庆，我们这些"二野"子弟，也随大军来到刚刚解放的山城。在解放后的第一个春节的军民庆祝晚会上，重庆人民大厦大礼堂上演了京剧名家厉慧良的拿手好戏《长坂坡》。记得当时年幼的我正悄悄地问妈妈，庆祝大幅横标上"零"字怎么念？是什么意思，怎么这样难写呢？忽然发现和妈妈一起看戏的一位圆圆脸庞、和善的阿姨正朝我微笑，这个微笑好美，给我留下非常深的印象，真没想到，这就是我与未来校长卓琳阿姨的第一次碰面。

卓琳阿姨的首任校长真是不好当。其时重庆刚刚解放，百废待兴，到处是溃逃之军炸毁工厂的残垣碎瓦，物资缺乏，学校也不例外。除了学生们学习程度参差不齐外,教学设施不全,师资力量缺乏,学生的安全保护等问题也都一一摆在卓琳校长面前。如同解放军打仗一样,卓琳校长凭借勇气和学识带领教职员工和警卫人员攻克了一个又一个难关,在党政军大力支持下终于建成了战后重庆第一个干部子弟小学。

二

在当时条件艰苦的情况下卓琳校长是如何开展工作的呢?还是从我的学习故事来说起吧。

刚开始上图画课,我的作业纸上签名便只写对了"万伯"两个字,最后一个"翱"字,因为当时的繁体字笔画太多,又不懂什么意思,我只写了右边的"羽"字旁。老师发卷讲评时,念道:"下一个,'万伯羽'同学……"引起哄堂大笑。笑归笑,其实这就是当时的实际情况,我们这些刚刚从马背和战车上抱下来的西南局和"二野"的孩子,由于经常跟随父母行军转移,学习是"三天打鱼,两天晒网",都没有受过什么正规教育,而那时的西南军区直属人民小学全校有五个年级,每班只有20多名学生,学生的基础都不是很好。哪个孩子从哪个年级开始上,插哪个班,都要逐个考察研究。卓琳校长在仔细了解我的情况后,和我父母商量,决定安排我从一年级重新读起,先打好基础,正是因为这个实事求是的决定,使我自此开始系统学习,为后来能够从事宣传文化方面的工作打下了良好的基础。

重读一年级,除在学习上打好了基础外,更让我结识了一个好朋友——邓朴方,他是邓家的大儿子。那个年纪的我捣蛋、贪玩是常有的,现在想来,给卓琳校长实在添了不少麻烦。1980年后我们在胡乔木同志家中聚会时,邓朴方在轮椅上向我笑道:"是啊!老同学了,那时我们打架总是一拨的!"

还记得当时的一个晚上,我和朴方都睡不着,就交流起"抓蛐蛐"、"掏麻雀窝"的经验。半夜查铺的生活老师突然打着手电来了,当时我们正坐在走廊地板上,朴方耳灵眼尖,说了一声:"老师来了!"朝着小床就跑。我在后面,发现了一个竹笠帽子,忙顺手一盖就藏在墙角中的竹笠下。当然我们儿童的这些小鬼把戏难逃老师犀利的眼睛和明晃晃的手电筒。第二天面对卓琳校长的时候,我们都低着头不敢看她,卓琳校长对我和朴方都给了严肃而又耐心的"批评教育"。犯了同样的错误,朴方受到的批评却比我严厉得多。

实际上当时学校里的同学们都知道,卓琳校长对自己儿女的管教相当严格,除了不到一周岁的毛毛被送进托儿所外,比我高两年级的邓琳、不满五岁在一年级旁听的邓楠,还有和我同年级的朴方,都在卓琳校长的严格管理范围之内。她常说:"一定要敢于拿自己的孩子'开刀',才能管住其他孩子!"卓校长治校严格,让我们学习解放军严明的纪律,对自己的孩子就从不搞特殊。

我幼时顽皮,"惹事"不断,刚逃过一"小难",不久又带头犯了个"大错误"。

有一天两个炊事员叔叔头顶两大盆黄澄澄的广柑(四川的橙子,当时都这么叫)正从校园里过。我这个"孩子头"嘴馋眼尖发现了这个情况,忙放下了手中滚动的铁环圈,一挥手说:"大广柑来了!"霎时十几个高高矮矮的同学跟了上来。大家围着两位炊事员叔叔大喊:"我们要吃广柑!"这时我带头抱住炊事员的腿,不让他动:"先给我发一个吧!"立刻有后来者仿效,顿时上下乱抓,孩子越围越多,竟把两大盆广柑晃翻下来,只见广柑满地乱滚。孩子们纷纷弯身去捡柑子,我抢了一个使劲就咬起来。这时卓校长闻讯,立即带领老师和员工包围了闯祸的学生,并大声命令:把广柑全部捡起来送回大盆里!我咬了几口的柑子,也被体育老师强行夺下,成了"罪证"交到校长办公室,经同学"检举揭发"我成了"首犯"。我被带到卓校长办公室,接受她和班主任的严厉批评。"你知道什么叫游击习气吗?都快上三年级了,怎么能带头破坏纪律!不尊重炊事员叔叔呢!"我低头无语不敢正视校长,知道犯了大错。很快我的父母也被通知来到学校,当然又是一通大大的教训,我痛哭流涕地在全校做了深刻检查。最后念及我年幼无知又有深刻检讨,卓林校长终于免去了对我的处分。这段教训使我铭记终身,再也没有过如此"明火执仗"的"抢劫"行为了。

三

在我幼小的心灵里牢记着卓琳校长严厉的批评教育,更忘不了她慈母般呵护学生的点点滴滴。

记得那时,每个星期六许多学生都会被父母接回家休息一天。但因为重庆刚刚解放,蒋介石留下不少潜伏的匪特,不时破坏交通,还杀害我干部战士。同时由于战争刚刚结束,父辈们都忙于山城的重建和社会秩序的恢复,因此家长们常常忙得不能按时到校接我们回家。面对学校里总能剩下的二三十个大大小小"无家可归"、可怜兮兮的孩子们,卓校长看在眼里,急在心头,她总是哄哄这个,又擦擦那个的眼泪鼻涕,慈爱地说:"同学们,你们现在都是大孩子了,不要哭!你们的父母忙着工作,建设我们的新重庆呀!老师和我就是你们的父母啊!"

有一次当我们这些被忙碌的家长遗忘的小学生又聚在卓琳校长身边苦等父母来接时,卓琳校长高兴地对我们说:"快去换换衣服,洗洗脸,跟我去看电影好不好?"那时看电影对我们来说可是件大事——墙上活动的人、动物、飞快的火车,冒烟的轮船,天上轰鸣的飞机……这一切都太有趣啦!简直是童话再现了。一想到这儿,刚刚还愁眉不展的学生们马上欢呼雀跃起来。

我们排成队手拉手,穿过马路,在队伍中指挥的卓琳校长此时犹如一只威严的老鹰呵护着她的孩子们,很快我们这一行队伍就走进了上清寺对面的西南局会议室。后来我才清楚会议室里面有那么多"大人物"呢!邓小平政委、刘伯承司令员、贺龙司令员、王维舟副司令员及重庆市第一任市长陈锡联将军、第一任市委书记张霖之等首长都在那里等我们。当时我们并不知道这些坐在大皮沙发里的"大人物"都担负着多么大的责任,也不知道他们在新中国历史上立下了怎样的赫赫战功。我们按校长的指令在他们前面的地毯上席地而坐,卓校长端起茶几上一大盘糖果,走到我们跟前分发起来,霎时我们的双手纷纷扬起生怕落下了,校长忙说:"不要乱,每人都有!"还悄声叮嘱:"哪位同学去厕所要先举手报告,让老师带你们去,千万别乱跑丢了!"

那一天,放映的电影好像是大作家高尔基自传体三部曲之一的《童年》,当时我对于电影内容似懂非懂,只觉得墙上的外国小孩生活实在太困苦。尽管如此,我们还是因为看上了电影而把父母迟迟不来接我们的烦恼忘得干干净净了。

卓琳校长处处以身作则,从不以西南局第一书记和西南军区政治委员邓小平夫人的名义搞任何特殊。如果说她那次带我们看电影是利用了自己的特殊身份,那也只能说明她对我们这些学生是多么的关爱。

卓琳和她的弟子们(右三为万伯翱)

大概是 1951 年的夏天,火炉重庆真是"赤日炎炎似火烧"。为了给孩子们在体育课上遮挡烈日,在卓琳校长亲自策划指挥下,工人和解放军叔叔就在楼下操场上用竹竿、竹席为我们搭了简易的凉棚,这一下就把太阳的威风挡住了许多,学生们都可以在其下面上体育课和做游戏了。

除了日常的学校管理外,师资不够时,卓校长还兼课,她教高年级的语文、数学和音乐。我读到三年级时,有一次,我们的音乐老师病了,她就顶班代课教我们,她那时不讲流行的四川话,而是讲带一点云南口音的普通话,我总忘不了她第一次给我们上课时的微笑和不厌其烦的耐心教导。

四

在我两鬓霜染再访母校时,回忆起半个世纪前能在卓琳校长的学校上课,能亲耳聆听她的教诲实在是无上荣幸的一段历史啊!

卓琳校长出生在知书达理又具有革命思想的殷实家庭,毕业于北京大学物理系,后投身革命,奔向了革命圣地延安。卓琳校长的父亲浦钟杰(字在廷),在清末民初是大名鼎鼎的洋务运动实业家,辛勤致业创建了享誉九州的云南宣威火腿,浦老亦是一位智勇双全的爱国反封建人士,也是伟大的革命先驱孙中山亲自任命的少将、滇军军需局局长。今年 4 月在央视八套首播的 29 集电视剧《商贾将军》,就是以邓小平伯伯岳父大人浦老先生为原型而塑造的剧中人物。

校庆当天,我终于又站在了我们曾居住过的小楼"第一寝室"前,时光流转,曾经的"第一寝室"如今已是面目沧桑。回想当年岁月,我再也控制不住自己的感情,忙给卓琳校长的女儿邓毛毛打手机,问候我的第一位校长和老师。60 年来卓琳校长伴随邓小平伯伯度过了金戈铁马的战斗旅途和"三上三下"的残酷政治生涯,都能坦然面对,而 1997 年小平伯伯的去世,则使老校长的身心仿佛突然疲惫了。年近 90 岁的老人，如今手拄拐杖，行动已不方便，无法到校参加她曾经浇注心血的学校的校庆活动，这真是学生们的一大遗憾。因此由我代表大家问候了卓琳校长，这使我这个当年的顽童感到十分荣幸。

当校庆在金鼓齐鸣和彩花满天中隆重开始时，卓校长的"桃李满天下"有了见证。学校专门设置的展览中，照片上有许多当年她的学生，如今的将军、部长、总编辑、教授、科学家……还有一张非常难得的50年代初卓琳校长和老师们的合影。她低调谦逊地站在最后一排，但我们还是一下子就从她那慈祥亲切的笑容上找到了她。

我的卓琳校长给了我什么？我想是人生的基础，一个如何永不忘记祖国和人民的基础。在我的小学岁月里，我所学到的除了知识更有做人的道理，半个世纪以后，经历了下乡、当兵和十年动乱，当我做了中国体育杂志社总编、社长，又兼任了中国传记文学协会会长的时候，我更加理解了知识和人生的重要意义。在2002年"中国第二届传记文学作品苹花杯评选大赛"上，如此碰巧，在庄严的人民大会堂，我代表学会和组委会把优秀奖证书和奖金颁发给卓琳校长的胞姐浦代英老人家，她因纪实之作——描绘浦家父辈和她们三姊妹如何走向艰难革命道路的《无悔的岁月》一书而获奖。

看着老人，回忆她书中对卓琳校长的生动描写，我发出了一句早应大声说出的心里话：师长滴水恩，弟子涌泉报！

母校的大门

50 年前的母校和现在一样,都是这座厚重的大门。

母校位于北京的先农坛内。因为是明清两朝皇帝"扶犁种稼"的圣地,先农坛皇家院落的大门当然十分气派。凝重庄严的大门楼琉璃瓦加顶,上面还有飞檐走兽,门楼下门开三洞,中间是又高又宽、镶有九排大铜钉的两扇厚重的楠木大门,通常左右两个门洞的四扇木门是封死的,师生们都只走中间的大门。门洞内地上铺着名贵的青条石,多年来进出的车马和来往人太多,加之风雨剥蚀,青条石已凸凹磨损了。大院内绿瓦粉墙,花木繁盛,春天紫白丁香盛开时满院馨香扑鼻,更有四季古松苍柏参天,当阳光普照,先农坛内格外庄严气派。院内的主要大殿均是坐北朝南,画栋雕梁,雕栏玉砌,体现着皇家建筑的规制。院内更有不少大院套着小院,错落有致。大门口总是高挂"此处不是公园,游客请勿入内"的牌子。当年院内的许多古建筑都分别做了我们的礼堂、图书馆和教室、宿舍,那时新建的校舍不多,只在空旷之地建有 12 排教室,红砖蓝瓦。50 年后我们返校庆祝母校校庆时,门口加了一块"北京市古代建筑博物馆"的牌子,从这块牌子你就可以看出这座大门的不同凡响,门里所呵护的建筑更是弥足珍贵了。

这座大门是纳才送贤之门,我们的老师从青年时代走进这座门,风风雨雨,霜铺雪飘,小小讲台,粉笔生涯,粉尘天天撒满一身,也染白了他们满头的青丝,老师们默默无闻地奉献,没有收过任何红包,也不要任何回报,只希望他们育成的莘莘学子从海内外归来时能再踏进这座校门相互看看。桃李满天下的学子中不乏中央的大员、肩扛金星的海陆空将军、共和国的部长、各报社的总编辑、外交外贸战线上的高级翻译、各行各业的总工程师,也有闻名全国的演员和作家。多少年来他们和这个地方没有断过联系,首先得经过这座皇家大门;有的来看望恩师,也有的被请回来做报告,教育小字辈师弟师妹们。

几代学子应该都记得门口传达室的赵大爷,他起早贪黑,既当门卫,又负责给老师订牛奶、送报纸、发信件,而且还担当卖报纸的角儿。他那浓重的山西口音至今仿佛还在耳畔:"晚报,晚报,今天的《北京晚报》……"那时我们还是初小的娃娃生,在学校憋得慌,总想到门外不远的天桥去逛逛,看耍大刀、舞三节鞭、拉洋片的,或是花几分钱买包黑枣,或是炒花生、炸白薯片;那是我们这群孩子最开心的事儿。我们常常趁赵大爷不留神时往门外溜,当然时常又被他"老鹰捉小鸡"似的抓回门里。现在我们也都是霜染两鬓行将退休之人,赵大爷恐怕也早已不在人间了。但这位平凡而又伟大的守门人却永远活在我们一批又一批学生的心中。

遥想当年,为了教育启迪我们,这座门被请进了多少共和国的英雄模范、革命先辈、艺术大师和有成就的大师哥、大师姐。冯雪峰讲鲁迅,帅孟奇讲自己,李大钊子女讲先烈,他们的报告和讲演如雨露春风沐浴着一茬又一茬渴望知识的学生娃娃们。

这座门上如今挂着"北京育才学校"的牌子,这非凡的大门凝聚了不同历史时代的光环,今天又焕发出新的光彩。

小平伯伯教我在大海中游泳

　　和全国人民一样,小平伯伯逝世以后,我们全家深深陷入巨大的悲痛、哀思之中,小平伯伯的骨灰,伴随着花瓣回归他终身热爱的大海中去了,蔚蓝无垠的大海迎纳了她的赤子,也唤起了我积存在脑海中40多年、鲜为人知的小平伯伯和我共同在大海中的情景。

　　20世纪50年代中期的一个暑假,那时我是刚刚系上红领巾的孩子;随着小平伯伯调入北京不久,不到40岁的父亲也调入国家城市建设部首任部长。一次,利用星期日我们全家到北戴河海滨去休息。我记得我们一家是乘硬卧车厢,父母在下铺,我和弟弟在上铺,妈妈还很不放心,怕我滚下来摔着,一再嘱咐我:"往里面靠着睡!"

　　第二天清晨就到达了北戴河。午休后,父亲对我说:"去看看邓政委(那时的邓伯伯已被选为政治局常委和中央委员会的总书记,但父亲总习惯称他为"邓政委"),你也去吧! 卓琳是你的校长,邓朴方又是你的同学嘛!"(我和邓朴方同在西南军区重庆市直属人民小学读过书,当时刚从战争中聚拢在一起的孩子头——首任校长就是小平伯伯的夫人卓琳)

　　车子在绿荫曲折的滨海城市中飞快行驶,我伸长脖子,探着脑袋看见了远处的大海,只见碧空尽处天海相连,我看见了层层海浪前推后拥,不断冲击海岸。那千百年来海浪的拍击声滚滚入耳,在这汹涌澎湃、浩瀚无际的大海面前,我感觉任何诗词文章都难以将她描绘。嘿!这是我第一次看见大海,内心十分欢乐。

　　车子很快驶进了旧式二层楼的别墅中,院子挺宽大,高大的乔木上"知了"畅快地鸣叫着,树下面种满了花和草,显得葱郁幽美。当然空气也是那么湿润宜人,远远地仍能看见蔚蓝色的大海,耳畔浪涛声时隐时现。那时小平伯伯才50岁出头,身体特别好,朴实的平头乌黑乌黑泛着青光,脸晒得黑里透红,穿着短袖白布衫,下着灰色凡尔丁裤子,足蹬皮拖鞋。他在一张长长的、铺着白布的桌子旁边的藤椅上边躺着看报,边等着我父亲,旁边还有卓琳校长和系着红领巾的邓朴方、大姐邓琳等。父亲进去后,他们的手紧紧地握在一起。我忙向校长致少先队队礼:"卓琳校长好!"她直叫我名字:"万伯翱,不调皮了吧?是少先队员了,该变成好孩子了(显然我在她当校长的西南军区直属人民小学也是调皮挂号的)!"接着她问我现在在哪所小学读书,我说:"在育才小学!"(邓朴方则说,到北京后,他进了八一小学读书)

父亲和小平伯伯谈论公事,我和邓朴方到院子里抓"知了"。也不知过了多长时间,我们正玩得高兴,大人们喊:要走了!父亲走到院子里,看我们玩得正高兴,卓琳校长就说:"万里同志先走吧,我们带孩子下海玩玩,再送他回去就是了。"

大概是4点钟,我们跟着小平伯伯、卓琳阿姨下海了。踩着越来越

邓小平和时任中共安徽省委第一书记万里在黄山

多和越来越细小的沙砾,海涛的轰鸣声越来越大,海风吹得也越来越猛了。晒了一天的海水并不太凉,冲过来的海浪似乎要把我吞掉。我抹去脸上苦涩的海水,还未定神,又一排风浪追过来,我不由后退了一下;一群白色的海鸟戏啄着海浪,又展翅冲向天际,是那样的坚强,是那样的无畏无惧,我深深地被感染。此时,会水的人都投向了大海,小平伯伯转头见我仍站在那里便问我:"做啥子不下去,会游吗?"我忙摇摇头,又支吾着说:"我没有带游泳裤。"小平伯伯笑道:"还是个小娃儿嘛,不穿游泳裤一样游哟,快下来嘛!"我似接到命令,慌忙褪去衣裤只穿个三角内裤就扑进了大海。海水没过我大腿时,风浪接着又打过来,我不禁打了个寒噤。小平伯伯拉着我的手,走向海里:"不要怕!水越多越暖。"但我还是怕这深水和大浪。小平伯伯鼓励我:"四肢划动起来才暖和呢!先学会换气。"小平伯伯边说边给我们做示范,他深呼吸一下,双臂劈开涌过来的一排又一排浪涛,从容不迫、胜似闲庭信步地游着。看到游来游去的朴方,他忙说:"胖子(朴方小名),来教一下你的同学嘛,不要光是自己耍。"朴方很快过来,看着我不敢动的样子,将一个黑色的救生圈(汽车内胎)推给我说:"我们开始先学狗刨式吧!这姿势不好看,但很容易学会。"小平伯伯看我认真学起来,便很快游向大海的深处,那急风恶浪,他全然不顾,而且速度越来越快,像一艘稳稳驶向前的航船。

目睹此情此景,我勇气倍增,我似有了水中的灵性,毅然扔开救生圈,按着小平伯伯的指导竟然能游动了起来。霎时我心里乐开了花,憋足了气,挥动着双臂,在风浪中游动着。

40多年的时光弹指间过去了,回忆起大海中的小平伯伯,他是多么像高尔基在诗中所吟唱的海燕:"这是勇敢的海燕,在怒吼的大海上,在闪电中间,高傲地飞翔,这是胜利的预言家在叫喊:

——让暴风雨来得更猛烈些吧!"

敬爱的小平伯伯,安息吧,您和大海一样永存,我们都已学会了游泳,正在您开辟的航道上乘风破浪,奋勇前进。

十年大庆，我握住毛主席和周总理的手*

　　记得少年时期，我和同学们经常手摇花束参加迎接外宾、春节联欢、观看文艺演出等大型活动。那时只能远距离地见到毛主席和周总理还有其他开国元勋们。每次都是以毛主席为首的一行或挥手或鼓掌，迈着稳健的大步走来。那时我就梦想着有朝一日能与他们零距离地接触。后来我上初中的时候，机会终于降临了——

　　那是1959年新中国十年大庆，金风送爽，秋菊绽放，祖国华诞之时，父亲万里作为北京十年大庆阅兵和大游行的北京市指挥者之一，参与了这次盛大活动的组织工作。白天我们参加北京育才学校组织的游行活动，晚上父母带我们这些孩子们登上了天安门城楼。父母正值盛年，我们手拉手一步步登上台阶到达这座建立于明代的历史古代帝王"金凤颁诏"之处。只见城楼上东西两厢高高挂起了八盏比我和弟弟加起来还高、两个大人才能抱住的巨大红灯笼。我们跳起来也还够不着它在金风中摇曳不停的橙色丝穗。往下看广场，已是人山人海，首都各个党政军大单位和学校、工厂、公社都有固定的联欢区域。他们个个盛装打扮。当然各少数民族的服装又格外绚丽多彩，夺人眼目，似乎他们人人都是歌舞能手。巨大的扩音器正播送当时流行的新疆歌曲《亚克西》，那敲着手鼓的维吾尔族和汉族同胞正翩翩起舞。刚刚建成的首都"十大建筑"中的两个——人民大会堂和革命历史博物馆，都被五彩电灯勾勒出了壮美线条。东西长安街上、中山公园和劳动人民文化宫内，

---

　　* 本文原刊于《新民晚报》2009年10月1日。

百万群众载歌载舞在狂欢、在庆祝伟大祖国十岁生日。

我们一群孩子个个都是白衬衣、红领巾和蓝裤子,当然大一点的少男少女有的佩戴上了令人羡慕的金光闪闪的团徽和各种劳卫制纪念章,也有佩戴着特为新中国成立十周年制作的纪念章。大约是 8 时左右,有人欢叫:毛主席来了! 这一喊不要紧,孩子们蜂拥蝶飞直奔城楼电梯口,只见伟大领袖毛主席以及刘主席、周副主席、朱副主席、陈云、林彪和邓小平等领袖人物出现了。当然他们和毛主席保持了一定距离,这正好被以孩子们为主的人群分割包围了,孩子们有高喊"毛主席万岁"的,也有抢到跟前握住手大声致礼问候"毛伯伯您好"的。我和弟弟仲翔也眼尖脚快霎时拨开众人冲到了毛主席面前,不顾警卫人员劝阻和北京市委第二书记刘仁伯伯的大叫:"排好队,不要挤!"我和弟弟分别抓住了毛主席的右手和左手。他的大手显得十分巨大而且柔软和温和,我们说:"毛伯伯,您好!"他乌黑的头发,满面红光笑盈盈地说:"你们好,娃娃们都好!"态度十分亲切和蔼。我们还第一次发现他的牙齿因常抽烟和喝酽茶而在灯光下黑得发亮。我们幸福的泪花飞溅,几秒钟后,位置被后来的孩子们抢占去了。很快,在彭真市长和公安部部长罗瑞卿的紧张有力指挥下,毛主席被中南海的卫士们保护着去迎接应邀而来的各国首脑嘉宾。当时最受欢迎的不是苏联的赫鲁晓夫,而是友好邻邦越南的领袖胡志明,他身着一身黄卡其布衣服,留胡须,慈眉善目,中文说得流利,小孩子们亲切地称呼他"胡伯伯"。当然,还有同样说着流利东北口音汉语的朝鲜领袖金日成元帅,一样受到热烈欢迎。

我和弟弟沉浸在与领袖握手的幸福中,扫来扫去的探照灯光束和高空怒放的礼花照着我们红扑扑的小脸蛋,当时感到真是无上光荣,这真是终生难忘的幸福时刻呀。

和我同来的同班同学管汝胜未能挤上前去握手;为了安慰他,在 9 点以后周总理接见完外宾后稍空时,我们又勇敢地跑上去,致少年先锋队举手礼:"周伯伯,您好!"这样前后我和这位伟人第一次也是最后一次握了手。周总理只问了我一句:"在哪里读书呀?"他不知道三四年后的 1963 年,他在人民大会堂向当年的首都大专院校学生和留学生及高中生代表作报告时,当场表扬的被父亲送到河南农村务农的小伙子,正是我这个当年和他握过手的孩子呢!

后来五弟还说:"1962 年 10 月 1 日晚,上小学三年级的小弟万晓武上天安门观礼台,由于个子小,他就爬上了城楼的大窗户,抢占有利地形观看腾空升起的礼花,想下来时才发现窗台太高,他穿着小皮鞋不敢往下跳。正在为难的时候,伟大领袖毛主席走过来,把他从上面抱了下来,还亲了他!父母见状,也都跑了过来向主席致谢,主席微笑着说:'这是你们的孩子呀!非常可爱。'"可惜当时大家都没有照相机,否则将会成为永久的珍贵记忆呢!

1953年，第一次在北京过年[*]

  我第一次在北京过春节，应该是 55 年前吧！1953 年元月 5 日，我们这些孩子在"火炉"重庆度过了三四年欢乐儿童时光之后，全家搬进了北京。记得当时中央派了一架老式美国小型运输机，把奶奶、父母和五个孩子接到首都。那时小弟刚刚出生，还在襁褓之中呢！同机的还有被调入中央，将任国务院副秘书长的孙志远伯伯一家。飞机经过武汉停留了一天后，直飞北京，到京后父亲万里即被任命为中央建筑工程部第一副部长。当时开国不久，新中国已从大规模的战争包括朝鲜战争中走了出来，全国已转入全面恢复经济工作，第一个五年计划的宏图已在领袖的头脑中展现出像苏联老大哥那样的美好远景。

  "腊八、祭灶、大年来到"，我们家一行老小八九口人到京后，由于刚刚成立中央建工部，一时没有为我们安排好住房，我们全家只好住在东城的和平宾馆。我们这些刚刚从大西南山城重庆到达北京的孩子们，还不会讲普通话，我们跟着父亲的南下大队，从冀鲁豫解放区一路跟随铁流般的大军滚滚南去。解放军攻克国民党政权首都南京不到一年，刘邓大军再攻下蒋介石的陪都重庆，父亲在那里被任命为西南军政委员会工业部部长。三年多后中央又把父母调到了北京，1953 年春节前夕，我们终于搬进了到北京的第一个家——北京东城区新鲜胡同甲 7 号，台湾著名学者李敖先生的小学就离我们家不远。

  过年了，下雪了，这是我们在记忆中第一次见到纷纷扬扬的白雪，个个都去抓、去吃一口，尝尝晶莹的白雪是什么滋味呀！尽管北京的天

---

[*] 本文原刊于《新民晚报》2008 年 2 月 17 日。

气似乎比现在冷得多,但饱经战争创伤的古老北京却笼罩在一片欢乐祥和的气氛中。我们在北京的第一个家是一个标准的清式四合院,据说是前清内务大臣绍英宅第中的一套。进门有前庭小院,这里有三间南房,穿过前门的影壁墙,有一棵高大粗壮、历经沧桑的老榆树,几只灰色喜鹊"唧唧喳喳"边腾跳边欢叫,看来是欢迎新春来到和它们的新主人吧!

妈妈忙着分配住房:爸爸、妈妈住在跨进中院影壁墙后的小四合院的北屋右手一间偏房,也就是现在所说的"主卧室"了,它是个有十几平方米带卫生间的房间;正中间堂屋权当书房、客厅、办公室集一身了,这是整个院子里最大的一间了,机关给配了三个沙发和一块地毯,东厢房靠近厨房的一小房当餐厅用,但还要搭上"嗷嗷待哺"的五弟和照顾他的四川阿姨,是很拥挤了。唯一大一点的西厢房,记得我和弟弟住外间,妹妹和奶奶住里间。但后来春节时爸爸的秘书要结婚,机关根本分不到房子,爸爸下令,奶奶、妹妹被挤到最南的房间去了。得让他们一对新人有"新房"啊!妈妈拿了床舍不得用的被面赠送给小两口,机关工会送了脸盆和一对贴上双喜的暖瓶,在当时就算挺不错的礼品了。当然旧式房子都不隔音,我和弟弟都很小,也不懂得"听房",每晚玩得累了,只管呼呼地大睡,成为梦中游子了。

这是战争后第一次有一个像样的家了,爸爸、妈妈还是很注意节俭,为首长配备的保险箱也被爸爸生气地退回了。爸爸说:"重要文件放在机关办公室,我没有什么值钱的东西可放,赶快给我搬走!"那时实行供给制,每月工资很少,刚刚够用吧。干部子弟几乎都穿过补丁衣服,刘少奇家的孩子、邓小平家的孩子亦是如此。邓朴方双腿上的大补丁很明显,读小学到中学,甚至到了北大,我也见过他仍穿着父亲穿旧后打着补丁的衣裤呢!

1953年的大年三十,爸爸那间小小客厅兼办公室、书房顶上,公务员小刘特别挂上了两盏方形宫灯似的红灯笼,一下子有了节日气氛,过年了,穿新衣、放鞭炮是我们每个孩子最大的期盼。警卫员叔叔花了两块钱买了当时最流行的"二踢脚"、"麻雷子"、"炮打双灯"、"月里行"、"摔炮"和一挂长鞭炮。这是我们第一次见到这么又多又好的礼花烟火，当然也是第一次燃放呢！开始胆小拿着香也不敢点燃，爸爸自恃老练，不但在地上点燃这些鞭炮，还言传身教。见他用右手中的香点燃了左手拿着的又粗又长的"二踢脚"。只听"二踢脚""嗵！"的一声从父亲的食指和拇指之间飞向天空，在空中清脆地炸响，大家齐欢呼叫好。爸爸拿炮的时候手偏下了一点，妈妈眼尖，发现爸爸正在揉指头，就问："炸着了吧，痛不痛？"爸爸忙收起熏黑的手指笑着说："没什么，我捏得紧了点！"

爸爸妈妈进屋去看文件和书报去了，新婚燕尔的秘书夫妇又买了些"老头刺花"、"老鼠屎"，这时我们也敢点了。烟花从泥老头的头顶蹿起两三丈高的火花，小小庭院都给照亮了，更照亮了蹦蹦跳跳的孩子们那张张通红而又欢乐的小脸，"老鼠屎"点燃了抛在地上，它飞快地旋转并喷射着火舌。烟花追着大人小孩，我们躲着、叫着、踢着，真是开心无比啊！

第二天起得晚，父母又带我们去逛东四隆福寺的人民市场。我们咬着又红又酸又甜的冰糖葫芦，跟着爸爸、妈妈在热闹的人民市场欣赏着各种风俗民情。我们走到了一辆推车前停下来，小车上盖了层白被子，在露出的一个棍子上面插着一个刚刚开了皮、红里透紫的萝卜。卖翁高声叫卖："萝卜赛梨了！"爸爸说："好啊，买一个尝尝吧，都赛梨了！"妈妈找出零钱递了上去。老翁把一个干干净净的萝卜拿出来，三下五除二就把皮削开，但青皮并不散，都留在根部。接着他又在上面剁了三四刀，把瓷丁丁的萝卜分成均匀的小条，然后把汁液欲滴的萝卜呈交给爸爸了。爸爸撅下一条放到嘴里："好，真是名不虚传，很是脆甜呀！"妈妈忙说："快让我们也尝尝鲜吧！"我们又走到另一个推车前，孩子们嚷着要吃"驴打滚儿"，妈妈拉着我们："风大了，吃东西不卫生，会闹肚子的，听话！回家给你们煮热汤圆吃吧！"妈妈给我们几个孩子买了一个风车，风车在几个孩子的小手中传递着，随着微风发出了"嗒、嗒、嗒、

261

嗒"悦耳的声音。

在市场上，我们买了一个双轮的、一个单轮的两个空竹。回家后，我几乎是怀抱着空竹睡到了第二天，起来顾不上吃饭，就开始在院中枯草地上练起来，起初总找不到平衡，不是掉下来，就是缠了线。我们正没有信心的时候，恰巧来了久住北京的大人和学生到我们家拜年。他们都擅长抖空竹，只教了我们不过30多分钟，我和弟弟都掌握了要领。到了大年初三我们就可以熟练地抖空竹了。到初六我们已经可以到街上和邻居的孩子们边学边练，开始练"猴爬杆"，甚至大胆把飞转的空竹抛向空中再单线接住了。真是越抖越快，"艺高胆大"；空竹也越抛越高，越抖越响呢！有时我们迎着一群群翱翔蓝天的白鸽，听着它们尾部被风声吹响的阵阵悠扬的哨声，看着蓝天白云，古老的北京完全沉浸在一片温馨祥和的气氛中。

父母很快都投入到了新的紧张工作中，我们也不能每天乱跑野玩了。2月底，刚过了十五不久，妈妈亲自带着我和二弟两个应该入小学的孩子到先农坛一个到处都是古老大殿和庙宇的北京育才小学读五年一贯制了。那苏式填鸭式的大量作业和频繁的考试压制着我们幼小的心灵。不久法国美术大师毕加索专门为"亚洲及太平洋地区和平大会"所画的"和平鸽"和荣获斯大林和平奖的中国国画大师齐白石的和平鸽，还有两个天真的孩子怀抱和平鸽的年画在我们校园满天"飞"起来了。图书馆里《普通一兵》、《卓娅和舒拉的故事》、高玉宝的《半夜鸡叫》等都成了我们这些苦读的小学生课外必读之书了。

猛回首，童年过去得真快，这些美好的往事又最清晰，它们永远定格在我们这些双鬓霜染、已进入耳顺之年人们的记忆库中了。

■ 红墙内外的舞步 *

一

就我的年龄而言,对交谊舞也并不算陌生,应该说这种男女携手对视,彬彬有礼的舞蹈,绝不乏热情和斯文。"慢四"优雅和"快三"奔放,都让舞者流连忘返。

据说,交谊舞起源于 11、12 世纪的西方,在欧洲上层社会、贵族之中广为流行。

在中国"解放区"的交谊舞更多的是苏联的来访人员以及我方留学生带来的。延安时期,蒋介石和国民党反动政权对我严酷封锁,几乎所有物品包括吃、穿、日用必需品、药品等都极其贫乏。文化娱乐、体育活动虽然硬件设施很差,但从领袖到军民都有自己喜爱的文体项目,在紧张的战事和繁忙的大生产运动中,时常举办的就有领袖和军民的交谊舞和秧歌活动,那时毛泽东主席、朱老总、刘少奇、任弼时、周恩来、张闻天、王明等领导人在周六和节假日就常在大礼堂等处参加舞会。陪他们和各位领导跳舞的女干部,大多的是投奔延安的青年学生、文艺工作者,那时场地小,女同志也不是很多,保卫人员对她们也都认识,限制也不特别严格,因此不少女同志都和她们热爱的领袖跳过舞呢!

---

* 本文原刊于《新民晚报》2010 年 7 月 11 日。

二

全国解放以后,南京、北京、上海、广州、重庆和武汉等大都市,在庆祝解放的晚会上都少不了这种交谊舞,再加上京剧、曲艺、杂技、歌唱、舞蹈这些基本演出就构成了那个时代晚会的全部内容了。

解放不久,我的父母很快都从西南局(重庆)调往北京,大姑妈万云则是1951年由重庆的西南局团委保送到苏联当留学生,她的同期同学中就有后来的国务院副总理、外长钱其琛,在苏联学习,他们都非常刻苦用功;刚刚一年多的时间,就能听苏联教师用俄文授课。当然,留学东欧的李铁映、解放前留学苏联的李鹏等同志也都是如此,他们后来都成为新中国的栋梁之材,当然他们大多也学会了跳交谊舞。

大姑妈1955年从苏联回国后,本应分到团中央工作,但我的父亲万里坚决要求自己年轻的已穿着苏式布拉吉和丝袜的妹妹先到基层,到工厂去锻炼。大姑妈这一下去就是30年,从车间主任开始,凭自己吃苦耐劳的工作,在"文革"前,就被组织上提升为北京国棉二厂党委书记,"文革"后又提升为市总工会副主席、对外友协副会长。大姑妈还有一个特点就是特别热心提倡和组织职工干部的业余文体活动,《工人日报》曾刊登过她作为领导参加市运动会和跳交谊舞的消息和照片。改革开放以后,虽然年事已高,她却愈加喜欢跳舞。

由于她对交谊舞的贡献和影响,曾两届被选为中国体育舞蹈联合会副主席,现还担任着舞协顾问呢! 大姑妈痴迷交谊舞60年了,至今快80高龄了,舞兴依然。

三

在我记忆里上小学时的五六十年代,北京交谊舞十分流行,它还是从中央到地方到基层主要的健身娱乐活动之一呢!

我采访过长期陪伴中央首长跳交谊舞的空政演员田伶,她现在已过花甲之年了,仍是中国舞蹈家协会会员。在1959年考入空政文工团时,她不过是个扎着两条小辫子的12岁黄毛丫头,受空军领导审核和委派,她不但多次到中南海为中央首长演出,而且荣幸地被选上并参加了周总理亲自指导关怀下的1959年大型音乐舞蹈史诗《东方红》的演出,她到全国各地演出的舞蹈节目,受到上下一致称赞,给她的演艺生涯留下最为光彩的一页!

当然她还有过几年进入中南海红墙在"春耦斋"演出、陪毛主席及中央首长跳舞的经历。"春耦斋"坐落在"丰泽园"西北不远的地方,紧靠"颐年堂",是清朝康熙年间(1662～1722)处理政务之要地。环境清幽典雅,粉墙黄瓦、飞檐高顶,甚为壮观,毛主席1949年从香山双清别墅搬入中南海,就在此不断召集政治局的重要会议。正厅门前有一段如颐和园似的彩画长廊,紧靠的是一座有许多太湖石构成的大假山,山上有自清朝以来就不断种植的松柏、桑榆、紫藤及多年生长的草本植物牡丹、芍药等花卉。山上还巧构了些水池泉流呢!登上山顶,上面有个五角亭子,在此可以一览南海和中海景色。"春耦斋"就坐落在这样的优美环境中。

四

田伶记忆犹新,20世纪60年代在度过了三年困难时期后,"春耦斋"文体活动就开始恢复起来。当然事先团里的领导要求她们守许多纪律:"要保密,不要向领袖们提任何要求"等,实际上那时她们几乎没一个人有照相机,当然签名、要书、要照片等的事儿也一律被禁止,这是一项很光荣的特殊任务!年轻的女战士和服务人员大多来自农村,她们内心的无比激动和紧张是可以想象的。

朱德委员长当时已76岁高龄了,功高而不自居,大有德高望重的长者风范。他有一段时间喜欢居住和工作在京郊西山脚下玉泉山。在中央常委里,他的爱好算最多的,他爱爬山,也会游泳,爱垂钓也出了名。因为家里人口多,他还亲自在中南海自家花园里种植蔬菜瓜果以补家用和相赠邻居。长征中和贺帅一样,把一点口粮省给了伤病号,自己在草地水潭中钓上鱼和战士们野炊煮鱼吃,他也喜爱跳舞,每到周三、周六,总是早早用过晚餐,也不散步了,就直奔"春耦斋"而来。

少奇同志参加舞会不像朱老总那样准时而规则,有时挺长一段时间不来,可能是出国访问和到外地视察比较忙的缘故。有时战士们刚刚到,舞会场地还没准备好,他就和夫人王光美来了。有时他留苏的大儿子刘允诺、大女儿刘爱琴也来参加,这些年轻人和战士们多跳"快三",有时也跳"伦巴"和转身等小花样,他们坐站都很规矩,对在场工作人员很有礼貌。那时光美阿姨所生的孩子年龄都小,刘平平、刘源源、刘潇潇基本没跳过,只是跑来窜去看父母和毛伯伯、朱伯伯跳舞。然而五一、国庆、中秋、春节这些大节日中的相声、舞蹈、杂技等对这些孩子们吸引力更大,当然只有过大节"春耦斋"才摆上些花生、糖果和水果,这些不但对孩子们就是对来表演的战士也颇具吸引力呢!要知道当时各方面都很节俭。

刘主席往往是先和自己的妻子王光美共舞一曲后,王光美会主动招呼舞场上女同志去请刘主席跳舞,她自己则和熟人们打招呼聊天。她很热情有礼,一口京腔使大家感到很亲切,大胆的男同志邀请她跳舞,她也不会拒绝,落落大方和他们跳一曲。

五

十年浩劫中,造反派在残酷迫害刘主席时,也疯狂迫害、陷害光美阿姨,光美阿姨于 1967 年 7 月被关进监狱,1978 年 12 月获释,在狱中关了 12 年。1979 年,她首次公开露面于人民大会堂,引起了全场轰动。我和二弟仲翔一左一右扶着这位从炼狱中走出来的共和国主席夫人,在进入宴会大厅时,她受到了人们发自内心的热烈欢迎,拥向她争相握手的群众几乎要把她挤倒,保卫人员不得不拉起人墙保卫这位当时略显苍老和蹒跚的顽强老人。我记得,激动不已的解放军歌唱家李双江动情地为她高唱《我心中的太阳》。在走入群众交谊舞大厅时,战将秦基伟首先邀请她跳了一曲,那时年富力强劳模出身的政治局委员倪志福又请她跳了第二曲,此时此刻的光美阿姨如入梦境,她认为自己是真正获得了解放、自由了,今天我不是又回到了人民群众和党的身边了吗?只可惜少奇同志已永远看不到今天的盛况了,他也永不能再陪我跳一曲《步步高》了。

毛主席在"春耦斋"总是最后一个到场,有时甚至过了午夜 12 点才潇潇洒洒出场。他是位性情中人,经常是忙完了许多事以后才来放松一下身心。一般情况下是 10 点过后"春耦斋"气氛开始不一样了,通常是由中央人民广播电台一位姓孙的老师开始播放那种四方的老式录音机(偶尔过年过节,有节目演出时才有乐队出现,那时才是最热闹的时刻),曲子一般都是《彩云追月》。音乐一响,所有的工作人员和在场首长都会拥到门口分列两行等候,田伶也总是随着众人挤到前面。大家静静地等候着,田伶第一次见到毛主席竟忍不住呼叫了一声:"啊,是毛主席!"这一叫,大家都听到了,也引起了毛主席的注意,他也朝这个女娃娃这里望了望,这使原来轻松愉快的舞会一下子变得有些严肃;随着音乐响起,晚会的气氛又更加热烈起来。大家都盼望和毛主席"心中的红太阳"共舞一曲。这时如果江青到了,她总是要请主席先跳一圈,然后其他女兵就纷纷迎上去依序陪跳。

当然 60 年代,我们都处于高山仰视崇拜人民领袖的年代。1963年元旦时,在"春耦斋"歌舞晚会上,田伶等穿插表演了亦舞亦唱的节目《拜年》,当她们一组四姐妹(空政文工团)齐唱道"一拜敬爱的毛主席",当主席看到她们有拜年礼仪的舞蹈动作时,竟然一边拿着中华香烟,一边从座位上起身缓缓弯了一下身还礼,当时毛主席这一谦诚动作,立即引起了全场观众热烈掌声,那时领袖和人民真是如鱼水之情呢! 1974至 1975 年毛主席由于身体已明显老迈,已不能跳舞了,他提出看看电影

267

吧！他老人家发乡音特重而又含混不清，老人家原说是想看看《平原作战》彩色样板戏电影吧，结果工作人员传成了要看《平原游击队》，电影一放毛主席只说了声："不对吧?"但挥手又说了声："放吧!"当看到影片中敌人枪杀我们的军民时，他当时泪流满面，对小田她们说："我家为革命牺牲了五口人呦，有开慧……"主席扳起手指头数着，抽泣难言。

六

从 20 世纪 50 年代到 1966 年以前，在节假日里交谊舞也常在国务院紫光阁小礼堂和怀仁堂会议厅等地举办。那里是以周恩来、陈毅、李先念和贺龙等国务院领导为主，各部委首长也会受到邀请，这里气氛会更加热烈，形式更加生动活泼，时间倒是很规则，晚上 7 点半到 10 点半，三个小时左右就全部结束了。

在北京饭店七楼上举办的大型舞会，那时我正上初中，曾随父母一起去过一次，是一次国庆节的联欢活动，中间穿插表演节目。人很多，有糖果，我还一边吃一边往小口袋里装几块好回去分给同学吃，那一次周恩来总理和贺龙副总理参加了，总理穿蓝色毛料中山服，眉头舒展，好像刚喝过些酒，心情不错，显得满面红光，神采奕奕。有中央乐团乐队伴奏演出，他跳快三步，许多女演员和阿姨都排队想和总理欢跳一曲。

1962 至 1972 年，我作为首都知青下放河南西华黄泛区农场时，在那远离大都市的穷乡僻壤，四周都是农村，就是农场的职工百分之九十也都来自农村的老家，我很清楚地记得，在"文革"前的国庆、春节，还举行过几次交谊舞联欢晚会呢！当然围观的群众比中间四方块里跳舞者还多。

七

以上所说都是半个世纪以前的舞会情景，如今改革开放也有 30 多年,又是"天翻地覆慨而慷"了,电视、电脑、网络进入千家万户,各种舞蹈、歌唱、小品文艺表演让人目不暇接。但窃喜的是不少运动、活动消失了,国内外大腕不少活动不成气候了,唯独这交谊舞仍在不分天南地北保存和发展着。就说我所居住的北京方庄的各个小区的露天舞池里,每当风和日丽的春秋两季,就连夏季不是暑气逼人那几天,饭后茶余休闲悠悠的住户,也全照来不误。我观察是以老年为主力军呢!他们都穿得干干净净,人多而不乱,在他们自己推荐的老师教练下,用自备的手携录音机播放着他们熟悉的舞曲,跳得花样如愿、满脸欢笑,互相致礼、相约再见!

2004 年,笔者作为中国作协第六次全国代表大会代表,也是在人民大会堂宴会厅和第七届全国文联的代表一起参加庆祝两会圆满结束的晚会,在著名文艺代表演出节目后,最后是当时中央七名政治局常委和大家见面,同时也参加我们两会代表们的联欢活动(江泽民总书记还和杨洪基等老演员一起歌唱)。党和国家领导人和两会代表的联欢舞会开始了,在军乐队的欢快舞曲伴奏下,我亲眼看到了坐在第一排的舞蹈名家们和京剧表演艺术家们,也是两会代表的戴爱莲、陈爱莲、刀美兰、刘敏、李维康等纷纷起身前去邀请坐在主席台上的众常委跳起了愉快怡人的交谊舞呢!

269

井冈幽兰

——缅怀朱德元帅夫人伍若兰

一

红军之父，中国人民解放军总司令、十大元帅之首朱德委员长(1886~1976)一生酷爱兰花，尤其是巍巍井冈山崖下的各种兰花，更引起了他深深的钟爱，情深意长。

1962年3月初，朱德委员长以76岁高龄又重登上阔别了35年的井冈山，并且在井冈山下泼墨挥毫直抒豪逸，写就了"天下第一山"五个铁画银钩的苍道大字。此处"第一"系指1927年朱毛两帅在井冈山会师后，开创了中国第一个革命根据地。"井冈山是中华人民共和国的奠基石。"(彭真语)从那时起，中国工农红军走上了"农村包围城市，武装夺取政权"的艰苦卓绝的革命道路，由此引发"星星之火可以燎原"之端。所以从那时起，井冈山闻名遐迩，而且想起来总是令人肃然起敬。

朱总司令在井冈山初期结婚的夫人，就是一枝深谷幽兰，这位烈士的名字叫伍若兰。

我们的老体委主任伍绍祖，是中共中央和中国红军电台的奠基人伍云甫同志的长子，和伍若兰都是湖南耒阳人。他曾不断给我讲述若兰这位女英雄的故事。说起来，伍若兰是长辈，论辈分，绍祖应该叫她姑奶奶的。伍若兰是1924年考入湖南衡阳省立第三女子师范学校的学生，在当时的革命队伍中这属于了不起的"知识分子"了。朱总司令后来谈起她时，总是尊称其为"文武双全的女中豪杰"。她具有革命知识分子的早知早觉的特点,又读过鲁迅、巴金等反帝反封建的进步文学书籍,接触过不少当时革命运动中的志士伟人,如毛泽建、何宝珍、陈浩等;这些都早早点燃起她向往妇女解放,反对封建礼教、反对帝国主义的心中烈火,使之英勇无畏地投向五卅运动的学生革命洪流中。

1925年,年仅21岁的青春少女伍若兰秘密加入了中国共产党。此时,她受党的派遣到湖南农村开展农民运动,担任县青年团宣传部长和县妇联主任,从那时起,城乡到处闪现着这位留着齐耳短发,操着浓重湘南口音的姑娘的身影,她满腔怒火抨击旧礼教,主张妇女要翻身要解放,她发动组织起群众干脆开到土豪劣绅家"吃大户"与土豪劣绅面对面斗争。锣鼓声中,红旗下,挥动大刀、长矛开仓济贫,杀猪宰羊。她顶风冒雪,不怕山高路远,动员当地妇女剪发、放脚、入农会、上夜校。她在北伐战争中,积极带领耒阳民众和妇女给入湘将士赶做军鞋,筹集粮草,年轻女将伍若兰坚定的革命立场和大胆泼辣的革命行动使她的名声在湘南到处传扬。

1927年"马日事变"后,国民党反动派在湖南进行残酷无比的反革命大屠杀。伍若兰当然被列入重点缉拿的"黑名单"中,在这种"高天滚滚寒流急"的革命低潮时,"更无豪杰怕熊罴"的伍若兰和其他共产党员一起,重新建立起被破坏的妇女、工会组织,集合起被打散的队伍,迎接大年前夕的"朱德湘南年关暴动"。至今,她的家乡还流传着她严惩给土豪劣绅通风报信的内部叛徒李慕白的故事。这个可恶可恨的叛徒败露后,还手持凶器负隅顽抗;伍若兰当时处事十分果断,指挥若定,和几个自卫军战士一起把李慕白打翻在地,立即拉出会场枪决了。此事轰动了她的家乡耒阳县城,在封建卫道士的眼中,这个小女子真可谓"胆大妄为"呀!

1927年的朱德已是一位名声显赫的军长,他在南昌起义后保存了一支队伍,脱离险境,在到处都是反动军队的白色恐怖中,几经战火和颠沛流离的艰难历程,挥师北上。时年20的黄埔四期毕业生林彪在朱老总手下任二连连长。这年春节,为了安全和联系群众方便,朱军长带

271

着警卫班从设在耒阳县城不远的司令部出来散步,行至伍云甫家的祠堂门口,见到一副对子。上联写着:"灭白匪缴枪炮敌人闻风丧胆",下联是:"打土豪分田地人民锣鼓喧天",横批:"革命到底"。引起了刚刚攻克了郴州的朱德军长的注目。朱军长写字有功底,一直喜欢赏字、习字。看到了这副以正楷为主,略带些行草的对联,他觉得不仅内容好,而且字显得有些基本功,字里行间透着秀气。陪同的县农会的秘书长伍云甫不无自豪地说:"这是我们伍家的一位女子写的呢!"随后向朱德介绍了这位能文能武的女孩了,朱德听了她的事迹后颇为欣喜,当即表示可以见见这位年轻人。

在伍云甫和农会的热心安排下,仍孑然一身的朱军长和伍若兰相见了,见面时若兰颇显紧张,她早听说过朱德军长的大名,知道他是亲临前线的最高指挥官,他曾率湘南的一个团,顶着枪林弹雨以十当百竟杀败了许克祥五个团的疯狂进攻呢!这是一位如雷贯耳的大英雄,我这"小女子"是又敬畏又害羞呀!怎敢抬眼直视这位大英雄呢!

实际上,她在远处也暗暗把朱军长从头到脚打量了一番:那时朱德不过40岁,鼎盛之年,身体壮实,方正的脸庞,端正带着红军帽,灰色的军装上衣插着一支自来水笔,裤子上还有两块补丁呢!漆黑的浓眉下,眼不算很大,但眼光质朴而亲切。因为戎马生涯,枕戈待旦,很长时间没有理发,也没机会对镜修修边幅,胡须又黑又长挂在唇腮上,显得比实际年龄还大些。只见他打着标准的绑腿,很有军人的英姿。他的警卫人员都挎着盒子枪,胸前腰间系满了子弹带,眼睛机警地盯着来人,身影都不离军长左右,个个满脸稚气却表现得威风凛凛。朱老总则一直注视着这位迈着轻盈步伐走到眼前的姑娘:20出头的年华,有1米65左右,配上飘动的乌黑闪亮的齐耳短发,穿着蓝底白花的中式上衫,下身穿着自己裁剪得体的阴丹士林的蓝裤子,腰系一根皮带,脸上经风吹日晒黑里透着红,健美身材则显得挺拔颀长。近看她的脸上有几颗浅浅的麻点,这是童年时出天花所致,不觉得难看,反觉得健美中略带点顽皮。离朱军长越近,她越觉得军长在看她那几颗麻点,不觉面颊愈加绯红,小脸如同红透的苹果。

　　第一次见面,对于职业革命家来说,自然是谈些湖南和全国的革命形势等话题,不过因为相互敬慕有好感,印象都很好,尤其是朱军长左一个"女秀才",右一个"小伍同志",使得若兰在这位鼎鼎大名的朱军长面前逐渐自然起来。当然,朱军长不仅夸她对联写得好,宣传和组织妇女群众工作做得好,并问到了她的家庭情况。若兰的父亲是耒阳县城关近郊金南村的农户,勤奋好学,略通文字,还能打打算盘。父母兼做些小生意,所以二老接触外界多,思想较开明,八岁就把她送到私塾去读书。若兰12岁时以优异成绩考入县女子职业学校,1924年又以品学兼优的高分考入省立第三师范女子学校。从孔夫子办学开始,上师范读书都不用交饭费和住宿费用,这对穷苦人家是很有吸引力的。朱军长又从书法谈起,夸奖她的毛笔字写得好,若兰忙说:"军长太过奖了,在学校倒是常在练习本上写大楷,这样的大字对联,很少写呢!请军长多多指教!"朱军长为人诚恳、实在、大有长者风范,又称赞道:"我们部队能顺利开到这里,你们地方上的同志(县工会、农会)和你们妇女会,在部队来之前做了很好的宣传鼓动工作;又清除内患,是耒阳群众基础工作做得好呀!革命就是要扎根于群众沃土呢!我代表革命军谢谢你们了……"若兰嘴巴这时也能讲了:"不,要首先感谢朱军长和你率领的革命大军,你们在湖南烧起了熊熊革命烈火,打跑了反动军队,这样才使我们发动群众有了勇气和条件呀!……"

　　共同的革命目标使朱军长和若兰谈得很投机,直到伍云甫回来催朱军长开会,他们又紧紧地握着手,四目火灼灼对视着,若兰最后不由得问:"这回大军不会很快开拔了吧?""耒阳人杰地灵,这儿就是我们的家呦,革命军人四海为家,你们欢迎吗?""欢迎你和大军永远地留下来!"

　　初次见面,也许还不能说是一见钟情,却也彼此留下了美好的印象,心中的爱情之火已点燃。在农会秘书长伍云甫的积极赞同下,在王尔琢、周鲂、谷芝英夫妇等的大力支持下,伍若兰被正式推荐和批准调到朱德的军部开展革命宣传工作。1927年的早春,朱军长巧用孙子兵法中的"兵不厌诈"之策,率军杀个回马枪,在耒阳县城革命军和人民紧密配合下,团长王尔琢、营长林彪等英勇善战,里应外合,打得敌军似惊弓之鸟,闻风丧胆。敌军头目李宜煊和他的军队,兵败如山倒,慌忙退出耒阳,不得不朝衡阳州府退败。有伍若兰当年口吟小诗为证:"朱德妙计赛诸葛,化妆白军捣匪窝,'庆功会'上抓坏蛋,白军原是红军哥。"

军事上的又一次胜利,都酝酿朱军长和伍若兰的双喜临门了,该选个吉日良辰,喜结良缘,互拜天地了,伍绍祖同志告诉我,花堂和洞房就设在他们伍家的祠堂。伍家祠堂刚贴上去的红纸墨迹还未干,上联端端正正写着"深谷幽兰遥闻暗香结良缘",下联"翠冈红旗高奏凯歌传佳音",横眉为"革命伉俪",这正是农会秘书长伍云甫的手笔,一对新人"三鞠躬",朱军长站起来先向岳父母大人鞠躬致敬,新人互拜后,再向席前官兵和父老乡亲致了军礼,又敬了父老乡亲一碗农家米酒后,讲了让伍绍祖和井冈山人至今流传下来的一段意味深长的佳话:"我和若兰同志算是一老一少,一军一民吧,都是革命让我们走到了一起,是心心相印,情投意合! 我名为军长,却无钱为我的新媳妇买房置地办嫁妆。话说回来,我们都是无产者,行军打仗现在也用不着这些了。"说到这里略停了一下,亲切地看了若兰一眼,微笑着说:"我是胡子兵,她是麻子妹,为的是啥子? 为的是打白狗子,为的是和妹子'麻麻(马马)胡胡(虎虎)'过上好日子呦。"祠堂内外爆发出一阵哄然大笑,接着是军人的瓷缸和百姓的大碗此起彼伏的撞击声和喜气飘荡的干杯声……

二

婚后似水柔情的喜悦是短暂而难得的,在国民党反动派湘赣两军先后十余个师对湖南起义军的包围夹攻中,朱德的革命军不得不迅速寻找友军援助,才能摆脱孤军难撑的局面。正在此时已上井冈山的毛泽东同志派何长工这位朱毛会师最主要的联络员来了。3月29日，朱德夫妇离开了新婚燕尔的湖南耒阳，一路上翻山越岭，迎晨曦踏冷露，宿竹林，饮泉水，啃干粮，经荣陵，过安仁县，最后到达陵县沔渡镇。搭界的江西井冈山山峦起伏，奇峰环峙，植被终年苍翠欲滴。又见溪流曲折宛转，更有深谷瀑布挂山川。它气势磅礴，方圆有700余里，正是与敌周旋，打游击战的好地方。朱毛会师此山便离离野草烧不尽，刚刚烈风传千古了。不知道现代的年轻人知否，您经常甩出的印有"四位伟人"100元人民币的背面，"中国人民银行"正是取了井冈山五指峰这幅山水画面，作为我们日常流通的货币背景呢！这决非偶然，因为只有"天下第一山"——井冈山才有资格当作流通人民币背景画面展示给全世界！

1929年初春，山里夜间还十分寒冷，我红军官兵们都还穿着棉衣棉裤，中午太阳当空照耀，砍柴担米或练对刺时，才纷纷脱下棉衣，着单衣劳动或苦练基本功。敌人封锁很厉害，无盐无油的南瓜汤加上硬红糙米是不易下咽的。军情严峻，要准备反击敌人的第三次围剿了，激战随时会打响。朱德和伍若兰一手拿枪，一手拿扁担、铁铲，他们还要担粮、修岗哨、建山上卫生院。晚上朱毛要主持各种会议，常常挑灯夜战，排兵布阵。这时伍若兰就和警卫人员一起，为丈夫朱总洗衣补被，或是抓捕些山鸡野兔，寻点山上可吃的山菜、山茶、野果为日夜操劳的丈夫改善生活，尽到自己妻子的责任。2月2日红军转战到江西寻乌县吉谭镇，同紧紧追赶的湘赣两省约18个团的主力敌军遭遇。激战后，迅速转移到山上，伺机修整再战。朱德夫妇随军部宿营待命。据说是由于林彪所率警戒部队麻痹轻敌，过早撤出了军部的大部分岗哨，在2月4日浓雾缭绕的清晨，国民党刘士毅手下两个团，神不知鬼不觉地突然包围了寂静的红军军部正厅门前的大院。只见约一班兵力的敌人凶狠地先朝朱德夫妇所住的祠堂大门气势汹汹闯来，机警的伍若兰第一个发现这严重情况，忙推醒朱德，朱立即从枕下拔出二十响，就要打开保险参战，但若兰十分果断而又清晰地对朱德讲："来不及了，冲不出去了,我掩护你,赶快叫醒西屋的警卫员,你们两个从后门快上山找部队!"说完她大摇大摆踏着晨露拨着浓雾走出大门,边扣着上衣边大声呵斥道:"哪一部分的? 怎么回事,朱德一夜未归,我正在找军长,你们碰见没有? 都快给我去找呀!"旁边的烧火丫头也乖巧地说:"朱太太请您先洗把脸再找吧!"

敌人一时呆立住了,有的说:"这是朱德的太太吗? 谁认识呢?!"这时后面的排长挥舞着手枪赶过来,马上弄清了情况,凶神般下令:"先把她看起来,其他的人都进去搜朱德啊!"正是这十分宝贵的几分钟为朱德军长赢得了无比珍贵的逃生机会,否则夫妇定会同时遭遇不测。

但伍若兰却被敌旅长刘士毅连夜押到江西赣州城,连夜开始了车轮似的惨无人道的拷打审讯,凶残的敌人对她用尽了各种酷刑:踩杠子、插竹签、坐老虎凳、灌辣椒水,把她折磨得死去活来,始终撬不开若兰的钢牙铁口,她咬紧牙关,滴滴鲜血渗出,决心牺牲自己的年轻生命,保全朱德和红军的安全,决不说出任何军情机密。敌人见硬的不行,又来软的:"你年纪轻轻的,又怀有身孕,跟着朱德那几个人还有什么出息,他们不过是早一天晚一天就会让我们国军收拾光,你趁早写个声明,脱离干系,我保你母子平安……"若兰用血手整整被血粘住的头发,吐了一口血痰,使足了力气,斩钉截铁地答道:"从我口里得不到的东西,从我手里也妄想得到一个字,我生是共产党的人,死是共产党的鬼!看看谁最后收拾谁! 朱德军长一定会替我们母子报仇雪恨!"

残忍的反动派野兽发疯了,2 月 12 日刘士毅下令把伍若兰砍了首级,还把怒目圆睁的人头挂在赣州城门"示众",刽子手们把她的身子砍成四块。朱德的骨肉,几个月的孩子被剖腹后剁成肉泥,惨不忍睹,兽性令人发指!

伍若兰年仅 27 岁,为了革命,为了朱德,为了红军,为了我们后代人幸福的今天,而粉身碎骨了! 烈士的鲜血浇灌了井冈山的幽幽兰花、灿烂的杜鹃花,还有那挺拔常青的井冈松柏。井冈山革命陵园里仅有两位女英雄青铜雕像,其一是毛泽东的夫人贺子珍,另一座就是伍若兰烈士的青铜全身塑像。井冈山人永远不会忘记这位年轻的新中国伟大的女英雄,在雕像的底座周围永远有盛开不败的兰花幽远的清香浮动着。

三

1962 年的春天,井冈山春意盎然,火红的杜鹃花已开遍山麓,竹林也纷纷冒出尖尖的新笋,那苍翠松柏也很知新春暖意,在暗绿中不断绽出簇簇浅绿的嫩叶。朱德委员长不顾山高路远,毅然乘汽车从南昌重返 35 年前战斗过的地方。这里洒下了多少烈士鲜血、埋葬了多少烈士遗体,井冈山是一片他老人家战斗过的热土啊!最使他刻骨铭心的还是他那抛头颅洒热血的爱妻——红军烈士伍若兰。他拄着手杖特意走访了当年他俩开会战斗的地方,他更忘不了用"朱德扁担"担粮时走过的羊肠小道和那棵为他乘凉的现在仍枝叶浓郁的老榕树……

委员长深情地问地委袁书记:"我记得当年战争时期到处都长着兰花,现在还有吗?""有呀!请您老人家到茨坪视察一下吧,那里到处都长有兰花呢!"朱德委员长忙兴奋地说道:"好啊!我们现在就去看看呦!"他们一行人来到茨坪山坳,过去把这里叫做坳背,现在井冈山人把它称为兰花坪,只见遍地的兰花,姹紫嫣红。朱老总边徜徉在兰花间边沉思着,当年血与火的残酷斗争中,若兰的音容笑貌如电影快镜头闪现脑海心田,嘴里却感叹道:"没想到这里的兰花越长越好了!"他把手杖交给警卫人员,又脱去大衣,开始亲自挑选和移植各种色彩绚烂和植株健壮的兰花,嘴里还自言自语道:"都带回北京去,栽到我中南海家里的院子里!"实际上朱老总在 20 世纪 50 年代末就倡导"南兰北移",一批江浙一带的兰花安全渡过了北方的冰天雪地的严冬,在春回大地、万物复苏的 1959 年初春,中山公园成功地举办了"朱德同志兰花大展"。应朱总之邀,宋庆龄、郭沫若和陈毅诸友都到中山公园一睹朱老总亲自培育的众兰花容芳姿,闻一闻这幽兰散发出的阵阵清香。

朱德元帅自井冈山后对兰花情有独钟

　　"文化大革命"时,红卫兵造反派批判朱德委员长养兰花是"资产阶级作风",可怜的红卫兵小将哪里知道,井冈山有一位"砍头不要紧,只要主义真"的伟大红军战士伍若兰,她曾谱写了一章惊天地、泣鬼神的不朽史诗呢!哪里知道朱老总深埋心田的一段革命爱情绝唱呢!在铺天盖地的大批判中,朱老总被逼无奈,把千余盆心血浇灌的兰花全部送到了中山公园,1971年粉碎了林彪反革命集团后,他老人家立即驱车赶到中山公园花房看望他心爱的兰花了。这段革命英雄主义的人间绝唱后人击节唱道:

铁血丹心惊鬼蜮,

井冈逶迤矗云天。

当年最忆香如故,

心馨一瓣祭若兰。

　　(感谢提供历史资料并讲述的井冈山博物馆顾问毛秉华教授)

■ 将军亦有慈母心*

　　1972 年春节,广州军区司令员许世友清晨起来正在北屋厅堂里走弓箭步,把硬弓拉了个满月,警卫人员齐声喝彩,只见一个高个子女军人走上前一个军礼:"许伯伯,您真是虎威不减当年,大春节不休息还练功呀!"只见许司令不慌不忙收起弓,面不改色心不跳答道:"小苏鲁来拜年了,快进屋吃糖,吃花生!"这位叫苏鲁的女军人边帮将军收起弓边说:"我的救命恩人,我当然要来拜年!"

　　时间要回溯到 1942 年 5 月,当时在山东,许司令正领着司(令部)、政(治部)、后(勤部)的部队转移到鲁南某地区。这天,这支人马冒着倾盆大雨,走在泥泞的小道上,从首长到士兵都没有什么好的雨具,有两块黄色雨布,就交给了刚刚生下孩子的母亲和刚刚取名为苏鲁的婴儿,可狂风夹着暴雨,仍然湿透了母亲和孩子。母亲不顾自己安危不时地问马夫。"孩子怎么样了? 老牛同志,请把雨布拉一拉!"老牛拉拉盖在筐上面的雨布,又摸摸孩子的小脚,睡意朦胧地回答:"没事,小脚还热呢!"

　　部队继续往前行走,天黑得伸手不见五指,除了风和雨声,迎面又迎来两架黑森森的大山。把马让给这母子俩的许司令正打着一顶破伞,摸摸身上的大刀和腰间的手枪,突然放慢了脚步,低声果断地告诉身旁的参谋人员:"我觉得前面山冈必有敌人埋伏,现在我命令部队立即撤回到右面小王村。"

　　在泥水中,这支部队顺利转移到小王村,大家不惊动百姓,在一座

＊　本文作于 1987 年 5 月。

山神庙内隐藏好了。这时前面的侦察员也正好回来报告,说发现前面确实有反动武装埋伏,大家深深感到许司令极高的军事指挥才能,使我方避免了一场不必要的战斗消耗,这时只见母亲抽抽泣泣哭起来,原来孩子手脚已凉,鼻翼停止翕动,大家顿时失去了主意,一阵慌乱。许司令大踏步过来,抱起孩子凑到他胡子拉碴的脸上喊道:"都别哭了,警卫班快给我收拾柴火烤起来!"只见他解开扣子,把孩子贴在胸前。很快,大火温暖了将军和怀中的宝宝,孩子小鼻子、小嘴微微颤动了,半个小时左右,孩子终于哭了一声,母亲惊喜若狂忙把孩子接过,朝着许将军扑通跪倒在地上。

小苏鲁就是前面说的向许将军行礼的那位飒爽英姿的女军人,现在她已是总后一名出色的军医了。

许世友将军挽救孩子和部队的佳话,在部队内外久久流传。

良师益友

——忆廖承志伯伯

今年春天,我和弟弟到北京医院看望廖承志伯伯。他那时精神还好,关心地问起我的工作和学习情况,想不到这竟是永诀……

1962 年秋,爸爸送我到河南西华县黄泛区农场劳动锻炼,廖伯伯和经普椿阿姨表示支持,他们勉励我说:"干部子弟不要躺在父辈的功劳簿上,要自己闯出路来。"我到西华后,他们不断地给我寄来了学习用具、田间劳动的雨衣、鞋子以及国产小闹钟等日用品,还特地从日本友人西园寺公一先生那里要来一副乒乓球拍寄给我,让我好好锻炼身体。

1964 年春节,我回北京探亲,到廖伯伯家做客,廖伯伯看到来自农业第一线的我,格外高兴,紧紧地搂着我合影留念。晚饭时,我有点不好意思地对廖伯伯说,想要一幅何香凝奶奶的画。当时,香凝奶奶已

万里、廖承志(中)、习仲勋在一起

80多岁了,轻易不再作画。廖伯伯和他的孩子们说动了老人,她用颤巍巍的手为我画了一幅墨梅。画面中,枯干的老枝上绽出朵朵清幽的梅花,一条新枝从主干后面抽出,挺拔向上,生气勃勃,其中含有多么深刻的寓意啊!

1965年,上海教育出版社出版了我和其他几位下乡知识青年的"劳动日记",我立即寄给廖伯伯一本,作为自己的劳动收获向他汇报。廖伯伯给我的信上说:"亲爱的老大(我在家中是大孩子),看到你在第一线艰苦奋斗,劳动好、身体好、学习好,我们都很高兴,祝你不断进步!"这些亲切的教诲,曾经给了我多么大的鼓舞啊!

十年动乱中,父亲受到迫害,热恋中的女朋友和我决裂了,失恋的痛苦常常侵扰着我,于是,我给廖伯伯写信时谈到了这件事。当时,廖伯伯受"四人帮"的迫害,处境非常困难。但他精神很好,来信很乐观地开导我说,"老大,失去那样的女孩子也不必太痛苦了,你年纪很轻,还怕找不到老婆吗,你应该更加勇敢、向上进步才对!"由于父亲和廖伯伯的教育,我才很快从痛苦和彷徨中自拔出来。

今年6月,我出差到北京时,参加了廖伯伯的追悼会。他静静地躺在长青松柏和鲜花丛中,嘴角带着微笑,还像生前那样慈祥、乐观和坚强……

廖伯伯,我的良师和益友,在九泉之下安息吧! 我们已踏着您的足迹长大成人了!

郭老·将军·枣树

暮春,矮矮的红砖围墙里三棵枣树上争先绽出片片绿叶,在明媚的阳光下闪烁着靛色青光。深褐色的中央躯干和虬刺劲枝在淡蓝色的碧空中仍显得线条分明清晰、古朴有力。每棵枣树主干第一主枝到地面部位都刷了石灰水,那是树的主人——老红军、原中央军委工程兵副司令员唐凯将军为防止害虫蚕食嫩叶、枣花和果实而设的禁区。

一个周末中午,我们来到了司令员家,有幸拜访了唐老将军。年逾七旬的唐将军,已是满头银发,远看有点苍老,但他拄着手杖来到我们面前时,映入我们眼帘的却是另一感觉:他满脸红光,神采奕奕,剑眉下那双炯炯有神的眼睛,仍不失当年驰骋疆场时的将军风度;他走路微跛,这是革命战争年代,枪林弹雨为他留下的创伤。

将军在夫人的搀扶下陪我们走到院内枣树旁,将军夫人深情地说:"你唐伯伯九死一生,能活到今天真不容易啊!"她告诉我们:战争年代,将军负伤多次,身上留下了十一块枪伤弹痕,三处是贯通性枪弹所致,至今臀部肌肉内还有弹片未能取出,每当稍长时间端坐,就疼痛难忍。他身上贴满了膏药,变天先知;弹伤使将军左腿留下了终身残疾。

古稀之年的唐老将军用手扶摸着碗口粗细的枣树,感情异常激动,滔滔不绝地讲述了70年代的一段难忘的经历:那是1976年的5月,清明节刚过不久,北京大有"黑云压城城欲摧"之势,天安门前,百万群众悼念民族英魂周总理,痛斥"四人帮"祸国殃民的罪行时,性情刚烈的唐将军,深为人民群众的正义壮举所感动,毅然支持子女、支持身边的工作人员到天安门去悼念敬爱的周总理。护士同志给将军烤电时,将军还向护士解释了天安门诗抄中的"白花如雪泪湿巾"一句的含义。为此被造反派打了"小报告",遭到"立案审查"处理,"四人帮"的余孽,扬言要将他"铐起来"、"下大狱",面对着"四人帮"的倒行逆施,胡作非为,这位身经百战,出生入死,历经万敌都不曾胆怯、不曾落泪的老将军,如今,眼看着自己和枪林弹雨考验过来的战友、领导一个个遭迫害,受折磨;军队不习武,工人不生产,学生不上课,天天搞"批判",他伤心了,落泪了,国家兴亡,匹夫有责,这是忧国忧民之泪,是将军悲愤之泪。悲愤交加,不久使他染疾住进了北京医院,说也凑巧,当时将军的病房隔壁正住着郭沫若副委员长。年迈体弱的郭老,是因肺炎刚刚住进北京医院的。在史无前例的浩劫时期,也许是因郭老经受过比唐将军更悲惨的打击和遭遇的原因:夫妇俩同时受批判,全家受株连,爱子世英、民英相继被折磨致死……"一浪高过一浪"的批判高潮,使这两位老人的身心受到很大摧残。每当提及二个儿子,老人常常悲痛欲绝。要知道,世英、民英都是知识渊博,才华横溢,仪表堂堂的男子汉,谁人不知,世英、民英,由于受家庭影响,在追求真理方面,都有一股子奋勇向上的精神,可惜,两位有志青年,在人妖颠倒的动乱年代,未及而立之年,便被迫害致死(民英卒于 1967 年 4 月 7 日,年 24 岁;世英卒于 1968 年,年 26 岁)当郭老夫妇见到唐凯将军夫妇时,倍感亲切,都有一种"同是天涯沦落人"之感,他们一见如故,形同挚友,总是时常相互走动,问候致意。

唐老告诉我,他们文武之间,虽未有深交,但建国后,唐将军和郭老因工作关系还曾打过交道。那是 1958 年,为了建立"中国科学院",郭老通过聂帅和黄克诚将军把唐将军的"国防特种工程兵设计院"大院(玉泉路 19 号)要走了。有次郭老在病房长廊散步遇到唐将军还幽默地说:"当时真对不起你,把你们赶走了,原来是想用那块地盘好好为祖国培养些科学家,知识人才的,现在看,那里也没多大用处了……"唐将军讲,那次谈话,开始很有风趣,可到后来,郭老语调哽咽,显得凄楚、深沉。我们俩便赶紧劝说,打断了他的回忆,安慰郭老,"要多保重身体,祖国需要您,人民需要您,社会主义建设更需要您这样的科学家"。听后,郭老微微笑了一下,说不出是苦,还是甜,显示深邃智慧和无限深情的双眼掉下激动的泪花。接着,郭老摘下眼镜,用手帕擦了下眼睛,对我讲,"你是 1929 年参军的老红军吧,你们中间许多人为国捐躯了,你能活下来不容易,你是南征北战的将军,万紫千红中的一朵花啊!"讲到这里,郭老夫人立群同志立即回到房间,拿来一束五颜六色的鲜花献给了唐将军,很激动地讲,我们就喜欢老红军,为什么他们总怀疑老同志呢? 将军夫妇深深鞠躬致谢,珍重地把花带回病房。第二天于阿姨又捧来一束鲜花亲自送到唐将军病房,一看没有花瓶,转身回到郭老病房拿来一个青瓷花瓶,从此,由郭老的病房中每天都有鲜花传来。当时,这默默无语的鲜花将四位老人的心紧密地联在了一起。他们深信,严冬终究会过去,祖国大地姹紫嫣红的春天将来临。

将军要出院了,他们走到郭老床前告别,郭老夫妇颇为留恋:"你走了,我们不能送鲜花了……送点什么给您呢? 对,我们家后院苗圃里有枣树,品种很多,我和立群还常去地里劳动……"出院前,郭老亲自到唐将军的病房送行,并把五棵酒盅粗细,一米多高用塑料薄膜仔细包扎好的枣树苗交给了唐将军。将军夫妇感激异常,连说:"谢谢、谢谢! 祝您早日恢复健康。"到家,将军夫妇放下简单的洗刷用品,即与警卫人员一起动手,小心翼翼地将五棵枣树栽在庭院里。在他们的精心管理下,后来五棵枣树均长势很好。

"这枣树就是郭老给的吗? 为什么只有三棵?"我指着院中的枣树,不解地问。

"是的。很可惜,后来'深挖洞'时被'造反派'给搞死了两棵。"唐将军叹了口气,又向我回忆了后来的一段往事:挖防空洞时,唐司令不在,两棵枣树,一棵被连根挖出,一棵被铁丝勒死,将军返回住宅见状十分气愤,就去找"造反派"头头评理,"这是郭老留下的纪念,你们知道吗!"回答是:"司令员,管他谁留的,人都顾不上了,还管树呢? 深挖洞,广积粮,不称霸,备战备荒比什么都重要!"就这样,好端端的五棵枣树只剩下三棵。

1978 年 6 月 12 日和翌年 2 月 25 日，郭老夫妇先后去世，唐将军把仅剩下的三棵枣树视若珍宝，精心管理，中间，将军曾两次搬家，夫妇俩都珍重地将树移到新居。如今，三棵枣树在将军及家人的细心管理下，已根深叶茂，每年果实累累。将军常拄着手杖到树前徘徊踱步，每每遇客，总是讲，看到枣树，犹如见到了郭老和他的夫人，这是郭老为我们留下的永久性纪念。

　　秋季里，颗颗红枣随风摇摆，如颗颗红星在艳阳下闪烁，将军夫人曾风趣地告诉过我们：你唐叔每逢捧起大红枣，总爱说，郭老夫妇，还说到家来吃枣子呢！……

■ 我所认识的外交家章汉夫

中国外交取得了世界瞩目的辉煌成果，我们应该了解和记住那些对新中国外交卓有贡献的人物。

在解放战争中曾任"杨罗耿"兵团(指杨得志任司令员、罗瑞卿任政治委员、耿飚任参谋长的华北军区第二兵团)参谋长的耿飚,1950年元月,他直接由毛主席、周总理批准转业,到外交部上任。这位神奇将军带着战争的硝烟,自己开着解放战争中缴获国民党中将罗历戎的美式吉普,到刚挂牌的外交部报名上班了。他是开国第一位派往西方担任中国驻外大使的外交官,1960年初回国任外交部副部长。1969年毛主席、周总理又派他出任驻阿尔巴尼亚副部长级大使,成为著名的"将军大使"。这位著名外交家在他的长篇回忆录第四章"外交部内外——副部长们"中,重点写了他敬佩的亦师亦友的外交家章汉夫。

章汉夫(1905~1972),原名谢启泰,江苏武进人,是位行政五级的副部长。1927年加入美国共产党后即转入中国共产党,在党内是少见的清华学校留美预备班学生出身,在校期间组织和参加了五四运动,毕业后先去华盛顿大学留学攻读经济与对外贸易,后毕业于美国斯坦福大学。1928年,23岁的章汉夫被党派往苏联留学深造。1931年初他从莫斯科回国后,被党中央派往香港从事地下工作,后又调往广东任宣传部长。当党的早期著名领袖蔡和森被捕后,章汉夫曾代理他任广东省委书记。同年12月章汉夫在香港不幸被捕,经父亲多方疏通营救,被押送出境。他在上海很快又接上组织关系后,曾任中央宣传部干事、中共江苏省委书记等要职。1933年5月,在中共上海地下工作遭受严重破坏时,章汉夫再度被国民党反动政权拘捕。其父谢仁冰通过党外有影响力的爱国民主人士邵力子施以援手，"念其年轻无知"，被解往"苏州反省院"，花了几十两黄金才把他保释出来，他却不顾家人再三苦劝和警告，于1935年到上海，与党在上海的文化工作委员会领导人周扬、夏衍等迅速取得联系，参加了文化学术界统一战线的工作。面对白色恐怖，朝夕都有被逮捕和牺牲的可能，他不得不对父母亲说："我对革命的立场不能改变，你们只当没有我这个儿子好了！"以此表达他终生奉献给党和共产主义的不可动摇的决心。

有一次参加活动时，章汉夫被一直盯梢的特务逮捕，与同时被抓捕的陶铸同志双腿捆在一起，关进了苏州大牢。虽遭严刑拷打，他坚决不承认自己的真实身份，拒绝说出党的任何机密。后经党组织多方营救出狱，即被任命为《新华日报》总编辑，在周恩来、董必武、叶剑英的直接领导下，报道宣传党的抗日主张方针。他还撰写过大量时事政治文章，这些颇具文采的文章在当时的国统区产生了不小影响。上海刚解放，他即被任命为市委常委并兼任外事处处长，很快又被中央调到新组建的外交部工作。

1945年抗战胜利后，根据党中央指示，章汉夫随董必武出席在美国旧金山召开的联合国成立大会，成为我党派往联合国最早的外交人员。

1938～1946年，章汉夫在重庆《新华时报》社工作。

　　1950 年初外交部建立时,章汉夫是三位副部长之一。他是周总理十分得力的助手,担当了外交部的许多工作。

　　1953 年,我就读于北京育才小学,乔宗淮是我的小学同班同学,我们相识相知至今。他才华横溢的父亲乔冠华是我国外交部第四任外长。后来宗淮担任了二十多年外交部副部长级的工作,也成为一位资深外交官。他的温文尔雅又美丽坚强的母亲龚澎是党和政府第一位新闻发言人,抗战胜利后跟随毛主席、周总理赴重庆和蒋介石谈判,代表我党对中外记者发言。外交部组建时,她为首任外交部新闻司司长。20 世纪 60 年代中期,她已成为外交部部长助理,与乔冠华同为周总理在外交方面强有力的助手。

　　龚澎的姐姐龚普生,就是章汉夫的夫人,也是位很优秀的外交官,曾任外交部国际司司长,一对同胞姊妹花同时盛开在外交部,真是罕见的传奇。在我小学三四年级的时候,乔宗淮带我去北京东城外交部街47 号他姨妈龚普生和姨夫章汉夫家玩。这是一座解放前的达官贵人

1966 年,章汉夫、龚普生与两个女儿。这是全家最后一张合影。

留下的三层小洋楼，面积不大却精巧适用。听说司徒雷登也在此居住过。总是戴着一副金色细框近视眼镜、有些发福，一派学者风度的章汉夫和个子高于他的龚普生阿姨热情地招待我们这些顽皮的孩子，给我们糖果吃，也给我们讲国外见闻、外交知识和礼仪，这些开蒙教育使我们终身获益。后来，章汉夫喜欢一边抽着中华烟(红彤彤的烟盒一个也不扔，攒下留给男孩子们玩)，一边认真听宗淮讲部内外群众的呼声。宗淮考入清华大学后，章汉夫就更喜听他汇报、讲解国内外形势。

1961 年 5 月，章汉夫作为副团长随陈毅参加关于老挝问题的第二次日内瓦会议，这是建国以来我国参加的最具规模的重要国际会议。陈毅团长率代表团一些同志于 1961 年 7 月 4 日回国，章汉夫代陈毅外长任团长。外交代表团在章汉夫率领下，参加了这次少见的长达十四个月的马拉松似的大型国际会议。章汉夫面对错综复杂的形势和激烈的唇枪舌剑，以他灵活机智的应变能力和丰富的国际外交知识，克服许多艰难曲折，推动着大会一步一步向前。1962 年 7 月

1962 年，章汉夫陪同陈毅副总理在日内瓦会议签字仪式上。左一为章汉夫。

全体与会国根据万隆会议精神，以和平共处五项原则为共识，最终签署了《关于老挝中立的宣言》和《关于老挝中立的宣言的议定书》，使这次日内瓦国际会议圆满结束，大大提高了我国的国际威望和地位。"汉夫同志是功不可没的。"《耿飚回忆录》中再三肯定章汉夫在此次外交活动中的功劳。

1968年3月，章汉夫刚刚从医院出院回家就被当成"叛徒"带走，从此他和妻子及两个宝贝女儿音书两断，在秦城被监禁四年，并于1972年冤死在狱中。从此，外交部"总值班员"办公室的灯光(他总是工作到下半夜才回家)消失了，孩子们永远听不到他讲童话故事的惟妙惟肖的声音和表情了。

1979年9月18日党中央给章汉夫举行了平反昭雪和追悼大会。我还是摘录当时亲自到追悼会现场的他的老战友耿飚发表在《人民日报》上的长篇追悼文章《回忆新中国杰出的外交家章汉夫同志》(1987年9月3日)，结束我的怀念小文吧：

> 一致公认：章汉夫作为外交部的主要领导人之一，在外交部一贯对干部坚持党的原则，公道正派，不搞亲疏。

> 学习他的优秀品质和工作作风，对于提高外交战线、广大干部的政策水平和业务是很有意义的。

平凡而伟大的奶奶

——我的奶奶"万老太太"

　　我的祖母是中国最平凡的劳动妇女一员。她出生在清朝末年,因家境贫寒,根本无法上学,加上旧社会轻视妇女,所以她目不识丁。她又缠了足,平凡得几乎没有名字,只是在跟爸爸进了北京城,20世纪50年代作为国家公民第一次选举的时候,选民证上才第一次写上了她的名字——牛惠芳。這个名字平时没有人叫,因为所有见到她的人无论职务高低,都尊称她为——"万老太太"。

　　祖母平凡中却孕育着伟大母亲的力量,蕴藏着超人的坚贞不屈意志品质,有时甚至是高瞻远瞩的眼光。她生育一男两女(长子是万里;女儿万云是50年代留苏学生,曾任北京市工会副主席、北京市对外友协副会长;幺女万玲曾任北京市铁路局政治部主任、党委副书记,现均已离休)都曾为中国的革命贡献过自己的力量。我的父亲万里曾作为党和国家领导人,在中国历史舞台上,尤其是在改革开放的新时代焕发出耀眼的光彩。

　　据说爷爷年少时挨饿不过出去当了兵,在阎锡山部队里当过下级军官,后在抗日战争中英勇牺牲,奶奶失去了丈夫,那时她不过40岁,从此孀居终身。当时子女均未成年,全部重担压在了奶奶身上。爸爸在回答为什么中国女运动员能拿多项世界冠军时,尤其是别人甚至当时(1984年父亲任国务院副总理主管过体育)体委领导人也不看好女足时,父亲却说过女子足球好看,有前途呢!曾说中国妇女在身高、营养、训练条件上大多比外国人差,但她们是靠吃苦耐劳、坚韧不拔的意志品质取得成功,且多次扬威世界体坛。我想爸爸是从含辛茹苦的奶奶那里看到和亲身体验了中国劳动妇女的优秀品质。

奶奶曾对我这个长孙说,她为养活三个子女,每天起早贪黑,几乎吃遍了天下之苦受尽了人间之累。中年时奶奶一头乌发,鸭蛋似的脸形十分白皙、清丽,她很自尊,怕坏人起歹意;时常外出时,在脸上涂抹锅灰以防不测,因为是城市贫民(山东东平县人)没有什么地可种,就养猪、饲鸡和放鸭;房前房后都开垦出来点地种青菜,但这远远不够家中的吃、穿、用,她还要在子女都入睡后纺纱织布到深夜。只要有一点能补充生活来源的活儿就决不放过,比如地主和富有人家大车经过时落下了麦穗、豆稞,奶奶也会带子女到田间和沿路争先去拾拣;大户人家刨完的花生、红薯、胡萝卜地,也会不辞辛苦地早晚再刨一遍。"捡到篮子里都是菜",为了生计不得不十分勤俭。但即使如此还是不得温饱,逢到灾年,她几乎吃遍了所有能吃的野菜和树叶。解放后过上了好日子,她时常不忘苦日子,她还和警卫人员一起采摘些树叶挖些野菜来拌上白面或杂面浇上蒜泥、醋汁让全家人一起吃呢!据姑奶奶讲(我爸爸的姑姑万丹如,是冀鲁豫解放区第一位女专员,解放后曾任北京市高级人民法院副院长),爸爸放学回家,有时揭开锅一看什么都没有,就到她家拿一个菜团子,跑回学校再上课去。

奶奶自己虽说斗大的字不识几个,却深刻认识到没有文化受人欺,让人看不起。她说:"我这一辈子受苦受累没什么,我的孩子们决不能再像我这样受苦受累,任人压迫剥削。咬紧牙关,就是榨干了我的血汗,也要让子女上学读书。将来等他们学成,能穿件长衫,当个小学教书先生,能受人尊敬,这就足宽我这辛苦之心。"这就是奶奶当时朴素劳动人民的心态,后来父亲读完了高小,1933年又进了吃住都不要钱的曲阜第二师范学校,开阔了眼界,接触了民主主义革命和马列主义等革命书籍,接近了中共地下党,并在学生时代就参加了党领导的学潮运动。中共东平县委支部第一次会议就在奶奶的破土屋中召开,有趣的是,奶奶在屋外纳鞋底放哨,也许老人家思绪并非像屋内一群年轻革命者一样,"心潮逐浪高",也不知道这群年轻人开的是什么会,但老人家坚定不移地认为儿子搞的是"正经事","是为劳苦大众求解放的",否则她这位家长是不会答应在门外"站岗放哨"的,几十年过去了,这一切都成了历史,当年这些20岁左右的热血青年现在都是耄耋皓首,行走踟蹰的老者了。爸爸担任国务院副总理时,这些老革命还通过地、省委再三要求重建此屋,作为"纪念室"并备齐了建筑材料,省领导马忠臣报告父亲后,被父亲坚决阻止。所备材料均被送到了幼儿园和学校。

十年浩劫,父母被批斗、抄家,赤胆忠心为党为人民工作的父亲竟被投入了监狱,70多岁的奶奶带我们搬进了永外丁家坑仅两间的单元住宅(1958年"大跃进"时上马的简易住房),全家五六口人挤在一起,奶奶只好住在狭小的厨房,做饭烧水改在阳台上。年迈多病的奶奶为全家人做饭缝补衣服,当时的生活费每月每人只有15元。其间落难的子弟不断到我家来,都是些父母被"打倒"、没人管的孩子。每逢此时,奶奶就煮一大锅粥,蒸些馒头,做些萝卜泡菜招待他们。虽然日子过得十分清苦,大家却也能度"五更之寒",奶奶说:"这日子再怎么难也比逃荒要饭时强多了。我的儿子我了解,他从小为穷人闹革命,没做过亏心事,毛主席、周总理的眼睛是雪亮的,早晚会让他站出来工作。"不识字的奶奶仍是"人穷志不短",说起话来掷地有声。她常对我说:"大孙儿,我们穷苦出身的人就得有种,这叫饿死了不出声,冻死了迎风站啊!"还说:"你爸爸为盖人民大会堂十大建筑,白了头发,掉了十斤肉,这都是为人民干好事情啊!怎么一下子你爹爹就成了什么'黑帮坏人'了呢?看着他成天不能工作,挨斗受气,这黑白就怎么颠倒了呢?这是什么年头呢?"

父亲两次被"打倒",却又两次奇迹般地复出,尤其是粉碎了"四人帮"后父亲被党中央、邓小平委以重任,出任安徽省委第一书记、省革委会主任、省军区政委,他冒着极左路线余威的风险,把自己的个人安危抛置脑后,为了广大农民能解决温饱问题,全国人民能够迅速提高生活水平,他又在穷的出了名的凤阳县实行了家庭联产承包责任制。这一划时代的生产关系变革在中国和社会主义的革命史上起着里程碑式的非凡作用。

　　我的奶奶在1975年父亲第二次被打倒时,终因年迈多病,再也经不起"四人帮"的倒行逆施,在一个寒冷的冬夜,以80岁高龄在北京悄然谢世。那时"四人帮"正掀起"批邓反击右倾翻案风"的高潮。刚刚从中国经济崩溃边缘中整顿出头绪和稍有起色的军队、能源、交通、教育等国民经济重要部门又陷入一片茫然和混乱之中,当时父亲任铁道部部长,他昼夜奔忙在全国的钢铁运输线上,刚刚把"四人帮"破坏得不像样的铁路整顿成"安全正点,多装快跑,当好先行,四通八达"又被打倒,记得当时奶奶也问我:"你爸爸领导铁道部,使火车安全、正点到达,也不对吗?"我只好回答:"有人说这是资本主义,他们说宁要'社会主义误点'也不要万里的'资本主义正点'。"这位平凡而伟大的母亲,临终时头脑仍清醒,还曾问:"邓小平现在如何了? 他要打不倒,你爹爹就不要紧啊!"她始终坚信自己的儿子是劳动人民和共产党的好儿子,可父亲那时正在铁道部写检查挨批斗,他请假到医院向奶奶遗体告别,看到母亲稀疏的银发和饱受风霜的脸,闭不紧的双目似乎倔强地在问苍天:"指鹿为马之日,何时结束? 大千世界,朗朗蓝天,何时还我儿子的清白?"祖母遗体就要被拉走火化,久经战火考验的父亲,从不流泪,这是我第一次见到父亲动容,他泪流满面,失声哽咽,他又异常地突然扑向母亲,警卫人员和孩子们忙把他架住,遗体拉走了,父亲和我们的哭声震荡在"红色恐怖"的京城……

　　历史证实了奶奶的话是正确的,是真理,可惜她老人家未能再坚持一年,未能亲眼看到自己养育的儿子,在接到党中央的命令时,奔赴安徽省走马上任时的豪情壮志和为国又立下的显赫成绩,父亲当时为党、为人民、为改革开放所做出的卓越功绩足以告慰九泉之下的奶奶了。

三钓白花鲢

"东越河济水,遥望大海涯,钓竿何珊珊,鱼尾何簁簁。"这是当上皇帝的建安文学才子曹丕对垂纶之乐的生动描绘,从中可知,钓鱼也是远古以来传统性的休闲活动。本人自从迷上这项活动,真有说不尽的趣闻轶事,去年印象最深的,要说三钓白花鲢了。

第一次是去年五六月份,单位举办一次钓鱼比赛,以总重量计名次,事先大家你吹我侃,互不服气。待到比赛一开始,个个都严阵以待,都是一副誓夺"金银铜"的架势。我抽到的钓位靠近塘角,不管位置是好是坏,赶紧进行各项准备,迅速将一根 4.5 米的手竿甩了出去,唯恐慢一点鱼就让人家给招跑了。然而 30 多分钟过去了,水面上风平浪静,诸位均无所获,大家便又纷纷调侃起来,正说笑间,只见我那鱼漂猛然没入水中,我下意识"腾"地一下将鱼竿提起,只听得渔线"呜!呜!"作响,鱼竿被绷得如同满月,我不敢有丝毫怠慢,惊喜中带着惶恐:惊喜的是一下子钓到一条大家伙;惶恐的是一旦失手,不但空欢喜一场,难免还要损竿折钩。正当渔线就像要被扯断之时,那水中的家伙似乎也需要喘口气,只见它一个翻身,水面上掀起一朵好大的浪花,不等看清真面目,它就蹿进水中向另一方向冲去。露出的脊背就像一艘潜水艇,身后劈开一条威武的航道,好在它的能耐有限,猛冲猛撞了几个来回以后,力量明显减弱,"敌人的招数使完了,就该看我的了。"我顺势将这家伙引出水面,呛了它几口水,它就再也没有开始时的威风了。此时,早有几个钓友闻风而至,瞅准机会,一下子将那家伙抄起。呵!好大的家伙,足有 3 斤多!我按捺不住阵阵喜悦,忙定睛观赏:胖乎乎的大头,细溜溜的身材,鳞细密而色浅,一条剪式的阔尾扑棱棱乱摆,像是一个胖头娃娃在打滚撒娇。养鱼人叼着烟卷走过来,乐呵呵地说:"我这塘里的白花鲢还真不多,今儿个让您给收拾了。"我也十分兴奋:"钓这种鲢鱼,我还真是头一回呢!"

是的,虽说我的钓龄有几年了,但还从未钓过鲢鱼,尤其是这么大个的白花鲢,还真新鲜。平时听钓友们切磋钓技,鲜有论及钓鲢,似乎钓鲢不入大雅之堂;然而今天我的感受却并非如此,那鲢鱼吃食时的莽撞,拖线而逃遁时的骁勇,打挺翻身时的蛮劲,以及被捕获上岸时的憨态,都使我觉得非常刺激,钓鲢鱼,确有独到的乐趣。

由于我的开张大吉,像是打开了突破口,众钓友纷纷提竿上鱼了,但都是一斤上下的鲤鱼,而我沉浸在刚才的喜悦里,又将鱼饵上好,把钩甩到了原来的位置。

大约过了 10 多分钟,只见我那鱼漂稍稍摆动了一下,又是急剧沉了下去,在下毫不迟疑,一抖腕,迅速将竿提了起来,尽管这一条的劲显得比上一条还大,但由于我已有了经验,成竹在胸,张弛有序,悠然地与其练起"太极"来。等到它黔驴技穷,渐露归顺之意,便一手举竿,一手执抄,顺顺当当地由我独自将其缉拿上岸,又是一条两斤多重的白花鲢。有趣的是,两个钩,一个钩住了鱼脊,另一个钩住了鱼尾,真正叫做"头尾相击"呢,霎时间,鱼塘边戏言四起:"老万甩进鲢子窝啦。""他的鱼食里一定有奥妙。""快交出你的秘密武器!"

戏言归戏言,待我坐回钓位,也不禁寻思起来:我的鱼食有什么不同呢?都是一块从渔具店买来的"东浚",也都加进了一些泡开的鱼塘喂鱼的颗粒饲料,我再加些曲酒和蜂蜜,钓友们都知道,并不新鲜,何来奥妙之有?难道这秘密武器连我自己都不知道吗?猛然我又想起,今天使用的鱼食有一些是上次钓鱼用剩的,因为舍不得扔,便放进冰箱存起来,这次重新使用,难道就成了秘密武器了吗?赶忙取过鱼食闻一闻,果然有明显发酵后的酸味,不禁心中窃喜:节俭,无意中倒促成我过了一次钓鲢鱼瘾。

结束比赛锣响,我共有三条大白鲢,外加几条小鲤鱼入账,竟在众钓友中名列前茅,拿到了银牌,这真得感激我那无意制作的"秘密武器"。

此后,每逢钓鱼,我常常再备上一些上次剩下的酸且带点臭的鱼饵,以便再能享受钓鲢鱼的乐趣,尤其是其他鱼种"罢食"的情况下,我的钓法确有突击奇兵之效,果然,仅在去年一年里,我就又有两次(一次在六七月间,另一次在八九月间)因独钓鲢鱼而技压群雄,后两次,我又主动加上点陈年泡菜汤,钩也重换上大一号的了。对我来讲,后两次钓获也不菲。这真是从不知到知之,从必然王国到自由王国的三钓白花鲢的成功"战例"呢!

黑鲷白花舞湛江

第一次来到祖国大陆南端的美丽的热带海湾城市——湛江签赠新书，我被它海滨城市的风情迷住了。那是今年3月底4月初，这里已处处是红花绿草，抬头又是北京难得一见的蓝天白云，高耸入云的椰子树、棕榈树装点着这座淡水海水双绕的小城，使我们这些"北方旱鸭子"大开眼界，流连忘返。

湛江是西南沿海港口群中最著名的"大、深、优良海港"，拥有30万吨级深水航道，是我国吞吐量超过亿吨的大港之一。堆积如山的来自世界各国的各色集装箱，昼夜装卸不停，各种大型油轮、货轮更是进进出出穿梭不息。南海舰队的将校和港口董事长总裁盛宴在招待我们一行时，无不以保卫和建设祖国这明珠般的城市深感自豪！他们都异口同声赞扬改革开放后湛江飞速变化，当然遐迩闻名的湛江大虾总是主人向我们不断介绍的名特产了。据说海湾里鲍鱼和各种海产品也鲜美而无污染，700万人口的湛江依仗着优良的自然条件，海洋经济总产值已超过811.69亿元，稳居广东省首位。

热情的渔家子弟胡小胖为我们租借来了豪华游艇，"旱鸭子"出海了，能和大海相拥，能和海风亲吻，能和海鱼握手真是三生有幸了！我们一行20多人乘风破浪直奔那两江一海交汇处——坡头区乾塘镇南三水道，任海风疾吹，任飞浪拍打我们的"坐骑"！游船在一望无垠的南海如脱缰骏马，它踏碎了碧玉般的海水，激起长约百米的航道，如翡翠似的海涌和浪花翻滚在艇尾。一个多小时后，我们到达目的地。船老大是一位姓谭的垂钓高手，他那饱经风吹日晒的皮肤呈铜棕色。他知道我是"钓协副主席"（实际上我是中华名人垂钓俱乐部常务副主席，我

299

也不多纠正了,入乡随俗嘛),而且他说常年订有《中国钓鱼》,还读过我的钓鱼散文,这使我大有异乡有缘遇知音之感,真是"四海之内皆兄弟"呀!他带来了七八副好海竿供我们使用呢,他备有半桶"沙虫"(沙滩蚯蚓)。同船的还有现任乾塘镇的韩伟雄书记,也是位10多岁就随父出海打鱼的本地人,如今40多岁了,对这一带潮汐涨落风浪鱼情都了如指掌,谈起他们拥有的4万多艘各种渔船更是如数家珍呢!谭钓友曾在这里钓到过70多斤的大鱼,费了九牛二虎之力,几个人帮忙才捕获上船呢!

他们两人指挥这艘"豪华艇",在这黄白沙铺就的海湾上游钓,根据他们的多年捕钓鱼的经验,"潮退二分有鱼群,涨潮八分也有鱼",还有什么"先退后涨、潮水滚动时也有鱼"等口诀,不时催船前进又后退。时间太短促,钓者都知道不管风吹浪打稳坐钓鱼台才行,而我们总共长停钓点抛锚才不过一两个小时,你猜战果怎么样?不是谭、韩夺冠,也不是我这个《中国钓鱼》名誉主编拿第一,而是此次随队、从没有海钓过的解放军文艺出版社副总编、著名红色军旅作家、鲁迅文学奖评委董保存连钓三尾20多厘米的浅黄色身体修长的"锥鱼"——在钓捕它们时常常以尖嘴往浅沙里锥藏隐身而得到这个俗名。这种鱼挺名贵,肉质很细腻,味则鲜美无比。在上岸后南海舰队首长宴请我们品尝此鱼时,北京客无不连声称道,据说在当地都要三四十元一斤呢!

那位姓谭的当地高手一是帮助大家上鱼饵(此次是清一色的海蚯蚓),还得指导大家如何在艇上站稳双脚海钓,他说一周前他还在此钓到不少黑鲷白花呢!据说他此次的长线被凶猛的海鱼切断几次,那肯定是"大鱼中箭而逃遁了"。他和《亚洲新闻周刊》主编王璞最后各拉上一尾连他们自己也叫不上名的鱼儿而并列亚军。这种小鱼色泽异常艳丽夺目,黑红条纹、黄色斑点十分明显和对称,尤其一对黑色腹鳍下也对称生长着像小眯缝眼似的器官,随着双鳍不断闪扑划动,它们也不断张合着。大家都围上来观看,纷纷给这个陌生的小家伙拍照留念。船老大说带回家去好好养着。海洋世界鱼类真是无奇不有呀,资料上说这湛江海湾里竟有 520 余种鱼类生存着呢！这里尤其盛产金线鱼、带鱼、沙丁鱼和马鲛鱼等。

也许每位钓手来时都是"渴骥奔泉"——自然都十分希望有所斩获，我观察钓上鱼的董副总编第一次出海就"奇袭"成功，荣获冠军，自然洋洋得意，船上这次七八位男女钓手包括常在此垂钓的《散文世界》副主编小付和我的钓鱼启蒙教练、中国体育报刊总社编委翟春等都是空空如也，但没见他们中有一个垂头丧气或面带沮丧的。我呢，更是欣然释然，因为接受了《中国钓鱼》多年的倡导："钓上钓不上都快乐，享受绝不是以钓获多少为标准，而是享受垂钓的全过程，尤其是山水美景和钓友的和睦情谊。"你看今天这风平浪静碧水大海，始终有伴蓝蓝的天，白白的云，渔船穿梭忙碌，而渔夫们有条不紊地撒网打鱼，晚霞点染碧海万顷，金星欢快闪烁跃动，多么生机勃勃、和谐平静的海港画面！我任海风吹拂着我的面庞，沐浴着我的身心，真是海阔凭鱼跃，天高任鸟飞，心潮随浪高啊！

■ 再钓日月潭

今年 5 月 8 日至 15 日,我率"中国传记文学学会代表团"到台北进行学术交流,第二次有机会畅游祖国宝岛台湾。我们无论是会见国民党主席吴伯雄,还是老朋友、大学者李敖以及大作家琼瑶,每当我们提到五千年的中华民族璀璨辉煌的历史,尤其提到老子、孔子两位对中国、亚洲和世界的人文影响时无不共同顿生崇拜之情;提到共同抵抗外国侵略者(日本法西斯),无不对那些为国捐躯的烈士无比崇敬! 两岸专家在世新大学认真严肃地畅所欲言,各抒己见,校方还安排我们一行参观了大学者胡适和林语堂(读者还记得我曾写过林语堂如何在纽约客居时垂钓旗鱼的故事吗?)故居,还有那从祖国大陆运走的稀世珍宝在台北故宫吸引了全世界的游客。当然直航后,来这里参观者 60%以上是大陆游客了,但最使我难忘的还是两则在宝岛垂钓的故事呢——

我们一行来到台北著名的万里乡野柳村的地质公园,沿着长长的堤岸(这里海岸线全长为 1 700 米)布满了经千百万年来风化雨蚀的地质岩石。由福建省冲刷下来的泥沙经 2 000 多万年大自然神奇之笔和鬼斧神工的功夫,把这奇岩怪石竟然雕塑成许多人物、动物和植物了。最具代表性的是一尊惟妙惟肖的"埃及妖后",她的发型,她的细长而又美丽的脖子,线条美妙极了,而面孔又极似仪态尊贵的埃后,据记载"她的年龄已近 4 000 岁"了! 如此高寿了,还让游客个个惊艳不已呢! 大家纷纷以和"她"拍照为荣。

我们传记文学学会正在主拍一部 20 多集的红色经典人物电视剧——《雷锋》,渔友们可能不知台湾也有一位被当地人津津乐道的"雷锋"式的人物呢！他的名字叫林添慎,他的石像就屹立在游人如织的地质公园——他当年遇难的海岸上的巨石上,他在 1964 年春天因英勇跳海挽救一位失足落水游客而丧生大海,生前是位贫穷的渔夫,因当时所在这个渔村渔船设备不佳,每年只能在风平浪静的三个月中出海打鱼谋生,其余日子林全靠在堤岸上摆小摊卖些凉粉和馒头糊口度日。壮士遇难后,当地政府和被救华侨担负了他 5 个子女的上学花费。此事曾经轰动了全台湾。

现在舍己救人的勇士在这里永远安息了,伴随着昼夜的涛声依旧,眼望着朝发夕归的渔舟,还有那来来往往的游客和对岸黑色礁石上的钓客,真是逝者如斯夫,来者如云兮!

看见不远黑色斑礁上有钓客,我和副会长顺子,还有河南文艺出版社的传记文学名家王福明不顾脚下石尖利如狼牙又有藻类助滑如鳅,仍一个个爬上了伸向大海深处的"狼牙礁"钓台。最近的钓客忙起身和我们打招呼表示欢迎,当他听说我是《中国钓鱼》杂志和"中华名人垂钓俱乐部"的领导人时,忙起立净手、握手,并痛快地把上好活虾的手竿双手递给我让我一试身手。这是有 10 米长的日制手竿,怎奈风大浪急,我两次竟未甩出钩去,事不过三,凭在大陆练就的多年"童子功",第三次我不但抛出,还抛准了这位台钓友打了窝子的钓点,这引得两岸钓友一片喝彩,遥望海天合一无垠水势茫茫,此时白色的海鸥时高时低,迎风破浪是在觅食吧,这些大海的骄子成年累月的永不知疲倦勇敢无畏翱翔在天际海涯,渔船点点又驶向何方? 豪华游轮游近抛锚鸣笛不止在打断我这游子万千思绪,两岸虽已三通,何时归为一个大家庭呢? 此时已不容我遐想很多,对岸的副会长、军旅作家、鲁迅奖评委董保存已大叫:"万会长,别钓了,大家都在等你们三位上车呢!"我回过神来忙把竿子依依不舍还给这位台湾钓友,我送给他一枚奥运纪念章,他黑红的脸上绽出两排白牙,忙说:"谢谢,我送给您两个自制鱼漂做纪念吧!"我忙双手接过这"千里鹅毛",真是"礼轻情义重"啊! 我小心插入上衣口袋,别碰坏了它们!

第二天离开台北,驱车300多公里奔向这里最著名的风景区——日月潭,记得2005年夏首次访台在日月潭昼航夜钓空竿而归,难道此次还再遭这"滑铁卢"吗?

我们一行到达日月潭已是万家灯火,只见岸上街里仍是熙熙攘攘,热闹非凡,夜市又开始了,摊主们个个挑灯夜战,十分欢迎大陆游客光临。他们知道大陆游客今非昔比,似乎来这里的人人都有钱似的。还有一种是蒋经国提名和爱品用的名茗,小老板竟说比阿里山洞顶乌龙茶还好!各种小吃,以及竹、木雕刻工艺品也是应有尽有。真巧,我们一行竟被安排在上次同一饭店——世界上唯一的一座桧木饭店,而且我还同样住在二楼同一个房间,是无意却也是有意中吧!这几天马不停蹄,在上次夜钓的码头,五六位两岸钓友花了两三个钟头皆空空如也,摇头而归,夜色下的日月潭是神秘的夜美人,允许她众多粉丝有想象的空间。这次第二天清晨,旭日东升,万物苏醒,面纱拂去,她不神秘了,她的身高(海拔740米)比起那些名川大山,不算十分高挑的美人,比起中国五大湖,也没有可比性,它们太辽阔,太壮美了,但比起杭州人间天堂西湖,她又是西湖的近两倍大(日月潭为7.73平方公里,西湖为4.2平方公里)。日月潭状如新月,湖四周重峦峰叠,湖面阔,水更深,除非晴天她似乎也是一眼望不到边际呢!西湖却显得小家碧玉了,杭州西湖水深平均不过两米,而日月潭则水深平均40米!潭东大山高逾2 000米,则朝霞暮霭,青峰倒映,真是水光山色,风景绮丽美不胜收,常常是大陆游客首选景点呢!

顺子早早踏露披霞起身,在这种环境优美负离子十分充足的潭边钓鱼,小胖子的他竟然钓起了两尾锦鲤!他忙转身三步并作两步回到我们居住的临水桧木饭店,从床上拉起我高叫:"鱼上钩了!你这位钓鱼主席还贪睡不起啊?"

果然,他的鱼护里两尾鲤鱼在涌动,我信心大增:"他都能在此钓起,我为何不能?"这里虽是岸边,水深也有二三十米,我手持手海两用鱼竿,忙上了活饵,抛下湖面,这是第二次在如此深湖垂钓了。钩儿徐徐下沉,当然又不着底,好在清晨岸边人很少,我又示意顺子,不要大声说话,把他支到旁边:"你真不简单,还会钓起第三尾呢!"阳光下湖周围树木葱葱郁郁,远处还有高山起起伏伏,阵阵清风拂面,甚是神清气爽。漂儿无根在不停漂动着,竿子固定了,它也跑不远,15分钟、20分钟过去了,偶尔有鱼拱动一下,没有大情况。我知道我顶多只有50分钟的时间了,因为8点半全团就要出发,不可能再等我。30分钟、40分钟……我只有10分钟了,还是没有鱼儿真切地咬过我的美味佳肴,我难道第二次垂钓日月潭又是空手而归?如何面对车上的全团人马和祖国大陆钓友呢?我不由紧张起来,再看看顺子得意扬扬哼着"阿里山的姑娘美如画……",他歪戴着草帽,还叼着烟卷,吞云吐雾,似乎在嘲笑我这个中华名人垂钓俱乐部的副主席,还有什么《中国钓鱼》杂志名誉主编,不过是徒有虚名罢了!我"孤注一掷"了,把所有活饵、面饵全部抛入钓点,还有5分钟,我在冒汗发烧了,老天爷开了眼!红色浮标点了一下头,我睁大眼,不敢大喘气,再定睛看漂儿又入水两目。我猛发力后甩,沉甸甸的,"有了!"我大呼。我后退两步,鱼儿出水了,一条银光闪闪的鱼儿沐浴在霞光晨风中!它第一次离开了深渊,来到了人间!我忙让顺子抓线,提上码头,时针正好指向8点半,顺子,快拍照为凭啊,摘下这尾金色鲤鱼,这周围的山川、绿树、清水都在为我欢呼!来叫我的导游和顺子都不得不竖起了大拇指:《中国钓鱼》杂志的名誉主编嘛,当然名不虚传,经过了临阵考验,果然是位真正的钓鱼高手呀!

中巴在台东高速公路上飞驰,两旁的椰子树、槟榔树不时后退而逝,同时都在向千里迢迢二次来的大陆游客和代表团招手致意。一路上我还不时沉浸在日月潭漂儿下沉、我发力收竿那第一尾金色鲤鱼离开碧水深潭的喜悦之中呢……

■ 刘炳森：翰墨映眼入心田*

　　早就想写点文字纪念书法家刘炳森，每当看到京华和外地各处炳森兄遗留下来的墨宝，总是想到他慷慨和蔼的为人和自己两年来"还没有写一篇纪念他的文章"的遗憾，心里常有一种欠债的愧疚之情。

　　我认识炳森兄不算长，但也有 20 年的时光了。他生于 1937 年，去世时为 2005 年早春，今年是他三周年忌日。

　　他说话不时会带出点天津口音，因为那是他诞生的故乡。20 世纪 80 年代中期，我还在武警部队工作时，就在几次雅聚上结识了这位赫赫有名的书法大家，实际上他也是一位国画家。他的山水画，着重以书法线条勾画，画风古朴典雅、淳厚有味，在 20 世纪 70 年代初，他全家住在故宫西北角一间十几平方米的房间，那时来求字的单位和个人也不少，根本没有稿酬，人民体育出版社的美术编辑、我的好友老张，请他为刊物和书籍题名，他都爽快答应，也基本上没有多少润格。老张喜欢收集字帖，炳森得知后就很大方地将自己珍藏的一些《三希堂》原拓片，大概有六片送给了老张，而且还给老张书写了好几幅隶书作品，如"半杯浊酒代君温"、岳飞《满江红》等名人名句。

　　1993 年，为迎接第十二届广岛亚运会的到来，时任《中国体育》杂志社总编辑的我决定举办"全国市长书法大赛"，规定每位参赛市长必须寄来两幅作品，其一是有关体育内容的，一幅则是市长们任选自己的得意之作。新闻发布会一开，各大媒体刊登了消息，短短两个月，天天有稿件从祖国天南地北寄来，堆满了编辑部。我记得广州的黎子流市

＊　本文原刊于《海内与海外》2008 年第 6 期。

长、河南的刘源市长（那时他已是河南省副省长，但当过郑州市市长。他的字还好，因为刘少奇主席和王光美阿姨曾让儿时的刘源跟黄胄练字习画）、北京的张百发副市长都寄来作品，当然上海汪道涵市长人是儒雅而彬彬有礼，字也写得胜过他们一筹！他们的作品皆属名人书法，1 000多件作品里，怎样才能公正评选出最优秀的几张书法作品呢？显然不是我们这个组委会主任说了算，也不是我们杂志社的美编说了算，因为我们不是外行就是"业余"，没有"伯乐"自然寻不出千里之马。以刘炳森为评审组主任，沈鹏为副主任的行家里手、大专家们都来显身手了。那时他们几位书法家都没有讲任何价钱，听说是国家体委的事，并且是为亚运会做贡献，个个显出"义不容辞"的劲头，炳森兄以身作则，一天到晚在挂满书法作品的房间里品评。他们对每幅作品都过目，在著名的老市长汪道涵寄来的作品面前，边看边评价："笔力苍劲，用笔多稳健，有功力呀！"炳森也很欣赏来自家乡天津的女市长李慧芳的草书毛泽东词《水调歌头》。"你们看，行云流水一气呵成，也是龙飞凤舞！""女市长又要忙工作，还要管家务，还能练出这么好的字，真不简单！"他们异口同声称赞不少市长的书法作品达到了专业水准！当然，刘炳森在表扬好作品的同时，也毫不客气地指出作品中的不足，令我十分感动和敬佩的是他发现作品中出现的错别字，就会注视良久，还亲自动手修补，比如"庆"字多一点，"淮"字少一点等。他不是动手改掉，就是提笔添上，真是诲人不倦！

从1993年市长书法大赛后，我们成了要好的朋友，虽然见面不多，却也成了电话中能推心置腹的好兄弟！我也深知书画家真是应付不了每日每时来求墨宝者。就连启功老先生家门前都高挂着"熊猫病了，请让他休息几天吧！"的警示牌！最热情的韩美林，在王府井家中的大门上也挂了免战牌："请免开尊口索要字画吧！"但我实在推辞不了的还是要带上奥运和世界冠军到朝阳区叩刘家大门，想不到他都能爽快地答应这些冠军们结婚开店等想题字的要求："她们为国流血流汗，再忙也得为国家为民族争得荣誉的运动员写写，表表我的敬意呀！"当然，我也保留了他两三幅隶书墨宝。

东北画家杨竹想请刘炳森为他的八尺雪竹图题字,以壮声威。虽然是第一次见面,他当时即铺开大画,抽出狼毫,舒展劲腕,笔走龙蛇。大书行草:"写此青竹两三竿,挺然屹立不畏寒,虚心有节凌云志,鏖战风雪老愈坚。万里老人八五寿庆之贺,时辛巳年冬杨竹绘雪竹之图,刘炳森拜题前贺诗一首。"上首钤闲章一枚,下盖名章。人们都说,炳森最喜写隶书,字体奔放遒劲,但此次行书同样是妙笔神品,堪称飘逸秀美。这幅作品送到中南海,正值万老 85 岁华诞之时,老人家在中南海含和堂起立凝视,也击掌称好。这一作品在中国美术馆和扬州八怪纪念馆等地多次巡展,万幸这幅墨宝安全无恙,现挂在我的办公室正面墙上,每每伏案劳倦时,总是抬头赏竹读诗,顿觉竹叶起舞清风拂面,而神清气爽。

2001 年,在全国文联第六届代表大会和全国作协第七届代表大会上,我们又欣然相逢,他颀长的个子,秀朗的眼镜下总闪烁着智慧、亲切、谦和的光芒,让人永远不会忘记他那超人的亲和力。记得那天是在人民大会堂宴会厅由两会代表和委员举办文艺晚会,党和国家主要领导人都出席了,只见他这位文联副主席、书法家协会常务副主席伏案疾书,他全神贯注,运气行笔,章法严谨,十分稳重而又疏密有致,招来围观行家和众人的喝彩。我冲破人墙,上前打招呼,他连忙搁笔握手,想不到这短暂的匆忙一见,竟是我们的诀别了。

2003 年我听说他住院了,心想不会有大事吧,那时他不过 65 岁,正是书法家的好年华。第二年秋天就传来了坏消息——他得了肺癌。我忙让美协办公室的老胡一定想方设法打听到他住哪家医院,一定要见他一面啊!谁知回答说已不在北京,到外地去找"秘方治疗"了。到年底我还焦灼的等待他回京时,又传来了坏消息:说他因为骨瘦如柴(脱相)更不愿见任何人了。到了第二年早春(2 月 15 日)荣宝斋老经理、著名画家米景扬电话里传出悲切之声:"炳森已西去了!"我连忙奔到大米家,与他一起即刻驱车到了朝阳区刘家住宅吊唁。我们俩抬着飘拂着白色挽联的鲜花竹篮，来到楼前，这时车辆川流不断，花圈已摆到走廊上了，我们和他悲痛万分的妻子和孩子们无言地紧紧握手，一时语塞不知道说什么好，沉重的脚步移到两边鲜花翠柏和黑绸相拥的彩色照片下，看到他嘴上灿烂的笑容，秀朗镜下双目依然还是春风荡漾，我的眼中不禁噙满泪水，三鞠躬后，我泪眼迷茫地盯着他那栩栩如生的照片，把他的形象犹如他在全国各地留下的无数墨宝一样，永远留在了我的心中！

写稿时，弟弟仲翔知道是写仁兄炳森，忙深情地拿出户口本和他的民生银行存折说："大哥请看，这两幅隶书题字每天都会有无数的人们看到，就是我们的好友刘炳森先生所题写的啊！"

大画家黄永玉《独钓寒江雪》赏析

　　黄永玉先生是当代书画和艺术大家，也是我一位多年的好友。20世纪80年代弟弟仲翔带我去看他，他吸着大烟斗诙谐地说："我送你一张画，就像在我自留地里摘一个瓜。"这话活脱脱表现出了黄老是一位重情义、轻金钱又幽默非常的朋友。

　　黄先生不愧为当代鬼才，他1924年出生于湖南省人杰地灵、风景优美的凤凰县，是土家族人，因家庭贫困而没有受过高等教育，更没有到高等美术艺术学院学习过，他16岁开始以作画和木刻谋生，当过瓷场小工、小学教员、中学教员、剧团见习美术队员、报社编辑等，最后荣任中央工艺美术学院教授、中国美术家协会副主席。他经过自己艰辛攀登的自学成才和凭借自己的天才最终攀上了艺术王国的高峰，他设计的猴票和湖南所产"酒鬼"酒瓶，已是家喻户晓的艺术品。他博学多识，诗书画印俱佳，亦是诗、杂文、小说、剧本的名家，他所画"阿诗玛"已成为云南、贵州、湖南等各省传用和定形的少数民族美人形象呢，他的荷花、梅花、人物、山水，加上秀美的书法，或俏皮或深邃的题诗，再配上自制的隽美印章，已被党和国家领导人以及国内外博物馆广为珍藏。

　　已故中国钓鱼协会主席徐向前元帅1984年亲笔题写刊名的《中国钓鱼》今年第10期上，刊登了该杂志赠给广大读者的唐朝大诗人柳宗元题名为"江雪"的脍炙人口的五言绝句：

　　　　千山鸟飞绝，万径人踪灭。

　　　　孤舟蓑笠翁，独钓寒江雪。

千百年来有不少画家以此诗意写画，但学贯中西、富有五车之才的大手笔黄老这幅近作仍不失为具有独特韵味的上乘之作，印在读者尤其是钓鱼读者脑海中的则是十分幽俏而又峻郁、耐人寻味的画面。

整个原作现存在我的办公室正面墙壁上，画幅只有 40 cm×40 cm，虽是小品，却是大手笔的不凡之作。画面充分运用了中国水墨之"青"和中国宣纸之"白"，强烈对比和渲染了山水之间对立又和谐统一的关系。而这个山因为"寒江雪"则变成了"白山"，这个水则因为倒影反又成了"青山"，让人感叹大自然万物造化的千变万化，和黄老艺术大笔神出鬼没的线条和泼墨的功力，亦庄亦谐！画家在高山上大胆洒落了疏密有致、大小相错的青绿色点，这真是神来之笔，因为雪再大也不能全部掩盖青山上葱茏挺拔的苍松翠柏，这些在白茫茫沉寂一片、天地似乎合一的绿点，妙在静中增加了这绿色音符的跳动的感觉，大大增加了画面的节奏感和层次感，虽然是"千山鸟飞绝，万径人踪灭"，但毕竟还有踏雪而来、独钓寒江的"孤舟蓑笠翁"来垂

黄永玉《独钓寒江雪》

311

钓，来向大自然挑战呢！人才是真正征服大自然的胜利者，人在任何恶劣环境中，其意志力是不可战胜的，这位蓑笠翁，你看他不畏严寒，漫天大雪中独执长竿，会在天寒地冻中钓出鲜活的鱼儿。唯有这位老钓翁才是真正的胜利者呢。

是否此诗还有"画外音"呢，这正是中国传统诗词绘画最玄妙之处。

诗人和画家除了写出千山万水全不见一只飞鸟，连人的踪迹也被大雪所掩埋之外，只有在这严冬雪天的江湾处，一叶孤舟，一位老者身披蓑衣斗笠在垂钓，意境十分寂静而又孤独，也许钓不到水底冬眠蛰伏不动、已不怎么咬食的鱼儿，这便是想象之景：白茫茫的大雪象征着洁白而不染，孤舟独钓也显示诗人不屈权贵的孤傲性格，这也正和柳宗元参加革新运动失败后被贬为永州司马后，感叹仕途艰险、忧国忧民之悲壮心态一样呀！他后期的诗作大多情深意远，疏淡而峻洁，虽看似是山水闲适之作，但都寄予诗人怀才不遇、抑郁悲愤和怀念故人以及家乡之情。

黄老的艺术作品好像千古不绝的唐诗，好像流传千百年的江山画面。这是先进文化的无穷魅力，给我们带来无价的精神财富！

拿鱼说事 *

　　王永瑞先生的创作室称听雨楼,坐落在北京繁华的京广大厦后院,一座独立的五层小楼。本月我参加了王先生七十大寿,真是"我有嘉宾,鼓瑟吹笙"。在"步步高"乐曲下,王永瑞身穿红色的中式对襟外衣,碰杯多年陈酿茅台原浆后,他红光满面频频起身,双手抱拳不断致回礼,真是"人逢喜事精神爽",回顾他的绘画人生,艺术生涯,不由令人肃然起敬。

　　改革开放不久,王先生1987年就在日本新潟成功举办了个人国画展,大获好评受到瞩目,1989年又在中国画研究院举办四名家联展;2010年在海南博鳌《书画名家展》大受好评,他的画浑厚质朴,笔墨淋漓酣畅,绘画和书法中都囊括了丰富内涵,他从不摆书画家大架子,而常常深入生活中去,对山水花草体察入微观察揣摩。

　　当然,他也常常与各类艺术家、画家切磋技艺和创作体会,极善于将自己的人生感悟,对人民、对祖国河山无限热爱之情,融于自己的笔毫之中。他的题句、命题更是发人深省耐人寻味,尤其他笔下的各种鱼虫花草,常常被人格化,真是神哉,妙哉! 他时时呼吁鱼和水的环保,曾创作了"拿鱼说事"系列作品。

　　他为我画的六尺巨鲤,那大鱼跃出水面,题名为《鸿运当头》,让你真切感受到一种力量,一种精神。深信"此鱼一定能跃过龙门",勤奋搏击终将改变命运改变环境,实现从量变到质变。王先生笔下的鱼,大有漫画大师华君武幽默之风采;他的辛辣题写,讽刺不良作风屡屡见于画

---

*　本文原刊于《新民晚报》2013年12月29日。

端。如题嘎鱼:"莫嗔嘎鱼又尖又滑,只缘水族弱肉强食。"题水污鱼上岸:"适者生存学两栖。"题名多春鱼:"都是多情惹的祸。"

他现在常对人说:"鱼越画对鱼的认识越深刻。"有时,"我心中想什么鱼,就画出什么鱼来。怎么我也变成'万总'笔下的又一个画鱼'专家'了呢!"

王永瑞从小就接触鱼,爱上了鱼,他曾说"鱼与生活密不可分",你看看远古时代,哪里有江河湖泊,甚至哪里有水,哪里就会有鱼。在云南山中常年不见阳光,几公里长的暗河中还有"盲鱼"生存着呢! 不论古代还是当今,以捕鱼和钓鱼为生的民族确实数不胜数,许多少数民族,都以鱼作祈福的图腾,还有更古的岩画和陶器一出现,上面就有鱼图形和水波的图案,现在的很多绘画和日常生活用品上都有鱼的各种图案,就是宾馆也有专门以鱼文化装饰的;"在广州我住的一家五星级宾馆,随处可见鱼饰文化。"

王永瑞画家为万伯翱说鱼唱鱼画鱼,画作构思新颖独特。

永瑞少年时在鱼塘、小河也垂钓,虽渔具不佳,技术不高,但是偶尔钓上一尾鲫瓜、两条泥鳅等小品也欣喜若狂。现在条件好了,他说:"钓不上鱼,我去河边湖畔呼吸新鲜空气,看看岸边垂柳,红花绿草以及水中各种动植物,我眼中这一切都是我写生的老师呀! 少年儿时我家在农村,一下大雨小河就泛滥起来,渠里沟里有水就有鱼,那时生态环境好,从来不知什么化工污染。我就只穿个小裤衩下水摸鱼,手一出就抓住一尾,弄得我浑身上下都是泥,抓鱼的伙伴们互相看看小鬼模样,又互相打起水仗来。十几岁时,三年困难时期,我就闯关东在嫩江的太康县他拉哈乡的江边,每天担五十斤鱼走十五里路,到一个农场卖掉,能挣五元钱然后交学费学画。那时是苦了点,也真学会了战胜困难的本事也强健了体质,我一个穷孩子算也有了出息。"古人常说,"人活七十古来稀",我看他在这有滋有味的小康日子里,活到百岁也不算稀奇了!

这正如永瑞诗中言道:人到七十智近午,桧生千年态方奇。永瑞先生悠然挥笔画鱼如鱼得水,看那投入和自如的神态,他仿佛也成了在人生海洋里畅游的一条锦鲤,屡之击水跃过人世间多少"龙门"!

我认识的马家三代与"文物长征"

由于与我有总角之交的马思猛的关系，我于童年时代就认识了他的爷爷——当年护卫故宫文物大迁徙的开国首任故宫博物院院长马衡先生；又结识了他的父亲——中国著名戏剧家马彦祥。屈指数来我俩的友谊已历经 58 载，我耳闻目睹了这个家庭的变迁与兴衰，感受到这个文化大家族清风明月般的人格情操……

一

1953 年初春，与我在北京育才小学同班同学的马思猛带我去他家玩，这是我第一次见到马衡先生。

坐落在北京东城小雅宝胡同的这座深宅大院，门楣上书有"鄞县马"三个字，似乎在告诉来访者，主人是浙江宁波人氏。宅院的格局与一般北京的四合院不大相同，据说是马衡先生从上海初到北京大学任教时相中买下的旧院址，而后又自行设计重建的。分前院、中院、东院和后院四个院落，整个院落和房屋汇集了中西方和我国南北方不同风格的建筑，可惜这座完全可以列为文物的深宅大院现在早已面目全非了。

当年幼小的我走进北屋马衡先生的"凡将斋"里，迎面扑来书墨的清香，一排排装满线装书的书柜展现眼前，这是我第一次近距离接触如此多的线装古籍。墙上悬挂着徐悲鸿、董希文两位著名画家为马衡先生画的肖像，一幅吴昌硕为先生题写的"凡将斋"书斋楠木斋匾；还有我从未见过的一幅黑乎乎的碑帖立轴。正伏案于窗前写字台的一位蓄短须、着一身青呢中山装的老人，无疑正是马衡爷爷。当时马爷爷见思猛带来一位小朋友，竟然像接待成年客人一样摘下花镜，放下手中狼毫缓缓地站起身来，彬彬有礼地和我打招呼，还拿出一把糖果递到我小手里，真是让我受宠若惊。

马衡先生是浙江鄞县人，字叔平，1881 年生于苏州。他的岳父是清末民初上海滩的"五金大王"叶澄衷，马衡婚后在叶家当"上门女婿"做了 15 年"寓公"，享受着叶氏企业年俸 6 000 大洋外加红利的董事待遇，这使他能够专心无忧地苦研金石学和广集文物、古籍。1917 年应蔡元培校长之聘，任北京大学附设国史编纂处征集员兼教马术。3 年后北大发现他精于金石学，便设了一门金石学课程聘他当了史学系讲师，1923 年又任史学系教授兼北京大学研究所国学门导师、考古学研究室主任、北京大学图书馆古物美术部主任，马衡充满艰辛地在这些岗位上历练了 5 年，并逐步展现出才能和业绩，于此，1925 年他又受聘兼任故宫博物院古物馆负责人，这一机遇，让他在后来的岁月里得以大展宏图。

1933 年 7 月首任故宫博物院院长易培基因所谓"故宫盗宝案"含冤辞职，包括蒋介石、宋子文、冯玉祥等政要名流在内共 37 人组成的故宫博物院理事会召开紧急会议，由于右任提议全体通过推举马衡代理院长。马衡深知当时故宫博物院内人事关系错综复杂，一再婉拒，最后，由身为理事之一的蒋介石发话："既然大家一致推举，我看马先生就不必过谦了吧。"无奈之下，马衡先生临危受命，从而使他于 1949 年成为跨越两个时代的故宫博物院院长。

1951 年 12 月 3 日，数易其主的《中秋帖》和《伯远帖》在国家财政十分困难的情况下，由周恩来总理亲批 50 万元港币，安排马衡、王冶秋等秘密赴香港购回，故宫博物院专门为"二希"举办了一次小型展览，许多文化名人闻讯而来，欣赏流连。

周恩来打电话给马衡，要求将"二希"给毛泽东主席过目，马衡、王冶秋带着宝帖，来到中南海怀仁堂，毛泽东风趣地说："你们都是皇宫里的人呐,我们是邻居,我还没有到故宫串过门呢!"马衡乘机邀请说:"毛主席,请您到故宫去视察。""要去的,要去的。"毛泽东边说边请大家坐下。周恩来介绍说:"主席,马衡先生在抗日期间组织故宫文物外迁,避免了日本侵略者的破坏,功劳不小。""你们都是有功之臣呐。"毛泽东对马衡说,"我的老师易培基先生,就是故宫博物院首任院长,为了文物外迁,含冤而死。我听到这个消息,悲痛至极。你们是在另一个战场上抗日,同样做出了牺牲。"毛泽东还说,"保护中华文化,其意义不亚于保卫国土。中华文化保住了,中华民族就不会灭亡。"周恩来说:"马衡先生对中华文化情有独钟,解放前夕,他坚守在故宫,坚决抵制国民党将文物迁往台湾。"

"目前留下的故宫文物一共有多少?"毛泽东又关切地询问。

马衡回答:"在南京的故宫文物,约有 20 多万件被迁去了台湾,包括《快雪时晴帖》,其他 30 万件都留了下来。故宫这里的数量还没有完全统计出来,加起来应该不会少于上百万件。"

毛泽东、周恩来欣赏了"二希"书帖。毛泽东表示,"二希"风格差异很大,他更喜欢《中秋帖》。该帖虽是米氏临书,但献之风范尚存,联绵映带,气韵生动。毛泽东吟诵清代诗人沈德潜《三希堂歌》后说:国昌,则文化兴;国强,则文物聚。

临别前,毛泽东还将自己收藏的王船山墨迹《双鹤瑞舞赋》、钱东璧临《兰亭十三跋》交与马衡,送给故宫珍藏。

二

马彦祥是马衡先生次子。由于彦祥伯自幼迷上京昆,一度为了看戏而中断学业离家出走,令寄希望子承父业的马老爷爷非常失望。1926 年未读高中的彦祥伯居然凭一张假毕业证考取了上海复旦大学中文系,从洪深学习戏剧理论和欧洲古典戏剧名著,并参加复旦剧社的编导演剧活动。1932 年在天津主编《戏剧电影周刊》。1934 年后曾与田汉等筹组中国舞台协会,又与曹禺等创办半职业剧团——中国戏剧学会。1934年后任齐鲁大学教授、南京国立剧专导师,组织中国戏剧协会,导演话剧《雷雨》、《日出》、《汉宫秋》,还粉墨登场参演《回春之曲》等。抗战爆发后任上海救亡演剧一队队长,并被推选为中华全国戏剧界抗敌协会理事,在抗敌协会成立大会时认识了让他崇敬一辈子的周恩来总理。1939年在陪都重庆,先后导演话剧《残雾》、《国家至上》、《李秀成之死》等剧目,并创作导演《国贼汪精卫》,还兼任国立戏剧专科学校教授。新中国成立后彦祥伯即在文化部任戏曲改进局、艺术局主管戏曲工作的副局长;后还历任中国文联第一至四届委员、中国戏剧家协会第一、第二届常务理事和第三届副主席等职。

1955年4月底,已先后戴上红领巾的思猛兄随彦祥伯搬到西城北海后门三座桥5号院,这是文化部分给彦祥伯居住的公房,这当然比他父亲马衡私宅小了许多。客厅悬挂着彦祥伯与夫人、京剧名家云燕铭阿姨结婚时徐悲鸿大师画赠的《双骏图》,而书房藏书之丰好像不亚于其父马衡先生,书架、书柜、书箱拥挤得书房几无立锥之地。

1958年,举国刮起"共产风",刚于"反右"时因文化部副部长夏衍的保护躲过一劫的彦祥伯告诉思猛:"我原以为我不可能看到共产主义了,想不到我们已经走向了通往共产主义的金桥梁了。现在从农村到城市街道都成立了'人民公社',大家都吃食堂啦,咱们家也住不了这么多房子,我们还是搬到文化部宿舍去吧。"就这样,他们一家又住进了由原艺术局办公室改造的简易宿舍,由于居室狭小,彦祥伯只好把一批书箱摆放在漆黑的楼道里了。

1966年初夏,"文革"来临,彦祥伯预感此次运动他是在劫难逃,果断地又从文化部大院搬到朝外水碓子的普通居民楼。并在红卫兵掀起抄家风之初,为了保护自己收藏的大批戏曲古籍免遭灭顶之灾,便抢先"请"本单位文化部艺术局的造反派到自家来"抄家封门",然后将其全部古籍和名人字画拉到文化部仓库封存,从而使又一批藏书安然躲过了晚到一步的街道和中学红卫兵的劫掠。

我从小目睹了马氏家族的几次变迁，眼看他们家的房子越搬越小，家居陈设越搬越少，不变的是彦祥伯"无倦斋"里堆满的书籍，它们依然散发着文化的清香。在彦祥伯晚年的卧室、书房兼客厅的墙壁上，一幅马衡先生早年为彦祥伯题书的《无卷斋》横幅悬挂于门侧，一幅吴作人先生为彦祥伯画的题有"奋进"二字的横幅《奔牛图》和一幅徐悲鸿题有彦祥世兄雅令的对联"谈笑发清秘，耕耘获大奇"，仿佛在昭示主人于耄耋之年，仍在他的这个小小"蜗居"中，孜孜不倦地为文化艺术事业不懈地奋斗着。

我正式成为彦祥伯对我另眼相看的座上宾，是"文革"后我参军成为一名军官后，当时我在洛阳外语学院进修，斗胆写信给彦祥伯索求墨宝，想不到他很快就回了信，并鼓励我好好学习，珍惜这次进修机会。随信还附了一幅用楷书写的王昌龄《从军行》诗句："黄沙百战穿金甲，不破楼兰终不还。"以勉励刚刚从戎的小字辈。这是我收到的第一幅名人字画，兴奋之情难以言表，立即装裱后镶入镜框挂在当时郑州军营小屋中的墙上。据思猛兄称，彦祥伯生前曾多次婉拒友人索求墨宝，思猛的所有弟妹竟然也无一人获此殊荣，他们对我羡慕不已，后来还特地到我北京家中反复欣赏自己生父的这幅旧墨迹。

三

我和思猛兄是小学二年级开始同班的，最令我好奇的是他肚子里的故事这么多，经常给同学们讲历史故事，"金兀术败走黄天荡"等《说岳全传》里的故事情节至今仍记忆犹新。

思猛慷慨仗义，经常私自挪用其家长给他在校订牛奶补身体的钱，轮番请我们几个小同学到东安市场"荣华斋"吃甜香可口的奶酪、栗子粉，这样的"享受"，对我这个刚从解放区随父（万里）进京的"小土包子"，真是开了洋荤。又因为我们都是小戏迷，因彦祥伯的关系，看戏是近水楼台，因此，他常请我去大众剧场、中和戏园、吉祥戏园、长安戏院看京剧。这难得的经历,又使我与京剧艺术结下了不解渊源。直到现在,步入花甲之年后,我竟然也成了中国剧协会员和北京振兴京昆协会的理事了!就连钓鱼也是思猛兄带出来的。1953年暑假,我和思猛在其四叔马文冲的带领下,出大雅宝胡同城墙豁口到城外,那是我生平第一次钓鱼,渔场就是天然积水的窑坑,渔具则是用马衡爷爷家的竹竿绑上棉线和三分钱一个的鱼钩,鱼饵是马家厨房用香油和的杂面团,持如此简陋的渔具,首战居然有几尾"船丁"小鱼的斩获,从此钓鱼和叙写垂钓文章成为我的一大爱好。

1963年,我刚到河南黄泛农场当下乡知青不久,思猛兄便找到我时任北京市常务副市长的父亲,要求也到黄泛农场和我一起在农业第一线战天斗地。父亲上下打量着胸前佩戴着共青团徽章、意气风发的19岁小青年马思猛,想了想回答他说:"你不必到那么远的地方去,还是留在毛主席身边吧!"接着提出北郊的南口农场和东南郊的永乐店农场让他选择。并告诉他:南口农场是个老农场,条件好一些,希望他先到那里适应一下,永乐店是刚成立的农场,条件艰苦一些。思猛兄毫不犹豫地选择了艰苦的永乐店农场。当年4月份他右手提着一只帆布箱子,左手提一个洗脸盆,从此离开了京华闹市,义无反顾地当了一名农民工,开始了独闯生涯之路。"文革"中,由于家庭不断受到冲击,父母双双下放,他被迫辞职带着未成年的同父异母的弟弟思敦、妹妹思敬到当地生产队安家落户,又当了一名京郊地道的农民。

1976年唐山大地震后,我回京探亲专程到通县应寺村去看望分别了多年的同窗思猛兄。从京城到东南郊的柴厂屯下车还要步行5里路,才找到这个与河北省接壤的穷乡僻壤的村庄,看来思猛兄也是当地的"名人",没费事就在老乡热情的带领下找到他家,他的家坐落于村西芦苇坑旁,黄土拍成的院墙和柴火扎的篱笆门与普通农家没什么两样,刚从地里回来的思猛兄光着两只脚,头戴破草帽从土墙后迎了出来,除了架在他那消瘦的脸上的眼镜略显旧时模样,出现在我面前的黧黑精瘦、卷着裤腿、满脚淤泥的他,俨然是位地地道道的农民兄弟了。

1977年以后马家三代全部平反恢复名誉，艰苦创业的思猛兄也入了党，又先后担任过仓库保管员、采购员、物资站站长、家具厂厂长、党支部书记，乡镇企业公司党总支副书记、副经理等职，一直坚持留在永乐店农场直到退休。记得一次我带着内疚的心情向思猛兄表示歉意："当年是我影响了你，让你也跟着下乡当了知青……"他没等我把话说完就正色道："我并不后悔，我的一生丰富多彩，上至中央、市县领导和社会名流，下至工农普通百姓，我都有许多朋友，甚至忘年之交，有和他们一起推心置腹交流情感的生活经历，这是我人生最大的收获。尤其是众多农民朋友，在我人生道路上最困难的时候，是他们平等相待地收留接纳了我，是他们重新给了我做人的尊严哪！"而后思猛对我抱拳笑道："是仁兄成全了我呀！使我这书香子弟终能宁静致远，淡泊名利呀！"

思猛兄退休之后，开始笔耕不辍，挖掘出了思如泉涌的潜力，著作见丰，在文史界亦颇有见树，并不断引起学者、专家们注重和采访。

四

我所认识的马家三代人，虽然各自生活在不同的时代，但他们身上特有的中国传统知识分子之傲骨清风，却从未因为历史的潮流、逆流旋涡的涤荡冲刷而改变。

马衡先生一生功莫大焉，正如郭沫若先生在《凡将斋金石丛稿·序》中所评价的："马衡先生是中国近代考古学的前驱。他继承了清代乾嘉学派的朴学传统，而又锐意采用科学的方法，使中国金石博古之学趋于近代化。他在这一方面的成就是有目共睹的。马衡先生同时还是一位有力的文物保护者。中国古代文物，不仅多因他而得到阐明，也多因他而得到保护。前日本帝国主义发动大规模侵华战争时期，马先生担任故宫博物院院长之职，故宫所藏古物，即蒙多方维护，运往西南地区保存。即以秦刻石鼓十具而论，其装运之艰巨是可以想见的。但马先生从不曾以此自矜功伐。马先生为人公正,治学谨严;学如其人,人如其名;真可谓既衡且平了。"

马衡先生于1955年3月仙逝,家属遵其遗嘱将先生一生所集文物全部捐献给故宫博物院。所捐文物包括价值连城的青铜器、铭刻、碑帖拓片、工艺品、书画和图书等。先生共捐藏书1 600余部,经整理并详细著录者为1 275部。金石类占其全部藏书百分之三十。

在堆积如山的马衡先生捐赠品中,其毕生搜集的石刻拓本多达12 439件,其中以清代与民国年间出土和发现的墓志、碑版、造型、石经为主要部分。这批拓本是他一生研究石刻的重要根据,大多拓本上有他精细隽秀小楷行草题跋,现为故宫院藏碑帖中极为重要的一部分。在其捐献的印章中,一部分是篆刻名家吴昌硕、唐源邺、钟以敬、吴隐、王褆为其篆刻的作品;另一部分则是先生为自己篆刻各种字体的印章。

而彦祥伯生前就曾将部分马氏藏书赠与首都图书馆收藏,1988年去世前,又遗嘱其家人将一部分藏书赠与北京大学图书馆,另一部分则再赠与首都图书馆收藏。首图所藏部分主要是明清戏曲小说刻本与抄本,共208种,1 707册。加之他生前所赠部分共约250余部。

我亲眼见证了马氏两代人的收藏与捐赠,历历在目,永生难忘。他们的收藏目的是为搜集史料和资料,为自己也为后人从事学术专业研究所用,在其身后又将自己用毕生心血所凝集的所有收藏全部奉献国家,这样一分不取一件不传毫无保留地裸献,其精神境界,清廉之风在当今已十分鲜见了。

现在走进思猛兄在通州太玉园的公寓住所,家中再没有像其祖辈父辈那些悬挂四壁的名人字画,更没有一件半件古籍、古董之类的珍藏,年老力衰的思猛兄虽然工资不高,却省吃俭用来购书藏书。几千册现代版的古典名著、人物传记类书籍占据了他也就15平方米卧室的"半壁江山",一台电脑、一部打印扫描仪,是他现代化的写作工具,还有几部包括篆字字典在内的工具书。许多刚刚知道其身世的老朋友、老同事、老邻居,常羡慕地对他说:如果你爷爷给你留下一件好文物就够你丰衣足食一辈子的。而思猛兄却淡然道:"不该是你的就别惦记,如果当年不全部捐给故宫,早就不知四散到哪儿去了,也轮不到我来继承了。常言说得好,'知足心常乐,无求品自高'啊!"

我眼前突然出现了彦祥伯友人所赠一幅《岁寒三友图》,那天寒地冻仍青翠盎然的松和竹,那迎霜傲雪绽放幽香的梅,不正是马家三代精神品格的真实写照吗?

我们家的香椿芽*

　　我们北京原来的家是一座挺标准的四合院。进得大门,影壁墙下一丛修长的绿竹,在风中点头弯腰,欢迎来客,真是"叶叶为君起清风"了。右拐进门在东厢房下有一参天大柳树,那树冠夏日挡得西晒的阳光,又有不少枝条拂地,轻风吹过,柳丝便婆婆起舞。紧靠西厢房有一棵用木架托起枝蔓繁茂的落叶灌木枸杞子,据说已有百年树龄,每逢金秋时节,那橘红色的果实,总是受到主人和客人的钟爱而被采摘一光。

　　但最受母亲和全家人偏爱的还是北房后面离院墙不过两三米的小通道里,那一大两小的香椿树。记得1975年刚搬入时是早春,那香椿树枝在2月的寒风中摇曳,紫褐色的树干在阳光斜照下如铜铸般明快有力,多年生的枝丫线条十分清晰,还没有生出一片叶子使枝条显得清晰而历历在目。3月下旬,随着万物复苏嫩草破土而出,香椿树冠上二年生枝条上的叶芽也开始萌动了,鳞片绽裂、枯竭的树体开始点染了绿色。表面看来香椿树没有多大变化,但此时准确无误的植物物候期已悄然到来,树体里"血管"开始吸取树身及土壤中的水分和氮、磷、钾形成"血液"向上流动了。到4月中上旬,那茶褐色的羽状复叶开始不停绽出时,母亲下了班张罗着让大家准备梯子、竹篮,竹竿上绑上铁丝弯成的钩子,开始采摘香椿芽。那时老奶奶还健在,她老人家在旧社会青黄不接的年景,吃惯了柳、槐、榆等树叶,也吃遍了各种野菜,采摘香椿芽时,她自然思绪万千。这时的她,总是拄着拐杖,移动着莲步(小脚)在树下亲自督阵,一遍又一遍用她那山东乡音叮嘱:"只摘芽,千万别弄

---

　　* 本文获2003年全国"罗庄杯"散文大奖赛一等奖。

325

坏了树枝,明年还得靠它们啊!"

父亲被"四人帮"迫害关押了两三年,直到周总理主持了四届人大,小平同志在中央复出工作时,才将年富力强,渴望为人民工作的他任命为铁道部部长,那时真是"雄关漫道真如铁,而今迈步从头越"。为了恢复被"四人帮"破坏得不像样子的铁路运输,父亲不管节假日总是昼夜奔忙在天南地北的钢铁运输线上,那年代市场凋零,父亲虽是"高干",工资也不过360元。奶奶和妈妈都特别叮嘱要给爸爸首先来个"香椿炒鸡蛋"以滋补劳累的身体。那鲜嫩的绿芽拌着金黄的蛋,老父亲再喝上一杯青岛啤酒,当时真是上等的享受,看着父亲那样开心吃喝着,妈妈和老奶奶都是美滋滋乐在嘴上甜在心里呢!

除了炒鸡蛋、炸面鱼,绝大部分香椿芽都由奶奶亲手腌制储存起来,全家人慢慢当咸菜和面码吃。老奶奶手把手教给母亲如何晾干香椿芽,一斤香椿芽需几两几钱精盐,关键好像是不许压,不许瞎揉搓,要均匀抖落盐粒,总之两位老人密切合作腌出来的香椿可以吃到第二年都不会坏,最绝的是还能保持着枝枝棵棵和刚摘下来的香椿一样鲜嫩可爱。

1976年再"批邓"时,老爷子又第二次被打倒,老奶奶在担惊受怕中也去世了。1977年父母调到安徽工作,那里的住处没有了香椿树,直到80年代以后,父母又调回北京在中央工作,中南海新院子里竟又神奇地长出了几棵香椿树(有两棵可能是妈妈请人专门移过来的),从此每年春天全家又有了吃香椿芽和腌制香椿芽咸菜的传统小高潮。改革开放后,老百姓生活逐步富裕起来,北京菜市场中外蔬菜应有尽有,千家万户的菜篮子一个比一个丰盛。小弟也去了美国,前两年我要去美国访问,妈妈对我说:"听说美国超级市场上什么都有,有香椿芽咸菜卖吗?"我说:"可能有吧,听说北京的臭豆腐、山东的大葱,真是要什么有什么呢!"妈妈还是不死心:"就是有,也决不会比我腌的好吃。"说着,老人家亲自从存放香椿芽的大咸菜缸里,用干净不沾油的筷子,夹出上好的香椿芽,放进洗干净的玻璃瓶中,再三叮嘱我,瓶子盖一定要拧紧,不要碰碎,要亲手交给小弟,我飞跃万里到达大洋彼岸的纽约,不辱使命将香椿芽咸菜放到小弟公寓的餐桌上。

当小弟一家人夹起这土生土长、老母亲亲手腌制的香椿芽咸菜时,两眼已都潮乎乎,那香椿芽的滋味越发沁人心田了。

空中小菜园，瓜果也飘香[*]

21世纪初，我定居在一座新建的28层大楼公寓中。本人所居住的第25层门外，还分得一私家凉台，登高望下大约是十多层处有一公共凉台，手种人栽，布满了红花绿草，景致宜人，观下走上，颇使住户一天劳累后也感到几分惬意。

我在河南黄泛区黄土地上，当过十年知青（1962～1972），点豆种瓜，植树造林，都不在话下。就因十年农活的历练，见楼下现出绿荫红

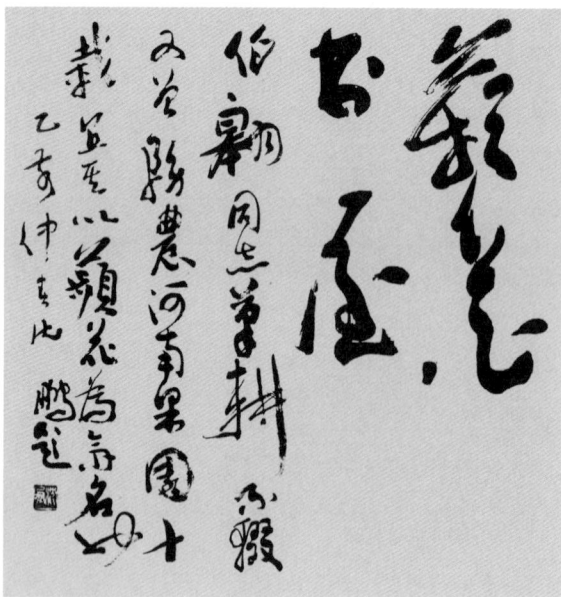

书法家沈鹏为万伯翱书屋题词。"莘花书屋"是万伯翱为纪念农场果园劳动而起的书斋名。

* 本文原刊于《人民日报》2012年1月9日。

花,我心动手痒:咱25层也要有植被!种什么?种花种树?还是种点蔬菜瓜果吧!又好看又实惠嘛。

我当然知道这"土壤妈妈"的重要了。"人勤地不懒","庄稼一枝花,全凭肥当家",这些农谚我自然耳熟能详。我求友人从郊外拉来一车十麻袋掺了干鸡屎的黑黝黝的沃土,垫在凉台青石板上。把砌了砖头沿儿的总共不过10米见方的平台基础打造得如菜畦样扎扎实实。实际上我量了一下土层,不过20多厘米厚,而且有的地方还被通风、通电、下水道设施所占有,真正能受几小时好阳光的寸土寸金之地是更加弥足珍贵了,我就选择这一小块为菜地,其余种了草、爬山虎、迎春花什么的。这高楼上还奇迹般自然生长出两棵小榆树呢!这小小菜园不过是三四米长、两米宽大小,一派肃杀的冬天常常被来客不屑一顾笑谓:"巴掌般大小,能种个啥?!"

迁入此新居第二年,我就开始在这一打好基础的空中菜园上下足功夫了。我到郊外菜农那里买了一批菜苗儿,什么冬瓜、茄子、黄瓜、西红柿之类,当然少不了翻土、晒土、平整土地和打好菜埂密植了。北京的春天短而干燥不说,风沙常常从空而降。大风常把苗宝宝纷纷吹歪打蔫,使它们个个灰头土脸,这天灾常常使我牵肠挂肚伤心不已!我和司机小许清晨起来第一件事就是匆忙打开凉台铁门,冲到小小菜地观察,补苗、浇水、捉虫,真是和照顾自己的婴孩一般,眼见的苗儿天天秧肥叶大,这时候的植保工作特别重要了,而且还一定要在菜苗旁插竹竿、搭架子了,不知这大片菜地中所常见病虫害从何而降,什么腻虫、红蜘蛛、卷叶蛾上下左右立体围攻我这巴掌大的绿色空中小菜园。十年知青所学本事派上了用场,我指挥唯一的兵小许买"乐果",购置喷雾剂。初夏时分,我们采取"治早、治小、治了"的战略方针,给予病虫害坚决彻底的歼灭。到了仲夏,老天还喜降下"七星瓢虫",残余顽强十分的再生害虫让这天敌去消灭吧,市场上吹嘘的"纯天然不打任何农药"的环保蔬菜,恐怕能做到我这一步就算是不错了吧。又盼得花开花落,红黄果实出浓叶,真神奇,如此高楼,四周看不见任何大菜地,还是车水马龙尘嚣冲天的大都市中心地带呀,却见那久违了的蜜蜂儿振动双翼"嗡嗡"而来,难道它们从附近的朝阳公园而来吗？这些比人都勤劳的使者不顾天高地远、风紧露冷,伴晨曦而出、随晚霞而去,辛勤忙碌,一刻不停地扑花采蜜。我知道没有它们传花授粉做大媒,肯定会果小瓜瘦呀!都说花蝴蝶姑娘娇嫩,这不,它们也竟然升空百米迎风而至。这年还算风调雨顺,在秋分时节,我那小小菜园竟然结下了八个绿油油的大冬瓜,西红柿、茄子、辣椒也天天吃不完,你说怪不怪,竟然还招引了草虫蚂蚱、螳螂也出没呢! 有一天下午,我悄悄打开铁门还看见"叽喳"的一对喜鹊落在了凉台栏杆上,只见这对"夫妻"在啃咬我的瓜果,我真是又心疼又不忍轰它们走,在这"水泥森林"大都市中两口子觅食实在困难呀! 也许它们正拼命觅食准备叼回家去喂养小喜鹊呢……

你信不信盛夏和仲秋我还听见了蝉躲在茂密的爬山虎绿叶中不停鸣叫,那罕见的蝈蝈和蛐蛐也在秋菜绿丛中,参加了这来自天外的草虫二重唱和小合唱呢!

汗水和心血换来了大丰收,我忙把黄瓜、西红柿等送给上下邻居,也抱起最大的一个冬瓜,足有十五六斤重,送给住在建外的大姑妈。大姑妈赞道:"真不相信在 25 层楼上,我大侄子能种出这么大的绿色蔬菜呀!"这真是:绿波之中能藏鱼虾,沃土之上必结硕果!

■ "百草之王"人参[*]

中国人最讲究食补,不管男女都会首先想到能进补的最佳之物是——"百草之王"人参。

人参多生长在东亚,尤其是寒冷的地区,以中国人参的代表吉林长白山出品的最为著名。此山地参质地最佳(野山参皂苷成分高),参是属于五茄科,北中美洲则是产花旗参,也是温补的上品。人参具有明显的强心作用,最显著的作用是用于抢救心源性休克和失血性休克,这也是古人认为人参有"起死回生"功效的道理。我国古代许多名著都写道在皇家、大户人家或者医家常常提到食用和药用人参的情况,中国首位诺贝尔文学奖得主莫言代表作之一的《檀香刑》描绘朝廷要犯遭受凌迟之刑的孙丙时,每逢上一些苦香的上好参汤,欲断气的囚犯竟然"呼吸不是那样粗重了,脖子也能支撑住脑袋的重量了,嘴巴里不往外吐血了……"小说里人参就是如此神奇呢!当然赞美人参的古代诗词家不乏其人,我只查到最早描写人参的诗为南北朝时梁代著名道教思想家、医学家陶弘景一首诗描绘出了人参和灵芝的野生绝佳生态。原诗为《采人参》:

> 三丫五叶,背阳向阴。欲来寻我,椴树相寻。

到了我国诗词的巅峰时期,人参入选唐诗宋词也不少。名家温庭筠、陆龟蒙、皮日休、苏轼等皆有形象的描写,如皮日休在收到友人相赠

＊ 本文原刊于《新民晚报》2014 年 3 月 25 日。收入本书时改动原标题。

人参后以诗答谢：

> 神草①延年出道家，
> 是谁披露记三桠。
> 开时的定涵云液，
> 劚后还应带石花。
> 名士寄来消酒渴，
> 野人煎处撇泉华。
> 从今汤剂如相续，
> 不用金山焙上茶。

古代帝王也有专吟人参诗词的,最著名的大清一代帝王乾隆就不止一次专写人参,其中一首为:

> 性温生处喜偏寒，
> 一穗垂如天竺丹。
> 五叶三桠云吉拥，
> 玉茎朱实露甘溥。
> 地灵物产滋阴鹭，
> 功著医经注大端。
> 善补补人常受误，
> 名言子产悟宽难。

实际在当下面临拜金滥采的发财致富者,野山参已属罕见了。野山参被国家列入珍稀濒危保护植物,有关部门也把长白山等自然保护区加强保护,严禁无序采挖,使人参资源逐渐恢复生长常态,以对得起

---

① 古代称人参为神草。

我们的后代人。我的一位已采参育参 34 年的朋友王总说,现在就是上山仔细查寻系上红绳(怕它"跑"了)也只能找到二三两左右的就很不错了。他说我们中国人又最善"人工种植",实际上早在唐朝,参农已开始人工栽培这种珍贵的多年生草本植物了。当然仍以东北长白山为大量种植区。精明的参农也在河北、山西、宁夏、甘肃、湖北等合适地区精心栽培,参农们仍要尽量按照野参的一切条件(如经纬度合适最好),切忌施用任何化肥农药,在精心培育下也应最少需六年春秋雨露方能出土为佳,如能耐心培养 20 年,就应视为"野山参"了。这种耐心今天恐怕是凤毛麟角了。但医学专家说经化验及人们食用的效果来看都不可和野生野长的真正野山人参同日而语。

野山人参对自身生长环境要求极为苛刻,生长的地域、土壤、林相、坡度等都有严格要求,还得有土质较疏松有肥沃的沙质林坡土壤才好。生长环境有一个乔、灌、草、藤兼备的植物体系伴生和以植物为基础的自我平衡相互维系,各种植物的分泌物相互影响,具备自然演化、自我更新完备的能力。野山人参的生长不仅要经受冰冻、暴雨、病害等自然灾害的侵袭,还经常遭遇不知何时外侵的虫嚼鼠咬、兽吃畜踏,完全依靠自己的生命力与各种自然灾害不断地顽强斗争,与不同植物竞争,所以野山人参的存活率非常低,能够存活下来的野山参都历尽磨难,是生命力极强的植物精灵。现在采参农家像从前能在深山老林处找到半斤八两的几十年、上百年的老参已几乎不可能,是常在梦中才遇到。当然它们常常喜生长在适合的经纬度地区;海拔高度则需在 500 至 1 000米的针阔叶、混交林中方能最健康地成长。这样自身要求极高的条件,绝对超过黄金美玉的价格,每株价值几百万甚至几千万。据报道:1989 年北京亚运会前长白山脉抚松县参农偶尔曾采到一株"参王"重为 305 克,此参王已在地下安然深居 480 多年了。经媒体宣传,此山参轰动中外,现已成国宝级标本,被博物馆珍藏起来了。据说还有深居山林的千年老参,不过我无力查证对实了。

野山参通常三年才能开花到六年左右才能结成果实。参花细小浅

333

黄略显绿色,不易被人发现。成熟的种子则显鲜红色,灵敏的鸟也即山民俗称的"棒槌鸟"能发现并喜吞下,但有时不一定会消化,所以排泄出来反能传播,久之遇合适土壤能生出新野山参。吉林电视台曾播出巨蛇守参,人去捕蛇时又惊喜发现野山参的有趣故事。

■ 枣树颂

"在我的后院,可以看见墙外有两株树,一株是枣树,还有一株也是枣树。"这是鲁迅先生《秋夜》的一段话,这些耳熟能详的句子几乎人人都在中学课本上读过,也还记得这是鲁迅先生《野草》"秋夜"文章中的开头语。

北京阜成门内西三条 21 号,鲁迅先生在此居住两年多才离京赴厦门大学教授国文去的。这篇著名的文章连同《华盖集》和它的续篇及《彷徨》、《朝花夕拾》等著作皆创作在这小小的院落里。先生除了在青灯下苦读苦写,当时还要在北京高校当老师,当然在这里还得不断接受中外人士来访,还是在这小院小屋里,鲁迅先生和他的学生许广平的爱情也开始于此。他不但在此门号收到邮差传来许的第一封信,月余后这位小女生,就勇敢地叩门来看她仰慕已久的先生了。时间一晃就过去了 88 个春秋;(此文写于 1924 年 9 月 15 日,发表在《语丝》周刊第三期)但今日重新读起来收获仍不少,而且开头那几句争论和联想跨过近90 年的时空也许还争论不休呢——

当初我上中学时师生争论:"鲁迅为什么不直接写——在我的后院墙外有两株枣树",而写成文章中这样分两句:"在我的后院,可以看见墙外有两株树,一株是枣树,还有一株也是枣树。"现在我退休多年,完全是个老年人了,比当时做中学生时多读多写了一些文章,对枣树也有了新的理解。

88 年前的天空在鲁迅眼里是"奇怪而高的天空",否则鲁迅在文章中不会那样着重而又喜欢这"两株树",而且这样的写法先生在文章里对着"鬼䀹眼的天空"却希望和发誓似的希望枣树"却仍然默默地铁似的直刺着奇怪而高的天空,一意要制他的死命"。是啊,鲁迅当时除了自己用这支笔做"刀枪匕首"投向这鬼似的吃人的社会,他没有别的武器了。难怪他1933年客居上海去参加被国民党反动派杀害的爱国学者杨杏佛先生的葬礼时,竟然不带钥匙,也就是随时准备牺牲并高唱:"无怨于生,亦无怖于死。"这真是"横眉冷对千夫指"的硬骨头精神! 先生这只不过千字的短文,竟有五段着墨描绘这两棵枣树,可见先生对这枣树多么熟悉而又多么亲切呢!

我热爱枣树,这不仅因为我下乡当知青时的河南中州大地新郑县有着全国罕见的万亩以上枣树林。暮春初夏,黄色米粒似的小花开始绽放,一眼望去,如黄色烟雾似的枣林,也绽放成了花的黄河,引来成群结队的辛勤的蜜蜂和花枝招展的蝴蝶,当然那日出而作,日落而息的天南海北的养蜂人比它们还要辛苦,更早早等盼这一年一季的"枣花节"了。

近年,我和二弟仲翔不约而同在京都郊外南房小院后墙内也都种上了两三棵枣树。二弟房后那里不但背阴,初春万物复苏时,这里的小气候依然显得阴冷许多。而且土地瘠薄缺水,开始试种过三棵丁香和玫瑰,都先后死去了,土质很差。我们下足了苦功夫,几乎是给树根昼夜"打吊针输营养液",但也无济于事,三棵丁香和玫瑰还是先后枯萎。但去年奇迹发生了,我们兄弟植树节时种下这两棵三年左右出圃的枣树树苗,当年就成活了! 而且今年4月20日,如铁铸的主干,如铜丝般抽出的枝条上,小小的萌动着的叶芽鳞片又绽裂开了,一叶一丛的新绿又顽强地从各枝条不停地钻冒出来! 我们不断向客人展示,我们栽种的每一棵枣树今年春上都成活了! 在这缺水而又贫瘠的土壤中,生命的奇迹发生了,夏天已满树绿叶,秋天将会满树红星似的果实,个个闪烁火红的光泽!

这枣树是什么精神——这就是鲁迅的不屈不挠的战斗无穷期的奋斗精神! 我今天重新认识了枣树的品质,今后要世世代代学习它顽强不屈的生命力、贡献花和果实而又不求索取多少的高尚品质。

天地英雄爬山虎

南宋著名诗人杨万里有诗赞爬山虎：地锦花铺地锦衣，碧茸上织紫花枝。垂杨舞罢莺停唱，不卷华绸待阿谁？

现代教育家、作家叶圣陶老人家的一篇《爬山虎的脚》散文曾入新中国的小学课本，他老人家细腻地描绘爬山虎的"脚"——"反面伸出枝状的六七根细丝，每根细丝像蜗牛的触角，细丝跟新叶子一样，也是嫩红的，这就是爬山虎的脚。"结尾老作家又赞它道："不要瞧不起那些灰色的脚，那些脚巴在墙上相当牢固，要是你的手指不费一点儿劲，休想拉下爬山虎的一根茎。"

学名爬山虎，也有俗称之为爬墙虎，权威的英国皇家园艺学会最新版《世界园林植物和花卉百科全书》中标它为"葡萄科"。古诗文中也常称之为地锦，它属多年生大型落叶木质藤本植物。夏秋之交时常开枣花粒似绿白相间很不起眼的小花，时与叶对生，雌雄同株，可谓"近亲联姻"了。百花园内万紫千红的绿叶花簇中，它都很不显眼，显然它从不以花色诱人，《本草拾遗》中还说此植物根茎均可入药，有破瘀血、活筋止血、消肿毒之功效，甚至爬墙虎还可酿成美酒待客呢！

真是对咱人类鞠躬尽瘁，粉身碎骨死而后已啊！园艺工和住户都喜欢伺弄之，植种一二年，一株爬山虎茎叶高度可达20多米长，绿化面积竟达50平方米呢。因为其适应性极强，虽喜阴湿环境，但绝不怕强烈阳光直射，而且它们还能耐住干旱，也守得住这贫瘠之土，气候和土壤适应性十分强，对我们人类和动物增氧、降温、减尘等多种功效，使人们有口皆碑。有些品种在暖温带以北，冬季也可以保持半绿或常绿而不落叶状态呢！在首都更是无论高楼大厦和四合庭院，尤其街道公路

337

旁都很喜欢选它做绿化植被,在中国不管天南地北也都有它长龙绿蛇般的身影。环球世界各国各地也常栽种,只不过人们时常喜欢大红大紫之类的花容并不十分注意、在意它默默无闻无大朵花色的身影罢了。

改革开放后,几经搬迁,在下终于荣获北京朝阳四环近处高层为永久居地了——一套满意的公寓住房。窃喜我这 25 层 A 座户外还附有一个约 20 平方米的阳台,几经争取,又花钱购下终属愚名下。在这一块私人小天地,除了各种公共的空调、煤气水表等出口排水处外,还剩十几平方米,又经拼搏,盖得一轻型材料"小仓库",存放些过季衣物和冬季储藏点水果蔬菜、工具什么的。平台所剩几平方米这"巴掌般"的地全部绿化了,由于我这个当年知青下乡河南十年的园艺工人颇懂得些"科学种植和环保",这空中小菜园也获丰收,描写这环保又绿色小菜园的文章也被《人民日报》、《新民晚报》等先后刊登过。今天还特别补充一点小菜园中墙角旮旯处、地边还有十几、二十株爬山虎呢!

春寒还料峭的 2 月,显然落后于"黄色的迎春花"和"桃红柳绿",如龙脉铜筋般地纵横在墙上地下和我铁皮小仓库上的似古藤败叶中的"爬山虎"物候期开始反应了,我零距离观察它们从藤上休眠的叶芽中的萌动,到叶片的绽裂,再露出毛绒般尖尖浅黄中略带红色的小叶,开始一天一个模样了。不知不觉你出差三五天不见,它们就满身翠绿披挂满墙满园爬开了,6、7、8 月一周不下雨时,我就慌忙着用水管供应水分,有时在往年的底肥中再施些追肥,这是它们的生长旺季呀,人勤地不懒它们纷纷新叶四溢,窗户上、屋檐下、墙面上争先恐后地挤钻得到处都是它的五叶身影。

最可贵之处在八九月骄阳当空、水泥屋墙上或铁皮仓库小屋上,室外最高温度可达 40 摄氏度,手指触摸都烫手,它却全身挂满绿叶傲视着这下火似的太阳和环境。它们珍惜而缓缓吸收着这点点滴滴的淡水和营养,在光合作用和四面火热中怒放着长长身影上的一片片又一丛丛绿叶,充当着七星瓢虫的绿伞,保护双翼鸣叫的蝉;护卫着天知道从什么地方飞进或诞生在我这 25 层高空、挥舞着双剑的螳螂和蚂蚱,这些草虫在此乘凉繁衍。更让我不得不脱帽肃然起敬的是在我的凉台"巴掌般"的土壤中(深度不过20多厘米),不知何时降临的狂风暴雨中,或雾霾沙尘暴摧残中,它们大义凛然义无反顾地反复爬上更胜一筹的26层、27层和终极的28层。它们常常失败,我眼见得它们一次又一次被狂风黄沙肆虐,吹蔫撕裂下来。新抽出还泛红色娇嫩的枝条在叶丛断裂中被吹散,它们败落下来恼怒而又无奈地"哭泣着"缩成一团了。它们决不承认被打败——"永不得翻身"了,它们从25层高空地面上又吸吮着有限的水和养分,积蓄着新的冲击力量,开始了又一次攀爬的长征,一次又一次小心翼翼地用它们看着粉红色软弱的气根和丝线般"手脚"为"武器"又开始新的攀登。不知何时又一次被更大的狂风骤雨击落纷纷倒下落到25层的屋檐和小铁皮屋顶或房角下。我这个空中室主不能伸出任何援手,我年迈了,没有捷足长臂上去扶扶它们或钉个钉子系条绳子帮扶它们一下。

我老泪纵横,我们这被天地称作"万能的人类",还不如软弱的它们顽强无比的生命力和不屈不挠的斗志!我终于眼睁睁看着它们无数次地被击败。终于有一次,在没有任何造势宣传作秀鼓励中,这一线绿叶趁着十来天没有大风大雨时,静悄悄地用细小丝般手脚抓紧沿着两壁夹墙,又英勇无比地冲上了这蓝天白云高处!啊!我们的"爬山虎",它们胜过人类的顽强不屈,从不求名利地勇往直前,只求把绿色和氧气带给人间。

它们才是真正的天地英雄——

月季花的悲与欢*

　　月季花太普遍了,既比不得国色天香的牡丹,又怎比得代表爱情的玫瑰,不过我还是钟情于月季花。

　　初冬的北京,不论是高大的乔木和多年生、当年生的草本花木或灌木,在冷风长驱直入下,花朵叶子纷纷已变枯萎而尽凋残,百花都纷纷转入冬眠了。我在一片枯枝败叶中寻觅,想不到在已见薄冰的鱼池旁,一株月季仍叶绿似碧花红如火,白色如象牙似大理石,又似贞洁的少女的脸可亲可爱;这缤纷月季真堪比桃红槐黄也显出高贵典雅,寒风中让我陡然起敬。它在深秋初冬,顽强不屈抵抗着阵阵冷风裹着凄雨的不断袭击,我观察到百花园群芳图中它在春光中争得先,秋风萧瑟甚至冰霜中她亦守住最后一道花中景色线。

　　月季属蔷薇科植物,原产地就在我们中国,它喜阳爱暖,却也耐得那风冷霜寒,绝无骄矜造作之气。

　　从春色 3 月初到 11 月底 12 月初,不知还有哪种花花期如此之长。牡丹、芍药虽属雍容华贵,怎奈花容期限不过两三周就凋谢尽残,要想再见这国色芳容只能苦等来年第二春了,月季当然顾名思义它是月月开,也被大家称作月月红,你不在意它是否在国内已被评为百花中的前十名,你也不会想到在世界花坛上享名更高,已列入"四大鲜见之花"(其他三名为唐菖蒲、香石竹、菊花)。你也许更不知道,它的家族已达两万余种,真是万花中最大的家族了吧!

　　在中国 960 万平方公里的大地上,绝大多数地方可见它五颜六色

------

　　* 本文原刊于《人民日报》2014 年 3 月 1 日。

红墙内外

的绰约芳姿,真是"处处可安家,时时伸出花"。

我国明朝大医学家李时珍的《本草纲目》上标明月季对人类有大贡献,可消肿驱毒止血,医治人们的红崩和白带等内外疾病。

已被誉为"花中皇后"的月季花,据说在中国神农时代就从野生中选出进行了人工的园艺栽培,逐渐培育各种颜色的名贵品种,或形成各种月季园,或是盆栽培育室内阶上到处可搬用;更有粗壮成单株小树状品种出现,身价也倍增了。它浑身是坚实的刺,除非你带着利剪快刀,否则休想随意冒犯采摘它的冷茫的株体和朵朵惹人而招蜂引蝶的鲜花!

中国诗书画坛人才辈出相映成辉,成为中国特有的国粹。宋徽宗赵佶对月季入画情有独钟;大清帝国特批的入宫意大利画师郎世宁所绘月季,我看后辈丹青者至今还难以超越这位洋人笔下栩栩如生观察入微的月季图;南齐诗人谢朓、南朝梁文帝曾酒宴丝竹之中咏蔷唱薇,也算是较早的颂月季的诗家了;到唐宋时代最著名的诗词大家李白和苏轼都曾着笔吟唱月季,而且两位大诗人表达的内容竟十分贴近,选首苏轼的词共赏之:"花开花落无间断,春来春去不相关。牡丹最贵惟春晚,芍药虽繁只夏初。惟有此花开不厌,一年常占四时春。"唐另一著名诗人贾岛也特别钟情月季:"破却千家作一池,不栽桃李种蔷薇。"

去年 10 月 27 日,经过了 47 个春秋在上海起墓最后迁葬至浦东树碑的当代著名翻译家傅雷与他的夫人,一生酷爱月季花。在他们居住的上海江苏路住宅的小楼后花园中,老两口于 20 世纪 60 年代竟种下 50 多种各色月季花,傅老除了伏案翻译笔耕外,唯一爱好就是到花园栽培和观赏月季,像他平时工作一样专注认真,一丝不苟。修剪、施肥、浇水、除虫,样样精通,他很少用化肥,施用的大多是有机绿肥,如丢弃的鱼鳞、毛豆荚再加上燃后的草木灰。沤熟发酵后就埋在月季花周围十五厘米左右的泥土中。在 1966 年"文革"初期,傅雷夫妇夏夜打手电嫁接月季和施肥浇水,竟被阶级斗争时代警觉"敏锐"的红卫兵发现并诬陷老两口深更半夜埋藏什么重要东西,结果白天引来队队红卫兵残酷无情地铲光了他们多年辛辛苦苦栽培起来的这50多种满园月季,红卫兵还不肯善罢甘休又深挖三尺,当然只不过获得了沤熟的鱼鳞和毛豆荚草木灰等有机肥料及月季发达的根系而已。三天后的1966年9月3日,傅雷夫妇对苍天欲哭无泪,双心随被砍的月季而枯萎饮恨自尽以死明志,与终生为伴的书和花相别而永去。在那几乎人人都冷若冰霜的阶级斗争年月,傅雷夫妇含冤去世四个月后,有人竟发现他们的骨灰盒上放上了一束火红的月季和梅花。1985年上海著名作家叶永烈写出纪念文章——《献给傅雷一束月季花》发表在《散文》杂志上,以永念花及其主人。

实际上均为蔷薇科的姊妹花玫瑰同为落叶或半落叶灌木,和月季一样能直立或攀缘,尤其那更尖更密的刺儿更让拈花惹草者望而生畏。玫瑰绿叶通常为羽状,不是园艺工,不认真识别很难区分月季和玫瑰花朵花色之分,月季因月月季季开不败,各色花束可当礼仪花卉出席各种场合,许多花店常以月季代替"尊贵的玫瑰"出售给辨不出品种的人们。

月季花又常充当和平的使者。1944年,抗日盟军的美国飞行员奥·欣斯德尔在执行任务中,因座机被击受了伤,流落在山海关一带,游击区人民营救了他,并把他辗转护送到延安,毛主席、周恩来、朱德等领导同志都分别接见过他,毛主席还请他吃饭,一起为盟军胜利而干杯,欣斯德尔在延安一直住到抗战胜利。

1973年,美国友人欣斯德尔夫人和女儿,为了实现丈夫的遗愿,带着欣斯德尔对中国人民的友谊和两株和平月季来到中国,把这两株凝聚着中美人民友谊的和平月季分别送给毛泽东主席和周恩来总理,从此和平月季在北京中南海扎根落户。1978年5月,我国领导人在人民大会堂接见了前美军驻延安观察组成员,邓颖超副委员长特意把栽种在中南海西花厅的美国月季中一支多层黄色和平月季又赠送给美国朋友,介绍了欣斯德尔在中国抗日时期在我解放区的英雄往事,以及欣斯德尔夫人带来这和平月季的经过,并且说:"这几年,这株和平月季每年开得很茂盛,今天我特意摘一支带来送给朋友们,这是一支中美人民的友谊之花!"

　　在举国欢腾的 2008 年,北京奥运会上颁奖花束中体现中国人民红红火火的 39 支主花首选为"中国红"月季花,再配以其他花枝花叶,奥运会上的佼佼者们手捧此花束和胸前的金色奖牌相映生辉,象征中华民族自强不息、团结一心的民族精神和追求友谊、团结、公平、竞争的奥林匹克运动精神!

▌柳　颂

你从不赞美柳树吗?

是啊,自古以来中国多少文人赞颂的是"岁寒三友"为首的松,它总是不畏严寒傲霜迎雪,新中国广东省委第一书记陶铸写有散文《松树的风格》;元帅陈毅的诗《青松》名句:"要知松高洁,待到雪化时",更把松比作共产党员的高尚气节了。翠竹也是中国文人雅士争相颂扬描绘高风亮节的代表,甚而有人喊出:"宁可食无肉,不可居无竹!"而梅之不畏严寒的风骨和幽香,再加上深秋傲霜菊怒放,自古至今成为文人墨客永远赞赏不绝高贵无比的"君子"。

20 世纪 60 年代,在新中国的大演员孙道临主演的《红色的种子》影片中,他在对秦怡所扮演的地下党员的台词中已把松和柳并列过了,其道白我还记得:希望我们革命者要像松柏一样坚定,也要像杨柳般灵活,一粒种子撒到哪里就在哪里生根发芽……

民间谚语说得好:"有心栽花花不开,无心插柳柳成荫。"祖国的大江南北 960 万平方公里哪里没有柳树婀娜多姿的身影? 不少没有松竹梅菊的地方和季节仍然有柳在悄然飘逸成长着。在我国的海南岛,酷夏三十七八摄氏度高温以上有柳;在千里冰雪,北风刺骨零下三四十摄氏度的东北三省,杨柳仍顽强不屈地与松柏并列生存着。而且你注意观察了吗? 北方乍暖犹寒的早春 2 月,柳体内就开始了"血管"液体的向上流动,很快柳芽开始萌动了,生命开始复苏! 诗书画家写春应是一江春水下,柳绿对桃红。你不想问问春姑娘和她的伙伴紫燕,大地人间是谁最先报春? 她会这样告诉你,早春的鹅黄柳芽,当然算得上是一个春寒料峭中冒头伸耳的报春者呢! 因为人们又在不知不觉、越来越暖和的春风吹拂中发现柳的躯干和主侧枝上，柳丝竟然率先翩翩起舞弄姿了！你也许更不会留意北京11月底到12月初开始入冬时，柳叶仍深如黛色，她们并不像桑、榆、杨、槐等一有金风吹起，就早早脱落大叶、小叶，任凭秋风扫得黄叶满地翻滚，柳在百树百花中可以说是入冬最后一批谢幕者。我记得清楚：两三年前12月初有一场早雪奇袭京城时，尚茂盛的柳被大雪压得喘不过气来，她们还是不肯脱落她那有名的绿丝长发呢！沉重的积雪又结成冰雪连成大片沉重地压断了不少枝干，使路人见到那么多碧绿柔软的枝条一夜间纷然在大街小巷断裂，都不由痛惜再三。然而雪后天很快又放晴时，她们仍然扬起那未断的枝条，更显出柔软枝条上柳叶的翠绿和不屈了。还有一种高山柳，当年新枝颇显红润，四川九寨沟小吴导游称之为"红柳"，此柳竟生长在石缝激流中经得起常年湍流而不倒下，终年青翠婷立迎宾，此柳竟在此处海拔近三千米冬雪朔风中，一半柳叶眉坚挺不落呢！可谓巾帼不让须眉了！

　　中华文明历史上，柳和人的关系很密切，折杨柳送行之风，大概始于汉代礼仪。这和"柳"、"留"音相似，人们希望留住亲朋好友呀！实际上，史书中说送别亲人至十里长亭或灞桥时，送行人就折取杨柳相送别。汉乐府诗歌中描写："上马不提鞭，反折杨柳枝"；在《杂歌辞》中送别诗："杨柳青青着地垂，杨花漫漫搅天飞。柳枝折尽花飞尽，借问行人归不归？"到了文化强国的唐朝，诗家更没有忘记柳，唐诗中最少有五六十首以上直接以柳命题吟唱，诗中提到柳的诗句则有成百上千首呢！最著名的三位唐朝大诗人李白、杜甫、白居易都有直接描写柳寄托着思念和离别之情的诗章。诗人中要说对柳最富感情的莫过于河南名家李商隐，他自己直接写柳的诗就多达十几首。如有一首描写柳色或明或暗、风流婆娑都到极致："章台从掩映，郢路更参差。见说风流极，来当婀娜时。桥回行欲断，提远意相随。忍放花如雪，青楼扑酒旗。"虽诗中不写一个"柳"字，读者却都知道是在写柳。唐朝丞相诗人贺知章写柳更富诗情画意："碧玉妆成一树高，万条垂下绿丝绦。不知细叶谁裁出，二月春风似剪刀。"这更是千古绝唱了。古今诗人一直以柳比喻美人如柳叶眉,纤柔如柳腰等,真是极尽偏爱柳。

最近我有幸应邀亲临了杞柳之乡——山东临沭县,当然著名的《柳毅传书》故事亦传说在此发生。从唐至今,柳之乡的柳毅碑、庙不断重修,为"龙女传书之说"在各种文艺形式上也都有传诵。当然柳毅夫妇手捧观音玉净瓶,令之带回到沭河东岸现在的柳庄一带,柳毅不辱使命把瓶中柳枝插到岸上造福黎民的传说则形象化为:"用柳枝蘸着净瓶里的水,朝地上一点一滴就长出一棵柳枝,不久这一带就遍布了柳条。"更绝的是:"柳毅夫妇又教当地人用柳条编成篮、筐、筐、箱等日用品。"(引自中华书局版《临沭文化概览》)

9 月 6 日这天阳光金灿灿,还有久违的金风也开始徐徐送爽,我们一行在县委宣传部武部长陪同下参观全世界仅有的柳编艺术展览馆,真使我这个爱柳者震撼了。不管是中国人的十二生肖,还是沙发茶几,还是放面包水果的托盘和各种大小箱笼,甚至于花瓶和惟妙惟肖的艺术品摆设等统统都是各种柳条和柳木所精工做成,就连宋朝以来百看不厌的《清明上河图》,人们手持的器具,骡马驴上所置驮具……武部长指着图画以专家口气说:"皆是柳条所编!"她更自豪地对我们说:"去年我县出口到全世界各地的柳制品,已超过一亿美元!"柳对人类的贡献可谓有年头和越来越大了。

可惜人类有时不珍惜柳;柳树还常常被现代人以"妨碍电线和公共设施"等为由毫不留情"砍去四肢",甚至于"拦腰斩去"。但柳压根练就了抗拒人这种残酷手段的办法,有生存活下去的再生好本领;依靠本身躯体积存的营养和其发达的根系,天生有着再生存活能力,第二年又能复活!入春时很快芽萌条绽枝叶繁茂起来,到秋天当年所萌发出的枝叶就似锦如荫,就可割下使用编织器物了呢。当然此地柳乡,主要靠当年春插秋割,甚至于冬前又能再割一茬,都能用来编制各种生活用品和艺术品了。

柳教育了我,使我开始真正懂得了世界上任何事物都可以一分为二,对待坚韧挺拔四季常青不畏风雪严霜的松柏、翠竹和梅菊,你当然也可以找出它们的美中不足之处,看起来柔弱的杨柳亦具有坚强不屈、不畏风雪的优良品质,难道强人和弱小的人、大国和小国不同样具有优缺点和长短处吗?

我就是要高声咏柳颂柳爱柳呢……

小草颂

"没有花香,没有树高,我是一棵无人知道的小草;从不寂寞,从不烦恼,你看我的伙伴遍及天涯海角。"这是 20 世纪 70 年代末唱红大江南北的一首歌。

草(亦称草本植物)是一类植物的总称,与草本植物相对应的概念是木本植物,人们通常将草本植物称作"草",而将木本植物称为"树",但是偶尔也有例外,比如竹,就属于草本植物,但人们经常将其看作是一种类似的树,无论在南方还是北方,竹都有四季常青高风亮节的美誉。

无独有偶,今年 8 月 14 日我读到《环球时报》一篇散文——"救命小草",也是 20 世纪 60 年代后期越战中一名俘虏被投入"七英尺长宽牢房中四年半","这 10 个月不但与世隔绝","而且完全处在黑牢中",当他爬到竹床下,"通气口很小",他只能看到一棵长在外面的小草,他回忆,"给我带来极大喜悦","对小草充满感激",最后他总结,"凭借这颗弱小小草的希望活了下来",直到越战结束他重新获得了自由。

那身价无比高贵的多年生草本植物"人参",那深埋地下丰硕的根,早被著名的医学家李时珍列入他千古不朽的著作《本草纲目》中了,在长白山吸取了天地之精华。为了保护每一株几十年甚至百年人形身体的参,它们头顶微微破土,伪装成草类一样,但也常常逃不过人类"犀利无比的双眼"终被疯狂的长白深山采参者发现。为了卖高价,采参人总是不怕费时费工、野兽出没、风大霜冷,有时几天才能连根带须完整无缺地将它挖掘出土。人们出卖了人参,而参却无声无息地做出了"全身心的贡献"(叶根皆可入药),那深山悬崖中药用价值也不菲的"灵芝草"

(植物学家把它列入菌类)亦是如此。一出名剧《盗仙草》就是描绘白娘子为救垂危老公许仙一命,她历经艰辛冒着一死而求摘到此救命之草矣!这类"仙草宝药"不是人类最好的朋友又是什么?

草被鸟吞、刀割、畜嚼、铁蹄践踏,它还是千秋万代永不灭——草的命可大得很呢!草也是最早的所有动物的良医良药呢——多少万年来与动物相随相伴。人类医学家早认识了许多能治百病的草。动物包括后来被人类驯化后的牲畜和飞鸟,它们在大自然狂风暴雨和相互残酷争斗与自身的伤病中,靠高于人类千倍万倍的嗅觉和自身"第六感觉"也学会了自觅出能治病的草类来,这不能不说是它们奇异的求生功能本领呢!

中草药中的"草"是生长在名山大川中能给人畜、动物治病的"仙草宝药"。据说草有千种百类,应该早于万能的人类前就有野草遍山遍地了。"一岁一枯荣"。它们的生命力有多强!也是上面诗中的一句:"野火烧不尽,春风吹又生"啊!"疾风知劲草",别看它们弱小却被狂风称作对手呢!

20世纪60年代我从京城下放到河南农业第一线当知青务农看到,在田间、在果园,其中最大的"敌人"之一就是土壤中各种各样的杂草。用镰割,用锄铲,用手拔;用毒日头再暴晒它们几日,一番汗水滚滚下来,直腰抬头:"草都消灭干净了,哈哈!"不过只是两场大雨浇过,两三周再来看,它们不知从何处刮来或绝地又逢生了,纷纷抬头扬身,而又是青青而立了。这种景象正像陶渊明古诗中描绘的那样"种豆南山下,草盛豆苗稀。道狭草木长,夕露沾我衣"。"万能的人类"为消灭杂草不惜动用"化学武器"毒杀它们,只是也许因为灭绝了杂草也破坏了土壤和水源,近来才不断叫停,免用这种斩尽杀绝灭"九族"——斩草除根之残忍手段。

我们农家离不开草,盖房、沤肥、喂牛羊猪兔等动物它是最好的食材了。这时草又是我们农家最好的朋友了。千里冰封,大雪纷扬的严冬草也是这些动物们必不可缺少的饲料,时间地点不同,"敌人"、"朋友"完全可以换位对待之。

各种野草(实际上稻、麦、菽、谷等粮食一万年前人类不同样把它们列为野草吗?)的强劲生命力,又能让万能的人类发现并栽培出可食的果实了。难怪唐朝诗人杜牧以"青山隐隐水迢迢,秋尽江南草未凋"来赞扬小草顽强的生命力。农学家把同类的野生植物和稻、麦、豆之类不断杂交,使田里的农作物生长出新品种。新出生的粮食品种就有野生传统基因了,使农作物又有了抗倒伏、抗病菌、抗虫害、产量高等优良品质。难道人类自己不同样是从野生到驯化通过漫长的野外劳动改造成最优良的"龙种"的吗?

改革开放后,我从军队转业到了国家体委(今国家体育总局)。想不到草又成了体育界和广大观众的不可缺少的朋友。无论高雅而又文质彬彬的高尔夫运动,屡战屡胜的外国明星球队和屡战屡败的中国足球队及教练员、裁判员和广大观众,都统统离不开"绿草如茵"的草坪运动场,这里草坪的身价已是百倍了。当然除了这两项运动,网球运动也在草地上开打。就是改革开放后才成立的中国钓鱼协会开展的竞技和休闲两种不同的钓鱼运动,也越来越强调"人文"和"绿色"。谁还愿意到没有绿草,没有青苇、水草、柳荫,没有红花,没有良好水质的地方去垂钓呢!这各种鱼虾、鳖、蛙类和水鸟也总是喜爱在芦苇深处和水草鱼虫丰茂的水域(也时常叫湿地)繁衍活动生存呢。城市也越来越离不开鱼鸟丰富、空气中负离子多的湿地了,它们被称为城市和人类不可缺少的"绿肺"!

哈哈,草从古至今永远是人类最好的朋友。草和人类总是息息相关永不分离了!

附录　花甲伯翱笔下常青

刘仝保

"已近花甲,花甲正是少年,当然,体力或许不似往昔,但经验与心胸正如日当空,照耀出未来一条大道,以平常心走平常路,或许能做出原来不曾设计过的贡献,愿'阳光男孩'万伯翱笔下青春常在。"

这是著名作家苏叔阳在万伯翱《五十春秋》序中写到的。的确如此！万伯翱因以独特视角描绘老一辈革命家休闲生活而开体育散文之先河。

万伯翱,中国传记文学学会会长、《中国钓鱼》名誉主编。历任北京武警总队团政委、国家体委对外宣传出版处处长、《中国体育》杂志社社长兼总编辑、国家体育总局人力资源开发中心主任、中国奥委会委员等。是中国作协、中国戏协和中国影协会员,还担任着几所大学的客座教授。

印象,有风度没架子

万伯翱这个名字,我之前在《光明日报》、《新京报》工作的时候就有所耳闻,只知道他是前全国人大常委会委员长万里的长子。2005 年 7 月到《人民政协报》社工作不久,在友人引见下与其相识并针对当下的一些慈善话题进行了畅谈。随后,《人民政协报》刊发了我与先生的对话文章《万伯翱:让未成年服刑人员走向新生》。而后交往频繁,和先生相处,就像读他的文章一样:亲切随和。

先生先后将其《元戎百姓共垂竿》、《五十春秋》等多部著作赠与我。闲暇之余拜读先生大作,其笔端人物鲜活,故事生动。先生以独特的视角,写出了中国国家领导人在钓鱼休闲中的精神品质,在谈钓鱼的文章中,仍能道出老一辈革命家金戈铁马、枪林弹雨中的高风亮节和崇高品质,确让人读之爱不释手。从此对先生有一个全新认识。

万伯翱是高干子弟,但先生从不以高干子弟自居,他有自己的嗜好与精神追求。因此，他成了一位出色的作家，一位写革命家休闲生活的散文作家。

写作，花甲正是少年

万伯翱先生与文学的邂逅归于 1961 年读高一时在《北京晚报》上发表的第一篇文章。那时，他患眼疾去看病，却忘了带钱，情急之时一位医生伸出援手帮他解了围，第二天，万伯翱专门去医院送还药费。因此，有感而发，便投了一篇《在急诊中感到温暖》的小文给报社。几天后，他意外发现文章竟然被刊登了，看到自己的名字变成铅字印在报纸上，少年的万伯翱从此痴迷上了文学。

眨眼间，40 多年过去了，万伯翱都一直在勤奋地写、用心地写。

"从 1961 年到 1991 年正好 30 年过去了，1991 年在我当《中国体育》杂志社总编辑时候，我出版了《三十春秋》，纪念我在农场劳动以及老前辈和老朋友们，是一部人生轨迹的记录。《四十春秋》出版于 2001 年，是我发表文章的集粹，主要写老一辈革命家，如贺龙、刘少奇、徐向前等的体育生活，也因此奠定了体育散文的体例。"

而 2008 年，距离 1961 年不到 50 年，创作颇丰的万伯翱又推出《五十春秋》。"我想表现老一辈革命者在金戈铁马、枪林弹雨中表现高风亮节的崇高品质，在战后人们并不熟悉的日常闲趣中，也体现鲜为人知的体育情怀。"2012年，万伯翱又推出了《六十春秋》。

翻开《五十春秋》、《六十春秋》，透过每一篇文章均可看出先生对自己人生的每一阶段的交代，为此，我很欣赏先生年到花甲，在精神上依然勃勃青春有力量。也难怪苏叔阳说万伯翱是"花甲正是少年"。

作品，开"钓鱼文学"之先河

由于工作关系和其革命家庭背景，万伯翱能见到和接触到一些中央首长及其亲属，从而能近距离地观察国家领导人、元帅、将军、部长们的日常生活和休闲状态，最终为他的写作找到一个独特的角度——"小处"展示"大人物"多侧面的精神生活。他绝大部分垂钓文章是写老元帅和将军的，包括朱德、贺龙、罗荣桓、徐向前、罗瑞卿、陈锡联等，这些可敬可爱的老将帅们在战争年代驰骋疆场，出生入死，为新中国的缔造立下了汗马功劳。建国以后，他们又各自在重要的领导岗位上呕心沥血,日理万机,政务、军务之余,他们拿起自制的钓竿、鱼饵,到公园或野塘过一把垂钓瘾,放松放松身心,回忆回忆当年,议论议论现在,也算是一种难得的"奢侈"吧。

大家都熟悉的贺龙元帅是公认的"钓坛高手",钓得内行,钓得潇洒,颇有风度,更有气势,几十年如一日,身边吸引了一大群钓友。万伯翱在写《贺帅钓鱼轶事多》中,为了了解将帅钓鱼的细节,奔波往返采访过细又过细,文章写好,修改再三再四。最终把贺龙的"帅气"与"凡人气"勾勒的是栩栩如生,呼之欲出。据说,定稿前,他常常去作家家中登门造访,征求对文章的意见。"他的热诚逼得你绝对不好意思敷衍塞责。"著名作家苏叔阳感慨地说。在如今浮泛的世风中,如此较真,如此负责者,总是令人敬仰的。

他的文章独辟蹊径,开中国体育散文中"钓鱼文学"之先河。苏叔阳在"万伯翱体育散文研讨会"上说:"过去在我国被称为散文的作品中少见或未见写元戎垂钓者,写钓鱼者有之,大多是写钓技、钓法或钓者,写垂钓人心意形神者,寡。但他写了钓鱼中的人物,而且栩栩如生,这就不简单,他踩出了一条小路,挖掘了一条小溪,或许体育散文、钓鱼散文将来会流成一条江河,形成一条大道。"

前全国人大常委会委员长万里是德高望重的国家领导人,中国当代改革开放进程中的风云人物,同时也是一位酷爱体育锻炼的健康老人。万里从领导岗位上退下来,"不问事、不管事、不惹事",他给自己作了三条具体规定:不参加剪彩、奠基等公共活动;不再担任名誉职务;不题写序言不题词。开始了充实而有节奏的"三打、两看、一接见"的退休生活,即打桥牌,打网球,打高尔夫球;看文件,看书报;接见客人。万家的家风很正,传统美德与现代意识融为一体,从万伯翱写的《父亲万里的健身之道》、《我们家的香椿树》、《平凡而伟大的奶奶》等几篇平易质朴的文章中,我们可以深切地感受到这一点。

《共和国领袖们的国球之恋》,再现了毛泽东、周恩来、江泽民、胡锦涛等党和国家领导人在各个时期领袖们和元戎的体育情结,从毛泽东小球拨动大球的一段历史佳话,到江泽民、胡锦涛、邹家华对国球的喜爱,文中特别提到:2005年2月1日刚刚上任不久的共和国总理温家宝,大年除夕之夜没能像千万个家庭一样,享受含饴弄孙的天伦之乐,而是在风雪交加的天气里,千里迢迢来到了河南省上蔡县艾滋病村看望被艾滋病夺去亲人的百姓们，并且和艾滋病遗孤握手和亲切拥抱。在娱乐室里温总理观看孩子们打乒乓球，并欣然接受12岁的程文龙的邀请，拿起球拍对打起来。这小小的银球又一次承担了领袖和人民心连心的使命。

创作，在感动中进行

采访中，万伯翱自言从没写过小说，风格更偏向纪实："我写王近山将军，就是因为对他的音容笑貌太熟悉了，有感情，就能产生创作激情。文章不能感动作者，也就不能感动读者，我写完王近山时已是泪流满面。"

读《硝烟散尽又见英雄》，我深深被感动着。读完第一遍，《亮剑》原型——王近山将军在炮火连天拼死杀敌的传奇及苍茫大地上一个小知青和一个老将军的友谊故事，使我得到大器人生、壮怀激烈、尘土云月的情感沐浴。再读第二遍，作者的文思与结构令人拍案叫绝。万伯翱把两个时空融为一体，知青和下放干部天涯沦落状态，作为叙述将军在血雨腥风战争生涯的情感背景，娓娓道来，真切真挚，令人产生凭栏处潇潇雨歇的痛感、悲感、壮感。

感动的同时感受到了先生对史料的尊重，他由于身处特殊的生活环境，他掌握的史料无疑是最忠于现实的，这些第一手资料，经过作者的细化和文学化，然后跃然于纸上，增强了作品里人的思想、情感、性格和行为，给读者很强的阅读魅力。

综观先生文章中的人物多是领袖、元戎，对普通百姓来说，是高不可攀的，本身就有很多的神秘感，但由于作家人生的高起点，加上丰富的人生阅历，使一些鲜为人知的故事在他的塑造下，有血有肉的展示在读者的面前，使我们看到了领袖和元戎的人格魅力，读后没有感到书里的人物高高在上，相反却感到这些人非常亲切自然。

先生的这几篇作品写得非常有人情味，没有因为写的是国家领导人，就盛气凌人和高高在上的说教，一件件往事，一个个生活的片断，他都如行云流水，几乎是信手拈来。从这一点可以看出，万伯翱在调动素材上，善于在宏观中放大细节，同时，又从微观中映射宏观的思想和人物形象。

下乡，改变自己命运

了解万伯翱的人都知晓他被父亲万里送到河南下乡锻炼的事情。

万里是一位令人尊敬的老一辈无产阶级革命家，他不仅以身作则，一心为公，全心全意为人民服务，而且还对下一代言传身教。万里虽然身居高位，但是，他始终保持着平民本色，对子女要求甚严，决不让孩子滋生高干子弟的纨绔习气。

万伯翱18岁那年，时任北京市委书记处书记、北京市常务副市长的万里响应毛主席号召知识青年到农村去，决意送这位长子到河南省西华县黄泛区农场进行锻炼，为此事，万里还专门召开了一次隆重的家庭会议。

"那是1962年9月6日，"万伯翱对这件改变了他一生的事记忆犹新，"当时家里人基本上都不同意，妈妈和奶奶认为我年龄还小，而且猛然从一个高高在上、没经过风雨的学生，突然要自力更生艰苦奋斗，肯定吃不消。到底行不行，我也不知道，既然父亲已经决定了，就闯一闯吧。"

万里当年给万伯翱亲笔写下八个字：一遇动摇，立即坚持。万里的送子下乡锻炼受到了周恩来总理的表扬，一时传为佳话。万伯翱是那个时代的标兵，《中国青年报》和《人民日报》曾以头版头条的位置报道过他，周总理也在1963年首都大学毕业生大会上表扬过："万里同志做得很好，送他大儿子到河南去了，带了个好头。"万伯翱得到了不少荣誉，像全国和河南的"下乡标兵"、"学习毛主席著作积极分子"等他都得到了，但万伯翱过的却是艰苦日子，而且一过10年。

在农场的十年是他一生中最难忘、最受益的一段时期，使他寻找到了人生的意义。他对于服从父亲的决定从来没有后悔过，他说，自己的人生格言，是陶行知先生的那首《自立歌》：滴自己的汗，吃自己的饭，自己的事自己干，靠天靠祖上不能算是好汉。在此后的岁月里，万伯翱还多次回到当年的农场，在那里寻找一起艰苦奋斗的战友和当时的青春记忆。

奉献，不以高干自居

作为高干子弟，是否会得承父荫，万伯翱坦承"不能说没受益"。

"这得分两方面讲。一方面耳闻目睹，受到革命传统教育熏陶，这肯定是有利的；也有不利的，反倒因为是高干子弟，就像刘少奇的女儿要入党，刘少奇一句她不够格，她就入不了。我也碰到过这种情况，老爷子一句让我好好锻炼，到最艰苦的地方去。我这一去就是 10 年。"他又补充说："表面上看起来是吃亏了，但是长远看，我也不吃亏。有人说这 10 年耽误了我的青春，耽误了升官，但我觉得还是得到的比失去的多。失去了青春换来了我的人生和工作经验，换来了写作的素材，我更加成熟了，更知道如何待人接物了。"

不知情的人可能会以为，父亲万里在万伯翱的工作调动上，起了大作用。可大家不知道，父亲总是给他帮倒忙。万里常对别人说："老大不行，你们干吗要用他，比他强的人有的是呢。"弄得万伯翱有事一直不敢告诉他。国家体委当年准备提拔万伯翱做《中国体育》杂志社副总编，从考核到公示，一直瞒着他，直到任命下来了，先生才回家和他一说，本想听几句好听的，谁知他还是那句，"比你强的人有的是呢"。

"其实，我也不喜欢人家叫我'万里的长子'，谁能依靠老子过一辈子？"万伯翱说，"我的成就感来源于写作。成绩的取得除了和从小的经历有关，靠的是一股冲劲儿，关键是要揣摩和捕捉生活细节。"更让他欣慰的是，自己把目前所得的稿酬分别捐赠给了中华文学基金会和"爱心工程万伯翱助学基金"。

万伯翱是一位在体育与艺术、新闻和文学的结合上积极探索的作家，他的作品既有体育记者的活泼和激情，又有对历史和民族问题的思考，同样也成为寻求社会进步的好教材。

图书在版编目(CIP)数据

红墙内外/万伯翱著. —上海：东方出版中心，
2015.8(2025.7 重印)

ISBN 978 - 7 - 5473 - 0802 - 8

I.①红… Ⅱ.①万… Ⅲ.①散文集-中国-当代

Ⅳ.①I267

中国版本图书馆 CIP 数据核字(2015)第 112972 号

红墙内外

出版发行：东方出版中心

地　　址：上海市仙霞路 345 号

电　　话：(021)62417400

邮政编码：200336

经　　销：全国新华书店

印　　刷：上海万卷印刷股份有限公司

开　　本：710mm×1020mm　1/16

字　　数：304 千字

印　　张：23

版　　次：2015 年 9 月第 1 版　2025 年 7 月第 9 次印刷

ISBN 978 - 7 - 5473 - 0802 - 8

定　　价：75.00 元